Al amparo de la noche

Linda Howard

Al amparo de la noche

Titania Editores

ARGENTINA · CHILE · COLOMBIA · ESPAÑA
ESTADOS UNIDOS · MÉXICO · URUGUAY · VENEZUELA

Título original: *Cover of Night*
Editor original: Ballantine Books, Nueva York
Traducción: Mireia Terés Loriente

ISBN: 978-84-96711-50-1
Depósito legal: B - 49.671 - 2008

Fotocomposición: Ediciones Urano, S.A.
Impreso por Romanyà Valls, S.A. - Verdaguer, 1 - 08786 Capellades
(Barcelona)

Impreso en España - *Printed in Spain*

—Qué buena pinta tiene —dijo Gordon, como cada día, mientras alargaba la mano para coger una loncha con el tenedor.

—Mejor que buena —añadió Conrad, que no podía permitir que Gordon le ganara en los cumplidos.

—Gracias —respondió ella y se marchó, sin dar la oportunidad a Conrad de añadir nada más. Era un buen hombre, pero tenía la edad de su padre y, aunque no hubiera estado tan ocupada para pensar en salir con alguien, seguro que no lo habría escogido a él.

Cuando pasó junto a la cafetera Bunn, comprobó los niveles de café y se detuvo para llenar de nuevo el depósito. El comedor todavía estaba a rebosar; esta mañana, la gente estaba alargando el desayuno más de la cuenta. Joshua Creed, un guía de caza, estaba con uno de sus clientes y, cuando estaba Creed, los chicos siempre se quedaban más tiempo para hablar con él. Desprendía un aire de liderazgo y autoridad al que la gente respondía de forma natural. Cate había oído que era un militar retirado, y se lo creía; todo él emanaba poder, desde la intensa y directa mirada hasta la mandíbula y los hombros cuadrados. No venía muy a menudo pero, cuando lo hacía, solía ser el centro de una respetuosa atención.

El cliente, un apuesto hombre moreno que Cate calculaba que debía de estar cerca de la cuarentena, era el tipo de forastero que a ella menos le gustaba. Era obvio que tenía dinero, porque podía permitirse pagar a Joshua Creed como guía de caza y, a pesar de que llevaba vaqueros y botas como los demás, se aseguró, de una forma sutil y otra menos sutil, de que todo el mundo supiera que era alguien importante a pesar de su actitud de camaradería. Para empezar, se había arremangado la camisa y lucía sin ruborizarse el reloj con diamantes incrustados que llevaba en la muñeca izquierda. También hablaba un poco más alto y un poco más entusiasmado que los demás, y no dejaba de mencionar sus experiencias en una cacería en África. Incluso dio una lección de geografía a todo el comedor al explicarles dónde estaba Nairobi. Cate consiguió reprimir las ganas de poner los ojos en blanco ante la asunción de que «local» equivalía a «ignorante». «Raro» quizá sí, pero no «ignorante». El tipo en cuestión también se tomó la molestia de explicar que cazaba animales únicamente para fotografiarlos y, a pesar de que a nivel emocional Cate lo aprobaba, su sentido común le susurró que sólo lo decía para tener donde escudarse en caso de volver con las manos vacías. Le sorprendería mucho que realmente fuera fotógrafo de algo.

La línea divisoria entre su vida anterior y la actual era tan definida que a veces tenía la sensación de no ser ni siquiera la misma persona. No se había producido ningún cambio gradual, nada que le diera tiempo a analizar y procesar, a crecer y convertirse en la mujer que era ahora; en lugar de eso, sólo hubo cortes profundos y cambios abruptos y traumáticos. El periodo entre la muerte de Derek y su decisión de mudarse a Idaho fue un inclinado y estrecho valle que jamás había visto el sol. En cuanto ella y los chicos se instalaron aquí, estuvo tan ocupada con las obras de la pensión y poniéndola en marcha que ni siquiera tuvo tiempo de sentirse una extraña. Y en cuanto se relajó un poco, casi sin saberlo, descubrió que ya formaba parte de las actividades de la comunidad, igual que en Seattle; incluso más, porque Seattle era como todas las grandes ciudades, llenas de extraños y donde la gente se mueve dentro de su burbuja personal. Aquí, conocía a todo el mundo, literalmente.

Justo antes de llegar a la puerta de la cocina, ésta se abrió, Sherry Bishop asomó la cabeza y dibujó una mirada de alivio en cuanto vio que Cate se acercaba.

—¿Qué pasa? —preguntó Cate en cuanto entró en la cocina. Antes que nada, miró a la mesa, donde sus gemelos de cuatro años, Tucker y Tanner, desayunaban un cuenco enorme de cereales; estaban sentados en sus tronas, exactamente en el mismo sitio donde los había dejado. Estaban parloteando, riendo y retorciéndose, como siempre; en su mundo todo estaba bien. Bueno, Tucker parloteaba y Tanner escuchaba. Cate no podía evitar preocuparse por lo poco que Tanner hablaba, pero el pediatra no lo había encontrado extraño. «Está perfecto —había dicho el doctor Hardy—. No necesita hablar, porque Tucker lo hace por los dos. Cuando tenga algo que decir, hablará.» Y puesto que Tanner era completamente normal en todo lo demás, incluyendo la comprensión, Cate tenía que asumir que el pediatra tenía razón, aunque seguía estando preocupada. No podía evitarlo; era madre.

—Se ha roto una tubería debajo del fregadero —dijo Sherry, algo nerviosa—. He cerrado la llave de paso, pero tenemos que arreglarlo lo antes posible. Los platos sucios se nos acumulan en las mesas.

—Oh, no —aparte del problema obvio de no tener agua para cocinar o fregar los platos, a Cate se le avecinaba otro problema todavía mayor: su madre, Sheila Wells, estaba de camino desde Seattle para quedarse con ella una semana y llegaba esa misma tarde. Teniendo en cuenta que su madre no estaba demasiado de acuerdo con la decisión de Cate de marcharse con los niños, ya se imaginaba sus comentarios acerca de lo remoto del pueblo y de la ausencia de comodidades modernas para que encima no hubiera agua en la casa.

Siempre pasaba algo; aquella casa vieja parecía que necesitaba reparaciones constantes, algo lógico si uno había decidido vivir en una casa con bastantes años encima. Sin embargo, su economía estaba calculada hasta el último dólar y sólo podía permitirse hacer reparaciones tres veces al mes. «Quizá la próxima semana no pase nada...», pensó con un suspiro.

Descolgó el teléfono de la cocina y, desde la memoria, llamó a la ferretería Earl.

Respondió el propio Walter Earl, y lo hizo tras el primer tono, como siempre.

—Ferretería —dijo. No necesitaba más identificación, puesto que en el pueblo sólo había una ferretería y él era el único que cogía el teléfono.

—Walter, soy Cate. ¿Sabes dónde está hoy el señor Harris? Tengo una emergencia en la instalación de agua.

—¡El señol Hawwis! —exclamó Tucker en cuanto oyó el nombre del manitas del pueblo. Emocionado, golpeó la mesa con la cuchara y Cate tuvo que taparse el oído libre para poder escuchar lo que decía Walter. Los dos niños la estaban mirando muy atentos, alegres ante la idea de ver al señor Harris. El manitas de la comunidad era una de sus personas preferidas porque les fascinaban sus herramientas y a él no le importaba que jugaran con las llaves inglesas y los martillos.

Calvin Harris no tenía teléfono, pero cada mañana pasaba por la ferretería para recoger todo lo que iba a necesitar durante el día, de modo que Walter solía saber dónde podían encontrarlo. Al principio de llegar a Trail Stop, a Cate le sorprendió mucho que, en estos días, alguien no tuviera teléfono, pero ahora ya se había acostumbrado al sistema y le parecía algo normal. Que el señor Harris no tenía teléfono, pues no tenía teléfono. Nada más. La comunidad era tan pequeña que encontrarlo no suponía ningún problema.

—Está aquí mismo —dijo Walter—. Te lo envío ahora mismo.

—Gracias —respondió Cate, satisfecha de no tener que ir llamando casa por casa hasta dar con él—. ¿Podrías preguntarle cuánto cree que tardará?

Escuchó cómo Walter hablaba con alguien y luego escuchó unos sonidos más suaves e incomprensibles que reconoció como la voz del señor Harris.

Volvió a escuchar a Walter con claridad.

—Dice que tardará unos minutos.

Cate se despidió, colgó y soltó un suspiro de alivio. Con un poco de suerte, el problema sería menor y volverían a tener agua dentro de unas horas, y además con un impacto mínimo en su economía. Con ese panorama, y viendo que necesitaba las reparaciones del señor Harris tan a menudo, se había empezado a plantear si no le saldría más económico ofrecerle alojamiento y comida gratis a cambio de su trabajo. Vivía en una habitación encima del colmado y, aunque era más grande que cualquiera de las de la pensión, pagaba el alquiler y ella estaba dispuesta a añadir la comida en el trato. Tendría una habitación menos para alquilar, pero como la pensión no estaba siempre llena. Lo único que la frenaba era la ligeramente indeseable idea de tener a alguien en casa de forma permanente con ella y los niños. Con lo ocupada que estaba durante el día, quería que las noches fueran sólo de los tres.

Sin embargo, el señor Harris era tan tímido que se lo imaginaba murmurar algo después de la cena, subir a su habitación y desaparecer hasta la mañana siguiente. Pero, ¿y si no era así? ¿Y si los niños querían estar con él en lugar de con ella? Se sintió insignificante y mezquina por preocuparse por algo así pero… ¿y si lo preferían a él? Ella era el centro de sus jóvenes vidas y no estaba segura de estar preparada para dejar de serlo. Algún día tendría que hacerlo, pero ahora solo tenían cuatro años y eran lo único que le quedaba de Derek.

—¿Y? —preguntó Sherry con las cejas arqueadas mientras esperaba noticias, buenas o malas.

Capítulo 1

El huésped que se alojaba en la habitación 3 de la pensión Nightin-gale, que para Cate Nightingale era la de los hombres porque des-prendía un aire eminentemente masculino, apareció en la puerta del comedor, se detuvo en seco y retrocedió para esconderse tras la pared.

La mayor parte de los clientes que estaban disfrutando del desayuno ni siquiera se fijaron en la breve aparición de aquel hombre y, los que lo hicieron, seguramente pensaron que no había nada raro en aquella repentina desaparición. Aquí en Trail Stop, Idaho, la gente solía ocu-parse de sus asuntos y, si a uno de los huéspedes no le apetecía desa-yunar en el comedor, a nadie le parecía extraño.

Cate lo vio, pero sólo porque en el momento en que el huésped se volvió de forma abrupta, ella salía de la cocina, que estaba situada jus-to enfrente del comedor, con una bandeja de lonchas de jamón. Se dijo que, en cuanto pudiera, tendría que subir a ver si ese hombre, que se llamaba Jeffrey Layton, quería que le llevara una bandeja con el desa-yuno a la habitación. A algunos huéspedes no les gustaba desayunar con desconocidos, así de sencillo. Subir una bandeja a las habitaciones no era algo excepcional.

La pensión Nightingale llevaba abierta casi tres años. Tenía pocos clientes que se quedaran a pernoctar, pero el desayuno era todo un éxito. Abrir el comedor al público para el desayuno había sido una idea afortunada. En lugar de instalar una mesa grande donde todos los huéspedes se sentaran juntos (eso asumiendo que tuviera las cinco ha-bitaciones ocupadas, algo que hasta ahora jamás había sucedido), Cate había colocado cinco mesas pequeñas, cada una con cuatro sillas, para que los huéspedes, si lo deseaban, pudieran comer con cierta privacidad. La gente de la pequeña comunidad de Trail Stop pronto descubrió que la pensión ofrecía buena comida y, antes de darse cuenta, empezaron a preguntarle si le parecía bien que fueran a tomar café allí por la mañana, acompañado de sus magdalenas de arándanos.

Como era una recién llegada, quería integrarse en la comunidad y, como le sobraban sillas, accedió, a pesar de que en su fuero interno lamentó el gasto extra que aquello supondría. Los primeros días, cuando los clientes se disponían a pagar, no sabía qué cobrarles, porque el desayuno estaba incluido en el precio de la habitación; eso la obligó a escribir a mano un menú con los precios y colgarlo en el porche, junto a la puerta lateral, que era la que utilizaban los habitantes del pueblo en lugar de dar toda la vuelta hasta la entrada principal de la vieja casa. Al cabo de un mes, había tenido que hacer sitio para una sexta mesa, con lo que la capacidad total del comedor era de veinticuatro personas. Sin embargo, a veces ni eso bastaba, sobre todo cuando tenía huéspedes. Cuando no quedaban sillas, era habitual ver a hombres tomándose un café y una magdalena apoyados en la pared.

Sin embargo, hoy era el Día de los Bollos. Un día a la semana, en lugar de magdalenas, hacía bollos. Al principio, los hombres de la comunidad, que básicamente procedían de ranchos y madererías, se mostraron recelosos ante la nueva «pastelería fina», pero los bollos enseguida se convirtieron en un éxito de la casa. Cate había probado varios sabores, pero el favorito de todos era el de vainilla, porque iba muy bien con cualquier mermelada.

Cate dejó la bandeja de lonchas de jamón justo en medio de una mesa, a la misma distancia exactamente de Conrad Moon y de su hijo, para que ninguno de los dos pudiera acusarla de favoritismos. Había cometido ese error una vez y, desde entonces, los dos hombres no habían dejado de comentar a quién prefería Cate. Gordon, el hijo, bromeaba pero ella tenía la desagradable sensación de que Conrad buscaba una tercera esposa y pensaba que ella era la candidata perfecta. Ella opinaba lo contrario, así que siempre se aseguraba de no darle alas y colocaba la comida justo en el centro de la mesa.

—Viene hacia aquí.

—Entonces, lo has pillado antes de que se fuera a hacer otra cosa —añadió Sherry, tan aliviada como Cate.

Cate miró a sus hijos, que estaban sentados mirándola fijamente y con las cucharas en el aire.

—Tenéis que acabaros los cereales o no podréis ver al señor Harris —les dijo, muy seria. No era exactamente cierto, porque el señor Harris estaría allí en la cocina, pero tenían cuatro años; ¿qué iban a saber ellos?

—Nos daremos plisa —dijo Tucker, y los dos empezaron a comer con más energía que precisión.

—Prisa —dijo Cate, recalcando la «r».

—Prisa —repitió Tucker obedientemente. Cuando quería, podía decirlo bien pero, cuando estaba distraído, algo que sucedía con mucha frecuencia, volvía a hablar como cuando era pequeño. Hablaba tanto que a veces parecía que no se tomaba el tiempo necesario para pronunciar bien las palabras—. Viene el señor Hawwis —le dijo a Tanner, como si su hermano no lo supiera—. Jugaré con el talado.

—Taladro —lo corrigió Cate—. Y no jugarás con él. Podéis mirarlo, pero no toquéis las herramientas.

Sus enormes ojos azules se llenaron de lágrimas y el labio inferior empezó a temblarle.

—Pero el señol Hawwis nos deja jugar con ellas.

—Sí, pero cuando tiene tiempo. Hoy tendrá prisa porque, cuando acabe aquí, tiene que ir a otro sitio.

Cuando abrió la pensión, Cate intentó impedir que molestaran al señor Harris mientras trabajaba y, como entonces sólo tenían un año, la misión debería haber sido fácil, pero ya entonces demostraron una destacable habilidad para escaparse. En cuanto se daba la vuelta, los niños se pegaban a él como imán al acero. Eran como dos pequeños monos, colgados de él, rebuscando en la caja de herramientas y llevándose todo lo que podían transportar, por lo que Cate sabía que habían puesto a prueba la paciencia del señor Harris igual que la de ella, pero él jamás se quejó, por lo que ella le estaba tremendamente agradecida. Aunque su silencio no era nada extraño; casi nunca hablaba.

Ahora los niños ya eran mayores, pero su fascinación por las herramientas no había disminuido. La única diferencia era que ahora insistían en «ayudar».

«No me molestan», solía decir el señor Harris siempre que ella se los quitaba de encima, al tiempo que agachaba la cabeza y se sonrojaba. Era extremadamente tímido, apenas la miraba a los ojos y sólo hablaba cuando tenía que hacerlo. Bueno, con los niños sí que hablaba. Quizá se sentía cómodo con ellos porque eran muy jóvenes, y Cate había oído su voz mezclada con las de los niños, más agudas y emocionadas, mientras parecía que mantenían conversaciones normales.

Se asomó por la puerta de la cocina y vio que había tres clientes esperando para pagar.

—Vuelvo enseguida —dijo, y salió a cobrar. Al principio, no quería poner una caja registradora en el comedor, pero el éxito de los desayunos la había obligado a hacerlo, así que había instalado una caja pequeña junto a la puerta. Dos de las personas que esperaban eran Joshua Creed y su cliente, lo que significaba que, ahora que el señor Creed se marchaba, el comedor pronto se vaciaría del todo.

—Cate —dijo el señor Creed al tiempo que inclinaba la cabeza hacia ella. Era alto y robusto, con algunas canas en las sienes y el rostro curtido por el tiempo. Tenía unos ojos marrones pequeños y una mirada intensa; parecía como si pudiera morder uñas y escupir balas, pero siempre que hablaba con ella se mostraba amable y respetuoso—. Estos bollos están más buenos cada día. Si viniera a desayunar aquí cada día, engordaría diez kilos.

—Lo dudo, pero gracias.

Se volvió y le presentó a su cliente.

—Cate, te presento a Randall Wellingham. Randall, esta encantadora señora es Cate Nightingale, la propietaria de la pensión que, además, resulta que es la mejor cocinera del pueblo.

El primer cumplido era discutible, pero el segundo era mentira porque la mujer de Walter Earl, Milly, era una de esas cocineras naturales que apenas medía ningún ingrediente pero que cocinaba como los ángeles. No obstante, a su negocio le iría bien que el señor Creed fuera diciendo esas cosas.

—No puedo discutir ninguna de las dos cosas —dijo el señor Wellingham, en su entusiasta tono, con la mano extendida mientras la repasaba de arriba abajo antes de volver a mirarla a la cara con una expresión que decía que no estaba impresionado con ella ni con la comida. Encajó la mano de Cate con demasiada fuerza pero la piel de su mano era demasiado suave. No era un hombre que hiciera un trabajo físico con frecuencia, algo perfectamente aceptable si no hubiera sido por su mirada de desprecio hacia los demás porque ellos sí que lo hacían. Sólo el señor Creed salió bien parado, aunque era normal porque sólo un estúpido ciego se atrevería a despreciarlo.

—¿Se quedará mucho tiempo? —le preguntó Cate, sólo para ser educada.

—Una semana. Es lo máximo que puedo escaparme del despacho. Cada vez que me marcho, todo se va a pique —dijo chasqueando la lengua.

Ella no dijo nada. Supuso que tendría su propio negocio, teniendo en cuenta los lujos de los que presumía, pero no le importaba lo suficiente como para preguntar. El señor Creed asintió, se colocó el sombrero negro y los dos hombres salieron a la calle para dejar que los demás clientes pagaran. Había dos hombres más en la cola.

En cuanto les hubo cobrado y hubo llenado de café las tazas de los que quedaban en el comedor, Conrad y Gordon Moon terminaron y Cate regresó a la caja registradora, donde esquivó los insistentes cumplidos de Conrad e ignoró el regocijo de Gordon, a quien parecía hacerle mucha gracia que su padre se hubiera encaprichado de ella.

A Cate no le hizo demasiada gracia que Conrad se detuviera en la puerta cuando su hijo ya había salido al porche. Se detuvo y tragó saliva, moviendo la nuez.

—Señorita Cate, quería preguntarle si… bueno… ¿querría recibir una visita esta noche?

Aquella propuesta a la antigua le gustó y la alarmó; le gustaba cómo lo había hecho, pero le horrorizaba que se lo hubiera preguntado. Ahora fue Cate quien tragó saliva y decidió agarrar el toro por los cuernos, porque creyó que darle largas sólo provocaría más intentos.

—No. Paso las noches con mis hijos. Estoy tan ocupada durante el día, que la noche es el único momento que me queda para estar con ellos, y no me parece correcto dejar de hacerlo.

Pero Conrad insistió:

—No puede pretender perderse los mejores años de su vida...

—No me los estoy perdiendo —lo interrumpió ella con firmeza—. Los estoy viviendo de la forma que considero mejor para mí y mis hijos.

—¡Pero es que cuando hayan crecido yo quizá ya habré muerto!

Aquel era un argumento que convencería a cualquier chica, seguro. Cate le lanzó una mirada incrédula y luego asintió.

—Sí, quizá sí. Sin embargo, dejaré pasar esta oportunidad. Estoy segura de que lo entiendes.

—No mucho —murmuró él—, pero supongo que puedo aceptar un rechazo igual que cualquier otro hombre.

Sherry asomó la cabeza por la puerta de la cocina.

—Cal ha llegado —dijo.

Conrad desvió su mirada hacia ella y le dijo:

—Señorita Sherry, ¿por casualidad querría recibir una visita...?

Cate dejó a Sherry con el seductor de geriátrico y entró en la cocina.

El señor Harris ya estaba de rodillas en el suelo y con la cabeza metida en el armario debajo del fregadero mientras que los niños habían bajado de las sillas y le estaban vaciando la caja de herramientas.

—¡Tucker! ¡Tanner! —colocó los brazos en jarra y les lanzó la más severa mirada de madre—. Dejad las herramientas en la caja. ¿Qué os he dicho antes sobre no molestar al señor Harris hoy? Os he dicho que podíais mirar pero que no os acercarais a las herramientas. Los dos, a vuestra habitación. Ahora.

—Pero mamá... —empezó a decir Tucker, que siempre estaba más que dispuesto a construir una sólida defensa para lo que fuera que lo hubiera descubierto haciendo. Tanner se limitó a retroceder, con una llave inglesa en la mano, y esperó a que Tucker se rindiera o plantara cara. Cate sabía que la situación estaba a punto de descontrolarse; su instinto maternal le decía que los chicos estaban a punto de rebelarse. Esta situación se repetía a menudo, porque ellos llegaban al límite para comprobar hasta dónde los dejaba llegar ella. «Jamás muestres debilidad.» Fue el único consejo que le dio su madre para enfrentarse a maleantes, animales salvajes y niños de cuatro años desobedientes.

—No —dijo con firmeza mientras señalaba la caja—. Poned las herramientas en la caja. Ahora.

Con una mueca, Tucker tiró un destornillador a la caja. Cate apretó los dientes con fuerza; su hijo sabía que no tenía que tirar sus cosas, y mucho menos las de los demás. Apresuradamente se acercó hasta la caja de herramientas, le cogió el brazo y le dio un cachete en el culo.

—Jovencito, sabes que no puedes tirar así las herramientas del señor Harris. Primero, vas a pedirle perdón y luego, subirás a tu habitación y te sentarás en la silla de los castigos durante quince minutos —Tucker empezó a gritar y a llorar, pero Cate se limitó a alzar la voz mientras señalaba a Tanner—. Tú. La llave, a la caja.

El niño hizo una mueca, con aspecto de amotinado, pero acabó soltando un suspiro mientras dejaba la llave en la caja de herramientas.

—Vaaale —dijo, en un tono tan catastrofista que Cate tuvo que morderse el labio para no reírse. Había aprendido, de la forma más dura, que si les daba un dedo, ellos se tomaban todo el brazo.

—Tú también tienes que sentarte en la silla de castigo diez minutos, después de Tucker. También me has desobedecido. Ahora, recoged esas herramientas y dejadlas en la caja. Con cuidado.

Tanner se mordió el labio inferior con gesto triste mientras Tucker seguía llorando pero, para tranquilidad de Cate, hicieron lo que les había dicho. Miró a su alrededor y vio que el señor Harris había sacado la cabeza de debajo del fregadero y estaba abriendo la boca, seguro que para defender a los pequeños culpables. Ella levantó el dedo índice de la mano.

—Ni una palabra —le dijo, muy seria.

El señor Harris se sonrojó, murmuró: «No, señora» y volvió a esconder la cabeza en el armario. Cuando todas las herramientas estuvieron en la caja, aunque seguramente no en su sitio, Cate le dijo a Tucker:

—¿Qué tienes que decirle al señor Harris?

—Lo ziento —dijo, sorbiéndose la nariz a media frase.

El fontanero no asomó la cabeza.

—Tran… —empezó a decir, pero luego se interrumpió. Por un momento, parecía que se había quedado mudo, pero luego añadió—. Chicos, deberíais hacerle caso a vuestra madre.

Cate cortó una toallita de papel y la colocó frente a la nariz de Tucker.

—Suénate —le dijo, sujetando el papel mientras él obedecía y lo hacía con la excesiva energía que utilizaba para todo—. Ahora, subid a vuestra habitación. Tucker, a la silla de castigo. Tanner, juega en silencio mientras Tucker está castigado, pero no hables con él. Yo subiré después, cuando tengáis que intercambiar los puestos.

Con la cabeza gacha, los dos niños se arrastraron escaleras arriba como si estuvieran a punto de enfrentarse a un destino terrible. Cate miró el reloj para calcular a qué hora tenía que levantarle el castigo a Tucker.

Sherry había entrado en la cocina y estaba observando a Cate con una mezcla de compasión y diversión.

—¿De verdad se quedará sentado en la silla hasta que subas?

—Ahora ya sí. Las últimas veces que lo he castigado en la silla ha visto cómo, por no hacerme caso, le he ampliado el castigo varias veces, así que ahora ya lo ha entendido. Tanner ha sido incluso más terco —y, mientras recordaba lo mucho que le había costado conseguir que le hiciera caso, pensó que aquello era el mayor eufemismo de la historia. Tanner no hablaba demasiado pero era la terquedad personificada. Los dos eran muy activos, decididos y absolutamente brillantes a la hora de descubrir nuevas y diferentes formas de meterse en líos, o peor… en peligro. Antes de ser madre, la idea de darle un cachete en el culo a un niño le horrorizaba pero, antes de que sus hijos tuvieran dos años, ya había cambiado la mayor parte de sus opiniones sobre cómo criar a los hijos. Sin embargo, jamás les había pegado fuerte, pero ya no se cerraba ante la posibilidad de que llegaran a la pubertad sin hacerlo. La idea le retorcía el estómago, pero tenía que criarlos sola y mantenerlos a salvo al mismo tiempo que intentaba que se convirtieran en seres humanos responsables. Si se permitía el lujo de pensar demasiado en los largos años que le esperaban, casi le daba un ataque de pánico. Derek no estaba. Tenía que hacerlo sola.

El señor Harris se levantó con mucho cuidado y la miró mientras mentalmente evaluaba si ya era seguro hablar. Decidió que sí y se aclaró la garganta:

—La fuga ya está solucionada; era una tuerca que se había afloja-do —mientras hablaba, se fue sonrojando y, al final, agachó la cabeza y se quedó mirando la llave inglesa que tenía en las manos.

Ella suspiró aliviada y empezó a caminar hacia la puerta.

—Gracias a Dios. Voy a buscar el monedero para pagarle.

—No ha sido nada —murmuró él—. Sólo la he apretado.

Sorprendida, Cate se detuvo en seco.

—Pero tendré que pagarle algo por su tiempo.

—He tardado un minuto.

—Un abogado cobraría una hora entera por ese minuto —comentó Sherry, que parecía divertirse con aquella situación.

El señor Harris dijo algo en voz baja que Cate no entendió, pero Sherry sí que lo hizo, porque enseguida sonrió. Cate se preguntó qué era eso tan divertido, pero no tenía tiempo para averiguarlo.

—Por lo menos deje que le sirva una taza de café. Invita la casa.

Él dijo algo parecido a «gracias», aunque también podría haber sido «no se moleste». Cate prefirió pensar que había dicho lo prime-ro, fue al comedor, llenó un vaso de papel grande para llevar y le co-locó una tapa de plástico. Se acercaron dos hombres más para pagar; a uno lo conocía pero al otro no, aunque en temporada de caza no era extraño. Les cobró, echó un vistazo a los pocos clientes que queda-ban, que parecían tener todo lo que necesitaban, y se llevó el café a la cocina.

El señor Harris estaba de rodillas, ordenando la caja de herra-mientas. Cate se sintió culpable.

—Lo siento mucho. Les dije que no se acercaran a las herramien-tas pero… —levantó un hombro, un gesto de frustración, y le ofreció el café.

—No pasa nada —respondió él mientras cogía el vaso con la mano rugosa y sucia de grasa. Ladeó la cabeza—. Me gusta su compañía.

—Y a ellos la suya —replicó ella, algo seca—. Voy a subir a ver qué hacen. Gracias otra vez, señor Harris.

—Todavía no han pasado los quince minutos —dijo Sherry, mi-rando el reloj.

Cate sonrió.

—Ya lo sé, pero no saben calcular el tiempo así que, ¿qué importan unos minutos menos? ¿Puedes vigilar la caja un rato? En el comedor todo estaba en orden, nadie necesitaba café; así que no hay nada que hacer hasta que se marchen todos.

—Yo me encargo —dijo Sherry, y Cate salió de la cocina por la puerta lateral y subió el largo y empinado tramo de escaleras. Para ella y los niños había elegido las dos habitaciones de delante y había dejado las que gozaban de mejores vistas para los huéspedes. Tanto las escaleras como el pasillo estaban enmoquetados, así que llegó arriba sin hacer ruido. La puerta de la habitación de los niños estaba abierta, pero no los oyó. Sonrió; buena señal.

Se detuvo en la puerta y se los quedó mirando un minuto. Tucker estaba sentado en la silla de castigo, con la cabeza agachada mientras se mordía las uñas. Tanner estaba sentado en el suelo, subiendo uno de sus coches de juguete por la pendiente que había fabricado apoyando uno de sus cuentos en la pierna al tiempo que imitaba el sonido de un motor con la boca cerrada.

Un recuerdo le asaltó la memoria y se le encogió el corazón. Su primer cumpleaños, a los pocos meses de la muerte de Derek, les había traído una avalancha de juguetes. Ella jamás les había enseñado a hacer ruidos de motor; apenas empezaban a caminar y sus juguetes eran blandos, como animales de peluche, o juegos educativos con los que ella les enseñaba palabras y coordinación. Cuando Derek murió, ellos eran demasiado jóvenes y no les pudo enseñar a jugar a cartas y Cate sabía que su padre tampoco lo había hecho. Su hermano, que quizá lo habría hecho, vivía en Sacramento y sólo lo había visto una vez desde la muerte de Derek. Sin nadie que les hubiera enseñado a hacer ruido de motor, cada uno de ellos había cogido uno de sus coloridos coches de plástico y los movían adelante y atrás, al tiempo que hacían un ruido parecido a «vvroomm, vvroomm», e incluso hacían la pausa del cambio de marchas. Cate se los quedó mirando embobada porque, por primera vez, se dio cuenta de que gran parte de su personalidad estaba ya formada; puede que ella supiera satisfacer sus instintos más básicos, pero no tenía la capacidad de moldear sus mentes. Eran quienes eran y adoraba cada centímetro y cada molécula de su ser.

—Hora de cambiar —dijo, y Tucker saltó de la silla de castigo con un gran suspiro de alivio. Tanner soltó el coche de plástico y bajó la ca-

beza hasta que la barbilla le tocó el pecho, la imagen perfecta de penoso abatimiento. Se levantó del suelo y parecía que llevaba unos pesos
invisibles colgados de las piernas, porque apenas podía avanzar. Se movía tan despacio que Cate llegó a pensar que tendría edad para ir al colegio antes de llegar a esa silla. Sin embargo, al final llegó y se dejó caer
en el asiento.

—Diez minutos —dijo ella, reprimiendo otra vez las ganas de reír.
Estaba claro que Tanner creía que era un desdichado; su lenguaje corporal gritaba que no tenía ninguna esperanza de que le levantaran el
castigo hasta el día de su muerte.

—Me he portado bien —dijo Tucker, mientras se abrazaba a la
pierna de su madre—. No he dicho nada.

—Has sido muy valiente —dijo Cate mientras le acariciaba el oscuro pelo—. Has cumplido el castigo como un hombre.

El niño la miró, con aquellos ojos azules muy abiertos.

—¿De veras?

—Sí. Estoy muy orgullosa.

Irguió la espalda y miró de forma pensativa a Tanner, que parecía
que fuera a expirar en cualquier momento.

—¿Soy más vaguiente que Tannel?

—Valiente —lo corrigió Cate.

—Vallliente.

—Muy bien. Y es Tanner.

—Tannerrr —repitió el niño, haciendo especial hincapié en la última consonante.

—Recuerda: tómate tu tiempo para pensar y te saldrá de un tirón.

El niño, extrañado, ladeó la cabeza.

—Quién es el cabrón.

—¡Tucker! —horrorizada, Cate se quedó de una pieza y boquiabierta—. ¿Dónde has oído esa palabra?

El niño la miró todavía más extrañado.

—La acabas de decir tú, mami. Has dicho: «Te saldrá el cabrón».

—¡De tirón, no el cabrón!

—Ah —el niño frunció el ceño—. De tirón. ¿Y quién es el tirón?

—Da igual —quizá había sido una coincidencia; quizá el pequeño
ni siquiera había oído la palabra «cabrón» en ningún sitio. Después de

todo, el alfabeto sólo tenía veintiocho letras, por lo que no debía de extrañarle que confundiera unas con otras. Si ella no le hubiera dicho nada, quizá el crío lo habría olvidado al cabo de unos segundos. Sí, claro. Lo perfeccionaría en privado y lo soltaría en el peor momento, sólo para avergonzarla, seguramente delante de su madre.

—Siéntate y juega mientras Tanner está en la silla de castigo —le dijo, dándole una palmadita en el hombro—. Volveré dentro de diez minutos.

—Ocho —dijo Tanner, que revivió lo suficiente como para lanzarle una mirada de rabia.

Cate miró el reloj; tenía razón, le faltaban ocho minutos. Ya llevaba dos minutos en la silla de castigo.

Sí, a veces sus hijos le daban miedo. Podían contar hasta veinte, pero todavía no les había enseñado a restar; además, su concepto del tiempo se limitaba al «ahora mismo» y al «dentro de mucho, mucho tiempo». En algún momento, mientras escuchaba en lugar de hablar, Tanner había aprendido algunas operaciones matemáticas.

Divertida, pensó que quizá el próximo año su hijo podría hacerle la declaración de la renta.

Cuando se volvió, se fijó en el 3 que estaba colgado de la puerta que quedaba al otro lado del pasillo. ¡El señor Layton! Entre la avería y el castigo de los niños, se había olvidado de subirle una bandeja con el desayuno.

Se acercó a la puerta; estaba entreabierta, así que golpeó el marco.

—Señor Layton, soy Cate Nightingale. ¿Quiere que le suba el desayuno?

Esperó, pero no obtuvo respuesta. ¿Acaso había salido y bajado mientras ella estaba en el cuarto de los gemelos? La puerta chirriaba, así que si la hubiera abierto lo habría oído.

—¿Señor Layton?

Nada. Con cuidado, empujó la puerta y esta chirrió.

Las sábanas y la colcha estaban arrugadas a un lado de la cama y la puerta del armario estaba abierta, con lo que Cate pudo ver varias piezas de ropa colgadas de la barra. Cada habitación tenía su propio baño y, en este caso, la puerta del baño también estaba abierta. En la banqueta, había una maleta de piel abierta, con la parte superior apoyada en la pared. Sin embargo, el señor Layton no estaba. Seguro que había bajado mientras ella estaba con los niños y no había oído el chirrido de la puerta.

Dio media vuelta para salir, porque no quería que el huésped regresara y pensara que estaba husmeando entre sus cosas, pero entonces vio que la ventana estaba abierta y la cortina ligeramente torcida. Extrañada, cruzó la habitación, colocó bien la cortina y la fijó. ¿Cómo demonios se había soltado? ¿Acaso los niños habían estado jugando allí dentro, intentando saltar por la ventana? La idea le congeló la sangre y se asomó para comprobar la distancia hasta el tejado del porche. Una caída así les rompería todos los huesos del cuerpo; seguramente los mataría.

Estaba tan horrorizada ante aquella posibilidad que tardó unos segundos en darse cuenta de que el aparcamiento estaba vacío. El coche de alquiler del señor Layton no estaba allí. O no había subido antes o bien… o bien había saltado por la ventana hasta el tejado del porche, se había deslizado hasta el suelo y se había marchado. La idea era ridícula, pero preferible a pensar que los gemelos habían intentado saltar por la ventana.

Salió de la habitación número 3 y volvió a la de los niños. Tanner seguía sentado en la silla de castigo y todavía parecía que esperaba su inminente final. Tucker estaba dibujando en la pizarra con una tiza de color.

—Niños, ¿alguno de vosotros ha abierto alguna ventana?

—No, mamá —dijo Tucker sin dejar de dibujar.

Tanner levantó la cabeza y la agitó con fuerza.

Decían la verdad. Cuando mentían, abrían mucho los ojos y la miraban como si fuera una cobra y los estuviera hipnotizando con el movimiento de su cabeza. Cate esperaba que siguieran haciéndolo cuando fueran adolescentes.

La única explicación para aquella ventana abierta era que, realmente, el señor Layton había saltado y se había marchado.

¿Por qué diantre haría una cosa así?

Además, si se hubiera hecho daño, ¿el seguro de la pensión lo cubriría?

Capítulo 2

Cate bajó corriendo las escaleras esperando que Sherry no hubiera tenido que hacer frente a una avalancha de clientes mientras ella estaba arriba con los gemelos. Cuando se acercó a la puerta de la cocina, oyó la voz de Sherry, muy divertida.

—Me preguntaba cuánto tiempo ibas a quedarte debajo del fregadero.

—Tenía miedo de que, si me movía, también me pegaría un cachete en el culo.

Cate se detuvo en seco y con los ojos abiertos como platos. ¿Lo había dicho el señor Harris? ¿El señor Harris? ¿Y a Sherry? Podía imaginárselo diciéndoselo a otro hombre, pero cuando hablaba con una mujer apenas podía decir dos palabras seguidas sin sonrojarse. Además, lo había dicho en un tono relajado que ella desconocía, un tono que le hacía dudar de si realmente lo había oído.

¿El señor Harris… y Sherry? ¿Acaso se había perdido algo? Era imposible; la idea de que esos dos fueran más que amigos era demasiado descabellada para ser real, era como… como Lisa Marie Presley y Michael Jackson juntos.

Aunque eso le enseñó que todo era posible.

Sherry era mayor que el señor Harris, tendría unos cincuenta y pico, aunque la edad no importaba. También era una mujer atractiva, robusta pero con curvas, pelirroja, cariñosa y amigable. El señor Harris tenía… bueno, Cate no tenía ni idea de cuántos años tenía. Supuso que debía estar entre los cuarenta y los cincuenta. Intentó imagi-

25

nárselo en su cabeza: parecía mayor de lo que debía ser en realidad, y no es que estuviera arrugado ni nada de eso, sencillamente era una de esas personas que nacían mayores, que desprendían una actitud de haberlo visto todo. De hecho, ahora que se paraba a pensarlo, puede que ni siquiera tuviera cuarenta años. Siempre llevaba el anodino pelo, de un indefinido color entre el castaño y el rubio, despeinado y nunca lo había visto sin un par de pantalones manchados de grasa. Era tan desgarbado que las chaquetas le colgaban por todas partes, más ligeras que la moral de una prostituta.

Cate se avergonzó; era tan tímido que ella evitaba mirarlo o hablar con él, porque no quería ponerlo nervioso, y ahora se sentía culpable porque mostrarse tan poco comunicativa era más fácil que conocerlo y tranquilizarlo, como estaba claro que había hecho Sherry. Cate también debería haberse aplicado, debería haber hecho el esfuerzo de ser su amiga, igual que todos habían hecho con ella cuando llegó y se hizo cargo de la pensión. ¡Menuda vecina había sido!

Entró en la cocina y tuvo la sensación de adentrarse en la dimensión desconocida. El señor Harris dio un brinco, literalmente, en cuanto la vio, y se sonrojó, como si supiera que Cate lo había oído. Ésta centró sus pensamientos en los extraños actos del señor Layton, lejos de la posibilidad de que se estuviera fraguando un romance ante sus narices.

—El huésped de la tres ha saltado por la ventana y se ha ido —dijo, y encogió los hombros como queriendo decir: «No sé que diantre está pasando».

—¿Por la ventana? —repitió Sherry, igual de extrañada—. ¿Por qué?

—No lo sé. Tengo su número de tarjeta de crédito, así es que no podrá evitar pagarme. Además, sus cosas todavía están arriba.

—Quizá solo quería saltar por la ventana, para ver si podía hacerlo.

—Quizá. O sencillamente está loco.

—Claro —asintió Sherry—. ¿Cuántas noches tenía previsto quedarse?

—Una. Y tiene que dejar la habitación a las once, así que debería estar de vuelta dentro de poco —aunque era incapaz de imaginarse dónde habría podido ir, a menos que le hubieran entrado unas ganas urgentes de visitar el colmado. En Trail Stop no había tiendas ni restaurantes; si quería desayunar, debería haberlo hecho en la pensión. La ciudad más cercana estaba a una hora en coche, así que no tendría tiempo de ir, comer y volver antes de la hora reglamentaria para abandonar la habitación, aparte de que, hacer todo ese viaje únicamente para evitar comer entre extraños sería de lo más contraproducente.

El señor Harris se aclaró la garganta.

—Yo… emmm —miró a su alrededor, claramente desconcertado

Cuando vio que no sabía dónde dejar el vaso vacío, Cate dijo:

—Yo me encargo —y alargó la mano—. Gracias por venir. Aunque me gustaría que me permitiera pagarle.

Él meneó la cabeza con decisión mientras le daba el vaso. Decidida a ser más amable, Cate prosiguió:

—No sé qué habría hecho sin usted.

—Nadie de nosotros sabe cómo nos las apañábamos antes de que Cal llegara —dijo Sherry, muy alegre, mientras se acercaba al fregadero y empezaba a meter los platos y los vasos en el lavavajillas—. Supongo que nos pasábamos semanas esperando a que viniera alguien de la ciudad a arreglarnos las averías.

Aquello sorprendió a Cate; pensaba que el señor Harris siempre había estado allí. De hecho, encajaba con los locales como si hubiera nacido en el pueblo. Volvió a sentirse avergonzada. Sherry se dirigía a él por su nombre propio, mientras que Cate siempre lo llamaba «señor Harris», marcando una distancia entre ellos. No sabía por qué lo hacía, pero no podía evitarlo.

—¡Maaamiii! —gritó Tucker desde lo alto de la escalera—. ¡Es la hora!

Sherry chasqueó la lengua y Cate vislumbró una pequeña sonrisa en la boca del señor Harris mientras se despedía de Sherry acercándose dos dedos a la frente y recogía la caja de herramientas; estaba claro que quería marcharse antes de que bajaran los gemelos.

Cate puso los ojos en blanco, rezando en silencio por un poco de paz y tranquilidad, y luego salió al pasillo.

—Dile a Tanner que ya puede levantarse de la silla de castigo.

—¡Vale! —el alegre grito vino seguido de varios golpes y saltos—. ¡Tannel, mamá dice que ya puedes levantarte! Construyamos un fuerte y una baguicada y nos meteremos dentro —entusiasmado por el juego, corrió hacia su habitación.

Cate estaba divertida por aquella curiosa pronunciación y sorprendida por la elección de palabras de su hijo. ¿Barricada? ¿De dónde lo habría sacado? Quizá habían estado viendo viejas películas del oeste en la televisión; tenía que estar más atenta a lo que veían.

Se asomó al comedor: estaba vacío; la hora punta de la mañana ya había pasado. Cuando Sherry y ella limpiaran el comedor y la cocina y el señor Layton viniera a recoger sus cosas, cambiaría las sábanas y limpiaría la habitación, y luego tendría todo el libre para prepararlo todo para la llegada de su madre.

El señor Harris ya se había marchado. Cuando se acercó para ayudar con los platos, Cate golpeó con la cadera a Sherry.

—Bueno, ¿qué pasa entre el señor Harris y tú? ¿Hay algo entre vosotros?

Sherry abrió la boca y miró a Cate con una expresión de total sorpresa.

—Madre mía, no. ¿Qué te ha hecho pensar eso?

La reacción de Sherry fue tan genuina que Cate se sintió como una estúpida por haber sacado la conclusión equivocada.

—Estaba hablando contigo.

—Claro, Cal habla con mucha gente.

—Que yo sepa, no.

—Es que es un poco tímido —dijo Sherry, lo que posiblemente era el eufemismo del mes—. Además, soy lo suficientemente mayor como para ser su madre.

—No es verdad… a menos que fueras muy, muy precoz.

—Vale, he exagerado. Cal me cae muy bien. Es un hombre listo. Puede que no tenga un título universitario, pero puede arreglar lo que sea.

Cate estaba de acuerdo. El señor Harris arreglaba cualquier avería de la pensión, ya fuera de carpintería, electricidad o lampistería. También ejercía de mecánico, si era necesario. Si había alguien que había nacido para ser un manitas, ese era el señor Harris.

Hacía diez años, recién salida de la facultad con su título de marketing bajo el brazo, habría mirado con desdén a aquellos que se dedicaban a realizar un trabajo físico, gente con el nombre bordado en la camisa, como decían en su círculo de amigos, pero ahora era mayor y más inteligente, o eso esperaba. El mundo necesitaba a todo tipo de trabajadores para que todo funcionara, los que pensaban y los que ponían las ideas en práctica y, en aquella pequeña comunidad, alguien que pudiera arreglar lo que fuera valía su peso en oro.

Empezó a limpiar el comedor mientras Sherry terminaba en la cocina; después pasó el aspirador y sacó el polvo, al menos de todas las zonas de uso público. Gracias a Dios, la enorme casa victoriana tenía dos salones. El de la parte delantera, el grande, era para uso de los huéspedes. El pequeño de la parte trasera era donde ella y los niños se relajaban por la noche, veían la televisión y jugaban. Ni siquiera se molestó en recoger los juguetes del suelo porque, básicamente, su madre no llegaría hasta dentro de unas horas y, para entonces, los niños ya habrían vuelto a sacar todos los juguetes de las cajas, así que se ahorró el esfuerzo.

Sherry se asomó por la puerta de la cocina.

—Aquí ya está todo listo. Nos vemos mañana por la mañana. Espero que tu madre llegue bien.

—Gracias, yo también; si tiene algún problema con el coche o con lo que sea, me estará martirizando toda la semana.

Trail Stop era un lugar tan remoto que no era demasiado fácil llegar hasta allí, no había ningún aeropuerto comercial cerca y sólo había una carretera. Además, como su madre odiaba las avionetas con las que hubiera podido volar hasta más cerca y como alquilar cualquier tipo de vehículo en esos pequeños aeropuertos era «misión imposible», había preferido volar hasta Boise, donde sabía que habría coches de alquiler disponibles. Eso significaba que tendría que hacer un largo trayecto por carretera, otro tema delicado más que aumentaba su preocupación acerca de la elección de vivienda de Cate. No le gustaba que su hija y sus nietos vivieran en otro estado, no le gustaba Idaho, prefería las zonas metropolitanas a las rurales, y no le gustaban los numerosos problemas que se le planteaban a la hora de visitarlos. No le gustaba que Cate hubiera comprado la pensión, lo que significaba que apenas tenía tiempo libre; de hecho, desde que la había comprado, sólo había visitado a sus padres una vez.

Y todos esos motivos eran válidos. Cate lo admitía, e incluso se lo había dicho a su madre. Si hubiera podido, a ella también le hubiera gustado quedarse en Seattle.

Pero no pudo, de modo que había hecho lo que consideró mejor para los gemelos. Cuando Derek murió y la dejó sola con dos gemelos de nueve meses, Cate no sólo se quedó destrozada por perderlo, sino que tuvo que enfrentarse a la realidad de su situación económica. Los dos sueldos les proporcionaban estabilidad pero, cuando nacieron los niños, Cate empezó a trabajar media jornada y hacía casi todo el trabajo desde casa. Sin Derek, tenía que trabajar a jornada completa, pero el precio de una guardería decente para los niños era prohibitivo. Casi le salía más a cuenta no trabajar. Además, su madre tampoco podía ayudarla, porque también trabajaba.

Tenían dinero ahorrado y Derek había contratado un seguro de vida de cien mil dólares, con la intención de ir añadiendo dinero con el paso de los años. Pensaban que tenían todo el tiempo del mundo. ¿Quién habría dicho que un hombre de treinta años y sano iba a morir por una infección de los estafilococos áureos que le atacaría el corazón? Había salido a escalar por primera vez desde el nacimiento de los gemelos, se hizo un arañazo en la rodilla y los doctores dijeron que, seguramente, la bacteria había penetrado en el organismo a través de la pequeña herida. Les dijeron que sólo un treinta por ciento de personas presentaban este tipo de bacteria en la piel y que no solían tener ningún problema. Sin embargo, a veces una herida en la piel favorecía una infección y, por algún motivo, el sistema inmunológico está deprimido de forma temporal, por ejemplo por el estrés, y la infección se apodera del organismo a pesar de todos los esfuerzos por detenerla.

El cómo y el por qué importaban, sí, a un nivel intelectual sí pero, a nivel emocional, ella sólo sabía que se había quedado viuda con veintinueve años y dos bebés de nueve meses. A partir de ese momento, tenía que tomar todas las decisiones pensando en ellos.

Con los ahorros y el dinero del seguro, y con un control estricto del presupuesto de casa, podría haberse quedado en Seattle, cerca de sus padres y sus suegros. Sin embargo, no le habría quedado nada para la universidad de los niños y, además, habría tenido que trabajar tantas horas que apenas habría tenido tiempo para verlos. Había repasado sus opciones una y otra vez con su contable y lo que él le aconsejó fue irse a vivir a una zona donde el costo de la vida fuera menos elevado.

Ya conocía esta zona de Idaho, en las Bitterroots. Uno de los amigos de la universidad de Derek creció aquí y siempre le decía que era una zona estupenda para escalar. Derek y él se pasaron muchos fines de semana escalando. Más adelante, cuando Derek y ella se conocieron en un club de escalada y empezaron a salir, ella se unió a las salidas de fin de semana de forma natural. Aquella zona le gustaba mucho, las rocas escarpadas, el paisaje sorprendentemente bonito, la paz que allí se respiraba. Derek y ella se habían alojado en la pensión que ahora regentaba, así que incluso conocía la casa. La antigua propietaria, la vieja señora Weiskopf, pasaba grandes apuros para mantenerla, así que cuando Cate decidió meterse en el negocio de la hostelería y le hizo una oferta, la señora no se lo pensó dos veces y ahora vivía en Pocatello con su hijo y su nuera.

El costo de la vida en Trail Stop era más bajo y, al vender el piso de Seattle, Cate ganó algo de dinero que ingresó en la cuenta de la universidad de los niños. Estaba decidida a no tocar ese dinero a menos que fuera un asunto de vida o muerte... de los niños. Ella vivía de las ganancias de la pensión, que no le dejaba dinero para muchos caprichos. Sin embargo, el negocio de los desayunos le daba un poco más de margen, siempre que nada saliera mal ni se presentaran gastos imprevistos, como la emergencia de aquella mañana. Gracias a Dios no había sido nada, y gracias a Dios el señor Harris no había querido cobrarle.

Obviamente, la vida que había elegido para ella y para los niños tenía sus ventajas y sus inconvenientes. Una de las ventajas, quizá la más importante, era que los niños estaban con ella toda la jornada, cada día. Tenían toda la estabilidad que ella podía ofrecerles y, en consecuencia, eran unos niños sanos y felices, y aquello bastaba para que decidiera quedarse. Otra ventaja era que le gustaba trabajar para sí misma. Le gustaba lo que hacía, le gustaba cocinar y le gustaba la gente de la comunidad. Sólo eran personas, quizá de mente más independiente que sus amigos metropolitanos, pero con defectos, virtudes y debilidades como todo el mundo. El aire allí era limpio y fresco y los niños no corrían ningún peligro jugando en la calle.

Uno de los inconvenientes de la lista era lo remoto del pueblo. No había cobertura para móviles, ni ADSL. La televisión funcionaba vía satélite, lo que se traducía en una imagen algo borrosa. Aquí uno no podía ir al supermercado en un momento porque se había dejado algo, porque el establecimiento más cercano estaba a una hora de camino, con lo que Cate hacía el viaje cada quince días y cargaba toneladas de comida. El médico de los niños también estaba a una hora de camino. Cuando empezaran a ir a la escuela, tendría que hacer ese trayecto dos veces al día, cinco días a la semana, lo que significaba que tendría que contratar ayuda para la pensión. Incluso recoger el correo implicaba un esfuerzo. En la carretera principal, a más de diez kilómetros de distancia, había una larga hilera de buzones rurales. Cualquier persona que supiera que iba a pasar por allí tenía la obligación de coger el correo que toda la comunidad quisiera enviar y recoger lo que hubiera en los buzones, lo que significaba tener que llevar siempre encima una buena cantidad de gomas para separar el correo de cada vecino, y luego entregarlo a sus destinatarios.

Los niños tampoco tenían demasiados compañeros de juego. Sólo había una niña que tenía aproximadamente su edad: Angelina Contreras, que tenía seis años e iba a primero, es decir, que durante el día estaba en el colegio. Durante el curso escolar, los pocos adolescentes del pueblo se quedaban a dormir en casa de amigos o familiares en la ciudad y sólo venían los fines de semana, porque la distancia era considerable.

Cate no ignoraba los problemas que acarreaba su opción de vida pero, por encima de todo, creía que había tomado la mejor decisión para los niños. Eran su principal preocupación, el motivo que se escondía detrás de cada una de sus acciones. Toda la responsabilidad de criarlos y cuidarlos era suya y estaba decidida a que no sufrieran.

A veces, se sentía tan sola que pensaba que el estrés iba a poder con ella. Por fuera, todo parecía totalmente normal, incluso rutinario. Vivía en aquella pequeña comunidad donde todos se conocían, criaba a sus hijos, hacía la compra, cocinaba y pagaba las facturas; es decir, se enfrentaba a las mismas preocupaciones que cualquier otra persona. Cada día era prácticamente igual al anterior.

Sin embargo, desde la muerte de Derek, siempre tenía la sensación de estar caminando al borde del precipicio y que un paso en falso la lanzaría al vacío. El peso de la responsabilidad de cuidar a los niños y darles todo lo que necesitaran recaía sobre sus hombros, y no sólo ahora, sino para siempre. ¿Y si el dinero que había ahorrado para la universidad no era suficiente? ¿Y si la bolsa se desplomaba cuando cumplieran los dieciocho y los tipos de interés caían al mínimo? El éxito o el fracaso de la pensión también era responsabilidad suya; todo era responsabilidad suya, cada decisión, cada plan, cada momento. Si sólo tuviera que preocuparse por ella, no estaría aterrorizada, pero tenía a los niños y por ellos siempre vivía al borde de un ataque de nervios.

Apenas tenían cuatro años, eran poco más que bebés y dependían totalmente de ella. Ya habían perdido a su padre y, a pesar de que no se acordaban de él, seguro que ya notaban su ausencia en sus vidas y, a medida que fueran creciendo, la notarían cada vez más. ¿Cómo podía compensarles por aquella pérdida? ¿Era lo suficientemente fuerte como para guiarlos con seguridad a través de los tercos y hormonales años de la adolescencia? Los quería tanto que no podría soportar que les pasara algo pero, ¿y si las decisiones que había tomado eran todas incorrectas?

No tenía ninguna garantía. Sabía que, aunque Derek estuviera vivo, habría problemas; pero la diferencia es que no estaría sola para afrontarlos.

Cuando su marido murió, Cate se obligó a seguir adelante por los niños y encerró el dolor en una cárcel de su interior donde podía tenerlo controlado hasta que se quedaba sola por las noches. Durante semanas y meses se pasó las noches llorando. Sin embargo, durante los días se centraba en sus hijos, en sus necesidades y, tres años después, todavía seguía funcionando igual. El tiempo había moldeado el afilado cuchillo del dolor, pero no lo había hecho desaparecer. Pensaba en Derek casi cada día, cuando veía sus expresiones reflejadas en las alegres caras de sus hijos. Encima de la cómoda de su habitación tenía una foto de los tres. De mayores, los chicos la mirarían y sabrían que era su padre.

Cate había pasado siete años maravillosos a su lado y su ausencia le había dejado un vacío enorme en su vida y en su corazón. Los chicos jamás lo conocerían y eso era algo que ella no podía devolverles.

Su madre llegó poco después de las cuatro de la tarde. Cate la estaba esperando y en cuanto el Jeep Liberty negro apareció en el aparcamiento, los niños y ella salieron a recibirla.

—¡Aquí están mis niños! —gritó Sheila Wells, mientras salía del coche y se agachaba para abrazar a sus nietos.

—Mimi, mira —dijo Tucker, enseñándole el coche de bomberos de juguete que tenía.

—Mira —repitió Tanner, enseñándole un camión vasculante amarillo. Los dos habían elegido su juguete preferido para enseñárselo.

Y ella no los decepcionó.

—Madre mía. No he visto un coche de bomberos y un camión vasculante tan bonitos en… bueno, en la vida.

—Escucha —dijo Tucker cuando encendió la sirena.

Tanner hizo una mueca. Su camión no tenía sirena, pero la parte de atrás se levantaba y, cuando abría la puerta, todo lo que había dentro caía. Se agachó, lo cargó con gravilla, lo colocó encima del coche de bomberos de Tucker y vació la gravilla encima del juguete de su hermano.

—¡Eh! —Tucker gritó, indignado, y empujó a su hermano. Cate intervino antes de que empezaran a pelearse.

—Tanner, eso no se hace. Tucker, no puedes empujar a tu hermano. Apaga esa sirena. Dadme los coches. Los guardaré en mi habitación; no podréis jugar con ellos hasta mañana.

Tucker abrió la boca para protestar, pero vio cómo su madre arqueaba una ceja a modo de advertencia y se volvió hacia Tanner:

—Siento haberte empujado.

Tanner también miró a su madre y pareció pensar que, después del castigo de la mañana, no era aconsejable tirar más de la cuerda.

—Y yo siento haber vaciado las piedras sobre tu coche —dijo, con aire magnánimo.

Cate apretó los dientes para contener una carcajada y su mirada se cruzó con la de su madre. Sheila tenía los ojos muy abiertos y la mano delante de la boca; sabía perfectamente que había momentos en que una madre no puede reírse. Se le escapó la risa, pero enseguida la camufló levantándose y abrazando a su hija.

—Estoy impaciente por explicarle esto a tu padre —dijo.

—Ojalá hubiera venido contigo.

—Quizá la próxima vez. Si no puedes venir a casa por Acción de Gracias, seguro que viene conmigo.

—¿Y Patrick y Andie? —Patrick era su hermano pequeño y Andie, diminutivo de Andrea, era su mujer. Sheila abrió el maletero del Jeep y empezaron a sacar el equipaje.

—Ya les he dicho que seguramente pasaremos Acción de Gracias aquí. Si estamos invitados, claro. Si tienes las habitaciones llenas, nada.

—Tengo dos reservas para ese fin de semana, así que todavía tengo tres habitaciones libres, o sea que ningún problema. Me encantaría que Patrick y Andie pudieran venir.

—Si Andie dice que vendrá a pasar Acción de Gracias aquí en lugar de a su casa, a su madre le da algo —comentó Sheila, muy mordaz. Quería mucho a su nuera, pero la consuegra ya era otra historia.

—Queremos ayudar —dijo Tucker mientras intentaba tirar de una maleta.

Como la maleta pesaba mucho más que él, Cate sacó una maleta con ruedas. ·

—Tomad, cogedla entre los dos. Pesa mucho, así que id con cuidado.

—Seguro que podemos —dijo el niño, mientras miraba a su hermano con decisión. Cada uno cogió un asa y gruñeron por el esfuerzo de transportar la maleta.

—Pero qué fuertes que sois —dijo Sheila, y los niños sacaron pecho, satisfechos.

—Hombres —murmuró Cate entre dientes—. Son tan simples.

—Cuando no le buscan tres pies al gato —añadió su madre.

Mientras subían los dos escalones del porche, Cate miró a su alrededor. El señor Layton todavía no había vuelto. No quería cobrarle una noche de más; además, como el siguiente huésped no llegaba hasta mañana, no era ningún problema que Layton no se hubiera marchado a las once, pero estaba molesta. ¿Y si regresaba por la noche, cuando ya había cerrado con llave? No daba las llaves a los huéspedes, así que tendría que despertarla, y quizá también a los niños y a su madre, o podía entrar como había salido: por la ventana. Aunque, ahora que lo pensaba, había cerrado la ventana, así que esa opción quedaba descartada. Se dijo que si los molestaba mientras dormían, le cargaría una noche extra en la tarjeta. Además, ¿en qué otro sitio iba a dormir?

—¿Qué pasa? —le preguntó Sheila al ver su gesto de preocupación.

—Un huésped se ha marchado esta mañana y no ha vuelto para pagar —bajó la voz para que los chicos no la oyeran—. Ha salido por la ventana.

—¿Pretendía irse sin pagar?

—No, tengo su tarjeta de crédito, así que pagará. Y sus cosas siguen aquí.

—Es muy extraño. ¿Y no te ha llamado? Aunque dudo que pudiera hacerlo, porque no hay cobertura para móviles.

—Hay teléfonos públicos —respondió Cate, con cautela—. Y no, no me ha llamado.

—Si no se ha puesto en contacto contigo mañana por la mañana, empaqueta sus cosas y véndelas por eBay —le dijo Sheila mientras seguía a los niños hasta el interior de la pensión.

Era buena idea, aunque seguramente debería darle más de un día para reclamar sus pertenencias.

Había tenido huéspedes que le habían pedido cosas muy extrañas, pero este era el primero que se marchaba y dejaba todas sus cosas en la habitación. Tuvo una sensación extraña y se preguntó si debería avisar a la policía. ¿Y si el pobre hombre había tenido un accidente y estaba tirado en alguna cuneta? Pero Cate no tenía ni idea de hacia dónde podía haber ido y, a pesar de que sólo había una carretera, a unos veinte kilómetros había una intersección a partir de la cual podría haber ido en cualquier dirección. Además, había salido por la ventana como si estuviera huyendo de algo. Quizá su ausencia era deliberada y, después de todo, no le había pasado nada.

Tenía su número de teléfono, porque era obligatorio escribirlo en el formulario de la reserva de la habitación. Si mañana no había vuelto, lo llamaría. Y cuando todo ese asunto se hubiera solucionado, le dejaría muy claro que no podía volver a alojarse en su pensión nunca más. El misterioso, o chalado, señor Layton conllevaba muchos problemas.

Capítulo 3

Cate se levantó a las cinco de la mañana para empezar con los preparativos del día. Lo primero que hizo fue asomarse a la ventana, que daba al aparcamiento, para comprobar si el señor Layton había regresado de noche y estaba durmiendo en el coche, puesto que no había oído ningún golpe en la puerta principal. Sin embargo, los únicos vehículos que había eran su Ford Explorer rojo y el coche de alquiler de su madre, ni rastro del señor Layton. ¿Dónde diablos estaría ese hombre? Al menos, podría haberla llamado y decirle… algo: cuándo regresaría o, en caso contrario, qué debía hacer con sus cosas.

Estaba tan enfadada que decidió empaquetar sus cosas y cobrarle una noche extra por las molestias. No tenía demasiado tiempo libre y no podía estar preocupándose por los clientes que saltaban por la ventana, ni hoy ni ningún otro día.

Pero antes tenía que encender la cafetera y prepararse para la llegada masiva de clientes para desayunar. La enorme casa estaba en silencio, sólo se oía el segundero del reloj de pie del pasillo y, a pesar de que tenía mucho trabajo, Cate disfrutaba de la paz de aquellas tempranas horas en que era la única persona despierta en la casa y podía estar sola. Esos instantes eran los únicos en que tenía la oportunidad de pensar sin las constantes interrupciones de los niños y los clientes; si le apetecía, podía hablar sola o escuchar música mientras trabajaba. Sherry llegaba poco antes de las siete y, a las siete y media en punto, los gemelos bajaban las escaleras corriendo, hambrientos como si fueran osos que acabaran de despertar del periodo de hibernación. Sin embargo, aquellas dos horas eran únicamente para Cate. De hecho, incluso se despertaba un poco antes de lo necesario para no tener que ir con prisas y poder saborear mejor aquellos instantes.

Como le sucedía a veces, se descubrió preguntándose si Derek habría aprobado su decisión de mudarse a Trail Stop.

Esta zona le gustaba mucho, pero como visitante, no como vecino. Y a los dos les había encantado la pensión cuando se alojaron en ella. Los recuerdos de los buenos momentos que compartieron allí (las eternas y duras escaladas de día, regresar a la pensión agotados y emocionados, dejarse caer en la cama y descubrir que no estaban tan agotados...) habían pesado bastante a la hora de buscar un lugar más barato que Seattle.

Aquí se sentía cerca de él. Aquí habían sido muy felices. Y, aunque también lo habían sido en Seattle, allí es donde Derek murió y la ciudad le recordaba aquellos terribles últimos días. A veces, cuando todavía vivía allí, los recuerdos la asaltaban y era como si estuviera reviviendo la pesadilla.

Por esta calle pasó camino del hospital. Allí se paró para recoger su traje en la tintorería, sin imaginar que lo enterrarían con ese mismo traje. Aquí se compró el vestido que llevó en el funeral, el vestido que había tirado a la basura en cuanto llegó a casa, llorando, maldiciendo e intentando rasgarlo desde el cuello hasta los bajos. La cama de casa era donde él estuvo tendido, hirviendo de fiebre, hasta que dejó que ella lo llevara a urgencias... cuando ya era demasiado tarde. Después de la muerte de Derek, Cate jamás había vuelto a dormir en esa cama.

Los recuerdos y los problemas económicos la alejaron de Seattle. Echaba de menos la ciudad, las actividades culturales, el bullicio de las calles, los canales y los barcos. Su familia y amigos estaban allí, pero la primera vez que pudo escaparse a visitarlos llevaba ya tanto tiempo en Trail Stop, trabajando en la casa, instalándose e intentando mejorar el negocio de cualquier forma posible, que ya era más de aquí que de allí. Ahora era una turista en su ciudad natal y su hogar estaba... aquí.

Por supuesto, para los niños Trail Stop siempre había sido su hogar. Eran tan pequeños cuando se instalaron aquí que ni siquiera tenían recuerdos de vivir en ningún otro sitio. Cuando fueran mayores y la pensión funcionara mejor (¡por favor, Señor!), tenía la intención de llevarlos a visitar a sus padres más a menudo, en lugar de obligarlos a ellos a viajar. En Seattle, podría llevarlos a conciertos, partidos de béisbol, al teatro y a museos y ampliar su abanico de experiencias para que supieran que la vida era mucho más que esta comunidad al final de la carretera.

No negaba las ventajas de vivir aquí. En un lugar tan pequeño donde todos se conocían, los niños podían jugar tranquilamente en la calle mientras ella los vigilaba desde la ventana. Todo el mundo los conocía, sabía dónde vivían y nadie dudaría en devolverlos a casa si se los encontraba jugando demasiado lejos. Los niños sólo tenían una tarea: recoger los juguetes al final del día, y su jornada constaba de horas y hora de juegos y culminaba con un cuento y breves y repetitivas lecciones sobre letras, números, colores y las pocas palabras cortas que podían leer. Los bañaba a las siete y media, los acostaba a las ocho y, cuando los arropaba, veía a unos niños cansados y satisfechos, y muy tranquilos. Cate había trabajado mucho para ofrecerles aquella tranquilidad y estaba feliz de que, por ahora, tuviesen todo lo que necesitaban.

La otra gran ventaja de vivir aquí era la belleza que los rodeaba. El paisaje era majestuoso y sobrecogedor y casi increíblemente escarpado. Trail Stop era, literalmente, el final de la carretera. Si querías seguir, tenías que hacerlo a pie, y el camino no era fácil.

Trail Stop se levantaba en una pequeña lengua de tierra que sobresalía del valle como un yunque. A la derecha quedaba el río, ancho, helado y peligroso, con rocas puntiagudas que asomaban entre la espuma. Ni siquiera los amantes del canoísmo más extremo se atrevían a navegar por estos rápidos; empezaban la aventura unos quince kilómetros más abajo. A ambos lados se levantaban las montañas Bitterroot y las paredes verticales que Derek y ella habían escalado o habían intentado escalar y habían acabado desistiendo porque eran demasiado difíciles para ellos.

Básicamente, Trail Stop estaba en una caja con una carretera de gravilla que la unía al resto del mundo. Aquella geografía tan peculiar los protegía de los aludes pero, a veces, durante el invierno, Cate oía cómo se partían los bloques de nieve y caían por las colinas y se le estremecía el corazón. La vida aquí era complicada, pero la imponente belleza natural compensaba los inconvenientes y la ausencia de oportunidades culturales. Echaba de menos estar cerca de su familia, pero aquí su dinero daba para más cosas. Quizá no había tomado la mejor decisión pero, en general, estaba satisfecha con el paso que había dado.

Su madre entró bostezando en la cocina y, sin mediar palabra, se acercó al armario, sacó una taza y fue al comedor a servirse un café. Cate miró el reloj y suspiró. Las seis menos cuarto; esta mañana, sus dos horas de soledad se habían visto reducidas considerablemente, pero la recompensa era que pasaría un rato con su madre sin los niños alrededor reclamando la atención de su Mimi. Esto también estaba compensado. Echaba de menos a su madre y deseaba que pudieran verse más a menudo.

Con la cara prácticamente escondida tras el café, Sheila volvió a la cocina y, con un suspiro, se sentó a la mesa. No era muy madrugadora, así que Cate suponía que se había puesto el despertador tan temprano para poder estar un rato a solas con su hija.

—¿Qué magdalenas haces hoy? —preguntó Sheila con una voz muy ronca.

—De mantequilla de manzana —respondió Cate con una sonrisa—. Encontré la receta en Internet.

—Apuesto a que la mantequilla de manzana no la encontraste en el colmado de mala muerte que hay al otro lado de la calle.

—No, lo pedí por Internet en una tienda de Sevierville, en Tennessee —Cate ignoró la indirecta, en primer lugar, porque era verdad y, en segundo lugar, porque si se hubiera ido a vivir a Nueva York, su madre también habría encontrado defectos a la ciudad de los rascacielos, porque su problema era que quería tener a su hija y a sus nietos cerca.

—Tanner ya habla un poco más —comentó Sheila a continuación mientras se apartaba un mechón rubio de la cara. Era una mujer muy guapa y Cate siempre quiso haber heredado la cara de su madre y no aquella mezcla de rasgos que lucía.

—Cuando quiere. He llegado a la conclusión de que calla para que Tucker hable y se meta en líos él solito —con una sonrisa, le explicó lo que había pasado con las herramientas del señor Harris y cómo Tanner había aprendido, no sabía cómo, las reglas básicas de la aritmética y supo que sólo le quedaban ocho minutos en la silla de castigo.

—Eso nunca se sabe —Sheila bostezó—. Dios mío, no soportaría levantarme a esta hora cada día. Es una barbaridad... Uno nunca sabe cómo le saldrán los hijos. Tú eras un terremoto, siempre jugando a pelota y subiéndote a los árboles, y encima estabas en el club de escalada, y mírate ahora: sólo haces trabajos domésticos. Limpias, cocinas, sirves mesas.

—Llevo un negocio —la corrigió Cate—. Y me gusta cocinar. Se me da bien —casi siempre, cocinar era un placer. Y tampoco le importaba servir mesas, porque el contacto personal con los clientes era una buena forma de conseguir que regresaran. En cambio, detestaba limpiar y tenía que obligarse a hacerlo cada día.

—No lo niego —Sheila se quedó pensativa antes de añadir—. Cuando Derek vivía, no cocinabas demasiado.

—No. Nos dividíamos las tareas de casa por igual, y pedíamos la comida a domicilio. Y salíamos a comer fuera a menudo, al menos antes de que nacieran los niños —con cuidado, vertió leche en un vaso medidor y se agachó para ver mejor las marcas—. Pero, cuando murió, me pasaba todas las noches en casa con los niños y me aburrí de la comida a domicilio, así que compré varios libros de recetas y empecé a cocinar —era increíble que sólo hubieran pasado tres años de aquello; el proceso de medir alimentos y mezclarlos le resultaba tan familiar que le parecía que había cocinado desde siempre. Los primeros experimentos, cuando preparó diversos platos exóticos, también le sirvieron para mantener la mente ocupada. Aunque también hay que decir que acabó tirándolos a la basura porque no se podían comer.

—Cuando tu padre y yo nos casamos y vosotros erais pequeños, solía cocinar cada noche. No podíamos permitirnos salir a cenar fuera; una hamburguesa en una cadena de comida rápida era un lujo. Pero ahora ya no cocino tanto y no creas que lo echo de menos.

Cate miró a su madre:

—Pero si sigues preparando esas enormes comidas para Acción de Gracias y Navidad, y siempre has hecho nuestros pasteles de cumpleaños.

Sheila encogió los hombros.

—La tradición, la familia; ya sabes. Me encanta cuando nos reunimos todos pero, sinceramente, no me importaría ahorrarme las comidas.

—Entonces, ¿por qué no cocino yo para esas reuniones? Me gusta y papa y tú podéis encargaros de entretener a los niños.

A Sheila se le iluminó la mirada.

—¿Seguro que no te importaría?

—¿Importarme? —Cate la miró como si estuviera loca—. Pero si salgo ganando. Estos niños cada día encuentran una forma nueva de meterse en líos.

—Sólo son niños. Tú eras revoltosa, pero los primeros diez años de vida de Patrick casi acabaron conmigo, como aquella vez que hizo estallar una «bomba» en su habitación.

Cate se rió. Patrick había decidido que los petardos no hacían suficiente ruido de modo que, un cuatro de julio, consiguió reunir cien petardos. Con un cuchillo que sacó de la cocina a escondidas abrió los petardos y colocó toda la pólvora en una toallita de papel. Cuando tuvo toda la pólvora en una pila, pidió a su madre una lata vacía y Sheila, creyendo que la quería para fabricar un teléfono de lata y cuerda, se la dio encantada.

Había leído sobre el funcionamiento de los antiguos rifles de pólvora e imaginó que su bomba seguiría las mismas premisas, aunque no acertó demasiado dónde poner cada cosa. Llenó la lata con la toallita de papel, gravilla y la pólvora, luego introdujo un trozo de cuerda y lo impregnó con alcohol para que sirviera de mecha. Para evitar quemar el suelo, colocó la lata dentro de una caja de galletas y, como toque final, tapó la lata con su antigua pecera de cristal, de donde sólo salía la cuerda para poder prenderla desde fuera. Él creía que así podría disfrutar del ruido que quería sin tener que limpiar su habitación después.

Pero no fue así.

Lo único bueno que hizo fue esconderse detrás de la cama después de prender la mecha.

Con un gran estrépito, la pecera se rompió y por la habitación volaron trozos de cristal y gravilla. El papel, que había prendido fuego, empezó a desintegrarse en pequeñas llamas que iban cayendo encima de la cama, la moqueta e incluso dentro del armario, porque Patrick se había dejado la puerta abierta. Cuando sus padres entraron en la habitación, se lo encontraron intentando apagar las chispas del suelo con los pies mientras, a base de escupitajos, intentaba sofocar el pequeño incendio que se había producido con la colcha de la cama.

En aquel momento, a nadie le hizo mucha gracia, pero ahora Cate y Sheila se miraron y se echaron a reír.

—Me temo que a mí me espera lo mismo —dijo Cate, con una expresión de diversión y horror—. Multiplicado por dos.

—Quizá no —dijo Sheila, con recelo—. Si existe la justicia en este mundo, Patrick tendrá cuatro hijos como él. Rezo para que un día me llame llorando en plena noche porque sus hijos han hecho algo horrible y se disculpe conmigo desde lo más profundo de su ser.

—Pero la pobre Andie también tendrá que sufrirlo.

—Bueno, quiero mucho a Andie, pero estamos hablando de justicia. Y si ella también tiene que sufrirlo, mi conciencia estará tranquila y me alegraré en silencio.

Cate se rió mientras impregnaba el molde de las magdalenas con la mantequilla de manzana y luego empezó a llenarlos con la masa. Adoraba a su madre; era una mujer tozuda, algo irascible y que quería con locura a su familia a pesar de ser muy estricta con sus hijos. Una frase que Cate pretendía utilizar con sus hijos cuando fueran mayores era la que un día le oyó decir a Patrick después de que este se pasara una hora lloriqueando porque tenía que cortar el césped: «¿Acaso crees que te llevé dentro durante nueve meses y me pasé 36 agonizantes horas de parto para traerte al mundo para que luego te quedaras ahí sentado? ¡Sal fuera y corta el césped! ¡Para eso te tuve!»

Era genial.

Después de otro segundo de duda, Sheila dijo:

—Quiero comentarte algo para que puedas pensártelo mientras esté aquí.

Aquello no pintaba bien. Su madre estaba muy seria. Inmediatamente, Cate sintió un nudo en el estómago.

—¿Algo va mal, mamá? ¿Papá está enfermo? ¿O tú? Dios mío, no me digas que os separáis.

Sheila se la quedó mirando, boquiabierta, y luego, sorprendida, añadió:

—Madre mía, he criado a una pesimista.

Cate se sonrojó.

—No soy pesimista, pero tal como lo has dicho, como si pasara algo...

—No pasa nada, te lo prometo —bebió un sorbo de café—. Pero es que, como tu padre no ha visto a los niños desde Navidad, nos gustaría que vinieran conmigo a hacernos una visita. Ahora ya son lo suficientemente mayores, ¿no crees?

Tocada y hundida. Cate puso los ojos en blanco.

—Lo has hecho a propósito.

—¿El qué?

—Me has hecho creer que pasaba algo grave —levantó la mano para acallar las protestas de su madre—, no por lo que has dicho sino por cómo lo has dicho, y por tu expresión. Y luego, en comparación con la cantidad de cosas terribles que se me han ocurrido, la idea de que los niños se vayan contigo a casa tendría que parecerme menos grave. Incluso bien. Mamá, ya sé cómo funcionas. Tomé notas porque pretendo aplicar las mismas tácticas con los niños.

Respiró hondo.

—No era necesario. No estoy categóricamente en contra de la idea. Tampoco es que me apasione, pero me lo pensaré. ¿Cuánto tiempo habías pensado quedártelos?

—Teniendo en cuenta la dificultad del viaje, quince días me parecen razonables.

Que empiecen las negociaciones. Cate también reconocía aquella táctica. Seguramente, Sheila quería tenerlos una semana y, para asegurársela, pedía el doble. Si Cate aceptaba las dos semanas sin rechistar quizá su madre se arrepentiría de habérselo pedido. Quince días de constante cuidado de dos incansables gemelos de cuatro años podían destrozar incluso a la persona más fuerte.

—Me lo pensaré —dijo, porque se negaba a entrar en una discusión sobre la duración de la visita cuando ni siquiera había accedido a la petición de su madre. Si no se mantenía firme, Sheila la apretaría tanto con los detalles que los niños estarían en Seattle antes de que Cate se diera cuenta de que había dicho «Sí».

—Tu padre y yo pagaremos los billetes de avión, claro —continuó Sheila, en tono persuasivo.

—Me lo pensaré —repitió Cate.

—Necesitas un descanso. Ocuparte de este lugar y de esos dos monstruos apenas te deja tiempo para ti. Podrías ir a la peluquería, hacerte la manicura, la pedicura…

—Me lo pensaré.

Sheila resopló.

—Tenemos que pulir los detalles.

—Ya habrá tiempo para eso más adelante… si decido que puedes llevártelos. Y no insistas más porque no voy a tomar una decisión hasta que me lo haya pensado durante más de los dos minutos de tiempo que me has dejado —aunque, por un segundo, se acordó de la peluquería a la que iba en Seattle. Hacía tanto tiempo que no se cortaba el pelo que ya no tenía ningún estilo definido. Hoy, por ejemplo, llevaba la melena castaña y ondulada recogida en la nuca con un clip en forma de concha. Llevaba las uñas cortas y sin pintar, porque era la forma más práctica de llevarlas teniendo en cuenta que se pasaba el día en la cocina, y ya ni se acordaba de la última vez que se pintó las uñas de los pies. El único capricho que se daba era llevar las piernas y las axilas depiladas, y lo hacía porque… bueno, porque sí. Además, sólo implicaba salir de la ducha tres minutos más tarde.

Los chicos estaban tan contentos con la visita de su Mimi que bajaron trotando por las escaleras y en pijama media hora antes de su horario habitual. Sherry acababa de llegar y, con ella los tres primeros clientes, y Cate dejó a los niños con su madre para que los entretuviera y les diera el desayuno. Ella sólo desayunaba una magdalena, a la que iba dando bocados cuando podía.

Hacía buen día, con el aire de principios de septiembre frío y claro, y le pareció que, aquella mañana, vinieron todos los habitantes de Trail Stop. Incluso Neenah Dase, una mujer que había sido monja y que, por motivos personales, había abandonado la orden y ahora regentaba el colmado del pueblo, lo que significaba que era la casera del señor Harris, puesto que él dormía en la habitación que había encima de la tienda, vino a por una magdalena. Neenah era una mujer tranquila y serena, que debía de tener cuarenta y pico años, y era una de las vecinas preferidas de Cate. No tenían demasiadas ocasiones de hablar, y esta mañana no fue una excepción, porque ambas llevaban un negocio. Neenah la saludó con la mano, le gritó «¡Hola!» y salió por la puerta.

Y, entre una cosa y la otra, se hizo la una antes de que Cate tuviera la ocasión de subir a las habitaciones. Su madre seguía con los niños, así que ella podía encargarse de preparar las cosas para los huéspedes que llegaban por la tarde. El señor Layton no había vuelto ni llamado, y Cate ya estaba tan preocupada como enfadada. ¿Habría tenido un accidente? La carretera de gravilla podía ser muy peligrosa si un conductor que no la conocía tomaba una de las curvas demasiado deprisa. Ya hacía más de veinticuatro horas que había desaparecido y no había dado señales de vida.

Tomó una decisión y entró en su habitación, desde donde llamó a la oficina del sheriff del condado y, tras una breve pausa, la pusieron en contacto con un agente.

—Soy Cate Nightingale de Trail Stop. Tengo una pensión en el pueblo y uno de los huéspedes se marchó ayer por la mañana y todavía no ha vuelto. Sus cosas siguen aquí.

—¿Sabe dónde iba? —le preguntó el policía.

—No —Cate recordó a la mañana anterior, cuando lo había visto volver a subir las escaleras justo después de asomarse al comedor—. Se marchó entre las ocho y las diez. No hablé con él. Pero no ha llamado y se suponía que tenía que marcharse ayer por la mañana. Temo que haya sufrido un accidente.

El agente anotó el nombre del señor Layton y su descripción y, cuando le pidió el número de la matrícula, Cate bajó a su despacho para buscarlo entre todos los papeles de la mesa. Igual que ella, el policía también creía que habría tenido un accidente y dijo que lo primero que haría sería llamar a los hospitales de la zona y que la informaría por la tarde.

Cate tenía que contentarse con eso. Cuando volvió a subir, entró en la habitación del señor Layton y miró a su alrededor para ver si había alguna pista sobre dónde podía haber ido. Encima de la cómoda de la habitación 3 sólo había unas monedas. En el armario, había colgados unos pantalones y una camisa y, en la maleta abierta había ropa interior, calcetines, una bolsa de plástico del Wal-Mart con las asas atadas, un bote de aspirinas y una corbata de seda enrollada. Cate quería saber qué había en la bolsa de plástico, pero tenía miedo de que el sheriff del condado se lo recriminara. ¿Y si el señor Layton había sido víctima de un crimen? Cate no quería que sus huellas aparecieran en la bolsa.

Entró en el baño de la habitación y, en el lavabo, vio una cuchilla desechable, un bote de espuma de afeitar y un desodorante en aerosol junto al grifo del agua fría. Encima de la cisterna había un neceser abierto y, dentro, Cate vio un peine, un tubo de pasta de dientes, el tapón de un cepillo de dientes y varias tiritas.

No había nada de valor que ella pudiera aprovechar pero, claro, la gente solía llevar encima los objetos que más apreciaba. Si se había dejado todo esto, seguro que pretendía volver. Aunque, por otro lado, había salido por la ventana, como si estuviera huyendo en lugar de simplemente marcharse.

Quizá era eso. Quizá no estaba loco. Quizá había huido.

Pero ahora la pregunta era: ¿De qué? ¿O de quién?

Capítulo 4

Yuell Faulkner se consideraba, por encima de todo, un hombre de negocios. Trabajaba por dinero y, como conseguía los clientes por recomendación de otros clientes, no podía permitirse ni un fracaso. Su reputación era que siempre hacía el trabajo, fuera el que fuera, con eficiencia y discreción.

Había algunas ofertas que rechazaba sin pensárselo, por varios motivos. El primero de la lista era que no aceptaba ningún trabajo que pudiera provocar que alertara a los federales. Eso significaba que, casi siempre, se mantenía lejos de los políticos e intentaba aceptar trabajos que no acabasen en los titulares de las noticias a escala nacional. El truco consistía en realizar un trabajo digno de ser noticia pero de forma tan discreta que fuera considerado un accidente.

Teniendo eso en mente, lo primero que hacía cuando recibía una oferta era analizar el trabajo desde todos los puntos de vista posibles. A veces, los clientes no eran totalmente sinceros cuando le proponían un trabajo. Aunque claro, no trataba con gente de reputación intachable. Así que siempre verificaba dos veces la información que le daban antes de decidir si aceptaba el encargo. Intentaba evitar que el ego participara en la toma de decisiones, que el subidón de adrenalina provocado por la posibilidad de superar una situación difícil lo cegara. Claro que podría aceptar los trabajos más arriesgados y poner a prueba su cerebro y su capacidad organizativa, pero el motivo por el que los casinos de Las Vegas no se la juegan basándose en las estadísticas es porque las apuestas arriesgadas casi nunca ganan. No estaba en ese negocio para alimentar su ego; sólo trabajaba para ganar dinero.

Y también quería seguir con vida.

Cuando entró en el despacho de Salazar Bandini sabía que tendría que aceptar el trabajo que le ofreciera, fuera el que fuera porque, si no, no saldría vivo de allí.

Conocía a Salazar Bandini o, al menos, sabía de él lo mismo que cualquiera. Sabía que aquel no era su nombre real. Sin embargo, saber de dónde salió antes de aparecer en la escena callejera de Chicago y adoptar ese nombre era una incógnita. Bandini era un nombre italiano, Salazar no. Y el hombre que estaba sentado al otro lado de la mesa parecía eslavo, quizá alemán. Aunque, con esos pómulos tan cuadrados y las prominentes cejas, también podría ser ruso. Tenía el pelo rubio y tan fino que se le veía el cuero cabelludo rosado, y unos ojos marrones tan despiadados como los de un tiburón.

Bandini se reclinó en el sillón pero no invitó a Yuell a sentarse.

—Es usted muy caro —dijo—. Debe de tener muy buena opinión de usted mismo.

Era inútil responder a eso, porque era cierto. Y, fuera lo que fuera que Bandini quería, no podía esperar a conseguirlo porque, si no, no habría permitido que Yuell cruzara los múltiples anillos de protección, tanto humanos como electrónicos, que lo rodeaban. Teniendo eso en cuenta, Yuell tenía que asumir que el precio que pedía por sus servicios no era demasiado elevado; de hecho, quizá debería subir sus tarifas.

Al cabo de un largo minuto durante el que Yuell esperó a que Bandini le dijera para qué necesitaba sus servicios y Bandini esperó a que a Yuell lo traicionaran los nervios, cosa que no iba a suceder, este último continuó:

—Siéntese.

Sin embargo, Yuell se acercó a la mesa, cogió uno de los lujosos bolígrafos que había junto al teléfono y buscó una hoja de papel. La mesa estaba vacía. Arqueó las cejas hacia Bandini y, sin decir nada, el otro hombre abrió un cajón, sacó un bloc de papel y se lo acercó a Yuell.

Este arrancó una hoja y le devolvió el bloc a Bandini. En la hoja, escribió: «¿El despacho está limpio de micrófonos?»

Todavía no había dicho nada ni nadie lo había identificado por el nombre, pero nunca estaba de más ser precavido. Seguro que el FBI había intentado colar un micrófono en aquella sala y también intervenir los teléfonos. Quizá incluso había alguien acampado en una habitación al otro lado de la calle con un micrófono extremadamente sensitivo dirigido a esa ventana. Hasta donde estaban dispuestos a llegar los federales dependía de lo mucho que quisieran atrapar a Bandini. Si habían oído la mitad de lo que se comentaba en la calle, seguro que lo tenían entre los primeros de la lista.

—Lo he limpiado esta mañana —respondió Bandini, con una sonrisa—. Personalmente.

Lo que significaba que, a pesar de que tenía a su servicio a muchas personas que podrían haberlo hecho, no se fiaba de que ninguno de ellos no pudiera traicionarlo.

Muy listo.

Yuell dejó el bolígrafo en su sitio, dobló la hoja de papel, se la guardó en el bolsillo de la chaqueta y luego se sentó.

—Es un hombre precavido —comentó Bandini, con unos ojos fríos como el barro congelado—. ¿No confía en mí?

«Eso tiene que ser una broma», pensó Yuell.

—Ni siquiera confío en mí mismo. ¿Por qué iba a confiar en usted? —añadió.

Bandini se rió, aunque aquel sonido no encerraba humor.

—Creo que me cae bien.

¿Yuell tenía que estar contento por eso? Se quedó tranquilamente sentado mientras esperaba que Bandini lo mirara y fuera al grano.

Nadie que viera a Yuell creería que era un depredador. Se dedicaba a solucionarlo todo y luego volvía a dejarlo impecable. Y era muy, muy bueno.

Su aspecto le ayudaba mucho. Era muy normal: altura normal, peso normal, cara normal, pelo castaño, ojos marrones, edad indeterminada. Nadie se fijaba en él y, aunque alguien lo hiciera, esa persona ofrecería una descripción que encajaría con millones de hombres. No había ningún rasgo amenazante en su apariencia, así que no le costaba acercarse a alguien sin llamar la atención.

Básicamente, era un detective privado… muy caro. La experiencia se agradecía mucho cuando estaba persiguiendo a alguien. Incluso solía aceptar trabajos de investigador privado de forma regular que, habitualmente, consistían en conseguir pruebas de la infidelidad de una esposa, con lo que ganaba un dinero que declaraba a hacienda y se evitaba que el estado lo tuviera controlado. Declaraba cada penique que le pagaban a través de cheques. Por suerte para él, la mayor parte de los trabajos que aceptaba eran de los que nadie quería dejar ninguna pista por escrito, así que los cobraba en efectivo. Tenía que recurrir a blanqueadores de dinero para poder utilizarlo pero, la mayor parte, estaba en un plan de pensiones en un banco en el extranjero.

Yuell tenía a cinco hombres que trabajaban para él y a los que había escogido con sumo cuidado. Cada uno de ellos podía improvisar, no solía cometer errores y no se dejaba llevar por la emoción. Yuell no quería que ningún exaltado le arruinara la operación que llevaba años planeando. Una vez contrató al tipo equivocado y se vio obligado a enterrar su error. Y sólo los tontos tropiezan dos veces con la misma piedra.

—Necesito sus servicios —dijo Bandini, finalmente, al tiempo que volvía a abrir el cajón y sacaba una fotografía que deslizó por la impoluta superficie de la mesa hasta Yuell.

Este miró la fotografía sin tocarla. Era un hombre de pelo oscuro, color de ojos indefinido y que debía de estar cerca de la cuarentena. Llevaba un clásico traje gris y entraba en un Toyota Camry gris antiguo. Llevaba un maletín en la mano. El paisaje era suburbano: bloques de pisos, jardines, árboles.

—Se llevó algo que es mío. Y quiero recuperarlo.

Yuell se estiró la oreja y se volvió hacia la ventana. Bandini sonrió, mostrando unos colmillos afilados como los de un lobo.

—Estamos a salvo. Las ventanas están insonorizadas. No entra ni sale ningún sonido. Igual que las paredes.

Ahora que lo decía, no se oía ningún ruido de la calle. Sólo se oían sus voces. Ni la ventilación del aire acondicionado ni ninguna tubería; nada penetraba hasta aquel despacho. Yuell se relajó o, al menos, dejó de preocuparse por el FBI. No era tan estúpido como para relajarse del todo estando frente a Bandini.

—¿Cómo se llama?

—Jeffrey Layton. Es contable. Es mi contable.

Ah, el que manipula las cuentas.

—¿Desfalco?

—Peor. Se llevó mis archivos. Y después el muy hijo de puta me llamó y me dijo que me los devolvería cuando ingresara veinte millones de dólares en su cuenta privada de Suiza.

Yuell silbó. Ese tal Jeffrey Layton, contable, tenía unos huevos del tamaño de Texas o un cerebro del tamaño de un guisante. Él apostaba por el guisante.

—¿Y si no le da el dinero?

—Los grabó en un lápiz de memoria. Dijo que, si el dinero no está en su cuenta dentro de catorce días, entregaría los archivos al FBI. Muy amable por haberme dejado tanto tiempo, ¿no cree? —hizo una pausa—. Ya han pasado dos de esos catorce días.

Bandini tenía razón; aquello era mucho peor que si el tal Layton le hubiera robado el dinero. El dinero podía recuperarse y atrapar a Layton únicamente permitía guardar las apariencias, nada más. Sin embargo, los archivos descargados, y Bandini seguro que hablaba de su contabilidad real, no la falsa que presentaba a hacienda, no sólo ofrecería al FBI pruebas irrefutables de evasión de impuestos, sino también mucha información acerca de las personas con las que Bandini hacía negocios. Por lo tanto, el FBI no sería el único que iría tras Bandini, sino también todos aquellos que lo culparían por haber sacado su nombre a la luz.

Layton era hombre muerto. Puede que todavía respirara, pero sólo era cuestión de tiempo.

—¿Por qué ha esperado dos días? —preguntó Yuell.

—Mi gente intentó encontrarlo. Pero no lo consiguieron —su tono severo no auguraba nada bueno para la salud de los que lo habían intentado—. Layton se marchó de la ciudad antes de llamar. Se fue a Boise, alquiló un coche y desapareció.

—¿Idaho? ¿Por qué, es de allí o algo así?

—No. ¿Por qué Idaho? Quién sabe. Igual le gustan las patatas. Cuando mis hombres llegaron a un callejón sin salida, decidí que necesitaba a un especialista. Pregunté por ahí y surgió su nombre. Dicen que es bueno.

En aquel momento, Yuell deseó no haberse labrado tan buena reputación en ese mundo. Podría haber pasado tranquilamente el resto de su vida sin un encuentro cara a cara con Salazar Bandini.

Tal y como Yuell lo veía, en aquel caso siempre iba a salir perdiendo. Si rechazaba el trabajo, su cuerpo aparecería descuartizado, si es que aparecía. Pero, si lo aceptaba, seguro que Bandini adivinaba que Yuell copiaría los archivos antes de devolvérselos; la información era poder, independiente del mundo en que vivieras. Bandini no dudaría en liquidar a cualquiera, así que esperaba lo mismo de todo el mundo. ¿Qué hacer en un caso así? Matar al mensajero. Si estás muerto, no puedes chantajear a nadie.

Por supuesto Yuell no se había hecho un nombre a golpe de estupidez, ni siendo un cobarde. Miró a los fríos y directos ojos de Bandini.

—Seguro que sabe que cualquiera que recupere los archivos los copiará antes de devolvérselos, por lo que se deduce que matará a la persona que los encuentre. Entonces, ¿por qué tendría que aceptar el trabajo?

Bandini volvió a sonreír sin pizca de humor.

—Me cae muy bien, Faulkner. Piensa. La mayor parte de gilipollas no saben ni hacerlo. No me preocupa que nadie copie los archivos. Están protegidos para borrarse automáticamente si alguien que no tiene la contraseña intenta abrirlos. Pero Layton la tiene —se reclinó en el sillón—. Cualquier archivo que haga en el futuro tendrá que estar protegido contra copias, pero se aprende de la experiencia, ¿no cree?

Yuell se lo pensó. Quizá Bandini le estaba diciendo la verdad. Quizá no. Yuell tendría que investigar si era posible crear un programa que se borrara si alguien intentaba abrirlo sin la contraseña. Quizá. Seguramente. Los informáticos y los cerebritos seguro que podían hacer que un programa se sentara y ladrara, si querían.

O quizá el archivo se borrara pero la información quedara almacenada en algún otro sitio de la memoria. Llevaba un tiempo planteándose si debía contratar a un experto en informática forense, y ahora pensó que ojalá lo hubiera hecho. Pero ya era demasiado tarde; tendría que fiarse de lo que pudiera descubrir él solo y seguro que no tendría tiempo para una investigación a fondo.

—Consígame ese lápiz de memoria —dijo Bandini—, encárguese de Layton y los veinte millones son suyos.

«¡Joder! ¡La leche!» Yuell no mostró ninguna reacción, pero estaba asustado y emocionado a partes iguales. Bandini podría haberle ofrecido la mitad, ¡qué coño!, una décima parte de eso, y habría tenido la sensación de que le estaba pagando demasiado. Para que le ofreciera veinte millones de dólares, ese lápiz de memoria tenía que contener una información explosiva; seguramente, algo más que su contabilidad real. Aunque, fuera lo que fuera, Yuell no quería ni saberlo.

O quizá Bandini planeaba matarlo igualmente, así que daba igual el dinero que pudiera ofrecerle.

Aquella idea lo incomodaba. No podía ignorarla pero, desde un punto de vista empresarial, no tenía sentido. Si Bandini empezaba a ser conocido por incumplir sus tratos, estaba acabado. El miedo puede ser mal consejero, pero jamás debes cruzar ciertas líneas. Si empiezas a jugar con el dinero de la gente, esta gente encontrará la manera de acabar contigo.

Pero ahora ya estaba metido y estaba dispuesto a hacer el trabajo.

—¿Tiene el número de la seguridad social de Layton? —preguntó—. Si lo tiene, me ahorrará tiempo.

Bandini sonrió.

Capítulo 5

Yuell llamó a sus dos mejores hombres, Hugh Toxtel y Kennon Goss, porque no quería ni un error en este trabajo. También envió a otro hombre, Armstrong, a la casa de Layton en las afueras de la ciudad en busca de información, como extractos de las tarjetas de crédito que hubieran llegado desde que había desaparecido. Puede incluso que dejara material como ese en casa. La gente hacía cosas estúpidas cada día y Layton ya había demostrado que no era la persona más lógica de la galaxia.

Mientras Yuell esperaba a que llegaran sus hombres, abrió varios buscadores en Internet para recopilar toda la información que pudiera sobre Layton, que fue mucha.

A la mayor parte de la población le daría un ataque al corazón si supiera la cantidad de información personal suya que corre por el ciberespacio. De los archivos públicos consiguió las fechas de la boda de Layton y del posterior divorcio, y anotó el nombre de la antigua señora Layton por si le hacía falta. Si no se había vuelto a casar, es posible que Layton acudiera a ella en busca de ayuda. Yuell también anotó qué impuestos patrimoniales pagaba Layton y varios detalles más que, seguramente, no le servirían de nada pero que anotó de todos modos. Uno nunca sabía cuándo algo aparentemente trivial podría acabar resultando crucial.

Algunos de los buscadores que utilizaba no eran del todo legales, pero, como funcionaban y le permitían acceder a bases de datos que de otra forma no podría ver, le habían costado un ojo de la cara. Compañías de seguros, bancos, programas federales... Si conseguías que los ordenadores creyeran que eras un usuario legítimo, podías acceder a la información que quisieras de sus sistemas. Por lógica, empezó a buscar por la compañía de seguros más importante de Illinois y descubrió que Layton tenía la tensión alta, por lo que se medicaba, y que tenía una receta de Viagra de hacía dos años que no había renovado, lo que significaba que no mojaba demasiado o que no mojaba, directamente. Tampoco había sido lo suficientemente previsor para renovar la receta de los medicamentos para la hipertensión antes de desaparecer con los archivos de Bandini. Huir de alguien así podía ser muy estresante y, si no iba con cuidado, al muy capullo podía darle un ataque en cualquier momento.

Salió de la página web de la compañía de seguros y entró en el banco de datos estatal, donde no tardó nada en localizar el número del carné de conducir de Layton. Acceder al fichero de la seguridad social le costó un poco más, porque tenía que entrar con el nombre y la contraseña de otro usuario legítimo, pero insistió porque el premio bien valía el riesgo. La seguridad social era la llave mágica para acceder a la vida y la información de una persona; con eso, la vida de Layton era de Yuell.

Armstrong llamó con el móvil desde casa de Layton. Era una de las primeras cosas que Yuell decía a sus hombres: que no usaran nunca el teléfono fijo de la casa de otra persona. Así, ningún policía podía marcar la tecla de la rellamada y descubrir cuál era el último número al que se había llamado. Y en los registros de la compañía telefónica no aparecía ningún dato que pudieran relacionar contigo. La regla de Yuell era muy estricta: utiliza el móvil. Como precaución añadida, todos llevaban móviles prepago. Si, por el motivo que fuera, creían que ese móvil podía ponerlos en peligro, simplemente se compraban otro.

—Bingo —dijo Armstrong—. Este cabrón lo guardaba todo.

Yuell esperaba que Layton, al ser contable, guardara todos sus papeles.

—¿Qué tienes?

—Prácticamente toda su vida. Guardaba lo más importante, como el certificado de nacimiento firmado, la tarjeta de la seguridad social, los resguardos de la tarjeta de crédito... todo en una caja fuerte encastada en la pared.

Por eso justamente había enviado allí a Armstrong, por si Layton había sido lo suficientemente precavido como para tener algún tipo de caja de seguridad; las cajas pequeñas y comerciales eran un juego de niños para Armstrong, aunque las que eran un poco más elaboradas tampoco suponían ningún problema, pero tardaba más en abrirlas.

—Ya tengo el número de la seguridad social. Dame los números de las tarjetas de crédito, vuelve a guardarlo todo y déjalo tal y como estaba.

Armstrong empezó a leerle los números de las tarjetas, la fecha de caducidad y el código de seguridad. Layton tenía muchas tarjetas, señal de alguien que gastaba más de lo que podía permitirse. Quizá por eso había tomado la desesperada decisión de chantajear a Bandini, aunque a Yuell no le importaban demasiado sus motivos. El muy estúpido lo había puesto en la órbita de Bandini y ahora Yuell tenía que hacer el trabajo o el que tendría que huir y esconderse sería él.

Durante un minuto, se planteó aquella posibilidad; decir a sus hombres que se marcharan, coger el dinero y desaparecer varios años, quizá en extremo oriente. Pero los brazos de Bandini eran muy largos y su merecida reputación era brutal. Yuell sabía que se pasaría el resto de sus días mirando por encima del hombro, esperando el tiro en la nuca o el cuchillo en el hígado, y la vida de Layton no valía tanto la pena. Era un hombre muerto, lo encontrara quien lo encontrara. Si no lo hacía Yuell, otra persona lo haría.

Empezó a trabajar con la lista de números de tarjetas de crédito. Layton tenía dos American Express, tres Visa, una Discover y dos MasterCard. Yuell fue accediendo metódicamente a las bases de datos con cuidado de no hacer saltar ninguna alarma mientras buscaba algún registro nuevo. Dio en el clavo con la segunda Visa: un pago en una pensión en Trail Stop, Idaho, del día anterior.

«¡Bingo!»

Ese tipo era realmente estúpido. Tendría que haber pagado en efectivo, intentar pasar desapercibido y no dejar pistas. El único motivo que explicaría el uso de la tarjeta de crédito era que se estuviera quedando sin dinero en efectivo, algo que también era estúpido porque, ¿quién demonios se enrola en algo así sin una buena cantidad de dinero en efectivo encima?

Yuell se reclinó en la silla, pensativo. Quizá aquel pago era una trampa. Quizá Layton había reservado la habitación y no había llamado para cancelarla ni se había presentado; casi todos los hoteles te cobran una noche por reservarte la habitación, tanto si apareces como si no. Quizá las acciones de Layton fueran estúpidas, pero el tío pensaba con cierta lógica.

Anotó el nombre y el teléfono de la pensión. Comprobar si Layton había estado por allí era bastante fácil. Cogió su móvil.

Al tercer tono, respondió una mujer:

—Pensión Nightingale —dijo, muy alegre. A Yuell le gustó su voz, porque era melódica y vivaz.

Yuell pensó deprisa; seguro que aquella mujer no daría información sobre uno de sus huéspedes a cualquiera.

—La llamo de National Car Rental —dijo—. Un cliente nuestro no ha devuelto el coche que tenía alquilado a la hora prevista y dejó este número como contacto. Se llama Jeffrey Layton. ¿Está en la pensión?

—Me temo que no —dijo la mujer en un tono triste.

—Pero, ¿ha estado?

—Sí, pero… Lo siento mucho, pero creo que le ha pasada algo.

Yuell parpadeó. No esperaba oír eso.

—¿Qué quiere decir?

—No estoy segura. Ayer por la mañana se marchó y no ha vuelto. Sus cosas todavía están aquí pero… he llamado a la oficina del sheriff y he denunciado la desaparición. Temo que pueda haber sufrido un accidente.

—Espero que no —dijo Yuell, aunque a él le vendría de perlas si el tipo en cuestión había caído por un precipicio y se había matado, llevándose consigo el lápiz de memoria. Aquello simplificaría mucho las cosas: él cobraría y Layton ya estaría muerto—. ¿Le dijo dónde iba?

—No, no llegué a hablar con él.

—Vaya, pues siento mucho oír eso. Espero que esté bien pero… tendré que notificarlo a la compañía de seguros.

—Sí, sí. Claro —dijo ella.

—¿Qué piensa hacer con sus cosas? ¿Sabe si la oficina del sheriff se ha puesto en contacto con sus familiares?

—El señor Layton todavía no está oficialmente desaparecido. Si no aparece pronto, tendré que asumir que alguien localizará a sus familiares y yo les enviaré sus cosas. Hasta entonces, supongo que tendré que guardarlas —dijo la mujer, aunque, a juzgar por el tono de voz, no parecía hacerle demasiada gracia.

—Quizá vaya alguien a recogerlas. Gracias por su ayuda —Yuell colgó sonriente; no podía estar más contento por el hecho de que Layton se hubiera marchado sin sus cosas y de que la mujer todavía lo tuviera todo. La mente le iba a mil por hora. ¿Llevaría Layton el lápiz de memoria encima? Ese cacharro podía estar en cualquier sitio. Había quien se los colgaba del llavero, para no perderlos. O quizá lo había guardado en algún sitio, como en una caja de seguridad del banco, en cuyo caso estaría fuera del alcance de Yuell. Aunque también podía haberlo guardado en la maleta.

Si tenía suerte, el lápiz todavía estaría en la pensión, esperando a que sus hombres rebuscaran entre las cosas de Layton y lo encontraran. Aunque no estuviera allí, estaba contento. Seguramente, Layton estaba muerto y, encima, en circunstancias que eran legítimamente accidentales. Así que, mientras encontrara el lápiz de memoria, cobraría su dinero. No le importaba si Layton estaba vivo o muerto.

El primero en llegar fue Hugh Toxtel. Tenía cuarenta y pocos años y era experimentado, paciente y metódico. Iba allí donde requería el trabajo, sin comentarios ni quejas. Igual que Yuell, era de estatura media y tenía el pelo castaño, aunque sus rasgos eran algo más marcados. De hecho, era el primer hombre a quien Yuell había contratado, una decisión que ninguno de los había lamentado jamás.

—Te retiro del caso Silvers y te envío a Idaho con Goss.

—¿Qué hay en Idaho? —preguntó Hugh, mientras se sentaba y se subía las perneras de los pantalones perfectamente planchados. Normalmente, vestía como si fuera un ejecutivo de una de las empresas de Fortune 500 y ocupara uno de los despachos esquineros, algo que quizá era su sueño pero que distaba mucho de la realidad.

—El contable huidizo de Salazar Bandini —respondió Yuell.

Hugh hizo una mueca.

—Estúpido. Cogió el dinero y huyó, ¿no?

—No exactamente. Copió toda la contabilidad, la auténtica, en un lápiz de memoria e intenta chantajear a Bandini. Bandini le siguió la pista hasta Idaho, allí lo perdió y luego me llamó.

—¿Por qué Idaho? —preguntó Hugh—. Si yo fuera tan estúpido como para chantajear a Bandini, al menos me marcharía del país. Aunque claro, si eres tan burro como para chantajear a Bandini, también lo eres para salir del país, ¿no?

—O eres muy listo y dejas una pista falsa —«O estás desesperado», pensó Yuell de repente. Layton era contable, por el amor de Dios. Puede que fuera inexperto e inocente, pero no era estúpido. Sería un error subestimarlo. Podía haber comprado un traje y una maleta y haberlo dejado en la pensión como estrategia, mientras él se escondía en cualquier otro sitio. Aún sabiendo que las cosas que había dejado en la pensión podía ser un método para ganar tiempo, Yuell tendría que mandar allí a sus hombres por si encontraban el lápiz de memoria.

—¿Crees que lo ha hecho? —preguntó Hugh.

Yuell se encogió de hombros.

—No lo sé. Quizá sí. Quiero que os pongáis en marcha mañana y si hay algo que os llama la atención, por pequeño que sea, quiero saberlo. Fijaos en si la ropa que ha dejado en la pensión es nueva. Y lo mismo con la maleta —le entregó el informe con la información que había recopilado durante las dos últimas horas—. Es todo lo que tengo sobre ese tipo.

Hugh se pasó un buen rato mirando la fotografía que Bandini le había dado a Yuell, intentando memorizar la cara de Layton. Luego leyó los datos sobre su pasado: educación y todo lo que Yuell había sido capaz de conseguir más allá de la frialdad de los números. Mientras lo observaba, Yuell vio cómo Hugh llegaba a la misma conclusión que él.

—Está con el agua al cuello —dijo Hugh al final—, pero no es estúpido.

—Yo pienso igual. Reservó una habitación en una pensión de Trail Stop, en Idaho; debemos suponer que sabe que alguien puede localizarlo mediante los movimientos de la tarjeta de crédito, ¿no? Entonces, ¿por qué lo ha hecho?

Antes de que Hugh pudiera responder, llegó Kennon Goss. Desprendía un aire frío, distante y de absoluta insensibilidad aunque, normalmente, lo disimulaba bastante bien. Era como un bulldog con un objetivo en mente. Yuell recurría a Goss cuando necesitaba acercarse a una mujer; era rubio y atractivo y tenía algo que provocaba que las mujeres cayeran rendidas a sus pies. Sin embargo, como su aspecto destacaba tanto, Goss tenía que ser mucho más cuidadoso, tenía que ser doblemente ágil a la hora de eludir las sospechas. No obstante, no escondía que prefería disponer de todas las comodidades propias de la época en la que vivía. Para él, un hotel sin conexiones ethernet, servicio de habitaciones las 24 horas y un bombón en la almohada no era un hotel.

Yuell lo puso al corriente de los datos de Jeffrey Layton. Goss escondió la cabeza entre las manos.

—Podunk, Idaho —gruñó—. Tardaremos dos días en llegar. Tendremos que coger un tren desde Seattle.

Yuell se esforzó por reprimir una sonrisa. Le encantaría poder acompañarlos en aquel viaje, aunque sólo fuera para ver a Goss en contacto con la Madre Naturaleza.

—Podéis acercaros más. Idaho está lleno de pistas de aterrizaje. Seguramente, tendréis que coger una avioneta en Boise pero, una vez en tierra firme, el trayecto en coche no será tan largo. Os buscaré un vehículo.

Se oyó un gruñido ahogado y a Goss que suplicó:

—Una camioneta no, por favor.

—Veré qué puedo hacer.

Mientras escuchaba cómo Yuell exponía la situación y las posibilidades, Kennon Goss empezó a llenarse de satisfacción cuando pensaba en otras posibilidades.

Odiaba a Yuell Faulkner con todas sus fuerzas a pesar de que llevaba más de diez años trabajando con y para él, ocultando ese odio para poder seguir adelante mientras esperaba y buscaba la oportunidad perfecta. Mientras esperaba, en muchos aspectos se había convertido en el hombre que tanto odiaba, una ironía que no le había pasado desapercibida. Con el paso de los años, sus propias emociones se habían atrofiado y ahora era un ser frío y distante, capaz de quitarle la vida a un ser humano sin importarle más que si fuera una cucaracha.

Sabía que acabaría así, sabía el precio que tendría que pagar, pero su odio era tan fuerte que la recompensa bien lo valía. Lo único que le importaba era acercarse a Yuell y esperar el momento oportuno.

Hacía dieciséis años, Yuell Faulkner había matado al padre de Goss. Kennon sabía perfectamente qué tipo de hombre era su padre: era un asesino a sueldo, igual que Faulkner, e igual que él mismo. Pero había algo eléctrico en él, algo más grande que la vida. Su padre era un hombre complicado porque, por un lado, había sido un marido cariñoso y un padre estricto pero justo aunque, por otro lado, se dedicaba a matar gente. De algún modo, había conseguido separar mentalmente esas dos parcelas, algo que Goss no había podido hacer.

Su padre trabajó para Faulkner poco más de tres años y todo lo que Goss había descubierto, una vez había contactado con Faulkner y se había unido a su red de sicarios, fue que Yuell Faulkner decidió que su padre era un punto débil en su organización, así que lo ejecutó. Lo que desencadenó la acción era algo que Faulkner se guardaba para sí mismo.

Para Faulkner, fue una decisión de negocios. Para Goss, supuso la destrucción de su vida. Su madre se quedó destrozada por el asesinato de su marido y el día que Goss regresó a la universidad, una semana después del entierro, su madre se tragó un bote entero de pastillas. Goss encontró el cuerpo aquella misma tarde cuando regresó de clase.

Algo en él, algo humano, murió cuando abrió la puerta de la cocina y vio el cuerpo de su madre en el suelo. El que fuera algo tan cercano a la muerte de su padre, el perderla a ella también, lo desencajó.

Tenía diecinueve años, demasiados para entrar en el sistema de familias de acogida. Dejó la universidad, se alejó de la casa de las afueras en la que no quería volver a poner un pie y vagabundeó. Supuso que alguien habría vendido la casa para pagar los impuestos y la hipoteca. A él no le importaba, jamás regresó, jamás pasó por delante ni siquiera para comprobar si vivía alguien o si la habían derribado para construir una estación de servicio.

Al cabo de un año, la idea de la venganza, que le había estado rondando por la cabeza desde el día en que asesinaron a su padre, empezó a tomar forma. Hasta entonces, estaba demasiado afectado para planear algo, para marcarse un objetivo, pero ahora su vida volvía a tener sentido, y ese sentido era la muerte. Para ser exactos, la muerte de Yuell Faulkner, aunque durante mucho tiempo no pudo ponerle nombre al asesino de su padre, y si eso significaba su propia muerte, a Goss no le importaba.

Sin embargo, antes tenía que reinventarse. El chico que había sido, Ryan Ferris, tenía que morir. No le costó demasiado imaginar cómo hacerlo. Buscó a un chaval de la calle, un drogadicto de su misma edad y estatura, y lo siguió; cuando se le presentó la oportunidad, le saltó encima por la espalda, lo dejó inconsciente y le desfiguró la cara antes de matarlo. Le metió una identificación suya en el bolsillo, dejó el cadáver en un barrio donde era poco probable que alguien le vaciara los bolsillos y se marchó a otra parte del país.

Sabía que, con aquel primer asesinato, había cruzado una línea y que jamás podría volver atrás. Había empezado a convertirse en lo que más odiaba.

Contrata a un ladrón para atrapar a otro ladrón. Para tratar con la muerte, tenía que convertirse en la muerte.

Construirse una nueva identidad le costó tiempo y dinero. No regresó enseguida a Chicago para intentar encontrar al asesino de su padre. Envolvió a su nueva persona, Kennon Goss, con múltiples capas de legalidad. Dejó de lado su propia identidad y se convirtió en Kennon Goss, y no sólo para los demás, sino también para él mismo.

Cuando regresó a Chicago, ni siquiera el FBI habría podido demostrar que no era quien decía ser.

Descubrir quién estaba detrás de un asesinato cometido hacía más de cinco años no le resultó fácil. Nada apuntaba a Yuell. Descubrir que su padre había sido un sicario fue otro golpe más para una mente tan golpeada que ya no podría recuperarse, pero lo puso sobre el buen camino. A partir de ahí, descubrió que su padre había trabajado para un hombre llamado Faulkner y a Goss le pareció que la mejor forma de saber en qué se había metido su padre era hacerlo desde dentro de la organización de Faulkner.

Como era demasiado astuto para llamar a su puerta y pedirle trabajo, se las había apañado para llamar su atención. Era mejor que Faulkner se acercara a él.

Una vez dentro, Goss había hecho su trabajo con cuidado de no meter la pata. Con el tiempo, se había ganado la confianza no sólo de Faulkner, sino también de los demás hombres que trabajaban para él. De hecho, Hugh Toxtel, el hombre que más tiempo llevaba trabajando para Faulkner, le dio la información que buscaba. Aunque lo hizo a modo de consejo de amigo: «No dejes que un objetivo se te acerque. Entra, haz el trabajo y sal. No escuches las lacrimógenas historias de las víctimas. Un tío, Ferris, se dejó ablandar por un tío y no hizo el trabajo y Faulkner lo eliminó porque, al dejar al objetivo con vida, dejó una pista que lo conectaba directamente con su empresa. Además, no hacer el trabajo era malo para el negocio».

Así que a Ferris lo habían eliminado y el propio Faulkner había terminado el trabajo.

Yuell Faulkner había matado al padre de Goss. Aunque entendía que había sido una buena decisión en términos profesionales, aquello no cambió en absoluto sus planes.

Faulkner iba a morir, pero Goss estaba esperando la oportunidad perfecta. Había tenido cientos de ocasiones para entrar en su despacho y meterle una bala en el cerebro, pero no quería que fuera tan limpio y rápido. Quería que fuera sucio, que Faulkner sufriera, que se retorciera de dolor.

Y aquel trato con Salazar Bandini quizá fuera lo que llevaba años esperando. La violencia de Salazar sólo era superada por su sentido de la venganza. Si Goss pudiera encontrar la forma de poner a Salazar en contra de Faulkner...

Tendría que estudiar las posibilidades que tenía, cómo podía conseguirlo sin verse atrapado en el huracán de la venganza de Bandini. Quizá se le ocurriera algo durante ese viaje a Ninguna Parte, Idaho, mientras perseguía a un contable que quizá ya estuviera muerto.

—¿Salimos hoy? —preguntó.

Capítulo 6

Cate deshizo la cama de la habitación número tres, incluso quitó las mantas y la funda del colchón. Quería lavarlo todo. Puede que el señor Layton no estuviera muerto, pero ella sospechaba que sí y le parecía que sería macabro volver a hacer la cama sin lavarlo todo. El siguiente huésped no lo sabría, pero ella sí.

Su madre se había llevado a los chicos de picnic, de modo que la casa estaba extrañamente en silencio. Estaban a menos de medio kilómetro, en la mesa de picnic que Neenah Dase había instalado en su jardín debajo de un gran árbol, pero para los niños era toda una aventura. Desde la ventana, Cate los había visto alejarse por la única carretera de Trail Stop, su madre cargada con una pequeña cesta llena de bocadillos de manteca de cacahuete y gelatina y una botella de limonada, con los niños revoloteando a su alrededor muy emocionados. Por cada paso que ella daba, ellos daban cinco mientras saltaban, corrían, se alejaban para mirar un insecto, una roca o una hoja y luego volvían junto a su abuela como los satélites vuelven junto al planeta. Cate esperaba que estuvieran agotados cuando regresaran; desde la llegada de su madre no había parado y sospechaba que Sheila necesitaba un descanso tanto como ella.

La llamada que había recibido de National Car Rental la había dejado algo preocupada y algo deprimida. La depresión venía porque la llamada únicamente había reafirmado que el señor Layton había desaparecido y ahora se sentía mal por haberse enfadado tanto por el hecho de que no hubiera regresado a la hora prevista. La preocupación… no sabía a qué venía. Quizá era consecuencia de toda aquella situación; ningún huésped había huido de la pensión y tenía la sensación de que al señor Layton no le había pasado nada bueno.

Casi porque se sentía en el deber de hacerlo, volvió a llamar a la oficina del sheriff para informar de la llamada que había recibido. La pusieron en contacto con el mismo agente, Seth Marbury. Por lo que Cate sabía, debía de ser el único agente del condado.

—Sé que igual soy una pesada —se disculpó ella, y le explicó lo de la llamada—. No sólo no regresó a la pensión, sino que tampoco ha devuelto el coche de alquiler. La agencia me llamó para hablar con él porque no había devuelto el coche. ¿Ha descubierto algo?

—Nada. Nadie nos ha avisado de ningún accidente y no hay ninguna víctima sin identificar. Y ni su familia ni sus amigos han denunciado su desaparición. Dijo que dejó su ropa en la habitación, ¿verdad? ¿Qué más?

—Sólo es una muda. Y también ropa interior, calcetines, una maquinilla de afeitar desechable y varios artículos de aseo. Y una bolsa de plástico del Wal-Mart. No sé qué hay dentro.

—Parece que no se dejó nada importante.

—Eso parece.

—Señora Nightingale, sé que está preocupada, pero no se ha cometido ningún crimen ni existen pruebas de que el señor Layton haya sufrido ningún accidente. A veces, la gente desaparece sin ningún motivo en concreto. Tiene su número de tarjeta de crédito, así que no se irá sin pagar, ¿correcto?

—Correcto.

—Se ha marchado por sus propios medios. No se molestó en firmar y se dejó varias cosas sin importancia en la pensión. Seguiremos investigando si se ha producido algún accidente en las carreteras principales pero, probablemente, se haya marchado sin más.

Cate no veía a Marbury, pero sabía que se había encogido de hombros.

—Pero y lo del coche de alquiler, ¿qué?

—Eso es algo entre él y la empresa. Nadie ha denunciado el robo del coche, así que tampoco podemos hacer nada a ese respecto.

Cate le dio las gracias y colgó. El policía no iba a hacer nada; como Marbury había apuntado, no se había cometido ningún crimen. El señor Layton tenía familia, así que bien se había puesto en contacto con ellos o bien no esperaban saber de él, con lo cual no estaba oficialmente desaparecido. Sólo se había esfumado.

Quizá Cate estaba exagerando. Quizá el señor Layton estaba bien y, simplemente, no se había molestado en volver a recoger las cuatro cosas que se había dejado.

Cate repasó la secuencia de los hechos. Ayer por la mañana, Layton bajó de la habitación pero, en cuanto vio que el comedor estaba lleno, volvió a la habitación. En algún momento entre entonces y cuando ella subió para ver cómo estaban los gemelos, ese hombre había saltado por la ventana y se había marchado con el coche.

En aquel momento, Cate pensó que seguramente no había querido desayunar con tantos extraños pero, teniendo en cuenta su forma de marcharse y que no había vuelto, ahora Cate se preguntaba si quizá había visto a alguien en el comedor que no quería que supiera de su presencia. Ayer por la mañana fue un día especialmente atareado, pero el único extraño que recordaba era el cliente de Joshua Creed, no recordaba cómo se llamaba. ¿El señor Layton lo conocía? Aunque, si sólo quería evitar encontrarse con él, algo que Cate entendía perfectamente, ¿por qué no se había quedado en su habitación hasta que Creed y su cliente se hubieran ido?

Al menos, aquel razonamiento la hacía sentirse mejor porque, viéndolo así, era más probable que el señor Layton hubiera hecho lo que Marbury decía: se había marchado sin tomarse la molestia de llevarse sus cosas. Si quería evitar a toda costa que el cliente de Joshua lo viera, seguro que dejarse cuatro piezas de ropa y el neceser no le había importado demasiado.

Pero, ¿por qué no había devuelto el coche, si no era en Boise en cualquier otra oficina de la National? Cate no solía apoyar las conspiraciones, pero Trail Stop no era el lugar más turístico del estado; si alguien a quien el señor Layton quería evitar lo había seguido hasta allí, era lógico que ese alguien hubiera descubierto que había alquilado un coche y hacia dónde se dirigía. Seguro que había numerosas leyes que prohibían facilitar ese tipo de información, pero la gente compraba y vendía información a diario y la mayor parte de esas transacciones eran ilegales. Entonces, seguro que el señor Layton sabía que el coche sería un lastre para él; si quería seguir evitando a quien fuera que lo había seguido seguro que querría deshacerse de él. Considerando su actitud hasta ahora, quizá lo había aparcado en algún sitio y se había marchado a pie, y ya se haría cargo de cualquier multa que la empresa le cargara a su tarjeta...

Cate recordó algo que le había dicho el policía. Ella ya le había cargado la noche a la tarjeta del señor Layton, así que no se había marchado sin pagar. Las agencias de alquileres de coches hacían lo mismo; de hecho, dudaba que alguien pudiera alquilar un coche sin dejar un número de tarjeta de crédito. Entonces, ¿por qué lo estaba intentando localizar la National? ¿Era una acción habitual? No conocía la política de la empresa, pero lo lógico era pensar que le cobrarían el alquiler del coche cada día mientras no lo devolviera o, al menos, durante un par de días.

Inmediatamente, comprobó su identificador de llamadas y frunció el ceño cuando, en la pantalla, leyó: «Nombre no identificado, número privado». Aquello era muy raro. ¿Desde cuándo una empresa bloqueaba su número? Y no sólo eso sino que, además, la persona que la había llamado no se había identificado. Cate creyó conveniente compartir lo que el agente Marbury le había dicho.

Llamó a información, pidió el número de teléfono de la National y luego esperó a que la conectaran de forma automática.

—National Car Rental, le atiende Melanie. ¿En qué puedo ayudarle?

—Alguien de su empresa me ha llamado hace un rato preguntándome acerca de uno de mis clientes —dijo Cate—. El señor Jeffrey Layton. El señor Layton no ha devuelto el coche que tenía alquilado y esa persona estaba intentando localizarlo. Lo siento, pero el hombre que me ha llamado no me ha dejado su nombre.

—Alguien de aquí la ha llamado preguntando por... ¿Cómo ha dicho que se llamaba?

—Layton. Jeffrey Layton —Cate se lo deletreó aunque el nombre parecía bastante común.

—¿Y dice que la ha llamado un hombre?

—Sí.

—Lo siento señora, pero hoy aquí sólo trabajamos mujeres. ¿Está segura de que la llamaba desde esta oficina?

—No —admitió Cate mientras se decía que debería de haberlo preguntado—. En el identificador de llamadas me sale Número privado, pero he dado por supuesto que la llamada sería de la oficina en el aeropuerto de Boise.

—¿Le sale Número privado? Qué raro. Deje que busque la ficha del señor Layton.

Cate oyó cómo la chica tecleaba en el ordenador, luego una pequeña pausa, más teclas y, por último, oyó cómo la chica cogía el teléfono—. Ha dicho J-e-f-f-r-e-y L-a-y-t-o-n, ¿verdad? ¿Sabe si hay alguna inicial después del nombre?

—No, no lleva iniciales —Cate estaba segura, porque había verificado su identidad antes de aceptar la tarjeta de crédito. Le preguntó por la inicial y el señor Layton, sonriendo, le explicó que no tenía segundo nombre.

—¿Qué día se supone que tenía que haber alquilado el coche? Por ese nombre no me viene nada.

—No estoy segura —dijo Cate muy despacio, sorprendida por aquella información—. Me dio la impresión de que el señor Layton acababa de llegar a Idaho, pero puedo estar equivocada.

—Lo siento, pero no tengo nada. No aparece en nuestro sistema.

—Tranquila. Habrá sido culpa mía. Debo de haber entendido mal el nombre de la compañía —dijo Cate, le dio las gracias y colgó. Había sido tan educada porque estaba segura de que lo había entendido perfectamente; sabía perfectamente lo que había dicho ese hombre y, obviamente, le había mentido al identificarse como trabajador de la National Car Rental. Hasta los gemelos habrían deducido que sólo pretendía encontrar al señor Layton, que debía de estar metido en algún asunto turbio y que seguro que había huido y se había dejado allí sus cosas a propósito.

Sentía mucha curiosidad por todo lo que estaba pasando pero, por encima de todo, estaba muy aliviada de saber que, seguramente, el señor Layton debía de estar vivo y coleando por algún sitio y no pudriéndose en el fondo de un desfiladero. Se sintió muy bien al poder volver a estar enfadada con él.

Después de tirar las sábanas sucias al suelo del pasillo, aspiró y quitó el polvo de la habitación, limpió el baño e hizo la cama con sábanas y mantas limpias. Luego descolgó la ropa del armario, la dobló cuidadosamente y la metió en la maleta que el señor Layton se había dejado. La bolsa de plástico del Wal-Mart crujía mientras Cate la apartaba para meter la ropa en la maleta y mientras la miraba con algo más que curiosidad.

—Si no querías que la abriera, deberías habértela llevado —le dijo a un ausente señor Layton mientras con las uñas aflojaba los nudos en las asas. Al final lo consiguió, abrió la bolsa y miró en su interior.

Dentro había un móvil. No había ninguna factura, así que no sabía si lo había comprado hacía poco y no lo había sacado de la bolsa o si lo había metido allí para protegerlo en caso de que la maleta se mojara mientras la facturaban en el avión. Por otro lado, la gente suele llevar los móviles encima, no en la maleta.

Aunque claro, el señor Layton pudo haberlo llevado encima hasta que llegó a Trail Stop, donde descubrió que no había cobertura y lo metió en la maleta, cerrado en una bolsa en lugar de dejarlo por ahí encima. En circunstancias normales, Cate no solía entrar en las habitaciones de los huéspedes hasta que se marchaban, a pesar de que había unos pocos que le pedían que hiciera la cama y limpiara la habitación cada día; pero el señor Layton no tenía por qué confiar en ella, porque no la conocía.

Comprobó de nuevo el armario y encontró un elegante par de zapatos de cordones que antes no había visto y que metió en la maleta con el resto de las cosas. Entró en el baño y metió todos los artículos en el neceser, cerró la cremallera e intentó meterlo en la maleta junto a los zapatos, pero se trataba de una maleta pequeña y el neceser no cabía.

El señor Layton debía de llevar más de una maleta y dejó la otra en el coche durante la noche. Cate lo vio con su equipaje cuando llegó y sólo llevaba esa maleta. Como las posesiones que se había dejado no cabían, eso significaba que había ido hasta el coche y había cogido los zapatos o el neceser de otra bolsa. Entonces se dio cuenta de que el señor Layton no se había dejado todas sus posesiones, sino únicamente aquellas que no eran tan importantes como para hacer el esfuerzo de bajarlas por la ventana. Al fin y al cabo, podría haber cerrado la maleta, haberla tirado por la ventana y haberla cogido una vez abajo, pero ni se había molestado, de modo que Cate dudaba que algún día volviera a recogerlo.

Y aquello planteaba una cuestión: ¿Qué se suponía que tenía que hacer con todo aquello? ¿Cuánto tiempo tenía que guardar sus cosas? ¿Un mes? ¿Un año? Pretendía guardarlo todo en el desván, así que no lo tendría por en medio pero, desde la muerte de Derek, se martirizaba con preguntas tipo «¿Y si…?» ¿Y si guardaba la maleta y dentro de unos años le pasaba algo? Quien quiera que hiciera limpieza de sus cosas encontraría una maleta llena de ropa de hombre y, lógicamente, daría por sentado que era de Derek y que Cate la había guardado por motivos sentimentales. Siguiendo la lógica, guardaría la maleta y su contenido para los gemelos y ella no quería que sus hijos cogieran cariño a unas cosas que pertenecían a un extraño imbécil que se había visto envuelto en un lío y había desaparecido.

Por si acaso, cogió una hoja de papel con el logotipo de la pensión y escribió el nombre del señor Layton y la fecha, junto con la información de que había olvidado sus pertenencias en la pensión; luego, metió la hoja en la maleta. Si llegaba lo peor y ella moría, eso explicaría muchas cosas.

No solía preocuparse tanto por las cosas, pero eso era antes de convertirse, en un breve periodo de tiempo, en madre de gemelos y viuda. En cuanto supo que estaba embarazada, dejó de escalar y, a pesar de que le gustaba más que a Derek, jamás se había planteado volver a hacerlo, porque ahora tenía a los niños. ¿Qué sería de ellos si ella caía y se mataba? Sí, sabía que, físicamente, estarían muy bien cuidados; de ello se encargaría su familia, y también la de Derek, a pesar de que no estaban tan unidos a los niños como a ella le gustaría. Pero, ¿y el bienestar emocional de los niños? Crecerían con la sensación de que sus padres los habían abandonado y ni la lógica sería capaz de apaciguar esa primitiva respuesta.

Así que ella tomó todas las precauciones posibles, se alejó de los deportes de riesgo, a pesar de que no podía cambiar el destino: los accidentes sucedían. Y por nada del mundo permitiría que sus hijos creyeran que los enseres de Jeffrey Layton pertenecían a su padre. Además, Derek tenía mejor gusto en cuanto a la ropa.

Con una sonrisa, levantó la maleta con una mano y cogió el neceser con la otra, salió al pasillo y los dejó en el suelo. Entró en su habitación a buscar la llave de la escalera del desván.

Como no quería que los niños subieran solos al desván, cerraba la puerta con llave y guardaba la llave en el neceser del maquillaje, que estaba en el cajón del mueble del baño. De camino al baño, pasó por su vestidor, donde había varias fotografías enmarcadas. Se detuvo, con el corazón en la boca, ante los momentos de su vida.

Le pasaba de vez en cuando; ya había pasado el tiempo suficiente para que pasara por allí delante y no se fijara en las fotografías. Cuando los niños entraban en su habitación en esos pocos días del año en que Cate podía dormir hasta un poco más tarde, casi siempre le hacían preguntas sobre las fotografías y ella les respondía con tranquilidad. Pero, a veces… era como si un afilado recuerdo saltara del pasado y le encogiera el corazón, y ella se quedaba helada y casi se dejaba llevar por una oleada de dolor.

Miró la foto de Derek y, por un segundo, pudo volver a escuchar su voz, cuyo sonido ya casi había olvidado. Había legado tanto de sí mismo a los niños: los ojos azules y pícaros, el pelo oscuro, la sonrisa fácil. Lo que a Cate le robó el corazón fue esa sonrisa, tan alegre y sexy… bueno, eso y el cuerpo esbelto y atlético.

Era ejecutivo de publicidad y ella trabajaba en un gran banco. Eran jóvenes y libres y con el dinero suficiente para hacer lo que les apeteciera. Después de la primera escalada juntos, habían empezado a verse en lugares que no fueran una escarpada roca y la cosa fue a más.

Después se fijó en una fotografía del día de su boda. Había organizado una ceremonia tradicional; él llevaba esmoquin y ella un romántico vestido de seda y encaje. Al mirarse en el espejo y comparar las dos imágenes, pensó que en la fotografía parecía muy joven. La melena castaña a la altura del hombro era lisa y sofistica, ahora sencillamente llevaba el pelo largo y el estilo… recogido con un clip o una cola de caballo. Por aquel entonces llevaba maquillaje, pero ahora con un poco de suerte tenía tiempo para ponerse bálsamo de labios. Entonces no tenía preocupaciones, y ahora las constantes tribulaciones le provocaban ojeras.

La boca no le había cambiado; seguía teniendo boca de pato, con el labio superior más grande que el inferior. A Derek le parecía sexy, pero Cate estuvo acomplejada toda la adolescencia y no lo creía. La boca de pato de Michelle Pfeiffer era más sutil y mucho más sexy. La forma de su boca solía provocar la burla de su hermano pequeño, Patrick, que imitaba los graznidos de un pato, hasta que un día ella le lanzó una lámpara.

Todavía tenía los ojos marrones, de un color más dorado que el pelo... pero marrones. Marrones normales. Y su cuerpo todavía tenía la misma silueta de siempre, excepto durante el embarazo, que fue la primera vez en su vida que tuvo pechos. Era muy delgada y con el tipo de complexión que la hacía parecer mucho más alta del metro sesenta y cinco que medía. La única parte con curvas de su anatomía era el trasero que, en comparación con el resto del cuerpo, parecía muy prominente. Tenía las piernas musculosas y los brazos delgados y nervudos. En resumen, que no era ningún bombón; era una mujer normal que había querido mucho a su marido y que, en momentos como ese, lo echaba tanto de menos que su ausencia era como un cuchillo clavado en el corazón.

La tercera fotografía era de los cuatro cuando los gemelos apenas tenían tres meses y eran idénticos. Derek y ella sostenían a un gemelo cada uno con unas sonrisas tan amplias, orgullosas y felices mientras contemplaban a sus hijos que, viéndolos ahora, Cate quería reír y llorar.

Habían tenido tan poco tiempo juntos.

Cate meneó la cabeza, regresó al presente y se secó las lágrimas de los ojos. Sólo se permitía llorar por la noche, cuando nadie podía verla. Su madre y los niños podían volver del picnic en cualquier momento y no quería que la encontraran con los ojos rojos e hinchados. Su madre se preocuparía y los niños se echarían a llorar si sabían que mamá había llorado.

Cogió la llave del cajón, se la metió en el bolsillo de los vaqueros y regresó al pasillo, donde había dejado la maleta y el neceser. Encendió la luz del pasillo, cogió la maleta y el neceser y se los llevó hasta el otro extremo del pasillo, donde estaba la escalera que subía al desván, y volvió a dejarlos en el suelo.

La puerta de las escaleras se abría hacia fuera, daba paso a tres escalones que subían hasta un rellano; luego giraban hacia la derecha e iban a parar a un punto muy extraño del desván, tan cerca del tejado inclinado que Cate tenía que inclinarse antes de subir el último escalón. Bueno, se suponía que la puerta se abría hacia fuera. Metió la llave y la giró, pero no sucedió nada. La cerradura iba un poco dura, así que no se sorprendió. Sacó un poco la llave y volvió a intentarlo, aunque sin éxito. Maldiciendo en voz baja las cerraduras viejas, sacó la llave, volvió a meterla muy despacio, intentando girarla repetidamente. Tenía que encontrar la forma de…

Le pareció escuchar un pequeño «clic» y giró la llave con un movimiento brusco de muñeca. Oyó un crujido y se quedó con la mitad de la llave en la mano, lo que significaba, obviamente, que la otra mitad se había quedado dentro de la cerradura.

—¡Hija de puta! —exclamó, aunque luego se giró para comprobar que los gemelos no se habían acercado en silencio y estaban detrás de ella. No es que hubiera muchas posibilidades de que hicieran algo en silencio pero, si lo hacían, seguro que era cuando ella decía palabrotas. Al ver que estaba sola, añadió—. ¡Joder!

Bueno, de todos modos la puerta necesitaba una cerradura nueva. Y las cerraduras no eran terriblemente caras, pero es que siempre tenía que arreglar o reparar algo. Necesitaba abrir la puerta para quitarse de en medio aquella maleta.

Maldiciendo en voz baja, bajó las escaleras corriendo y entró en la cocina. Justo cuando estaba a punto de descolgar para intentar localizar al señor Harris, oyó que se detenía un coche frente a la puerta. Se asomó por la ventana y, ¡oh, milagro!, era el señor Harris.

No sabía para qué venía, pero no podía haber sido más oportuno. Mientras él subía las escaleras del porche, ella abrió la puerta de la cocina con una mezcla de alivio y frustración en la cara.

—¡Cuánto me alegro de verle!

Él se paró en seco y, con las mejillas totalmente sonrojadas, se volvió hacia la camioneta.

—¿Necesitaré las herramientas?

—Se me ha roto la llave del desván en la cerradura, y necesito abrirla.

Él asintió y volvió a la camioneta, donde cogió la pesada caja de herramientas. A Cate se le pasó por la cabeza que debía de ser más fuerte de lo que parecía.

—Mañana voy a la ciudad —dijo él mientras subía las escaleras—. Se me ha ocurrido pasarme y decírselo, por si necesita algo.

—Tengo algunas cartas que hay que enviar —dijo ella.

Él asintió mientras ella se apartaba para dejarlo pasar.

—Por aquí —dijo ella, guiándolo por el pasillo y hacia las escaleras.

El pasillo estaba oscuro incluso con la luz encendida, porque no había ventanas en ninguno de los dos extremos. Las puertas abiertas de las habitaciones dejaban entrar algo de luz natural, que permitía manejarse tranquilamente a menos que tuvieras que realizar una tarea específica, como maniobrar una vieja cerradura o sacar una llave rota de su interior. El señor Harris abrió la caja de herramientas, sacó una linterna negra y se la entregó a Cate.

—Ilumine la cerradura —murmuró mientras apartaba la maleta y se arrodillaba frente a la cerradura.

Cate encendió la linterna y se sorprendió por el poderoso rayo de luz que emitía. Era terriblemente ligera, con un mango de goma. La miró por todos los lados para ver si encontraba la marca, pero no vio nada. Dirigió la luz hacia la puerta, justo debajo del pomo.

Sirviéndose de unas pequeñas pinzas, el señor Harris sacó la llave rota y luego cogió una especie de púa de la caja de herramientas y la insertó en la cerradura.

—No tenía ni idea que sabía forzar cerraduras —dijo ella, en un tono divertido.

La mano del señor Harris se quedó inmóvil un segundo, como si se estuviera preguntando si realmente tenía que responderle; luego emitió un sonido parecido a «hmmm» y siguió manipulando la púa.

Cate se colocó justo detrás de él y se inclinó para ver más de cerca lo que estaba haciendo. La luz le iluminaba las manos, resaltándole cada vena. Cate se fijó en que tenía unas manos bonitas. Estaban llenas de callos y manchas de grasa, y la uña del pulgar izquierdo estaba morada, como si se la hubiera golpeado con un martillo, pero llevaba las uñas cortas y limpias y tenía las manos largas, fuertes y bonitas.

Cate tenía debilidad por las manos fuertes; las de Derek eran muy fuertes, consecuencia de la escalada.

El señor Harris gruñó, sacó la púa y giró el pomo. La puerta se abrió unos centímetros.

—Muchas gracias —dijo ella, llena de sincera gratitud. Señaló la maleta que él había apartado—. El hombre que se marchó sin recoger sus cosas todavía no ha vuelto, así que tengo que guardarle la maleta durante un tiempo, por si algún día decide venir a buscarla.

El señor Harris miró la maleta mientras recuperaba la linterna, la apagaba y la dejaba en la caja de herramientas junto con la púa.

—Qué raro. ¿De qué huía?

—Creo que quería evitar a alguien que estaba en el comedor —le extrañaba que lo primero que se le había ocurrido al señor Harris fuera algo que ella ni se había planteado de buenas a primeras. Al principio, ella sólo pensaba que Layton estaba loco. Quizá los hombres eran más suspicaces que las mujeres.

Volvió a gruir, como gesto de asentimiento a su comentario. Señaló la maleta con la cabeza.

—¿Hay algo extraño en el interior?

—No. La dejó abierta. He metido toda la ropa y los zapatos, y los artículos de aseo en el neceser.

El señor Harris se levantó, apartó la caja de herramientas, abrió la puerta del desván, se agachó y cogió la maleta.

—Dígame dónde quiere que la deje.

—Puedo hacerlo yo —protestó ella.

—Ya lo sé, pero ahora ya estoy aquí.

Mientras subía las escaleras, Cate reflexionó que, en los últimos diez minutos, había oído hablar al señor Harris más que en los últimos meses, y seguro que era una de las pocas veces en que él había ofrecido un comentario sin que nadie le preguntara nada. Normalmente, solía responder a las preguntas directas con una respuesta breve, y ya estaba. Quizá había desayunado lengua o se había tomado una pastilla para la locuacidad.

En el desván hacía calor y todo estaba cubierto de polvo, con aquel olor a humedad que desprendían los objetos abandonados a pesar de que no hubiera humedad por ningún sitio. La luz de tres buhardillas llenaban el desván de luz, pero las paredes no estaban pulidas y el suelo estaba hecho de placas de madera que crujían a cada paso.

—Aquí mismo —dijo ella, señalando un rincón vacío junto a la pared más lejana.

Él dejó la maleta y el neceser en el suelo y luego miró a su alrededor. Vio el material de escalada y se detuvo.

—¿De quién es eso? —preguntó.

—De mi marido y mío.

—¿Los dos escalaban?

—Así nos conocimos, en un club de escalada. Aunque yo lo dejé cuando me quedé embarazada —pero no se había deshecho del material. Seguía allí, perfectamente limpio y conservado: los pies de gato, los arneses y las bolsas de tiza, las poleas, los cascos y los metros de cuerda, a pesar de que sabía que no volvería a escalar nunca más. Pero ni se le pasaba por la cabeza deshacerse del equipo.

Él se quedó dubitativo y Cate vio cómo volvía a sonrojarse. Luego dijo:

—Yo también he hecho algo de escalada pero, básicamente, montañismo.

¡Le había dado información sobre él de forma voluntaria! Quizá había decidido que era tan inofensiva como los niños y que era seguro hablar con ella. Tenía que marcar en rojo ese día en el calendario porque el día que el señor Harris se había decidido a hablar de sí mismo tenía que ser especial.

—Yo sólo escalaba rocas —dijo ella, intentando alargar la conversación. ¿Cuánto rato más seguiría hablando?—. No hacía montañismo. ¿Ha subido alguna montaña de las grandes?

—No hacía ese tipo de montañismo —murmuró él mientras se dirigía hacia las escaleras, y entonces Cate supo que la locuacidad se había terminado. Y entonces, justo dos pisos debajo de ellos, oyó el ruido de voces infantiles en plena discusión y supo que su madre y los niños habían vuelto a casa.

—Oh, oh, parece que tenemos problemas —dijo, dirigiéndose hacia las escaleras.

Cuando llegó abajo, a juzgar por las caras que traían, supo que había pasado algo. Los tres parecían enfadados. Su madre llevaba la cesta del picnic en la mano y tenía los labios apretados, con un niño a cada lado. Los gemelos estaban colorados de la furia y llevaban la ropa sucia, como si se hubieran estado revolcando por el suelo.

—Se han peleado —dijo Sheila.

—¡Tannel me ha insultado! —replicó Tucker, con expresión de terquedad.

Tanner miró a su hermano.

—Me has empujado. Me has tirado al suelo —su rabia era evidente. A Tanner no le gustaba perder ni a las canicas.

Cate levantó la mano como si fuera un policía de tráfico y los hizo callar a los dos en mitad de la explicación. Tras ella, el señor Harris bajó las escaleras, con la caja de herramientas en la mano, y los niños empezaron a ponerse nerviosos; su héroe estaba aquí y no podían lanzarse encima de él como hacían habitualmente.

—Mimi me dirá qué ha pasado —dijo Cate.

—Tanner se ha comido el último trozo de naranja, pero lo quería Tucker. Tanner no se lo ha dado y Tucker lo ha empujado. Tanner lo ha llamado «imbécil». Y entonces han empezado a rodar por el suelo pegándose puñetazos —Sheila miró a los niños con el ceño fruncido—. Y han tirado la limonada y me han puesto perdida.

Ahora que se fijaba, Cate vio las manchas húmedas en los vaqueros de Sheila. Se cruzó de brazos y miró a sus hijos con la expresión más severa que podía mientras fruncía el ceño.

—Tucker… —empezó.

—¡No ha sido culpa mía! —exclamó el niño, obviamente furioso por ser el primer a quien se dirigía su madre.

—Empujaste primero a Tanner, ¿no es cierto?

Ahora parecía todavía más rebelde. Se sonrojó y casi estaba saltando en el mismo lugar.

—¡Ha sido… Ha sido culpa de Mimi!

—¡¿De Mimi?! —repitió Cate, estupefacta. Su madre parecía igual de sorprendida por aquel giro en la historia.

—¡Debería haberme vigilado mejor!

—¡Tucker Nightingale! —rugió Cate, alterada por aquel atrevimiento de su hijo—. ¡Sube inmediatamente a tu habitación y siéntate en la silla de castigo! ¿Cómo te atreves a echar la culpa a Mimi? Me avergüenza tu actitud. ¡Un hombre decente nunca jamás se atrevería a culpar a otro por sus errores!

El niño lanzó una mirada buscando apoyo y ayuda del señor Harris. Cate se dio la vuelta y le lanzó una severa mirada al hombre, por si se le ocurría decir algo a favor de Tucker. El señor Harris parpadeó, después miró al niño y meneó la cabeza muy despacio.

—Tu madre tiene razón —dijo.

Los pequeños hombros de Tucker se relajaron y empezó a subir, casi arrastrándose, las escaleras hacia su habitación, cada paso lo más lento y pesado que podía un niño de cuatro años. Empezó a llorar. Cuando llegó arriba, se detuvo y sollozó:

—¿Cuánto tiempo?

—Mucho —respondió Cate. No pensaba dejarlo allí más de media hora, pero para alguien con la energía de Tucker eso sería una eternidad. Además, a Tanner también le tocaría su turno por haber llamado «imbécil» a su hermano. Vale, eso significaba que los dos conocían aquella palabra y sabían cómo utilizarla. Sus hijos ya decían palabrotas.

Cate levantó la barbilla e hizo una mueca hacia Tanner. El niño suspiró y se sentó en el último escalón, esperando su turno para la silla de castigo. Las palabras sobraban.

El señor Harris se aclaró la garganta.

—Mañana en la ciudad compraré una cerradura nueva —dijo, y salió por la puerta.

Cate respiró hondo y se volvió hacia su madre, que parecía realmente alterada.

—¿Seguro que te los quieres llevar unos días? —le preguntó Cate, cansada.

Sheila también respiró hondo.

—Ya te lo diré mañana —respondió.

Capítulo 7

Debido a la diferencia horaria, Goss y Toxtel llegaron a Boise a última hora de la tarde. Goss supuso que los billetes de avión, al haberlos comprado a última hora, habrían costado una fortuna, pero no era su problema. En lugar de continuar el viaje por la noche, lo que habría significado recorrer en coche una serie de carreteras de montaña que no conocían y con cansancio acumulado, reservaron dos habitaciones en el hotel que había cerca del aeropuerto.

Por la mañana ya conseguirían armas y subirían a una avioneta que los llevaría hasta una pista de aterrizaje que había a unos cincuenta kilómetros de su destino final. Se trataba de un vuelo privado, así que no tendrían ningún problema para subir las armas a bordo. Faulkner les había conseguido un vehículo que los estaría esperando en la pista. Irían en coche hasta Trail Stop, donde les había reservado una habitación en la pensión Nightingale. Hospedarse en el lugar donde se suponía que estaba lo que buscaban era lógico, porque así tenían un motivo para estar allí.

Después de cenar en el restaurante del hotel, Toxtel subió a su habitación mientras que Goss decidió ir a dar una vuelta por Boise; bueno, concretamente, a buscar compañía femenina. Pidió un taxi y entró en un bar de gente soltera que estaba a reventar, descartó a varias mujeres que no lo atraían demasiado antes de decidirse por una preciosa morena de aspecto saludable llamada Kami. A Goss le horrorizaban esos nombres cursis, pero no disponía de mucho tiempo y esa chica sólo iba a estar en su vida el tiempo que tardara en saciar su apetito sexual, vestirse y marcharse.

Fueron al piso de ella, un espacio reducido con dos habitaciones. A Goss siempre le sorprendía que mujeres a las que acababa de conocer lo invitaran a su casa. ¿En qué estaban pensando? Podía ser un violador o un asesino. Vale, era un asesino, pero sólo si le pagaban. Los ciudadanos normales estaban perfectamente a salvo a su lado. Sin embargo, Kami no lo sabía, ni ninguna de las otras mujeres que lo habían invitado anteriormente.

Cuando estaban tendidos en la cama, exhaustos y sudorosos, el uno junto al otro aunque ya ni siquiera los unía la emoción fingida, Goss dijo:

—Deberías tener más cuidado. Conmigo has tenido suerte pero, ¿qué hubiera pasado si llego a ser un chalado que se dedicara a coleccionar ojos o algo así?

Ella se estiró, arqueó la espalda y subió los pechos hacia el techo.

—¿Y si la chalada que coleccionara ojos fuera yo?

—Lo digo en serio.

—Yo también.

Algo en el tono de su voz hizo que Goss entrecerrara los ojos. Los dos se quedaron mirando a la luz de la lámpara; ella con una mirada fría al tiempo que él desproveía a la suya de cualquier emoción.

—Entonces, supongo que los dos hemos tenido suerte —dijo él.

—¿Ah, sí? ¿Cómo lo sabes?

—Te he avisado, y tú me has avisado —y con eso quería decir que ahora ya no podría pillarlo por sorpresa y que, si apreciaba su vida, no lo intentaría. ¿Que estaba desnudo? Ella también. Quizá tenía un cuchillo debajo del colchón, muy a lo *Instinto Básico*, pero él estaba dispuesto a romperle el cuello si veía que llevaba las manos hacia la almohada o hacia el colchón.

Muy despacio, regocijándose en los movimientos, Kami abrió las manos… y sonrió, con la cabeza ladeada y los ojos juguetones.

—Te he asustado, ¿a que sí?

—Mantén las manos donde están —respondió él, muy frío, mientras se levantaba y recogía su ropa. No le dio la espalda ni siquiera un segundo.

—Venga ya. Tengo de asesina lo mismo que tú.

¿En serio? Si ella supiera… Sin embargo, Goss sentía un cosquilleo en la nuca que le advertía que no bajara la guardia, por mucho que dijera o por muy convincente que sonara.

—Quizá has encontrado la fórmula perfecta para quitarte de encima a un tío después de habértelo tirado —dijo, mientras se ponía los calzoncillos y los pantalones—. Si es así, felicidades… a menos que el próximo al que te ligues crea que estás a punto de arrancarle los ojos y se ponga histérico. Es una buena forma de quitarte los muertos de encima.

Ella puso los ojos en blanco.

—Era una broma.

—Sí, ya. Ja, ja. Me parto de la risa —se puso los calcetines y los zapatos, metió los brazos en las mangas de la camisa y le enseñó los dientes en lo que bien podría haber sido una sonrisa—. Digamos que, si algún día veo en la tele que se busca a una coleccionista de ojos, llamaré a la poli y les daré tu descripción —entonces se le ocurrió algo; se dio la vuelta, vio el bolso que ella había lanzado al suelo y, veloz como un gato, lo cogió.

—¡Dame eso! —exclamó ella, que se estiró para cogerlo, pero Goss la sujetó y la empujó bocabajo contra el colchón colocándole la mano en la espalda y apoyando su peso en ella para que no se moviera mientras, con la otra mano, vaciaba el bolso en la cama. Ella empezó a resollar al tiempo que intentaba respirar y darse la vuelta, pero él no la soltó. Kami maldijo y lanzó el brazo hacia atrás, con la intención de golpearlo en la entrepierna; Goss se volvió y recibió el impacto en la cadera.

—Cuidadito —le advirtió—. No me hagas enfadar.

—¡Que te follen!

—Acabas de hacerlo y no, gracias, no quiero la camiseta de recuerdo.

Rebuscó con un dedo entre las cosas que había vaciado en la cama. No tenía cartera; al menos, no en el bolso. Llevaba el dinero en un clip. Aquello le extrañó mucho porque, ¿cuántas mujeres llevaban clips de esos? También había una especie de tarjetero y, en uno de los laterales, encontró el carné de conducir. Lo sacó y miró la fotografía para asegurarse de que era el de ella, y luego se fijó en el nombre.

—Vaya, vaya… Deidre Paige Almond. O sea, que sí que eres una chalada —a ella no le hizo demasiada gracia, porque volvió a maldecir. Goss sonrió porque hacía mucho que no se divertía tanto. Y lo más gracioso era que él también le había dado un nombre falso. Era evidente que las mentes rebuscadas funcionaban de la misma forma—. Déjame adivinar… Kami es un apodo, ¿verdad? —lanzó el carné en la cama junto a ella.

Ella se retorció bajo la mano de Goss y, cuando se dio la vuelta para mirarlo, tenía todo el pelo negro encima de la cara.

—Hijo de puta, ya veremos si te hace tanta gracia cuando te denuncie.

—¿De qué? —preguntó él, casi aburrido—. ¿Violación? Lástima que tenga la costumbre de llevar encima una grabadora siempre que estoy con una mujer… por si acaso.

—¡Y una mierda!

—De hecho, es Sony —se golpeó el bolsillo derecho de los pantalones, donde llevaba el móvil—. La calidad de sonido es extraordinaria. Además, ¿qué nombre darías a la policía? —chasqueó la lengua—. En estos tiempos, no te puedes fiar de lo que nadie te diga, ¿no crees? Ha estado bien, pero ahora tengo que marcharme; espero no volver a verte. Y recuerda lo que te he dicho de los ojos. Y si realmente era broma, quizá deberías replantearte el recurso —la soltó y se alejó fuera de su alcance—. No te molestes, ya sé dónde está la puerta —dijo, mientras salía de la habitación.

Ella no se levantó o, al menos, no lo siguió, quizá porque estaba desnuda. Goss salió del edificio y caminó por la agrietada acera. Habían venido con el coche de ella, así que dependía temporalmente de su suerte, pero no le preocupaba. En el bolsillo tenía el móvil y el teléfono de la compañía de taxis a la que había llamado antes. Caminó hasta que llegó a una intersección con carteles en las calles y llamó a un taxi.

Si la tal Deidre-Kami hubiera aparecido por la calle en su Nissan de cinco años y hubiera intentado atropellarlo no le hubiera sorprendido, pero estaba claro que la chica había decidido no buscarse más problemas. Goss no sabía si era un bicho raro que creía que era divertido fingir ser una asesina en serie psicópata o si realmente era una psicópata, pero todos sus instintos le habían dicho que se largara de aquel piso. Bueno, en realidad, había sido una más de sus interesantes noches.

Después de un tiempo de espera razonable, aunque se acercaba bastante a lo que él consideraba poco razonable, llegó el taxi y él se subió. Al cabo de veinte minutos, entraba silbando en el vestíbulo del hotel, camino de la habitación. Eran más de la una, o sea que no dormiría mucho, pero el entretenimiento había valido la pena.

Se duchó antes de acostarse y se quedó dormido como un bebé hasta que la alarma sonó a las seis. Para descansar bien, nada mejor que tener la conciencia limpia, o mejor todavía, no tener conciencia.

Se suponía que, a las siete, llegaría una caja con las armas a la recepción del hotel, pero se hicieron las siete y nadie había entregado nada. Toxtel llamó a Faulkner, que lo había arreglado todo, y luego esperaron. Goss aprovechó para desayunar. Poco después de las nueve, y treinta minutos después de la hora en que se suponían que tenían que estar despegando, un botones les acercó una caja marcada como «Material de Oficina» y sellado con cinta aislante. Toxtel se hizo cargo de la caja; parecía una especie de ejecutivo, o quizá un comercial, con el traje y la corbata. Goss había preferido ropa más cómoda: unos pantalones de algodón y una camisa de seda, sin corbata. Supuso que las personas que iban a las pensiones estaban de vacaciones, no por trabajo, pero tenía claro que, independientemente de las circunstancia, Toxtel no se iba a quitar el traje y la corbata.

Las armas de la caja estaban limpias, con el número de serie borrado. Las comprobaron en silencio, porque la rutina era eso, rutina. Goss solía llevar una Glock pero, en situaciones como esta, uno tenía que conformarse con lo que se había podido conseguir en un periodo de tiempo tan breve. Las dos pistolas eran una Beretta y una Taurus, con una caja de cargadores para cada una. Goss jamás había utilizado una Taurus y Toxtel sí, así que se la quedó este último, mientras que Goss se quedó la Beretta. Se las guardaron en las bolsas y luego llamaron al piloto de la avioneta para comunicarle que iban de camino.

Como volaban con un avión privado, no tuvieron que pasar el control de seguridad en el aeropuerto. El piloto, un hombre taciturno con la piel curtida de alguien que jamás en su vida se ha comprado protección solar, gruñó un saludo y nada más. Tuvieron que cargar con su propio equipaje, aunque no les importó, y subieron a bordo. El avión era un pequeño Cessna que había vivido su época dorada quizá diez años atrás, pero cumplía los dos principales requisitos: volaba y no necesitaba una pista de despegue kilométrica.

A Goss no le interesaba el paisaje, al menos no el rural. Su idea de una buena vista era desde la terraza de un ático en la ciudad. Sin embargo, tenía que admitir que los resplandecientes ríos llenos de rocas y las montañas recortadas no estaban mal. Sin embargo, lo estaban contemplando desde el mejor punto: el aire. Reforzó aquella opinión cuando, una hora después, la avioneta aterrizó en una polvorienta pista llena de baches y desde donde las montañas rocosas y recortadas parecían amenazadores gigantes. No se veía ninguna ciudad, sólo un edificio de chapa de zinc a cuyas puertas había tres vehículos. Un turismo beige sin marca visible, una vieja camioneta Ford que parecía más vieja que Goss y un Chevrolet Tahoe gris.

—Espero que la camioneta no sea para nosotros —murmuró Goss.

—Seguro que no. Faulkner nos habrá buscado algo mejor, ya lo verás.

La confianza ciega de Toxter en Faulkner irritaba a Goss hasta límites insospechados, pero nunca lo demostraba. Porque no quería que nadie sospechara que odiaba a Faulkner pero, básicamente, porque Hugh Toxtel era el único sicario de Faulkner con el que Goss no quería enemistarse. Y no porque Toxtel fuera una especie de superhombre ni nada por el estilo, sino porque era muy bueno en su trabajo, tanto que Goss lo respetaba mucho. Y Toxtel tenía diez años más de experiencia que Goss, o quizá más.

Cuando bajaron de la avioneta y empezaron a sacar su equipaje de la bodega, un tipo fornido con un mono de trabajo bastante sucio salió del edificio de chapa de zinc.

—¿Vosotros sois los que habéis pedido un coche de alquiler? —les preguntó.

—Sí —respondió Toxtel.

—Esos os están esperando.

Resultó que «Esos» eran dos chicos jóvenes de la compañía de alquiler de coches; uno salió del Tahoe y su compañero lo siguió. Evidentemente, la paciencia no era su fuerte, porque los dos parecían bastante molestos por la espera. Toxtel firmó unos papeles, los dos chicos se metieron en el turismo beige y desaparecieron levantando una enorme nube de humo.

—Serán desgraciados —gruñó Toxtel, con la mirada fija en el coche mientras se apartaba el polvo de la cara—. Lo han hecho adrede.

Toxtel y Goss metieron sus cosas en el maletero del Tahoe y luego se subieron al enorme coche. En el asiento del copiloto había un mapa doblado con la ruta hasta Trail Stop marcada en rojo y el punto de destino convenientemente señalado. Después de mirar el mapa, Goss se preguntó por qué alguien se había molestado en señalar el pueblo, puesto que era exactamente lo que su nombre indicaba, el final de la carretera.

—El paisaje es bonito —dijo Toxtel al cabo de unos minutos.

—No está mal —Goss se volvió hacia la ventana y vio el cañón que había a su lado. Igual había cien metros de caída libre y la carretera no estaba en unas condiciones envidiables puesto que era una carretera de dos carriles estrecha y apenas pavimentada con unos viejos quitamiedos en algunos de los peores tramos. El problema era que los lugares que él creía que necesitaban quitamiedos no coincidían con el criterio del departamento de carreteras de Idaho. El sol brillaba con fuerza y el cielo estaba totalmente azul y despejado pero, cuando pasaron de un tramo de carretera soleado a uno en la sombra, Toxtel vio que el termómetro del Tahoe descendía unos cinco grados. No le haría demasiada gracia quedarse atrapado en aquellas montañas de noche. Desde que se habían alejado de la pista de aterrizaje, no habían visto ninguna casa ni ningún coche y, a pesar de que apenas llevaban diez minutos en la carretera, a Goss le parecía muy extraño.

Al cabo de media hora, llegaron a una pequeña ciudad con una población de unos cuatro mil y pico habitantes, con calles y semáforos… bueno, sólo había un par, y se relajó un poco. Al menos, había seres vivos.

Desde allí tomaron un desvío a la izquierda, como indicaba el mapa, y cualquier señal de civilización volvió a desaparecer.

—Por Dios, no sé cómo pueden vivir así —murmuró—. Si te quedas sin leche, tienes que hacer una expedición de un día para ir a la tienda.

—Te acabas acostumbrando —dijo Toxtel.

—A mí me parece que el problema es que no conocen nada más. No puedes echar de menos lo que nunca has tenido —después de la siguiente curva, el sol volvió a darles de lleno y el brillo del cristal le hizo entrecerrar los ojos y bostezar.

—Deberías haber dormido un poco anoche, en lugar de ir a buscar marcha —comentó Toxtel, con una nota de disgusto en la voz.

—No fui a buscar marcha; la encontré —dijo Goss, y volvió a bostezar—. Una tía rarísima. Parecía la reina de la belleza agrícola de algún pueblo pero, cuando le dije que no debería llevarse extraños a casa, que era demasiado peligroso y que yo podría haber sido un psicópata, me dijo que igual la psicópata era ella. Y lo dijo con una mirada que me puso los pelos de punta, como si realmente estuviera chalada. Me vestí y salí pitando —obvió la parte de la pelea y el nombre falso.

—Cualquier día te cortarán el cuello —le advirtió Toxtel.

Goss se encogió de hombros con indiferencia.

—Es posible.

—No la mataste ni le hiciste nada, ¿verdad? —le preguntó Toxtel al cabo de unos minutos y, a juzgar por su tono, Goss supo que estaba realmente preocupado.

—No soy tonto. Está bien.

—No queremos llamar la atención.

—Te he dicho que está bien. Viva, respira y está entera.

—Vale. No necesitamos complicaciones. Vamos a ese sitio, encontramos lo que buscamos y nos vamos. Y listos.

—¿Cómo sabremos dónde mirar? ¿Qué le dirás? «¿Oiga, dónde ha dejado las cosas que ese estúpido contable se dejó aquí?»

—Pues no es mala idea. Podríamos decir que nos envía él.

Goss contempló aquella posibilidad.

—Es sencillo —admitió—. Quizá funcione.

La carretera tenía tantas curvas que empezó a marearse. Bajó la ventanilla para que le tocara un poco el aire. La carretera estaba llena de señales de «Prohibido el Paso». Después de pasar la que sería la número quince, murmuró:

—No me jodas.

—No me jodas, ¿qué?

—Todas estas señales de «Prohibido el Paso» En primer lugar, ¿cómo se puede pasar a ningún sitio en esta mierda de carretera? Es una curva tras otra. Y, en segundo lugar, no hay nada donde pasar.

—Chico de ciudad —dijo Toxtel con una sonrisa.

—Sigue recto —replicó Goss, con la mirada en el mapa—. Tenemos que tomar el próximo desvío a la derecha.

El «próximo» desvío estaba a diez largos minutos. La temperatura había descendido un par de grados más y el aire empezaba a ser frío. Goss se preguntó a qué altura estarían.

La carretera que estaban buscando estaba señalizada por una hilera de unos treinta buzones, aunque clavados en el suelo con distintas inclinaciones, como una hilera de soldados borrachos. También había una señal que decía «Trail Stop», y una flecha y, justo al lado, un cartel donde se leía «Pensión Nightingale».

—Es esa —dijo Toxtel—. No debería costarnos mucho encontrarla.

Desde que habían cogido el coche no habían dejado de subir pero, poco después de adentrarse en la estrecha carretera de un único carril, empezaron a descender de forma bastante brusca. El descenso era mucho más pronunciado que la subida y Toxtel, a pesar de poner una marcha más corta, tuvo que pisar el freno.

Desde una curva, vieron lo que debía de ser Trail Stop, un pueblo que se levantaba en una lengua de tierra con el río a la derecha. Parecía que el número de casas coincidía con el número de buzones en la carretera.

Cuando llegaron al valle, cruzaron un estrecho puente de madera que crujió bajo el peso del Tahoe. Goss se asomó por la ventana y observó el enorme caudal del riachuelo que venía de las montañas y desembocaba en el río; el agua era blanca de la fuerza con la que chocaba contra las rocas del lecho del río y sintió un escalofrío en la espalda. El riachuelo no era tan grande como el río que habían visto, pero había algo que le daba mala espina.

—No mires, pero creo que estamos en el escenario de la película *Deliverance* —susurró.

—Te has equivocado de estado —le respondió Toxtel como si nada, absolutamente relajado entre tanta vida salvaje.

La carretera ascendía ligeramente en una curva hacia una pequeña colina y, cuando llegaron a la cima, Goss cerró los ojos por si acaso venía otro coche en dirección contraria y chocaban y después vieron el pueblo: varios edificios que se levantaban a ambos lados de la carretera. Había varias casas, casi todas pequeñas y viejas, un colmado, una ferretería, unas cuantas casas más y, al final de la carretera a la izquierda, había una casa de estilo victoriano con unos enormes porches, muy elegante, y con un cartel donde ponía que era una pensión. En el aparcamiento lateral había dos coches y, en el de la parte posterior, otro. La puerta lateral estaba abierta y, a la derecha del garaje, había otra puerta. Quizá sería un buen lugar para empezar a buscar las cosas de Layton, pensó Goss.

—Bueno, tenías razón —dijo—. No nos ha costado encontrarlo.

Mientras aparcaban, una mujer bajó las escaleras y se les acercó.

—Hola —dijo—. Soy Cate Nightingale. Bienvenidos a Trail Stop.

Toxtel fue el primero en bajar del coche y se presentó con una sonrisa, y luego abrió el maletero para poder sacar sus cosas. Goss fue más lento, aunque también se presentó con una sonrisa. Se presentaron como Huxley y Mellor; él era Huxley y Toxtel era Mellor. Faulkner se había hecho cargo de la factura por medio de una tarjeta de crédito de una compañía, de modo que no tendrían que enseñarle ninguna identificación.

Goss no disimuló su interés mientras repasaba de arriba abajo a la propietaria de la pensión. Era más joven de lo que se esperaba, con un cuerpo delgado que no tenía demasiadas curvas, aunque tenía un culo que no estaba mal. La chica no lo lucía, porque llevaba pantalones negros y una camisa blanca con las mangas arremangadas, pero Goss tenía buen ojo. Hablaba con una voz cálida y alegre. Llevaba el pelo castaño recogido en una cola y tenía los ojos marrones, nada fuera de lo normal. Sin embargo, tenía una boca de esas con una forma rara, con el labio superior mucho más carnoso que el inferior. Le daba un toque sensual y dulce.

—Sus habitaciones están listas —dijo ella, con una sonrisa muy amable que no respondía en absoluto al interés que él había demostrado. Cuando se giró, Goss volvió a mirarle el culo. No se había equivocado; estaba muy bien.

Una vez dentro de la casa, vio un osito de peluche en la puerta de una habitación, lo que delataba la presencia de un niño. Y, por lo tanto, puede que también hubiera un señor Nightingale. Sin embargo, la chica no llevaba anillo de casada; se había fijado cuando le había dado la mano al presentarse. Goss miró a Toxtel y vio que él también se había fijado en el osito de peluche.

La chica se detuvo junto a una mesa que había en el pasillo, junto a la escalera, y cogió dos llaves.

—Les he puesto en las habitaciones tres y cinco —dijo, mientras los acompañaba al piso de arriba—. Cada habitación tiene su propio baño y bonitas vistas desde la ventana. Espero que disfruten de su estancia.

—Seguro que sí —respondió Toxtel con educación.

Cate lo acomodó en la habitación número tres y a Goss en la cinco. Goss miró a su alrededor y vio dos habitaciones a la derecha, que daban a la parte delantera, y cuatro más a la izquierda. Teniendo en cuenta los vehículos que había en el aparcamiento, había un mínimo de dos habitaciones ocupadas, dependiendo de las personas que hubiera en cada coche. Puede que buscar el lápiz de memoria no fuera tan fácil como ellos creían.

Por otro lado, se dijo Goss con una sonrisa mientras deshacía su equipaje, saber que había un niño en la casa abría un interesante abanico de posibilidades.

Capítulo 8

Cate no sabía qué estaba pasando, pero sospechaba que el hombre que había llamado ayer por la tarde para reservar las habitaciones de los señores Huxley y Mellor era el mismo hombre que la había llamado fingiendo ser un empleado de la compañía de alquiler de coches y que quería saber dónde estaba Jeffrey Layton. No estaba segura y, de hecho, si aquella llamada no hubiera despertado sus suspicacias, jamás se le hubiera pasado por la cabeza aquella posibilidad, pero tanto la voz como el acento le sonaron y, después de colgar, no dejó de darle vueltas hasta que lo relacionó.

Era obvio que aquellos dos hombres buscaban a Layton, cosa que también resultaba sospechosa. Si hubieran estado preocupados por su desaparición, lo habrían dicho desde un principio, le habrían dicho que buscaban a su amigo y le habrían hecho preguntas sobre la mañana en que se marchó. El hecho de que no lo hubieran hecho demostraba que no estaban preocupados por su bienestar. El señor Layton tenía problemas y esos dos hombres eran parte del problema.

No debería haberlos dejado quedarse aquí. Ahora lo sabía. Si hubiera reconocido antes la voz del teléfono, le habría dicho que no le quedaban habitaciones libres; eso no habría impedido que esos hombres vinieran a Trail Stop pero, al menos, no dormirían bajo el mismo techo que ella y los niños. Sintió un escalofrío en la espalda cuando pensó en los niños, y en su madre, e incluso en los tres jóvenes que habían llegado ayer por la tarde para pasarse un par de días escalando. ¿Acaso los había puesto a todos en peligro sin saberlo?

Al menos, Mimi y los chicos no estaban en casa ahora mismo. Su madre se los había llevado de paseo; les había dicho que les daba una segunda oportunidad para demostrar que sabían portarse bien y que si esta vez la decepcionaban… Por supuesto, su madre jamás terminaba aquella frase pero, cuando Cate era pequeña, siempre creyó que decepcionar a su madre por segunda vez sería algo parecido al fin del mundo. Tucker y Tanner la habían mirado muy serios. Cate sólo esperaba que el paseo fuera muy largo.

Cabía la posibilidad de que aquellos hombres no tuvieran ningún tipo de relación con Jeffrey Layton. Cate no podía descartar completamente la idea de que su imaginación la estuviera traicionando. Las dos voces del teléfono eran parecidas, pero eso no significaba que fueran de la misma persona, a pesar de que la opción de la identificación de llamada le había vuelto a dar «Número privado». Se sentía ridícula pensando lo peor, pero también estaba asustada.

Los dos hombres habían sido muy educados. El mayor, Mellor, parecía bastante fuera de lugar con el traje y la corbata pero, en el fondo, eso no significaba nada. Quizá había tenido una reunión de negocios, después había cogido el avión y no había tenido ocasión de ponerse algo más informal. El otro, Huxley, era alto y apuesto, y había intentado ligársela. La había repasado de arriba abajo, pero ella había hecho como si nada y él, en lugar de insistir, había desistido. Quizá tenían un motivo completamente inocente para estar allí…

Y allí fue justo cuando le saltaron las alarmas. Trail Stop no estaba en la carretera principal; la gente que venía aquí lo hacía porque este era su destino final, nadie se paraba aquí porque estaba de paso hacia otro lugar. Si Huxley y Mellor no habían venido a buscar a Jeffrey Layton, ¿a qué habían venido? Sus clientes solían ser familias que estaban de vacaciones, senderistas, parejas en una escapada romántica, pescadores, cazadores y escaladores. Apostaría la casa a que ninguno de ellos pescaba, cazaba o escalaba, porque no habían traído ningún equipo. Tampoco eran pareja; eso quedaba claro después de ver cómo Huxley la había mirado. Podían ser senderistas, pero lo dudaba. No había visto botas de montaña, bastones de caminar, mochilas ni nada de lo que los senderistas serios llevaban para afrontar unos días de caminatas.

El único motivo que explicaría su presencia era Layton, y Cate no sabía qué hacer.

Entró en la cocina, donde había empezado a preparar una bandeja de galletas de manteca de cacahuete para los niños. Neenah Dase estaba sentada junto a la mesa, tomándose una taza de té. Como no tenía demasiado trabajo en el colmado, había dejado un cartel en la puerta diciendo que estaba en casa de Cate; cualquiera que la necesitara iría allí.

Neenah era nativa, nacida y criada en Trail Stop. Su padre abrió el colmado hacía más de cincuenta años. A su hermana mayor no le gustaba la vida en el campo y, en cuanto terminó el instituto, se marchó a la ciudad; ahora estaba muy feliz viviendo en Milwaukee. Cate no conocía la historia de Neenah excepto que era una antigua monja (o novicia, porque no estaba segura de que una monja pudiera dejar la orden después de haber jurado sus votos) que había vuelto a casa hacía quince años y se había encargado de la tienda. Cuando sus padres murieron, heredó el negocio. Nunca se había casado y, por lo que Cate sabía, tampoco había salido con nadie.

Neenah era una de las personas más tranquilas y pacíficas que Cate había conocido. Su pelo castaño claro tenía cierto tono ceniza que le confería un brillo plateado. Tenía los ojos azules y la piel de porcelana. No era guapa; tenía la mandíbula demasiado cuadrada y las facciones poco simétricas, pero era una de esas personas que te hacían sonreír cuando pensabas en ellas.

A Cate le caía bien todo el mundo, pero Neenah y Sherry eran con quien más relación tenía. La compañía de las dos era muy agradable: Sherry porque era un terremoto y Neenah porque era muy tranquila.

«Tranquila» no significaba que careciera de sentido común. Cate se sentó a su lado y dijo:

—Estoy preocupada por mis dos nuevos huéspedes.

—¿Quién son?

—Dos hombres.

Neenah se quedó quieta con la taza de té casi rozándole los labios.

—¿Te da miedo estar en la misma casa que ellos?

—No en el sentido en el que lo dices —Cate se frotó la frente—. No sé si sabes… —como Trail Stop era tan pequeño, las habladurías se sabían enseguida—, pero uno de mis huéspedes saltó por la ventana ayer por la mañana, se marchó con el coche y no ha vuelto. Se dejó aquí sus cosas, quizá porque no podía cargar con la maleta y saltar por la ventana al mismo tiempo. Por la tarde, un hombre que dijo trabajar en la compañía de alquiler de coches llamó y me preguntó por ese huésped pero, cuando más tarde llamé a la compañía para darles más información, me dijeron que no les constaba que el señor Layton les hubiera alquilado ningún coche. Y después, a última hora de la tarde, alguien llamó para reservar dos habitaciones para estos hombres y creo que era el mismo que fingió trabajar en la compañía de coches. ¿Me sigues?

Neenah asintió, con los ojos azules muy serios.

—Huésped desaparecido, gente que lo busca y que mienten sobre quién son y ahora esa misma gente está aquí.

—A grandes trazos, sí.

—Está claro que ese tipo no era trigo limpio.

—Igual que los dos que acaban de llegar.

—Llama a la policía —dijo Neenah, muy decidida.

—¿Y qué les digo? No han hecho nada malo. Nadie ha incumplido ninguna ley. He denunciado la desaparición del señor Layton pero, como he podido cobrarle porque tenía su número de tarjeta de crédito, sólo pueden llamar a los hospitales y comprobar que no se ha caído por un barranco. Que yo sospeche de estos hombres no es motivo suficiente para que la policía los interrogue —Cate se inclinó hacia delante para coger su taza de té, que estaba junto al bol de la manteca de cacahuete, bebió un sorbo y luego ladeó la cabeza cuando oyó un ligero ruido en el pasillo que le aceleró el pulso—. ¿Has oído eso? —susurró nerviosa, mientras se levantaba y se acercaba en silencio a la puerta que daba al pasillo.

—No... —dijo Neenah, asustada, pero Cate ya estaba abriendo la puerta.

No había nadie. No había nadie en el pasillo ni en las escaleras. Se acercó a las escaleras y miró hacia arriba; desde allí, veía las puertas de las habitaciones tres y cinco, y ambas estaban cerradas. Se asomó al comedor, pero también estaba vacío. Se volvió hacia la cocina, donde Neenah la estaba esperando inquieta en el umbral.

—Nada.

—¿Estás segura?

—Quizá es que estoy nerviosa —Cate cerró la puerta y se frotó los brazos, porque se le había puesto la piel de gallina. Cogió la taza y bebió un sorbo de té, pero se había enfriado e hizo una mueca. La llevó hasta el fregadero y tiró el resto del líquido por el desagüe.

—Yo no he oído nada, pero tú estás mucho más familiarizada con los ruidos de la casa. ¿No puede haber sido un simple crujido de la madera?

Cate recordó el sonido.

—No ha sido un crujido; ha sido más parecido al roce de alguien contra la pared —estaba demasiado alterada para sentarse, así que siguió colocando cucharadas de masa en la bandeja del horno y aplanándolas con la parte de atrás de la cuchara—. Pero, como te he dicho, quizá es que estoy más nerviosa de lo habitual. El ruido podía haber venido de fuera.

A unos metros de la puerta de la cocina, Goss salió en silencio de lo que parecía un cuarto de estar lleno de juguetes por el suelo. Le había ido de un pelo, pero descubrió algo importante. Mientras subía las escaleras, se mantuvo pegado a la barandilla y comprobó cada escalón antes de apoyar en él todo su peso, hasta que consiguió llegar al primer piso sin hacer ruido. No llamó a la puerta de Toxtel, sino que la abrió y entró. Cuando se dio la vuelta, tenía el cañón de la Taurus pegado a la nariz.

Toxtel gruñó mientras bajaba el arma.

—¿Acaso quieres que te mate?

—He oído a la dueña de la pensión hablar con otra mujer abajo —le explicó Goss en voz baja y un tono de urgencia—. Nos ha descubierto. Tiene intención de llamar a la policía —no es lo que Cate había dicho, pero Goss no estaba dispuesto a dejar escapar esa oportunidad.

—¡Mierda! Tenemos que encontrar el cacharro ese de Layton y largarnos de aquí.

Goss esperaba que Toxtel reaccionara así. No los buscaban a ninguno de los dos, pero habían hecho la reserva con un nombre falso y eso, añadido a la desaparición de Layton, podía resultar sospechoso para algún policía pueblerino. Faulkner se cabrearía hasta límites insospechados si un poli de pueblo les seguía la pista hasta él y, aún peor, Bandini estaría todavía menos contento de que hubieran puesto a la policía sobre la pista de Layton. En una situación como aquella, la precaución era secundaria y lo que primaba era la velocidad.

Toxtel empezó a meter en la maleta la ropa que había colgado en el armario, y Goss fue a su habitación a hacer lo mismo. Sacó la funda de una de las almohadas de la cama y limpió todo lo que había tocado, incluidos los pomos de las puertas. Puede que las cosas salieran bien, o puede que no, pero tenía que protegerse. Si Toxtel quería llevar aquello hasta un punto sin retorno…

Menos de dos minutos después de entrar en la habitación de Toxtel, los dos se encontraron en el pasillo.

—¿Dónde están? —murmuró Toxtel. Llevaba la Taurus en la mano.

Goss se inclinó sobre la barandilla y señaló.

—En esa puerta. La que está abierta es el comedor, así que lo más probable es que la de al lado sea la cocina —igual que Toxtel, hablaba en voz baja.

—Cocina. Eso significa cuchillos —y como ahora tenían que considerar la facilidad de las víctimas para conseguir armas, Toxtel tendría que estar más alerta—. ¿Hay alguien más en la casa?

—No creo. No he oído nada.

—¿Ningún niño?

—Hay juguetes en una sala abajo, pero no he visto a ningún niño. Estará en el colegio.

En silencio, bajaron las bolsas y las dejaron junto a la puerta principal, para poder cogerlas cuando salieran. Goss tenía la adrenalina muy acelerada. Un par de cuerpos; una tarjeta de crédito cuyo número puede que no llevara directamente hasta Faulkner, pero un policía listo seguiría investigando hasta dar con él; y el trabajo para Bandini al traste… la situación no podía presentársele mejor. Además, el dedo que estaba en el gatillo era el de Toxtel, no el suyo. Y, aunque lo detuvieran, siempre podía llegar a un trato, delatar a Toxtel y salir en libertad al cabo de pocos años. Tendría que volver a desaparecer y a cambiarse de nombre, pero no le importaba demasiado. Ya estaba harto de ser Kennon Goss.

Toxtel le hizo una señal para que le cubriera la espalda y, arma en mano, abrió la puerta de la cocina.

—Lamento mucho tener que hacer esto así, señoras —dijo, muy calmado—, pero tiene algo que queremos, señora Nightingale.

Cate se quedó de piedra, con una bola de masa de galletas en la mano. El hombre de más edad que iba de traje estaba en la puerta de la cocina con una horrible arma negra en la mano. Lo único que se le pasó por la cabeza en ese instante fue una plegaria: «¡Señor, por favor no permitas que mamá y los niños vuelvan ahora!»

Neenah se había quedado pálida, con la taza en la mano.

—¿Qu-Qué? —balbuceó Cate.

—Las cosas que Layton se dejó en la pensión. Las queremos. Dénoslas y nos iremos sin causar problemas.

A Cate le pareció que el cerebro le desaparecía debajo de arenas movedizas. Meneó la cabeza por la incredulidad de que aquello les estuviera pasando a ellas.

—Creo que sí que lo hará —dijo Mellor. No le temblaba el pulso y la pistola le apuntaba directamente a la cabeza. Cate incluso veía el agujerito negro en el centro del cañón.

—No, no quería decir… —tragó saliva—. Por supuesto.

—Viene alguien —dijo Goss desde fuera y Cate creía que iba a desmayarse. «Señor, por favor, que no sean mamá y los niños»—. Un tipo con una camioneta vieja.

—Salga a ver quién es —le dijo Mellor, que movió la pistola, de modo que ahora apuntaba a Neenah—, y deshágase de él.

Cate se volvió cuando escuchó los neumáticos pisar la gravilla que había justo delante de la ventana de la cocina. Reconoció la camioneta y a la larguirucha silueta que salió. El alivio fue tan fuerte como el pánico que lo había precedido. Dejó caer la cuchara en el cuenco y se agarró al borde de la mesa, porque le temblaban mucho las rodillas.

—Es… Es del pueblo.

—¿Y qué quiere?

Por un momento, Cate se quedó en blanco; luego reaccionó.

—El correo. Ha venido a buscar el correo. Va a la ciudad.

Mellor agarró a Neenah por el cuello de la camisa, la levantó de la silla y salieron al pasillo.

—Deshágase de él —le advirtió a Cate mientras se oían pasos en las escaleras de madera y luego unos golpes en la puerta de la cocina. Mellor cerró la puerta casi del todo.

Le picaba el cuero cabelludo por miedo y le parecía que debía de tener todo el vello de punta, pero tenía que mantener la calma porque, si no, aquel hombre mataría a Neenah, sabía que lo haría. Puede que las matara a las dos de todas formas, sólo por diversión, o para eliminar a testigos que pudieran identificarlos. Necesitaban ayuda pero, con Mellor pegado a la puerta escuchando todo lo que decía, no sabía qué hacer, cómo alertar al señor Harris sin que Mellor se diera cuenta.

Intentó poner cara de circunstancias y abrió la puerta.

—Voy a la ciudad —dijo el señor Harris, con la cabeza baja mientras empezaba a sonrojarse—. ¿Tiene el correo preparado?

—Sólo tengo que poner los sellos —dijo, haciendo un gran esfuerzo para que no le temblara la voz—. Tardo un minuto —no lo invitó a pasar como solía hacer, sino que salió hacia el pasillo, donde tenía la mesa y los sellos. Mellor apartó a Neenah, aunque sin apartar el cañón de la pistola de su sien. Con el rabillo del ojo, Cate vio al otro hombre, a Huxley, quieto frente a la puerta principal.

Con las manos temblorosas, cogió las cuatro cartas y pegó los sellos, y luego volvió a la cocina.

—Siento mucho haberlo hecho esperar —dijo, mientras entregaba los sobres al señor Harris.

Él los miró; el pelo rubio y sucio le caía encima de los ojos, y se guardó las cartas.

—No pasa nada —dijo—. Cuando vuelva, traeré la cerradura nueva —y se volvió, bajó los escalones, se subió a la furgoneta y se alejó por la carretera.

Cate cerró la puerta y apoyó la cabeza en el marco. No se había dado cuenta de nada. Había perdido su única oportunidad de conseguir ayuda.

—Lo ha hecho muy bien —dijo Mellor, mientras abría la puerta—. Y ahora dígame, ¿dónde están las cosas de Layton?

Cate se volvió; estaba respirando de forma acelerada por la tensión que le encogía los pulmones. Mellor tenía a Neenah agarrada por el pelo, echándole la cabeza hacia atrás y en un ángulo poco natural, cosa que le hacía perder el equilibrio. Ella también intentaba coger aire, tenía la boca abierta y los ojos horrorizados.

Cate intentó pensar, intentó hacer reaccionar a su entumecido cerebro. ¿Qué era mejor, entretenerlos o darles lo que querían y esperar a que se fueran sin más? Pero, si los entretenía, ¿qué ganaba? Cada minuto que pasaba aumentaba las posibilidades de que su madre y los niños llegaran a casa y se encontraran con aquello, y Cate haría cualquier cosa, lo que fuera, para evitarlo.

—A-Arriba —dijo—. En el desván.

Mellor hizo retroceder a Neenah y le hizo un gesto con la cabeza a Cate.

—Usted primero.

A Cate le temblaban tanto las piernas que apenas podía caminar, y mucho menos subir escaleras y la aterrorizada mirada que le lanzó a Neenah le confirmó que su amiga no estaba mucho mejor que ella. Estaba muy quieta y el único ruido que hacía era el de intentar inspirar aire, pero estaba temblando de los pies a la cabeza.

Cate se agarró a la barandilla y se obligó a subir, pidiendo por favor que las piernas la acompañaran. La escalera jamás le había parecido más empinada ni más larga. Los techos de la vieja casa victoriana medían casi cuatro metros, de modo que los escalones eran más altos de lo habitual y cada uno requería toda su concentración para no caerse.

—Deprisa —gruñó el hombre que llevaba detrás, y empujó a Neenah, que golpeó las piernas de Cate y cayeron las dos.

—¡Basta! —exclamó Cate, mientras se daba la vuelta para enfrentarse a él, mostrando una inmensa rabia a pesar del pánico—. Sólo consigue ponérnoslo más difícil. ¿Quiere la maleta o no? —su propia voz le sonó lejana, aunque el tono le resultó ligeramente familiar. Con gran sorpresa, se dio cuenta de que era el mismo tono que utilizaba con los niños cuando se descontrolaban.

El hombre la miró con unos ojos inexpresivos.

—Siga subiendo.

—¡Deje de empujarla si no quiere que nos rompamos el cuello todos!

Neenah estaba totalmente pálida; ni siquiera tenía color en los labios y tenía los ojos tan abiertos que se le veía todo el blanco alrededor de los iris azules. Seguro que se estaba preguntando qué diantre hacía Cate enfrentándose al tipo que la tenía encañonada con una pistola, pero no dijo nada. «Dios mío —pensó Cate, desesperada—. ¿Qué estoy haciendo?» Y, sin más, dio media vuelta y siguió subiendo pero, al menos, la rabia le había relajado las rodillas.

Cuando llegó arriba, giró a la derecha y siguió caminando hasta el final del pasillo, hasta la puerta del desván. Pensó que quizá las matarían allí y, ante esa idea, se le congeló la sangre. El tiempo que tardaran en encontrar los cuerpos daría margen a Mellor y a su amigo para escapar.

¿Qué les pasaría a sus hijos si la mataban? No les faltaría amor, porque se los quedarían sus padres o Patrick y Andie, a pesar de que ellos estaban esperando su propio hijo en estos momentos, pero sus vidas estarían marcadas para siempre por la violencia. ¿Se acordarían mucho de ella? Dentro de diez años, ¿qué recordarían de su madre? ¿Sabrían lo mucho que los quería?

«¡Maldito Jeffrey Layton por traer esto a esta casa!», se dijo con una repentina violencia. Si alguna vez le ponía las manos encima, lo mataría.

Con cuidado, subieron las estrechas escaleras del desván. Con los ojos entrecerrados, Mellor iba vigilando a su alrededor mientras empujaba a Neenah hacia delante.

—¿Dónde están?

—Aquí —Cate se acercó hasta la maleta y la cogió. Estaba a punto de decirle que, fuera lo que fuera lo que buscara, estaba perdiendo el tiempo, porque allí sólo había ropa, pero se calló. Quizá era mejor que creyeran que había encontrado lo que buscaba. Quizá así no las mataría; quizá las dejaría aquí y se marcharía.

Con la maleta en la mano, se volvió y se quedó de piedra.

Calvin Harris estaba en lo alto de las escaleras, con una escopeta pegada al hombro que apuntaba directamente a la cabeza de Mellor.

Cate dio un respingo y, al instintivamente intentar apartarse de la línea de fuego, se golpeó la cabeza con el techo.

Alertado por aquella reacción, Mellor dio media vuelta, cubriéndose con Neenah.

—Suéltala —dijo el señor Harris muy despacio. El arma que llevaba en las manos estaba quieta como una roca y tenía la mejilla apoyada en la culata y los ojos, que hasta ahora a Cate le parecían perdidos, estaban pálidos y fríos como el hielo.

Mellor sonrió.

—Es una escopeta. Me matarás, pero a ella también. Has hecho una mala elección de arma.

Calvin también sonrió.

—Sí, pero está cargada con balas, no con cartuchos. A esta distancia, te arrancará la cabeza y ni siquiera rozará a Neenah.

—Sí, claro. Deja la escopeta en el suelo o la mato.

—Analiza la situación —dijo Calvin muy tranquilo—. Tu amigo no subirá a ayudarte. Puedes disparar, sí, pero no evitarás que apriete el gatillo. Utilizo esta escopeta para cazar ciervos, así que créeme cuando te digo que está cargada con balas y no cartuchos. Puede que me dispares, puede que dispares a Neenah, pero tú también acabarás muerto. De modo que podemos tener dos cadáveres o podemos salir todos ilesos y tu amiguito y tú os largáis de aquí.

—Puede llevarse la maleta —dijo Cate. Cualquier cosa para evitar que volvieran.

Mellor respiró hondo mientras se lo pensaba. La verdad era que estaban en un callejón sin salida y la única forma de salir de allí con vida era tirar el arma. Cate intentó leerle el pensamiento pero lo único que sabía era que ese hombre tendría que confiar en que Calvin no lo disparara una vez se hubiera desarmado. Seguro que Mellor los mataría a todos a sangre fría, pero Calvin no.

Muy despacio, Mellor soltó a Neenah y puso el seguro de su pistola automática. Neenah cayó al suelo, porque no tenía fuerzas ni para levantarse. Cate quiso acercarse a ella, pero Calvin le lanzó una mirada muy severa y ella se detuvo; entendió que no quería que se acercara más a Mellor.

—Suelta el arma —ordenó Calvin.

El arma cayó al suelo con un golpe seco. Cate se estremeció porque creía que se dispararía, pero no pasó nada.

—Coge la maleta y lárgate.

Muy despacio, sin hacer ningún movimiento brusco, Mellor cogió la maleta que tenía Cate. Ella lo miró con los ojos muy abiertos. Sus miradas se encontraron durante un segundo. Él seguía estando calmado e inexpresivo, como si aquello fuera algo habitual en su vida.

—Cate —dijo Calvin. Ella parpadeó y lo miró—. Coge la pistola.

Ella se arrodilló y la cogió con mucho cuidado. Jamás había tenido un arma en las manos y le sorprendió lo mucho que pesaba.

—¿Ves el botón de la izquierda? Apriétalo.

Mientras sujetaba la pistola con la mano derecha, apretó el botón con la izquierda.

—Muy bien —dijo Calvin—, acabas de quitar el seguro. No aprietes el gatillo a menos que tengas intención de disparar. Baja primero las escaleras y mantente fuera de su alcance. Nosotros iremos detrás. Cuando llegues al pasillo, síguele apuntando hasta que baje yo, ¿de acuerdo?

El plan tenía sentido. Si dejaba que Mellor bajara primero, bien Calvin tendría que seguirlo tan de cerca que Mellor podría volverse y quitarle el arma o bien lo perdería de vista unos segundos cuando Mellor llegara al pasillo. Cate no se imaginaba lo que Calvin creía que Mellor podía hacer en esos pocos segundos pero, si creía que podía ser peligroso, ella lo creía.

¿Dónde estaba el otro hombre, Huxley? ¿Qué le había hecho Calvin?

Bajó las escaleras mucho más deprisa de lo que las había subido, aunque no a propósito. Todavía le temblaban las rodillas y las bajó casi llevaba por el peso de su cuerpo. Sujetaba la pistola con fuerza mientras rezaba para que Mellor no intentara nada, porque no tenía ni idea de lo que estaba haciendo. Llegó al pasillo y se volvió, apuntando con el cañón hacia Mellor y sujetando la pistola con ambas manos, intentando estabilizarla lo máximo posible. Se movía un poco porque seguía temblando, pero le parecía que lo estaba apuntando desde bastante cerca, por lo que no haría nada o, al menos, eso esperaba.

Calvin siguió a Mellor a una distancia prudencial y, a diferencia de ella, parecía de hielo; no mostraba ningún nerviosismo.

—Sigue andando —le dijo a Mellor en ese tono tranquilo que no había abandonado en ningún momento. Empezaron a bajar las escaleras.

Al cabo de un momento, Cate dio un paso adelante para seguirlos. Entonces, Neenah bajó del desván muy despacio y sujetándose primero a la barandilla y después al marco de la puerta. Miró a Cate y tragó saliva.

—Estoy bien —dijo, con un hilo de voz—. Ayuda a Cal.

Cate bajó hasta el piso de abajo. Vio al otro hombre tendido en el suelo, delante de la puerta principal, con las manos atadas a la espalda. Intentaba ponerse de pie, algo aturdido.

—No puedo encargarme de él y de las tres maletas al mismo tiempo —dijo Mellor.

—Desátalo. Puede caminar —Calvin seguía con la escopeta pegada al hombro.

Mellor desató a Huxley y lo ayudó a levantarse. El otro hombre se balanceó un poco, pero se mantuvo de pie. Sus ojos azules cargados de odio se clavaron en Calvin pero, a juzgar por la nula reacción de este, se lo podría haber ahorrado.

Entre los dos, cogieron las maletas y salieron al porche; Huxley se tambaleaba un poco, pero consiguió llegar al coche. Cate siguió a Calvin hasta el porche y los observó meter las bolsas en el maletero del Tahoe y luego subir a los asientos delanteros. Justo antes de que Mellor encendiera el motor, oyó las agudas voces de los niños y supo que su madre y los gemelos venían de paseo. Cuando se dio cuenta de lo cerca que habían estado de verse envueltos en aquel infierno, casi se echó a llorar.

Cuando el Tahoe pasó por delante de la puerta, Huxley les lanzó una mirada asesina, pero Calvin y ella se limitaron a observar el coche hasta que se perdió en la carretera.

—¿Estás bien? —preguntó él, sin apartar la mirada de la carretera. Cate se preguntó si creía que volverían.

—Estoy bien —dijo, con un hilo de voz. Se aclaró la garganta y volvió a intentarlo—. Estoy bien. Neenah...

—Estoy bien —dijo Neenah, que estaba en el umbral de la puerta. Todavía estaba pálida y temblorosa, pero ya no se apoyaba en nada para poder mantenerse en pie—. Un poco asustada, nada más. ¿Se han ido?

—Sí —respondió Calvin. Sostuvo la escopeta en una mano, con el cañón apuntando al suelo, mientras miraba a Cate—. Lo de pegar los sellos bocabajo ha sido una buena idea.

Había funcionado; ¡su lamentable esfuerzo para pedir ayuda había funcionado!

—Leí… En algún sitio leí que una bandera bocabajo es señal de peligro.

Él asintió.

—Y también estabas nerviosa y temblorosa. Conduje hasta la carretera y volví a pie para comprobar si estaba todo en orden.

—Pensé que no te habías fijado —había mirado los sobres y los había guardado, sin mostrar ningún tipo de reacción.

—Me fijé.

La tranquilidad que Calvin desprendía acentuaba todavía más los temblores de su cuerpo. Miró a Neenah y vio que ella también estaba temblando mientras intentaba tranquilizarse. Con un sollozo, Cate soltó la pistola, se abrazó a Neenah con fuerza y se quedaron unidas para calmarse y apoyarse. Cate notó cómo Calvin las abrazaba y murmuraba algo tranquilizador y dulce, pero no pudo entender qué decía, pero ahora lo de menos eran las palabras. Una parte de su cerebro se dio cuenta de que Calvin no había soltado la escopeta y aquella la reconfortó. Se quedaron un buen rato envueltas en su sorprendente fuerza; luego oyó el grito de Tucker cuando se acercó corriendo, con Tanner pisándole los talones.

—¡Señor Hawwis! ¿Eso es una pistola?

Las voces de los niños la hicieron recuperar la compostura, secarse las lágrimas que tenía acumuladas en las pestañas y bajar corriendo las escaleras para abrazarlos con todas sus fuerzas.

Capítulo 9

Goss y Toxtel no se dirigieron la palabra hasta llegar a la carretera principal. A Goss no le apetecía hablar, porque le dolía mucho la cabeza y tenía el orgullo destrozado. ¿Cómo había podido sorprenderlo por detrás ese cabrón? No recordaba haber oído ni visto nada, sólo una explosión de dolor en la cabeza y cómo todo se fundió en negro. El muy hijo de puta debía de haberlo golpeado con la culata de la escopeta.

Lo mejor de Toxtel era que no era hablador. No perdía el tiempo preguntando qué diantre había pasado, porque era obvio.

Goss sintió náuseas y dijo:

—Para. Tengo que vomitar.

Toxtel se acercó al arcén y paró el Tahoe. Las dos ruedas izquierdas todavía estaban en el asfalto, porque la carretera no era demasiado ancha y, cuando Goss salió, estuvo a punto de caer por un barranco, un desfiladero o como quiera que los llamaran. Apoyándose con una mano en el lateral del coche, consiguió llegar hasta la parte de atrás y se agachó con las manos alrededor de las rodillas. La posición provocó que la cabeza le diera más vueltas y todos los árboles y arbustos de alrededor empezaron a moverse.

Oyó cerrarse la puerta del conductor y Toxtel se le acercó.

—¿Estás bien?

—Tengo una conmoción cerebral —consiguió decir Goss. Intentó respirar hondo para controlar las náuseas. Dejar que un pueblerino lo redujera ya era suficientemente vergonzoso, así que no quería vomitar delante de Toxtel.

Su compañero no era un tipo demasiado sensible. Ni siquiera mostró compasión por él. En lugar de eso, abrió el maletero y se acercó la maleta de Layton.

—A ver qué tenemos —dijo—. Quiero estar seguro de que el lápiz de memoria está aquí antes de llamar a Faulkner.

Goss consiguió levantarse mientras Toxtel abría la cremallera y empezaba a sacar cosas. Examinó cada pieza de ropa, cada bolsillo y cada costura, y luego lo tiró al suelo. En una bolsa de plástico había un teléfono móvil pero, cuando Toxtel quitó la tapa, vio que sólo había la batería. Decidido, lo desmontó pero no consiguió nada.

También había un par de zapatos de cordones negros y Toxtel se concentró en ellos. Sujetó los zapatos por la punta y empezó a golpear el talón contra el coche hasta que saltó la tapeta. Ni rastro del lápiz de memoria.

El siguiente paso era analizar la propia maleta. Toxtel rasgó el forro y buscó por cada rincón; incluso cortó las costuras de las asas y las analizó.

—¡Mierda! —exclamó mientras tiraba la maleta por los aire—. No está aquí.

—Puede que Layton se lo llevara. Sólo tenía que guardárselo en el bolsillo —dijo Goss. Estaba decepcionado ante el fracaso de aquella oportunidad para joder a Faulkner, pero le dolía demasiado la cabeza para pensar en otro plan.

—Eso sería cierto si no tuviera pensado volver. Joder, podría haberlo llevado encima todo el tiempo. Vale, me lo creería si no hubiera nada sospechoso en esta maleta.

—¿Como qué? —preguntó Goss, que estaba agotado—. La has destrozado y no has encontrado nada.

—Sí, pero es exactamente lo que no he encontrado lo que me hace sospechar que esa bruja no nos lo ha dado todo.

—¿Como qué? —repitió Goss.

—¿Ves alguna maquinilla de afeitar, algún cepillo de dientes, algún peine, desodorante y cosas de esas?

Goss miró los objetos que estaban en el suelo e, incluso con un dolor de cabeza horrible, llegó a la conclusión obvia:

—No nos lo ha dado todo.

—Casi todos los hombres llevan esas cosas en un neceser. Y aquí tampoco hay mucha ropa. Creo que tiene que haber otra maleta.

—Mierda —Goss se sentó en el maletero y se acarició el bulto que le había salido en la cabeza. La rozadura más leve le enviaba unas terribles punzadas de dolor por toda la cabeza y veía lucecitas. Se les abría una segunda opción pero, como no podía pensar con claridad, no sabía definirla.

—No podemos volver —dijo Toxtel muy serio—. Nos conoce y seguramente habrá llamado a la policía.

A través de su dolor de cabeza, Goss vio el dilema de Toxtel. Podía llamar a Faulkner, explicarle lo que había pasado y decirle que enviara a otra persona; pero eso sería abandonar y ninguno de los dos había abandonado nunca, jamás había dicho que no podían hacer el trabajo.

No era sólo una cuestión de ego. Se ganaban la vida solucionando asuntos de esos. Los dos tenían la fama de terminar el trabajo por mucho que se complicara y, gracias a eso, Faulkner les pasaba más trabajo que a los demás. Si fallaban, aunque sólo fuera una vez, la duda siempre estaría presente. Que no eran empleados con contrato, por el amor de Dios. Obtenían un porcentaje del precio por el trabajo y, como les daban los trabajos más difíciles, el precio era más alto, lo que significaba que su parte también era más grande.

—Se me está ocurriendo algo —dijo Toxtel mientras se volvía para mirar la carretera—. Deja que me lo piense un rato. Pero, antes que nada, ¿necesitas un médico?

—No —la respuesta fue automática. Después de haberlo dicho, Goss verificó cómo estaba—. No, a menos que me duerma y no puedas despertarme.

—No voy a sentarme a tu lado y despertarte a cada hora, tío —dijo Toxtel—. Así que será mejor que estés seguro de que estás bien.

Toxtel era así: todo corazón.

—Vámonos —dijo Goss—. Avísame cuando el plan esté listo.

El problema era: ¿Ir a dónde? Al menos, necesitaban un lugar donde quedarse de forma temporal y no recordaba haber visto ni un triste motel desde que salieron de la pista de aterrizaje. Toxtel sacó el mapa y lo extendió en el capó del coche mientras Goss abría su male-

ta y buscaba si tenía algo para el dolor de cabeza. En el neceser llevaba una dosis plastificada de ibuprofeno de esas que comprabas en los
aeropuertos, así que la abrió y se tragó las dos pastillas sin agua. Y otra
cosa, necesitaban algo para comer y beber. Al menos, eso podrían encontrarlo en aquella pequeña ciudad que habían dejado atrás en la carretera y, si tenían suerte, quizá allí también hubiera algún motel.

—Este mapa no sirve de nada —gruñó Toxtel, mientras lo dobla-
ba y lo tiraba en el asiento posterior del coche.

—¿Qué buscas? —preguntó Goss mientras volvía hasta la puerta
del copiloto y se subía al coche. Tenía que conducir con cuidado porque, si resbalaba, caería unos treinta metros al vacío. Seguramente,
podría agarrarse a algún árbol pero, de todas formas, estaba conven-
cido de que no le gustaría la experiencia. Todos esos chalados a los que
les gustaba la naturaleza estaban enfermos. En lo referente a él, que le
den a la naturaleza.

—Necesito uno de esos mapas con montañas y cosas de esas.

—Topográfico —dijo Goss.

—Sí. Uno de esos.

—¿Para qué quieres encontrar una montaña? Mira a tu alrededor
—gruñó, abarcando el paisaje en un gran movimiento de brazo desde
dentro del coche. Aquello estaba lleno de montañas. Que mirara donde quisiera, allí sólo había montañas.

—Lo que necesito —dijo Toxtel muy despacio— es ver si existe
alguna manera de aislar ese sitio. Sabemos que sólo existe esta carretera, y que termina allí. ¿Podemos bloquear el pueblo de forma que
nadie pueda salir?

De repente, el dolor de cabeza de Goss pasó a un segundo plano a
medida que iba captando la idea básica de lo que Toxtel le estaba proponiendo. Si alguna vez había existido una situación con más posibilidades, era esa.

—También necesitaremos vistas aéreas —dijo—. Para asegurarnos
de que no hay ningún camino rural que los habitantes del pueblo uti-
licen y no salga en el mapa. El terreno es muy escarpado; creo que si
bloqueamos unos puntos concretos, no podrán salir.

Toxtel asintió con aquella expresión decidida con los ojos entrecerrados que revelaba que estaba comprometido con un plan de acción.

Goss se dijo que necesitarían dinero y más gente. Ellos dos solos no podían hacerlo. Y también necesitarían a alguien que conociera la zona y el tipo de gente a quien se enfrentarían. Él era muy consciente de sus limitaciones. Él se movía como pez en el agua en el asfalto, no en la tierra del campo. Si tenía que enfrentarse, allí mismo, con un tipo que solía cazar ciervos y otros animales y que seguramente tendría un armario lleno de ropa de camuflaje, estaba perdido. Su mayor punto a favor era su cerebro, y estaba dispuesto a utilizarlo.

—Tendríamos que asegurarnos de que todos los huéspedes de la pensión se hayan marchado —murmuró, pensando en voz alta—. Seguro que hay gente que los espera en casa o espera una llamada.

—¿Y cómo vamos a saberlo?

—Pues tendrá que ir alguien a preguntar, alguien de por aquí o, al menos, alguien que no parezca sospechoso.

Toxtel encendió el motor y puso la marcha.

Conozco a alguien a quien podemos llamar.

—¿Conoces a alguien de aquí?

—No, pero conozco a alguien que conoce a alguien, ¿me sigues?

Goss lo seguía. Apoyó la dolorida cabeza en el asiento e hizo una mueca por el dolor, así que se dejó caer de lado hasta que encontró la ventanilla. El cristal estaba frío, cosa que lo calmó bastante. Cerró los ojos. No querían ir con prisas; se tomarían el tiempo que necesitaran para planearlo todo bien y pulir los detalles. Se durmió imaginándose la lista de cosas que tenían que hacer: cortar la luz, cortar las líneas telefónicas, bloquear el puente, romperle el cuello a ese desgraciado del pueblo. Era como contar ovejas, pero mejor.

Capítulo 10

La casa estaba llena de gente del pueblo que quería saber qué había pasado. De forma casi automática, Cate encendió la cafetera y empezó a servir café, pero Sheila se fijó en la tensa expresión de su hija y dijo.

—Siéntate. Se pueden servir solos.

Cate se sentó. Tucker y Tanner también estaban en el comedor; normalmente, Cate no los dejaba estar allí cuando había clientes, pero hoy era distinto. Hoy no eran clientes sino vecinos reunidos en un momento difícil. Miró la expresión de los niños para ver si realmente se daban cuenta de lo que estaba pasando. Cuando le preguntaron a Calvin por qué llevaba la pistola encima, él les dijo que había una serpiente en el desván y que había tenido que matarla. Obviamente, los niños se emocionaron tanto por la serpiente como por el arma y querían ver las dos cosas, por lo que se quedaron bastante decepcionados al oír que la serpiente ya no estaba. Ellos imaginaban que aquella reunión era por la serpiente… y Cate supuso que estaban en lo cierto. Lo que ellos no sabían era que la serpiente era humana. Ahora estaban en medio de todo aquello, mirando a todo el mundo mientras se discutía la situación.

—Deberías haberlos retenido hasta que hubiéramos venido los demás —le dijo Roy Edward Starkey a Cal. Tenía ochenta y siete años y sus opiniones a menudo reflejaban la visión de cuando a los intrusos que se atrevían a entrar en la casa de un vecino los colgaban del árbol más cercano.

—Parecía más lógico darles lo que habían venido a buscar y dejar que se fueran antes de que alguien resultara herido —respondió Cal con mucha calma.

—Tenemos que llamar al sheriff —dijo Milly Earl.

—Sí, pero tengo todas las papeletas para que me arresten —dijo Cal—. Golpeé a uno de ellos en la cabeza.

—Yo estoy de acuerdo con Milly —intervino Neenah—. No estoy herida, pero me he llevado un susto de muerte.

—¿Casi te pica la serpiente? —le preguntó Tucker mientras se le acercaba y se apoyaba en sus piernas. Tenía los ojos azules muy abiertos de la emoción.

—Casi —respondió ella, muy seria, acariciándole el pelo oscuro con la mano. Tanner también se le acercó, sin dejar de mirarla a la cara, y recibió su dulce caricia.

—Guau —dijo Tucker—. ¿Y el señor Hawwis te ha salvado?

—Sí.

—¿Con la escopeta? —añadió Tanner, en voz baja, cuando vio que Neenah no continuaba.

—Sí, me ha salvado con la escopeta.

Roy Edward miró a los niños, asombrado por el parecido, y lanzó una pregunta a nadie en concreto:

—¿Quién es quien?

—Es sencillo —respondió Walter Earl con una sonrisa—. El que tenga la boca abierta hablando es Tucker.

Todo el mundo se echó a reír y aquello rebajó un poco la tensión de la sala.

El corazón de Cate rebosaba amor y sintió nacer en su interior un feroz sentido de protección hacia sus hijos. Parecían tan pequeños, allí con la cabeza hacia arriba mientras intentaban entender algo en una habitación llena de adultos hablando. Sólo tenían cuatro años y el gran logro de su vida diaria en estos momentos era aprender a vestirse solos. Su seguridad y bienestar dependían completamente de ella. Se volvió hacia Sheila y dijo:

—Quiero que te marches mañana y te los lleves contigo. Quiero que te los quedes hasta que todo esto haya pasado.

Sheila le cogió la mano y se la apretó.

—¿Crees que esos hombres volverán? —preguntó, con los ojos entrecerrados. Desde que había regresado del paseo con sus nietos y había descubierto que a su hija la habían estado apuntando con una pistola, no había dicho nada y entonces Cate se dio cuenta, algo tarde, de que su madre también tenía su propio sentido de protección hacia su hija.

—Estoy aterrada —admitió—. Pero, ¿por qué iban a volver? No tienen ningún motivo para hacerlo, porque ya les he dado la maleta, y sé que seguramente sólo será una respuesta al susto, pero me sentiré mejor si te llevas a los niños y están a salvo. Lo peor de todo ha sido pensar que podíais volver en cualquier momento —volvió a sentir el nudo en el estómago y la sensación de terror fue prácticamente idéntica a la que había experimentado hacía un rato—. No sé qué he hecho… —se le rompió la voz y tuvo que apretar las mandíbulas para contener las lágrimas que se le acumulaban en los ojos.

—Sabes lo mucho que quiero llevármelos a casa, pero primero duerme y descansa un poco y ya veremos si mañana piensas igual —Sheila hizo una pausa y luego añadió—. No sabes lo mucho que me fastidia jugar limpio.

El comentario era tan propio de Sheila que Cate dejó de llorar y miró a su madre con una mezcla de amor y cariño.

—Sí que lo sé.

Sherry Bishop se acercó a Cate y le dio unos golpecitos en el hombro.

—Tienes que llamar al sheriff.

—No es que no quiera hacerlo —respondió ella mientras le ofrecía una sonrisa algo temblorosa—. Pero es que creo que no van a poder hacer nada. Seguramente, esos hombres me dieron nombres falsos y ya hace mucho que se han ido. Esto demuestra que el señor Layton no era trigo limpio y, a pesar de que amenazar a alguien con una pistola va contra la ley, la realidad es que nadie está herido. Sí, podría presentar una denuncia, pero seguramente la cosa no iría a más. ¿Para qué molestarme?

—¡Tenían pistolas! ¡Te han robado! ¡Eso es un delito muy grave! ¡Tienes que llamar a la policía! Tiene que quedar constancia de esto, por si algún día vuelven.

—Supongo que tienes razón —miró a Calvin—, aunque creo que no mencionaré que el señor Harris golpeó a uno de ellos en la cabeza —apartó la mirada muy deprisa, con una extraña sensación. No dejaba de recordar algo con mucha claridad: Calvin con la escopeta apuntando directamente a la cabeza de Mellor. No tenía ninguna duda de que, si hubiera sido necesario, habría apretado el gatillo y estaba segura de que Mellor había pensado lo mismo. En aquellos segundos, había descubierto una faceta de Calvin que jamás imaginó que existiera y le costaba relacionar al terriblemente tímido y amable hombre que le venía a arreglar las averías con el hombre con aquellos ojos tan fríos y el dedo perfectamente tenso en el gatillo.

Nadie mas parecía sorprendido por lo que había hecho, o sea que igual ella la única que había estado ciega. La realidad era que, desde la muerte de Derek, ella se había dedicado por completo a criar a los niños y a sacar adelante la pensión, y nada más de su alrededor le había llamado la atención. No había sentido curiosidad por ninguno de sus vecinos ni había hecho preguntas que la habrían informado de quién y qué eran más allá de la cara que veía cada mañana. Había pasado esos años encerrada en sí misma, ocupándose de su trabajo y bloqueando cualquier otro tipo de información. Con lo destrozada que estaba, había sido la única forma de sobrevivir.

¿Qué más se escondía detrás de la amabilidad de sus vecinos? Neenah era su mejor amiga en el pueblo, pero realmente no sabía nada sobre ella. Ni siquiera sabía por qué había dejado la orden religiosa. ¿Era porque Neenah no quería hablar de eso o porque Cate nunca se lo había preguntado? Se sintió avergonzada y dolida consigo misma por los años de amistad perdidos, por los momentos en que podría haber estado ahí y no lo había hecho.

Ahora todos sus vecinos estaban allí; habían venido en cuanto había oído que había tenido problemas. No tenía ninguna duda de que, si lo hubieran sabido antes, se habrían enfrentado a Mellor y a Huxley con las armas que hubieran podido encontrar. Después de vivir con ellos tres años, tuvo la sensación de que los veía por primera vez. Justo en ese momento, Roy Edward se había sentado y se estaba sacando cosas del bolsillo para hacer hablar a Tanner. A raíz de sus encuentros anteriores con Roy Edward, Cate creía que era un cascarrabias y un impaciente, pero ahora parecía haber conseguido su objetivo, porque Tanner se había quitado el dedo de la boca y se le estaba acercando con cara de interesado mientras analizaba una navaja suiza y una avellana.

Milly se acercó a Cate.

—Si no te importa que me adueñe de tu cocina, prepararé un poco de té para Neenah y para ti. Dicen que, para los nervios, el té va mejor que el café. No sé por qué, pero eso dicen.

—Me encantaría una taza de té —dijo, con una sonrisa, aunque no era verdad. Neenah y ella estaban tomando té cuando Mellor había entrado en la cocina y las había apuntado con la pistola. Sospechaba que Milly necesitaba hacer algo y donde mejor se desenvolvía era en la cocina. Neenah había oído el ofrecimiento de Milly; Cate miró al otro lado del comedor y sus miradas se cruzaron. En el rostro de Neenah se dibujó una sonrisa pero luego adoptó un aire compungido. A ella tampoco le apetecía una taza de té.

En lugar de retrasar la llamada, y porque también quería compartir con todo el mundo lo que le dijera el agente Seth Marbury, Cate fue hasta el cuarto de estar familiar y volvió a llamar a la oficina del sheriff. El policía no cogió el teléfono, así que dejó un mensaje en el contestador, colgó, se reclinó en el sofá, cerró los ojos y, aprovechándose de la relativa paz que se respiraba en la casa, intentó tranquilizarse. Oía las voces que llegaban del comedor, algunas más enfadadas que otras pero, básicamente, la conversación fue relajada.

El teléfono sonó antes de que hubiera reunido fuerzas para regresar al comedor. Era Marbury que le devolvía la llamada.

—No estoy seguro de haber entendido lo que ha dicho —hablaba en un tono serio y cauteloso, lo que significaba que lo había entendido perfectamente pero que no estaba seguro de creérselo.

—Hoy han llegado dos hombres —le explicó ella— y, poco después, uno de ellos bajó a la cocina y nos apuntó a Neenah Dase y a mí con una pistola. Nos pidió que le entregáramos las cosas que Jeffrey Layton se había dejado en la pensión. Lo hice y luego se marcharon. Creo que ahora ya podemos decir que el señor Layton no era trigo limpio, y estos dos hombres tampoco.

—¿Cómo se llamaban? —preguntó Marbury.

—Mellor y Huxley.

—¿Y los nombres?

—Un momento —se levantó para ir al pasillo a buscar el libro de registros y se quedó parada cuando vio a Calvin Harris en la sala, escuchando la conversación. También era asunto suyo, así que Cate le hizo un gesto para que se acercara mientras ella iba a por el libro—. Se registraron con los nombres de Harold Mellor y Lionel Huxley.

—¿Cómo pagaron?

—El hombre que llamó ayer por la tarde e hizo la reserva me dio un número de tarjeta de crédito. Creo que era el mismo hombre que fingió trabajar en la compañía de alquiler de coches. Es imposible saberlo, pero creo que era la misma voz. Y el identificador de llamadas ponía Número privado; las dos veces.

—¿A qué nombre va la tarjeta?

—Me dijo que iba a nombre de Harold Mellor, pero el hombre con el que hablé no era el mismo que ha venido hoy; tenía una voz totalmente distinta.

—¿Ha intentado cobrarles?

—Sí, y no ha habido ningún problema.

—Igualmente podría ser falsa. Podemos verificarlo. ¿Anotó la matrícula del coche?

—No —no era algo que solía hacer cuando llegaba un cliente, aunque quizá tendría que empezar a hacerlo.

—¿Y se marcharon sin herir a nadie cuando les dio las cosas de Layton?

—Exacto. No hirieron a nadie.

Calvin hizo un gesto para indicar a Cate que quería hablar con Marbury. Cate arqueó las cejas para comprobar si estaba seguro, y él asintió.

—Un momento —le dijo a Marbury—. El señor Harris quiere hablar con usted. Es el agente Seth Marbury —le dijo a Calvin cuando le pasó el teléfono.

—Hola, soy Cal Harris —dijo, con su tranquila y sosegada voz. Cate tuvo una sensación muy extraña, como si hubiera perdido el equilibrio. Lo miró incrédula de pensar que aquel hombre era el que fríamente había apuntado con una escopeta a la cabeza de alguien.

Aquello era demasiado y, casi a modo de defensa, se quedó mirando la fuerte mano con que sujetaba el teléfono. Por suerte para Neenah y para ella, había manejado la escopeta con la misma pericia que el martillo o la llave inglesa.

Marbury debió de preguntarle a qué se dedicaba, porque Calvin respondió:

—Arreglo cosas. Carpintería, lampistería, mecánica, tejados.

Se quedó escuchando un minuto. Cate oía la voz de Marbury pero no entendía lo que decía. Calvin dijo:

—Cuando la señora Nightingale me entregó el correo para que lo llevara a la ciudad, había puesto los sellos bocabajo. Ya sabe, son esos sellos con la bandera americana que vienen en rollos de cien —más palabras de Marbury—. Sí. Me pareció que estaba rara, así que me arriesgué a hacer el ridículo y volví; para asegurarme de que todo iba bien. Cogí la escopeta —más palabras y, al cabo de unos segundos, añadió—. No, nadie disparó ni un tiro. Por eso se marcharon sin herir a nadie. Apunté a uno con mi escopeta Mossberg y soltó su Taurus y, por cierto, se la dejaron aquí —Cate percibió cierta satisfacción en su tono—. Sí, mañana va bien —dijo, y le pasó el teléfono a Cate.

—Señora Nightingale —dijo Marbury—, mañana vendré a tomarle declaración al señor Harris. ¿Le va bien que vaya a tomarle declaración a usted también?

—Claro, aunque es mejor a partir de la diez —dijo ella.

—Perfecto. Estaré allí a las once.

Cate colgó y se quedó allí de pie y, aunque sabía que tenía que volver con los demás en el comedor, no podía mover los pies del suelo.

—¿Cómo ha podido pasar esto? —preguntó, al final.

—Todo saldrá bien.

Cate se dio cuenta de que Calvin no había tartamudeado ni una sola vez durante aquellos terribles y tensos segundos en el desván, y tampoco se había sonrojado. Debía de ser una de esas personas que estaban a la altura de la situación cuando hacía falta y luego volvía a ser el mismo cuando había pasado lo peor. Nunca más volvería a verlo igual, pensó.

—Calvin yo... —se detuvo y, para su mayor desconcierto, se sonrojó—. No te he dicho lo agradecida que estoy...

Él pareció sorprendido y la miró como si tuviera dos cabezas.

—No tienes que decirlo. Ya lo sé.

«Por los niños», pensó ella. Calvin sabía lo petrificada que estaba ante la posibilidad de que Sheila y los niños volvieran mientras Mellor y Huxley estaban allí. Agradecida por no tener que dar explicaciones, Cate se dio la vuelta y se marchó al comedor casi corriendo. Él la siguió, más despacio, y sufrió un ataque a la altura de los muslos por parte de los gemelos, que le preguntaron una vez más si la serpiente era muy grande y qué había hecho con ella.

Cate comentó con los vecinos del pueblo lo que el policía le había dicho y que vendría mañana a tomarles declaración. Para entonces, Milly ya había preparado el té y obligó a Cate a sentarse y a tomarse una taza, igual que a Neenah. Sorprendentemente, la infusión le relajó los nervios e hizo desaparecer la sensación de que todo estaba fuera de su sitio. La gente no empezó a marcharse hasta que los tres escaladores que se alojaban en la pensión volvieron cansados, despeinados y felices.

Como en Trail Stop no había restaurantes y el más cercano estaba a más de treinta kilómetros, si los clientes querían, la pensión ofrecía una cena a base de bocadillos, patatas fritas y postre. Los escaladores se decidieron por aquella opción, así que enseguida se puso manos a la obra en la cocina. Su madre se encargó de entretener a los niños, a pesar de que no dejaban de pedirle si podían subir al desván a cazar serpientes, y de darles de comer mientras Cate se encargaba de servir a los escaladores. Cuando las dos pudieron sentarse, Cate estaba tan agotada que apenas podía comer. Sabía que era la reacción de su cuerpo a los acontecimientos vividos durante el día; parecía que hubiera escaldo todo el día y después, encima, hubiera caminado diez kilómetros.

—Mamá, estoy agotada —dijo, mientras bostezaba y se tapaba la boca con la mano.

—¿Por qué no subes y te acuestas temprano, por un día? —le sugirió su madre en un tono que parecía una orden—. Yo me encargaré de acostar a los niños.

Cate sorprendió a su madre, y quizá también a ella misma, al aceptar el ofrecimiento.

—Estoy muerta. Mientras los acuestas, ¿por qué no les comentas si les apetecería irse unos días contigo? Nunca han pasado una noche lejos de mí, así que quizá se muestren reticentes.

—Déjamelos a mí —respondió Sheila con aire de suficiencia—. Cuando acabe con ellos, creerán que la casa de Mimi es mejor que Disneyland.

—No han ido nunca a Disneyland, así que quizá no capten la comparación.

—Olvídate de los detalles. Por la mañana, te suplicarán que los dejes ir. Eso siempre que todavía quieras dejarlos venir. Sigo creyendo que deberías descansar y decidirlo mañana, para estar segura de que no lo dices por lo que ha pasado hoy.

—Claro que lo digo por lo que ha pasado hoy —dijo Cate—. Quiero que mis hijos estén a salvo y ahora no tengo la sensación de que lo estén. Quizá estoy exagerando, pero no me importa.

Sheila la abrazó.

—Tienes permiso para exagerar. Y, si por la mañana has cambiado de opinión, no me enfadaré… demasiado.

—Vaya, gracias. Eso me tranquiliza —respondió Cate, y se rió. Abrazó a los niños, les dio las buenas noches y les explicó que mamá estaba muy cansada y que hoy se acostaría temprano pero que Mimi los acostaría, y parecieron contentos. Toda la emoción del día los había dejado agotados a ellos también; ya estaban bostezando y frotándose los ojos.

Cate se duchó y se lavó los dientes, y luego se dejó caer en la cama. Estaba tan cansada que notaba el cuerpo muy pesado, pero la cabeza le seguía funcionando a mil por hora, los pensamientos le saltaban de un sitio a otro y no se concentraba en nada. Seguía reviviendo imágenes del día: la cara pálida de Neenah, la mirada en los ojos pálidos de Calvin mientras tensaba el dedo en el gatillo… En aquel momento no se había fijado, pero ahora no dejaba de repasarlo una y otra vez: cómo había doblado ligeramente el dedo, con clara intención de disparar.

Seguro que Mellor también se había dado cuenta de ese detalle y había decidido hacer las cosas como Calvin quería. Se estremeció, sintió cómo la recorría un escalofrío y se acurrucó en la cama para calentarse con su propio cuerpo. A veces, por la noche tenía frío, y no era una reacción a las bajas temperaturas, sino a la soledad, que se hacía más acusada en la oscuridad. Esa noche, se acurrucó bajo la manta con el miedo como único compañero; miedo por sus hijos, miedo por la violencia que había invadido su casa hoy y la ausencia de compañía le hizo tener más frío.

El subconsciente revivió una vez más la mirada de Calvin. Lo conocía desde hacía tres años, pero tenía la sensación de haberlo visto por primera vez hoy. Ese día había descubierto muchas cosas sobre sus vecinos, y los apreciaba con fuerzas renovadas, pero aquello era distinto. Su percepción de Calvin no había cambiado un poco, había dado un giro de ciento ochenta grados.

Nunca más volvería a verlo como un tímido y amable manitas.

Y lo que era peor, temía que hubieran cambiado más cosas de las que ella veía, como si se hubiera producido un gran cambio en su vida, aunque todavía no sabía exactamente dónde o hasta qué profundidad llegaba. No sabía cómo reaccionar ni qué pensar porque no sabía si pisaba tierra firme o arenas movedizas.

El recuerdo de los pálidos ojos de Calvin y la expresión que vio reflejada en ellos se le clavaron en el interior y se durmió intentando averiguar si ahora estaba más segura o si corría más peligro.

Cal Harris hacía tiempo que había descubierto que desde la ventana de su habitación a oscuras se veía la ventana iluminada de la habitación de Cate Nightingale. Expresado en calles de ciudad, la pensión estaba a una calle y media de distancia, pero la calle se torcía y él podía ver las ventanas de las dos habitaciones de la parte delantera. Las de la derecha eran de la habitación de los niños y las otras, de la de Cate.

Calvin había estado en aquella habitación el día que había arreglado una avería en el baño contiguo. A Cate le gustaban las cosas bonitas, como los delicados cojines encima de la cama y las gruesas alfombras de algodón del baño que iban a juego con la cortina de la ducha y la tela con la que había recubierto la tapa del inodoro. La habitación olía muy bien, a un delicado perfume… y a mujer. Calvin había mirado la cama y la imaginación se le desbocó.

Frente a ella, reaccionaba tan fuerte que no podía controlarlo. Se sonrojaba y tartamudeaba como un adolescente de catorce años, para mayor diversión de sus vecinos. Llevaban tres años diciéndole que le pidiera una cita, pero él no lo había hecho. A juzgar por cómo le llamaba «señor Harris» y cómo lo miraba, como si fuera su abuelo, Calvin sabía que ni siquiera estaba abierta a la idea de tener una cita.

Ya había pasado mucho tiempo desde la última vez que había apuntado a otra persona con un arma con la intención de apretar el gatillo, pero ese cabrón de Mellor había estado muy cerca de que Calvin le hiciera estallar la cabeza como una calabaza. Sólo lo había impedido el hecho de saber que Cate lo estaba mirando y que, si disparaba, quedaría todavía más traumatizada. No quería que lo mirara con el terror que le había visto en los ojos cuando miraba a Mellor.

Esa noche, su habitación estaba a oscuras. Vio que la luz de la habitación de los niños se encendía y, al cabo de un cuarto de hora, se apagaba, pero la de Cate no se encendió. Calvin supuso que estaba agotada y que ya estaría en la cama; su madre debía de haberse encargado de acostar a los gemelos.

Llevaba tres años esperando y ya hacía mucho tiempo que el sentido común le había dicho que se rindiera y siguiera adelante, pero no lo había hecho. Quizá lo retenía la testarudez, o quizá fueran los niños, que se aferraban a sus piernas y a su corazón, o quizá fuera la propia Cate, pero jamás había podido decir: «Está bien, se acabó».

El terror del día había derribado algunas barreras. Lo notaba, lo sabía. Hoy, por primera vez, lo había llamado «Calvin». Y quien se había sonrojado había sido ella.

Se acostó con la sensación de que el mundo había dado un vuelco y que mañana se levantaría en otro lugar.

Capítulo 11

Al día siguiente, Goss y Toxtel estaban sentados en la habitación de Toxtel del motel donde habían dormido, con un mapa desplegado en la mesita de mimbre. Bebían café malo de la diminuta cafetera de cuatro tazas del motel y comían unos bollos de miel que habían comprado en un supermercado. En la ciudad había un restaurante donde servían desayunos, pero no podían discutir sus asuntos en medio de un lugar de reunión de la gente de la ciudad.

Toxtel colocó un dibujo encima de la mesa.

—Mira, si no recuerdo mal, esta es la distribución del pueblo. Si tú recuerdas algo distinto, dilo. Esto tiene que ser lo más exacto posible.

Toxtel había hecho un austero plano de Trail Stop y de la carretera que llevaba hasta el pueblo, con cosas como el puente, el riachuelo a la derecha y las altas montañas a la izquierda.

—Me parece que en algún punto de eso que tú llamas carretera salía un camino de tierra —dijo Goss—. Ahora bien, no sé si era una pista o un camino de cazadores.

Toxtel lo anotó y miró el reloj. Había llamado a alguien que conocía a alguien y se suponía que un tipo de por allí, que se ve que era relativamente bueno solucionando problemas de determinada índole, tenía que reunirse con ellos allí en la habitación a las nueve. Goss era lo suficientemente inteligente como para saber que aquello los sobrepasaba y que, sin ayuda de un experto, no podrían evitar que aquellos pueblerinos salieran de Trail Stop. Necesitaban a alguien que se moviera como pez en el agua en plena naturaleza y que supiera manejar un rifle. Goss se defendía muy bien con una pistola, pero nunca había cogido un rifle. Toxtel sí, pero hacía muchos años.

Ese hombre con el que tenían que encontrarse se suponía que conocía a un par de tipos a los que podía llamar para que les ayudaran. Goss no era un experto, pero incluso él sabía que aquel pueblo tenía más salidas de las que tres personas podían cubrir; aparte de que esas tres personas necesitaban dormir de vez en cuando. Para que el plan de Toxtel saliera bien, tenían que conseguir al menos dos personas más, aunque tres sería mejor.

Goss estaba encantado de poner en práctica cualquier descabellado plan que Toxtel pudiera plantear; en realidad, cuanto más descabellado mejor, porque así aumentaban las posibilidades de que toda aquella situación le estallara en la cara y de que Salazar Bandini fuera el centro de una atención no deseada, como por ejemplo la de los federales, lo que haría que estuviera muy cabreado con Yuell Faulkner.

Había intentado hacer un plan, pero había demasiadas variables. Sólo podía esperar que las situaciones se fueran presentando y él, furtivamente, pudiera empeorarlas. Lo mejor sería que pudieran conseguir el lápiz de memoria de Bandini y que nadie resultara herido o muerto… lo mejor para Bandini, claro y, por extensión, lo mejor para Faulkner. Por lo tanto, Goss tenía que asegurarse de que la segunda premisa se cumpliera, pero no la primera. Aunque no le importaría demasiado que ese cabrón de lampista recibiera algún tiro.

El hecho de que Goss no hubiera muerto durante la noche significaba que no tenía daños cerebrales, pero todavía tenía un dolor de cabeza de mil demonios. Al despertarse, se había tomado cuatro pastillas de ibuprofeno, lo que le había permitido concentrarse, aunque esperaba que hoy sólo tuviera que estar sentado y hablar, nada más.

A las nueve en punto, oyeron un golpe en la puerta y Toxtel se levantó. Abrió la puerta y se apartó para que su invitado pasara.

—Nombre —dijo el hombre muy seco.

Hugh Toxtel no solía recibir órdenes de nadie, pero tampoco era tan orgulloso como para ofenderse por un mínimo detalle.

—Hugh Toxtel —dijo, como si nada, como si le hubieran pedido la hora—. Él es Kennon Goss. ¿Y usted es…?

—Teague.

—¿Y de nombre?

—Llámeme Teague.

Parecía el tipo de los anuncios de Marlboro, pero con un toque de depósito de chatarra y un humor de perros. Tenía la cara tan castigada que era imposible adivinar cuántos años tenía, pero Goss calculó que estaría sobre los cincuenta. Tenía el pelo canoso con un corte a lo militar. A juzgar por los pómulos altos y los ojos negros y achinados, tenía sangre india, de varias generaciones atrás. Si se había relajado un poco, nadie se había dado cuenta.

Llevaba vaqueros, botas de montaña y una camisa de cuadros verdes y marrones metida por dentro de los pantalones. Llevaba un cuchillo de dimensiones considerables en una funda encima del riñón derecho, el tipo de cuchillo que se utilizaba para desollar animales. Seguro que no entraría en la categoría de navaja de bolsillo. También llevaba una vieja bolsa de tela negra. Desprendía un aire de «cabrón peligroso», pero no por nada que dijera o hiciera, sino por la confianza con que se movía y por aquella mirada que dejaba claro que podría destripar a alguien sin ningún tipo de remordimientos, como si se tratara de matar una mosca.

—He oído que necesitan a alguien que conozca las montañas —dijo.

—Necesitamos más que eso. Vamos de caza —dijo Toxtel en tono neutro mientras señalaba el mapa de la mesa.

—Un momento —dijo Teague al tiempo que sacaba un aparato electrónico alargado de la bolsa negra. Lo encendió y caminó por la habitación. Cuando hubo comprobado que no había micros, lo apagó y encendió la televisión. Entonces, se sentó.

—Me alegro de que sea tan precavido —dijo Toxtel—, pero si los federales lo siguen quiero que me lo diga. No necesitamos ese tipo de complicaciones.

—Que yo sepa, no —respondió Teague, inexpresivo—. Pero eso no significa que las cosas no puedan cambiar.

Toxtel lo miró sin decir nada. En definitiva, pensó Goss, todo era una cuestión de confianza: ¿Toxtel confiaba en su contacto? La confianza era un lujo poco habitual en su negocio porque entre ladrones, o asesinos por ejemplo, no existía el honor. La confianza que pudiera existir nacía de una relación mutuamente destructiva. Goss sabía lo suficiente de Toxtel como para acabar con él, y viceversa. Y se sentía más seguro con eso que con cualquier amistad.

Al final, Toxtel se encogió de hombros y dijo:

—Muy bien —se volvió hacia el mapa y le explicó a grandes trazos la situación, sin mencionar en ningún momento el nombre de Bandini; sólo dijo que se habían olvidado algo en la pensión y que la propietaria no estaba dispuesta a entregárselo. Luego, le expuso el plan.

Teague se acercó al mapa, aferrándose con fuerza a la mesa con las manos con el ceño fruncido mientras reflexionaba.

—Complicado —dijo, al final.

—Lo sé. Necesitaremos a varias personas que sepan lo que se hacen.

—Por eso está usted aquí —intervino Goss, muy seco—. Hugh y yo no tenemos demasiada experiencia en la montaña —desde que había llegado la visita, no había dicho nada, y Teague lo miró.

—Me alegro de que lo reconozcan. Hay quien no lo haría. Muy bien. Hay varios puntos que se tiene que discutir. Primero, ¿cómo piensan aislarlos? Y no me refiero sólo en el sentido físico, sino también tecnológico: teléfonos, ordenadores, las comunicaciones por satélite.

—Cortaremos el teléfono y la electricidad —dijo Goss—. Eso descartará los teléfonos, los ordenadores y el correo electrónico vía satélite.

—¿Y si alguien tiene un teléfono por satélite? ¿No lo han pensado?

—Los teléfonos por satélite no son habituales —respondió Goss—, pero en el caso de que uno de esos pueblerinos tuviera uno, tendremos que saberlo. En un lugar tan pequeño será fácil descubrir esas cosas. Además, también podremos localizar los coches que sean nuevos y que, por tanto, puedan tener *bluetooth* o algo así.

—Aquí no funcionan —dijo Teague—. No hay cobertura. En eso pueden estar tranquilos.

Menos mal, porque la situación ya era complicada de por sí.

Como sólo había dos sillas, arrastraron la mesa hasta la cama. Toxtel se sentó en la cama y Goss y Teague en las sillas. Se pasaron una hora estudiando el mapa mientras Teague iba indicándole detalles topográficos.

—Tendré que hacer un reconocimiento del terreno, asegurarme de que todo está como creo, pero pienso que el plan es factible —concluyó Teague—. Las líneas eléctricas y de teléfono terminan en Trail Stop, de modo que es posible que las compañías eléctrica y telefónica no se den cuenta de que el servicio se ha interrumpido y, si lo hacen, si destruimos el puente no podrán hacer nada para arreglarlo. Así que tenemos que poner señales de «Puente fuera de servicio» aquí —dijo, señalando el punto donde la carretera de Trail Stop se unía a la grande—, y cortar el camino con caballetes, y ya está. Aunque seguramente sólo nos sirva durante un par de días. Lo suficiente para presionar a esa mujer y que se rinda. Quizá sus propios vecinos la lancen a los lobos, ¿quién sabe? ¿Ha dicho que tiene un hijo?

—Vimos juguetes, pero no vimos a ningún niño.

—Podía estar en el colegio. Para asegurarnos de que el crío esté en casa, empezaremos con el baile por la tarde o un sábado. La gente suele evitar poner en riesgo a sus hijos. Una vez hayan encontrado lo que buscan, tendrán que desaparecer muy deprisa. Mis hombre y yo podemos frenarlos un poco pero en algún momento tendré que esfumarme y desaparecer en el bosque. Si para entonces no se han ido, estarán solos.

—Entendido —dijo Toxtel. Y luego frunció el ceño—. Si hacemos saltar el puente por los aires, ¿cómo conseguiremos lo que queremos?

—El riachuelo se puede vadear por otros puntos. Lo que tenemos que hacer es evitar que ellos lo hagan hasta que nosotros queramos. Y ahora vamos a hablar de dinero.

Una hora más tarde, cuando Teague salió de la habitación del motel, tenía su dinero y estaba tan satisfecho y risueño que hizo un esfuerzo sobrehumano para no reírse en la cara de esos dos. El plan de Toxtel era una de las estupideces más grandes que jamás había escuchado pero, si Toxtel estaba dispuesto a pagarle una pequeña fortuna por seguir con aquella farsa, él estaba encantado de aceptar el dinero.

El plan era factible, pero suponía muchos problemas y gastos. Y también era innecesariamente complicado. Si se lo hubieran encargado a Teague, se habría llevado a dos hombres y se habría presentado en la casa a las dos de la madrugada; esa mujer les daba lo que querían o mataban a su hijo. Sencillo. Pero en lugar de eso, Toxtel había diseñado un plan para aislar a toda la comunidad.

Toxtel y Goss debían de haber ido en persona y los habían sacado a patadas. Seguro que no era conveniente tenerlos como enemigos, pero no estaban en su elemento. Debían de estar acostumbrados a ser los únicos con armas; y aquí hasta las abuelas tenían un arma. Ahora, el ego ofendido y el orgullo herido les ofuscaban el pensamiento, y eso no era bueno.

Por otro lado, que aquel plan funcionara era una reto y a Teague le encantaban los retos. Tenían que estudiarlo todo, encajar muchas piezas, controlarlo todo. Quizá Toxtel y Goss no eran los únicos que se dejaban llevar por el orgullo a la hora de tomar decisiones. La diferencia era que Teague lo reconocía y jugaba con ello. Sin embargo, a él lo movía la avaricia: le gustaban las cifras de las que habían estado hablando.

Conocía la zona de Trail Stop. El terreno que rodeaba el pueblo era accidentado, casi inaccesible. En algunos puntos, las montañas eran casi verticales, llenas de rocas y barrancos. El riachuelo bloqueaba el paso por el otro lado, y era un señor riachuelo. No conocía a nadie, ni siquiera los aventureros más atrevidos, que se lanzara a navegar esas aguas. Trail Stop existía porque los mineros que excavaban la montaña en busca de oro en el siglo XIX y principios del XX necesitaban un lugar donde vivir y, cuando se marcharon, dejaron el lugar lleno de minas abandonadas. Aquel saliente de tierra entre el riachuelo y las montañas era el único terreno llano en kilómetros a la redonda, de modo que instalaron un colmado para servir a los mineros. El colmado seguía allí, pero los mineros no y, aparte de las pocas personas que tenían el poco sentido común de vivir allí todo el año, los únicos que se veían eran turistas, cazadores y escaladores.

Hmmm. Escaladores. Algo que añadir a la lista: asegurarse de que no hubiera escaladores en la pensión, porque podrían fácilmente ofrecer una salida que él no podría bloquear. No creía porque, aunque alguien escalara la cara de la montaña hacia el noreste, todavía le separaban varios kilómetros hasta el siguiente pueblo, pero prefería cubrir todas las posibilidades.

En su opinión, el principal problema sería Joshua Creed. No había muchas personas a las que Teague respetara, pero Creed era el primero de la lista. El antiguo comandante de los marines tenía una cabaña en la zona de Trail Stop, para guardar allí las provisiones y no tener que conducir treinta kilómetros hasta la ciudad. Si había alguien que podía fastidiarles los planes, ese era Creed.

Tenían dos opciones: encerrarlo junto con los demás en el pueblo y arriesgarse a que organizara a los habitantes del pueblo y contraatacaran o sellar la zona con Creed fuera y esperar que la excusa de estar haciendo obras en el puente lo mantuviera alejado. Teague se imaginó que tendría que emplearse a fondo para controlar a Creed si estaba con los demás, pero al menos sabría dónde estaba. Si no estaba en Trail Stop, Teague no tenía forma de controlarlo y era perfectamente posible que Creed decidiera acercarse a ver qué estaba pasando.

Teague decidió que la mejor opción era encerrar a Creed con los demás. Eso significaba que tendría que tomar más precauciones y traer equipo especial para asegurarse de que Creed no hacía de las suyas.

Escoger el momento era esencial. Todos los habitantes de Trail Stop tenían que estar en el pueblo y todos los visitantes tenían que estar fuera. Seguro que un turista tenía familia que esperaría una llamada o que regresara a casa a una hora determinada. Y seguro que alguien del pueblo empezaría a hacer preguntas incómodas si no podía volver a casa. Aunque, obviamente, ese alguien podía sufrir un accidente, de modo que aquella opción era mejor que no dejar a alguien que no era del pueblo encerrado allí dentro.

Sin embargo, lo primero que tenía que hacer era reconocer el terreno.

Cate se quedó dormida y, por lo tanto, tuvo que correr cuando por fin se despertó para tener las magdalenas preparadas cuando llegara la marabunta de clientes matinales. Por supuesto, después de los acontecimientos del día anterior, parecía que todo el mundo se había levantado con ganas de comerse una magdalena, incluso Milly Earl, la mejor cocinera del pueblo.

En cuanto los gemelos se levantaron, empezaron a pedirle a Cate si podían visitar la casa de Mimi así que, por lo visto, Sheila había hecho su trabajo a la perfección. Cate fingió reticencia, para que todavía tuvieran más ganas de ir. Lo último que quería era tener que meter a sus hijos en el coche de su madre a rastras antes de que se fueran. Pero tampoco quería aceptar la propuesta a la primera y darles la idea de que estaba deseando que se fueran. Engañar a niños de cuatro años era todo un ejercicio de equilibrio.

Sheila llamó a la compañía aérea para preguntar si podía cambiar la fecha de regreso y si podía comprar dos billetes más para los niños. El único vuelo que podía coger era al día siguiente a las once de la mañana, lo que significaba que los niños y ella tendrían que salir, como mínimo, a las seis de la mañana. Tenía que ir hasta Boise, devolver el coche y llevar a los niños y las maletas hasta la puerta de embarque, aparte de encontrar un momento para darles de comer antes de subir al avión. También llamó al padre de Cate para decirle que volvía antes de lo previsto y que traía a los niños. «Prepárate», le dijo, entre risas.

El agente Marbury vendría a las once de modo que, en cuanto se marcharon todos los clientes, Cate limpió la cocina y el salón a toda prisa. Los escaladores habían cogido una magdalena y se habían marchado temprano, ansiosos por disfrutar de otro día de montaña. Cate recordaba cuando Derek y ella eran así, con un único objetivo en la cabeza: poner a prueba su fuerza y su habilidad en las rocas. Se marchaban al día siguiente, así que era su último día para disfrutar de su deporte preferido.

A las once menos cuarto, subió a su habitación a cambiarse, cepillarse el pelo y ponerse un poco de brillo de labios. A medio camino, oyó ruido y a los niños riéndose a carcajadas en su habitación. Como la experiencia le decía que una lucha de cojines y ver plumas volando por toda la habitación les parecía muy divertido, subió el resto de las escaleras corriendo.

Se detuvo en seco en la puerta, parpadeando. Los dos niños estaban desnudos, pegando saltos y riéndose tanto que caían al suelo cada dos por tres. Tras ella, oyó a Sheila que también subía las escaleras corriendo.

—¿Están bien?

—¿Qué diantre… Qué estáis haciendo? —preguntó Cate, absolutamente perpleja. Se volvió hacia Sheila y le dijo—. Están bien. Se han desnudado y están saltando —miró a los chicos—. Niños, ya basta. ¡Dejad de saltar! Decidme qué estáis haciendo.

—Hacemos bailar nuestras tililas —dijo Tanner que, por una vez, se adelantó a su hermano, pero sólo porque Tucker estaba riendo tanto que no podía hablar.

—Vuestras… —empezó a decir Cate, pero luego se echó a reír. Hacían tanta gracia saltando y señalándose la «tilila», y se lo estaban pasando tan bien que Cate sólo pudo menear la cabeza y reír con ellos.

Vio un destello a su lado y dio un respingo. Era Sheila, con una cámara digital en la mano.

—Ya está —dijo, satisfecha—. Ya tienes algo con qué chantajearlos cuando tengan dieciséis años.

—¡Mama, se morirán de verguenza!

—Eso espero. Habría dado cualquier cosa por tener algo así para frenar a tu hermano. Haré un par de copias cuando llegue a casa; Espera; algún día me lo agradecerás.

Sonó el timbre y Cate miró el reloj. Si era Marbury, llegaba temprano, y ya no tendría tiempo de arreglarse. Gruñó y dijo:

—¿Los vistes, por favor, mientras yo voy abajo? Seguramente, será el policía del condado.

Bajó corriendo las escaleras y abrió la puerta. Vio a Calvin Harris, con una caja de la ferretería de Earl en una mano y la caja de herramientas en la otra; a su lado había un fornido hombre que no conocía pero, al ver que llevaba una pistola en el cinturón, estuvo convencida de que se trataba de Marbury. Tenía el pelo castaño y llevaba vaqueros, un polo y una cazadora azul marino.

—¿Señora Nightingale? —sin dejarla responder, añadió—. Soy Seth Marbury, agente de la oficina del sheriff.

—Sí, pase por favor —mientras lo dejaba entrar, Cate lanzó una rápida mirada al piso de arriba, donde todavía se oían risas infantiles. También oía a su madre, que parecía cada vez más frustrada, diciéndoles a los niños que dejaran de hacer bailar las tililas y se vistieran y, evidentemente, veía cómo los niños la ignoraban. Los golpes de los saltos resonaban en el piso de abajo.

Los dos hombres miraron hacia arriba.

Cate se sonrojó.

—Yo eh… tengo gemelos —le explicó a Marbury—. Tienen cuatro años —y, al parecer, aquella era toda la explicación necesaria.

—¡Tannel, mira! —oyó gritar a Tucker en su voz de pito—. ¡La mía hace zigzag?

¿Zigzag?

Sheila perdió la paciencia y se hartó de las buenas maneras y, con su voz más severa, parecida a la de un sargento del ejército, les dijo:

—¡Ya basta! No quiero ver más pililas haciendo zigzag. No quiero ver vuestras pililas bailando, saltando, cantando ni nada por el estilo. Quiero ver esas pililas dentro de los calzoncillos, ¿entendido? Si vais a venir a casa conmigo, tenemos que hacer muchos planes, y no puedo hacer planes si veo vuestras pililas haciendo cosas.

«Una verdad como un templo», pensó Cate mientras reprimía una carcajada. Intentó no mirar a los hombres que tenía delante porque sabía que si lo hacía, se echaría a reír. ¿Pililas cantarinas? Sheila estaba en plena forma.

Evidentemente, ella no era la única que estaba a punto de echarse a reír. Calvin se dirigió hacia las escaleras, sin ni siquiera mirar a Cate.

—Yo… eh… voy al desván a cambiar la cerradura —dijo, y subió las escaleras casi corriendo.

Cate respiró hondo y expulsó el aire hacia arriba, por si eso le ayudaba a refrescarse la cara.

—Vayamos a la sala. Mi madre los tranquilizará en un minuto.

Marbury chasqueó la lengua mientras la seguía hasta la sala.

—No deben dejarla ni respirar.

—Hay algunos días peores que otros, y hoy es uno de ellos —dijo, muy seria. Por suerte, el alboroto en el piso de arriba se calmó. Seguro que la ilusión por hacer planes para ir a casa de Mimi había podido más que la ilusión por hacer bailar las pililas.

Afortunadamente, Marbury no le preguntó qué estaba pasando arriba, aunque era bastante obvio. Además, él también había sido pequeño. Pero Cate no quería imaginárselo haciendo algo ni siquiera remotamente parecido a lo que hacían sus hijos. Quería verlo estrictamente como un agente de la ley.

—Ya le he tomado declaración al señor Harris —dijo y, de repente, Cate vio el peligro de tener que hacer una declaración, porque no sabía lo que Calvin le había dicho. ¿Le había dicho que había golpeado a Huxley en la cabeza? Apostó a que no lo había hecho, y en realidad ella no lo había visto, así que empezó por el principio e incluso le dijo que tuvo la sensación de que había alguien escuchándola mientras hablaba con Neenah en la cocina y que enseguida sospechó de esos dos hombres.

Cuando terminó, Marbury suspiró y se frotó los ojos. Cate se dio cuenta de que parecía cansado; debía de tener mucho trabajo y, a pesar de todo, había encontrado tiempo para venir y tomarles declaración.

—Seguro que esos dos hombres ya están muy lejos de aquí. Ayer no volvió a verlos, ¿verdad?

Cate meneó la cabeza.

—Debí de haberle llamado antes —admitió—, pero no lo pensé. Estábamos bien, sólo un poco asustadas, ya me entiende. Todo el mundo hablaba de eso y los niños estaban escuchando y yo… —levantó las manos, impotente—. Si le hubiera llamado, podría haberlos atrapado.

—Podría haberles acusado de algo, sí, pero habríamos tenido que ponerlos en libertad bajo fianza, se habrían marchado y no hubiéramos vuelto a saber de ellos. Me desespera, pero el condado no tiene los recursos para perseguir a acusados que se marchan a otro estados, sobre todo cuando nadie ha resultado herido y lo único que se han llevado es una maleta que ni siquiera era suya, señora Nightingale. ¿Está segura de que no había nada de valor dentro?

—Lo más caro era el par de zapatos y yo misma los metí allí dentro. Cuando entré en la habitación, no estaban en la maleta.

Marbury cerró su libreta.

—Entonces, eso es todo. Si vuelve a verlos, llámeme inmediatamente pero, ahora que tienen lo que querían, seguro que no volverán.

Con la distancia de una noche entre ayer y ahora, Cate estaba de acuerdo con él. Hoy estaba mucho más tranquila y empezaba a arrepentirse de haberle pedido a su madre que se llevara a los niños, pero ahora los planes ya estaban en marcha y los niños estaban muy ilusionados ante la idea de ir a casa de Mimi.

De repente, volvieron a oír gritos y Cate, que ya estaba acostumbrada a los distintos gritos de sus hijos, interpretó que esos eran de alegría.

—Seguro que han visto al señor Harris —le dijo a Marbury—. Les encanta la caja de herramientas.

—Es comprensible —respondió él con una sonrisa—. Un niño, un martillo… claro que les encanta.

Salieron de la sala y vieron cómo Calvin bajaba las escaleras, precedido de los niños, que revoloteaban a su alrededor.

—¡Mamá! —dijo Tucker en cuanto la vio—. ¡El señor Hawwis me ha dejado coger la llave inglesa?

—Inglesa —lo corrigió Cate de forma automática, mientras miraba a Calvin, que tenía una mirada tranquila y serena como siempre.

—Inglesa —repitió Tucker mientras agarraba el mango del martillo, que estaba en el bolsillo de los pantalones de Calvin, y estiraba.

—Deja de tirar de la ropa del señor Harris —dijo Cate—, antes de que se la arranques.

En cuanto aquellas palabras salieron de su boca, Cate notó que se sonrojaba. ¿Qué le pasaba? Hacía años que no se sonrojaba y ahora parecía que, desde ayer, no hacía otra cosa. Todo parecía tener un doble sentido, o parecía abiertamente sexual y, sí, la idea de arrancarle la ropa a Calvin parecía definitivamente sexual.

Aquello la sorprendió.

¿Calvin? ¿Sexual?

¿Porque las había salvado ayer? ¿Acaso le estaba atribuyendo un papel heroico y, siguiendo el modelo histórico de las relaciones hombre-mujer, respondía de forma inconsciente a aquella demostración de fuerza? Había asistido a clases de antropología, porque le parecían interesantes, así que conocía la dinámica de los instintos sexuales. Tenía que ser eso. Las mujeres respondían ante los hombres fuertes, poderosos o heroicos. En los tiempos de las cavernas, eso significaba mayores posibilidades de supervivencia. Las mujeres ya no tenían que hacerlo, pero los viejos instintos permanecían intocables; ¿cómo, si no, podría explicarse que Donald Trump resultara atractivo a tantas mujeres?

Aquello la relajó. Ahora que sabía qué provocaba aquella repentina sensibilidad, podía controlarla.

Presentó los gemelos a Marbury y, lógicamente, enseguida vieron la pistola y quedaron maravillados de estar frente a un policía, aunque los decepcionó un poco que no llevara uniforme. Al menos, estaban distraídos y Cate pudo preguntar a Calvin:

—¿Qué te debo?

Él sacó la factura de la cerradura del bolsillo y se la dio. Sus dedos se rozaron y Cate contuvo un escalofrío que quería estremecerla de arriba abajo, al tiempo que recordó esas poderosas manos sujetando la escopeta y el dedo fijo en el gatillo. También recordó cómo las había abrazado a Neenah y a ella, con sus cálidos y acogedores brazos, con su esbelto cuerpo sorprendentemente musculoso y duro debajo del mono vaquero.

Maldita sea. Ya volvía a sonrojarse.

Y él no.

Capítulo 12

—A ver —dijo su madre como si nada por la noche, mientras hacían las maletas de los niños—, ¿hay algo entre Calvin Harris y tú?

—¡No! —asombrada, Cate casi dejó caer el par de vaqueros que estaba doblando y miró a su madre—. ¿Por qué lo dices?

—Por… algo.

—¿El qué?

—Por cómo estáis juntos. Un poco incómodos, y apartáis la mirada cuando el otro mira.

—Yo no aparto la mirada.

—Si no fuera tu madre, quizá ese tono indignado te serviría, pero yo te conozco demasiado bien.

—¡Mamá! No hay nada. Yo no… No he… —se detuvo y apoyó las manos en las rodillas mientras acariciaba el pequeño vaquero con los dedos—. No desde que Derek murió. No me interesa salir con nadie.

—Pues deberías. Ya han pasado tres años.

—Lo sé —y era verdad, pero saber algo y hacerlo eran dos cosas distintas—. Es que… los niños y la pensión me roban casi todo el tiempo y la mera idea de añadir algo más, alguien más, a la mezcla sería demasiado. Y no aparto la mirada —añadió—. Estaba preocupada por tener que prestar declaración ante Marbury porque no sabía si Calvin le había dicho que golpeó a Huxley en la cabeza. Si he apartado la mirada, ha sido por eso.

—Pues él te mira.

Cate se echó a reír.

—Sí, y seguramente se sonroja mientras aparta la mirada lo antes posible. Es muy tímido. Creo que estos dos últimos días le he oído hablar más que en los últimos tres años. No quieras ver más de lo que hay. Seguramente, aparta la mirada de todo el mundo.

—No es verdad. No he notado que sea especialmente tímido. Cuando estaba cambiando la cerradura del desván y los niños estaban prácticamente encima de él, hablaba conmigo como lo hace con Sherry o con Neenah.

Cate hizo una pausa y recordó el día que oyó a Calvin hablar con Sherry. Evidentemente, había algunas personas con las que se sentía más cómodo, y estaba claro que ella no era una de ellas. Aquello le provocó una punzada de dolor en la boca del estómago. Instintivamente, se negó a estudiar el motivo del dolor y se obligó a volver a la conversación.

—Da igual. Antes de que empieces a fantasear con nosotros, piensa un momento: ninguno de los dos es un buen partido. Yo estoy crónicamente arruinada y tengo dos niños. Él se dedica a arreglar cosas. Los pretendientes no hacen cola en nuestra puerta.

Sheila apretó los labios para contener una risa.

—En tal caso, haríais muy buen pareja, puesto que sois tan iguales.

Cate no sabía si alegrarse o asustarse. ¿Ahora resulta que estaba al nivel del manitas del pueblo? Sus padres no la educaron en un sistema clasista, pero había trabajado en el mundo empresarial y tenía ambiciones. No eran muy grandes, pero existían. Por lo que sabía, Calvin estaba perfectamente satisfecho con lo que hacía. Por otro lado, teniendo en cuenta que Cate había elegido llevar una pensión, ¿qué le podría venir mejor que vivir con alguien que sabía arreglarlo todo? Dios sabe que, sin él, no habría podido sobrevivir esos tres años.

Se echó a reír.

—Bueno, en realidad he considerado la opción de pedirle que se instale aquí.

Su madre parpadeó, sorprendida.

—Darle alojamiento a cambio de los arreglos —explicó Cate, riéndose mientras se levantaba para ir a buscar la ropa interior de los niños a la cómoda. Se asomó por la puerta para ver cómo estaban los pequeños, que jugaban con sus coches y camiones en el pasillo. Los había puesto allí para que su madre y ella pudieran hacer la maleta tranquilamente sin tenerlos a ellos ayudando, porque habría sido caótico. Estaban levantando una especie de fuerte y lo tiraban al suelo empotrando los coches con él. Así estarían entretenidos un buen rato.

—Cariño, va siendo hora que empieces a plantearte volver a salir con hombres —continuó Sheila—. A pesar de que Dios sabe que las opciones aquí son tan limitadas que lo único a escoger es Calvin. Si volvieras a Seattle...

Ah, claro; ese era el motivo que se escondía detrás del interés de su madre por Calvin. Cate hizo una mueca. Sólo era una campaña más para que dejara Idaho.

Cate esperó a respirar hondo y calmarse y luego alargó el brazo y acarició la mano de su madre.

—Mamá, de todos los consejos que me has dado, ¿sabes cuál es el que más valoré?

Sheila retrocedió un poco y miró a su hija con recelo.

—No, ¿cuál?

—Cuando Derek murió, me dijiste que habría mucha gente que vendría a darme consejos sobre vivir, salir con alguien y esas cosas, y me dijiste que no los escuchara, ni siquiera a ti, porque el dolor necesita su tiempo y ese tiempo es distinto para todo el mundo.

Si había algo que Sheila odiaba era ver cómo sus propias palabras se volvían en su contra.

—¡Pues qué bien! —exclamó en un tono de desprecio—. ¿No me digas que te tragaste todas esas paparruchas?

Cate se echó a reír y se dejó caer en la cama de Tanner, con los puños de la victoria alzados hacia el techo.

Sheila le lanzó un par de calcetines hechos una bola.

—Desagradecida —murmuró.

—Sí, ya lo sé: estuviste veinte días de parto...

—Veinte horas. Pero me parecieron días.

Los dos niños entraron corriendo en la habitación.

—Mamá, ¿qué hace tanta gracia? —le preguntó Tucker mientras saltaba a la cama con ella.

—¿Qué hace tanta gracia? —repitió Tanner, que se subió al otro lado.

Cate los abrazó.

—Mimi. Me ha estado explicando unas historias muy divertidas.

—¿Qué historias?

—De cuando era pequeña.

Los niños abrieron los ojos como platos. Que su madre hubiera sido pequeña era algo increíble para ellos.

—¿Y Mimi te conocía? —preguntó Tucker.

—Mimi es la mamá de mamá —dijo Cate, feliz por no tener que repetir ese trabalenguas diez veces seguidas—. Igual que yo soy vuestra mamá.

Vio cómo Tanner movía los labios al tiempo que repetía «Mamá de mamá». Se metió el dedo en la boca mientras observaba a Mimi escrupulosamente.

Me siento como un animal del zoológico —se quejó Sheila.

—¿El zoológico? —repitió Tanner, olvidándose del trabalenguas.

—¡El zoo! ¡Mimi va a llevarnos al zoo! —gritó muy emocionado Tucker.

—Atrapada —dijo Cate mientras le dedicaba una sonrisa a su madre.

—Ja ja ja. Pues me parece muy buena idea. Iremos al zoo —les prometió—. Siempre que os portéis bien y os vayáis a la cama a vuestra hora.

Cuando los niños vieron que metían sus cosas en las maletas, empezaron a gritar y saltar, como Cate se imaginaba. Estaban muy ilusionados. Empezaron a sacar de las cajas los juguetes que querían llevarse, algo que habría requerido fletar otro avión sólo para los juguetes. Cate dejó que Sheila se hiciera cargo de la situación, puesto que vivirían con ella las dos próximas semanas y tenían que acostumbrarse a escucharla y hacerle caso.

Al final, cerraron las maletas, con un máximo de dos juguetes cada uno. Para entonces, ya estaban muy cansados y Cate dejó en manos de su madre la tarea de bañarlos y ponerles el pijama mientras ella iba abajo y se encargaba de cambiar las sillitas de los niños de su Explorer al coche de alquiler de su madre. Después de pelearse con las cintas y los enganches bajo la escasa luz que llegaba de la casa, se dijo que tendría que haberlo hecho de día. Al final, las sillitas estaban en su sitio y volvió a entrar en casa para hacer unas etiquetas con los nombres y las direcciones, porque tendrían que facturarlas. Volvió a salir para engancharlas a las sillitas.

Era septiembre, la noche ya era fría y Cate se dijo que tendría que haberse puesto una chaqueta antes de salir. Se detuvo y miró el cielo lleno de estrellas. El ambiente era tan limpio que parecía que había miles de estrellas, muchas más de las que había visto desde cualquier otro lugar.

La noche la envolvía, pero no estaba en silencio. Siempre se oía el rugir del riachuelo, acompañado del crujir de las hojas agitadas constantemente por el viento. Las ramas de las copas ya habían empezado a cambiar el color; el otoño se acercaba muy deprisa y, cuando llegara el invierno, el negocio se frenaría de tal forma que habría semanas en que no tendría ni un solo huésped pernoctando en la pensión. Quizá debería plantearse preparar comidas durante la temporada baja. Cosas sencillas, como sopas, estofados o bocadillos; no eran platos complicados y seguiría ingresando algo de dinero. Cuando la nieve llegaba casi a las rodillas, la idea de un plato de sopa caliente, un estofado o una buena salsa picante atraería a los ciudadanos de Trail Stop. Qué demonios, quizá hasta sacara a Conrad y Gordon Moon de su rancho.

De repente, la pregunta de Sheila sobre Cal le vino a la cabeza. Jamás lo había relacionado con ningún sentimiento romántico, pero es que no había tenido esos pensamientos con nadie. Todavía no sabía adaptarse a ese concepto pero, cuando volvió a preguntarse por qué se mostraba tan reservado frente a ella, volvió a sentir la punzada de dolor en la boca del estomago. Si hablaba con los demás, ¿por qué no hablaba con ella? ¿Acaso le había hecho algo? ¿Acaso se mantenía alejado de ella porque no quería que pensara mal de él? La idea era casi de risa y, al mismo tiempo, no lo era. Cate tenía dos niños pequeños. Muchos hombres no querían salir con una mujer con hijos de un matrimonio anterior.

Pero, ¿qué hacía pensando en Cal de esa forma? No tenía ninguna base para suponer eso. Nunca había estado interesada en él y, si él estaba interesado en ella, era el mejor actor del mundo porque nunca había demostrado nada.

Se olvidó de ese asunto. Era una locura, y debía de estar loca por obsesionarse con eso. Debería estar haciendo planes para las próximas dos semanas.

Con los niños en Seattle, podría aprovechar para hacer algunas cosas, como limpiar el congelador y la despensa o marcar con piedras la zona de aparcamiento de la pensión, para que pareciera más oficial que la poca gravilla que había tirado hacía tiempo. Podría hacer limpieza de sus armarios y guardar lo que se les había quedado pequeño o lo que estaba demasiado viejo en el desván. Sabía que debería dar la ropa a algún asilo, pero todavía no estaba preparada para separarse de sus cosas. Tenía guardada toda la ropa de cuando eran bebés: los diminutos pantalones, los baberos, los calcetines y esos preciosos patucos. Quizá lo superaría cuando se fueran a la universidad porque, si no, veía que la casa entera sería un almacén.

Sí, tenía muchas cosas que hacer mientras los niños estuvieran fuera. Quizá por la noche estaría tan cansada que no lloraría de lo mucho que los echaba de menos.

Eso le recordó que, si no entraba enseguida, cuando subiera a su habitación ya estarían dormidos. Durante las próximas dos semanas, no podría arroparlos ni leerles cuentos, así que no quería perdérselo esta noche.

Cuando entró en el baño lleno de vapor, Sheila estaba terminando de ponerles el pijama.

—Todo limpio —dijo Tucker, con una enorme sonrisa.

Cate se agachó para darle un beso en la cabeza, lo abrazó y se incorporó con el niño en los brazos. Él apoyó la cabeza en el hombro de su madre y a Cate se le encogió el corazón al pensar que esos días pasarían volando y que pronto serían demasiado grandes para cogerlos en brazos, y tampoco querrían que lo hiciera. Para entonces, seguramente tampoco querrían que los abrazase y los besase.

Cate cogió a Tanner, que le rodeó el cuello con un brazo y le dedicó una sonrisa encantadora. Ella se separó un poco y entrecerró los ojos, algo que habría sido mucho más eficaz si no le hubiera estado acariciando la espalda al mismo tiempo:

—Tú tramas algo —dijo, con suspicacia.

—No —le aseguró él, y bostezó.

Estaban cansados y listos para acostarse, pero también demasiado emocionados para caer rendidos. Primero, no acababan de decidir qué cuento querían escuchar; luego Tanner quería uno de sus dinosaurios, lo que significaba que Tucker también tenía que decidir qué muñeco quería. Al final, escogió a Batman y lo metió debajo de la colcha con él.

Tanner dejó el dinosaurio y, muy serio, dijo:

—Cuando sea mayor, me apuntaré al ejército —le anunció a su madre.

Tucker asintió, demasiado entretenido en un bostezo para decir algo.

La semana pasada querían ser bomberos, así que lo único que sorprendió a Cate fue la velocidad a la que cambiaban de opinión.

—¿Sabéis dónde guardan los reyes el oro? —les preguntó, muy seria y con los ojos abiertos.

Los gemelos menearon la cabeza, con los ojos también muy abiertos.

—En la jaula del loro, claro.

Los niños la miraron unos segundos sin decir nada, y luego se echaron a reír cuando entendieron la broma. A veces, Cate les explicaba cosas de esas, y les frustraba mucho no entenderlas a la primera pero, cuando al final las entendían, se echaban a reír. Detrás de ella, Sheila gruñó levemente, seguramente porque recordaba que, a la edad de los gemelos, lo que más les gusta es repetir las cosas y ahora sabía que oiría esa broma unas cien veces en los próximos quince días.

Cate les leyó el cuento, con lo que se durmieron en cinco minutos. Les dio un beso de buenas noches y salió de la habitación de puntillas.

Sheila vio las lágrimas en sus ojos y la abrazó.

—Todo irá bien, te lo prometo. Espera al primer día colegio; allí sí que llorarás.

Cate se rió a través de las lágrimas.

—Gracias, mamá. Ahora me quedo mucho más tranquila.

—Ya, pero es que si te dijera que no te afectaría, cuando llegara el día sabrías que te había mentido y no volverías a confiar en mí. Aunque claro —añadió algo pensativa añadió—, el día que dejé a Patrick en el colegio no solté ni una lágrima. Si no recuerdo mal, empecé a dar volteretas por el jardín.

Sheila siguió explicando anécdotas sobre Patrick y haciendo reír a Cate hasta que se acostaron. Sin embargo, en cuanto Cate dio las buenas noches a su madre y cerró la puerta de su habitación, se le humedecieron los ojos y le tembló la barbilla. Los niños nunca habían pasado una noche fuera de casa. Aquella idea le partía el corazón. Estarían tan lejos; si les pasaba algo, tardaría horas en llegar a su lado. No los oiría jugar durante el día, sus gritos, exclamaciones y risas, el ruido de sus pies mientras corrían de un sitio a otro. No podría abrazarlos con fuerza, sentir sus pequeños cuerpos cerca del suyo y saber que estaban bien.

Con amargura, deseó no haber dicho nada a su madre sobre eso de llevarse a los niños, pero en aquel momento era presa del pánico, una reacción perfectamente normal después de que alguien la encañonara con una pistola. Su único pensamiento era alejar a sus hijos de cualquier peligro.

Jamás hubiera imaginado que cortar el cordón umbilical fuera tan difícil. Aunque no tenía intención de cortarlo inmediatamente. Puede que cuando tuvieran cinco años. O seis. O quizá incluso siete.

Se rió de sí misma y, entre las lágrimas y las risas, le entró hipo. Una parte de ella quería que sus hijos fueran más independientes. Tenía la sensación de que no le habían dado tregua, como si tuviera que estar alerta cada minuto de cada día porque podían meterse en un lío en cualquier momento. Si fueran mayores, más responsables, podría relajarse un poco. El problema era que no quería que fueran mayores ni más responsables, todavía.

Intentar animarse no servía de nada; ni razonar consigo misma. Lloró hasta que se quedó dormida y ya echaba tanto de menos a los niños que le dolía el corazón.

Al día siguiente, Cate se levantó todavía más temprano de lo habitual para ayudar a su madre a meter a los niños y las maletas en el coche y para empezar a preparar el desayuno. Preparó un *porridge* para los niños, porque todavía no había amanecido y el aire era fresco, pero aun estaban adormilados y apenas probaron unos bocados. Como sabía que antes de llegar a Boise tendrían hambre, preparó una bolsa con cierre hermético de cereales y una manzana para cada uno, por si acaso.

Cuando salieron fuera, todavía estaba oscuro. Ni siquiera el aire frío despejó a los niños. Se sentaron en sus sillitas, adorables con sus vaqueros, sus zapatillas deportivas y sus pequeñas camisas de franela abiertas encima de la camiseta. No habían querido ponerse chaqueta, así que Cate había salido, había encendido el coche y había puesto en marcha la calefacción, de modo que ahora el coche estaba calentito. Cate les abrochó los cinturones y cada uno se agarró al juguete que habían decidido llevarse. Cate les dio un beso a cada uno, les dijo que se lo pasaran bien y que hicieran caso a Mimi en todo lo que les dijera, y luego abrazó a su madre.

—Que tengáis un buen viaje —dijo, intentando que la voz no le temblara demasiado.

Sheila la abrazó y le dio unos golpecitos en la espalda, igual que cuando era pequeña.

—Estarás bien —le dijo, muy cariñosa—. Te llamaré cuando lleguemos, y te llamaré o te enviaré un correo electrónico cada día.

Cate no quería pronunciar la palabra «nostalgia» por si los niños la oían, no quería arriesgarse a que supieran lo que quería decir y se pusieran tristes, así que dijo:

—Si lloran…

—Yo me encargaré —la interrumpió Sheila—. Sé que accediste a hacer esto cuando estabas asustada y luego no ha sucedido nada y quizá estás pensando que estabas preocupada sin motivo pero… lo siento. Aceptaste y te tomé la palabra. No me gusta acortar la visita, pero me quedaré unos días cuando te devuelva a los niños.

Lo mejor para alegrarle el día era un comentario realista de los de su madre, pensó Cate, mientras se reía y volvían a abrazarse. Luego su madre se colocó detrás del volante y Cate se inclinó para dar un último vistazo a los niños. Tucker ya estaba dormido. Tanner parecía adormilado, pero le dedicó una pícara sonrisa y le lanzó un beso. Cate fingió que la fuerza del beso la había hecho retroceder y él se rió.

Estarían bien, se dijo mientras veía cómo las luces del coche desaparecían por la carretera. Aunque tenía dudas de cómo estaría ella.

Desde el punto de observación, Teague vio al coche aminorar la marcha cuando se acercó al puente y luego acelerar. Las luces del salpicadero iluminaban a una señora de mediana edad al volante. El asiento del copiloto estaba vacío.

La suposición lógica era que salía tan temprano porque tenía que coger un avión. Teague no entendía por qué una mujer sola venía de vacaciones al medio de la nada, pero quizá era una alta ejecutiva que quería alejarse del mundanal ruido y, para eso, Trail Stop era el lugar idóneo.

Durante la noche, había bajado para estudiar a la comunidad. En el aparcamiento de la pensión había dos coches de alquiler, lo que significaba que ahora sólo quedaba uno. Estaría atento a cuando se marchara el otro. Se había paseado entre las casas y había decidido qué ángulos eran los mejores para colocar a sus hombres para que tuvieran una mejor línea de fuego. Ladraron un par de perros, pero era muy bueno camuflándose y no pasó nada; no se había encendido ninguna luz, así que supuso que los habitantes del pueblo ya estaban acostumbrados a algún ladrido ocasional.

Esta gente no se tiraría al suelo y fingiría estar muerta. Lucharían con lo que tuvieran y, casi con toda seguridad, en cada casa había armas. En esta zona, con osos, serpientes y otros animales que viven en las montañas, siempre había que tener una pistola a mano. Pero las pistolas no le preocupaban, porque no les alcanzarían desde la distancia donde estarían. Igual que las escopetas. Pero los rifles sí que podrían causarles problemas y seguro que algunos hombres salían a cazar de forma regular y tendrían rifles capaces de disparar lejos y con precisión.

Había señalado los edificios desde donde la gente del pueblo podría responder a los ataques con cierta eficacia aunque, si colocaba bien a sus hombres, esa lista se reducía considerablemente. Las casas estaban demasiado separadas entre sí, con mucho espacio abierto entre ellas, un espacio que las personas no podrían cruzar de forma segura.

En total, habría unos treinta o treinta y cinco edificios. La carretera giraba a la izquierda de aquel terreno con forma de coma, lo que dejaba a la mayor parte de casas junto al río, a la derecha, y eso era positivo porque encerraba a la gente en un punto donde no tenían salida, literalmente. No sólo había un desfiladero de unos doscientos metros sino que, además, el propio riachuelo actuaba como eficaz barrera.

Cualquier intento de huida tendría que producirse en el lado izquierdo, donde había menos casas. En ese lado, las montañas eran prácticamente infranqueables pero, antes de empezar el baile, tenía la intención de explorarlas él mismo y buscar posibles vías de escape. Seguro que esta gente conocía el terreno; quizá había alguna mina abandonada que atravesaba la montaña. Si existía, quería saberlo.

El próximo paso era localizar a Joshua Creed.

Capítulo 13

Cuando Teague abrió la puerta del porche de la pensión y entró en el comedor, lo asaltó un delicioso aroma a bollería recién hecha. Se detuvo y respiró hondo. La sala era grande, pero estaba llena de mesas pequeñas y de gente, aunque también había quien estaba de pie en el pasillo con una taza de café en una mano y una magdalena en la otra pero claro, no es que hubiera muchas sillas libres.

Echó un vistazo a su alrededor y reconoció una o dos caras que le resultaban familiares. A una incluso podía ponerle nombre: Walter Earl, el propietario de la ferretería del pueblo. Eso significaba que Earl también podría ponerle nombre a la cara de Teague, así que tenía que tener mucho cuidado con lo que decía y hacía y, cuando se desarrollara la operación, no podía permitir que nadie del pueblo lo viera.

El murmullo de las conversaciones se detuvo cuando se advirtió su presencia y todo el mundo se lo quedó mirando, sin ningún disimulo. Algunos incluso se giraron en la silla para mirarlo. Seguramente, la visita de los dos chicos de ciudad había hecho saltar las alarmas, aunque en los pueblos nadie disimulaba su interés por los extraños.

Pero el interés desapareció enseguida. Seguro que los chicos de ciudad creían que eran dos tiburones en una piscina de peces de colores, aunque enseguida descubrieron que esos peces también mordían. Teague, en cambio, parecía uno de ellos, porque lo era. Llevaba botas viejas, vaqueros gastados después de muchos años de uso y una vieja camisa de franela para combatir el aire frío que se había levantado. En la cabeza llevaba una gorra verde que ya tenía unos cuantos años. Podría haber sido cualquiera de ellos.

Entró en el comedor una mujer con una bandeja llena de magdalenas y mantequilla que dejó en una mesa, y después sirvió un plato con magdalenas a cada persona mientras que la mantequilla quedó en la mesa grande. Cada mesa ya disponía de un surtido de mermeladas y jaleas. Cuando pasó junto a Teague, sonrió y dijo:

—Enseguida estoy con usted.

A juzgar por la descripción de Goss, supo que era la propietaria. Era curioso que Toxtel y Goss le hubieran dado descripciones tan distintas. Toxtel había encogido los hombros y había dicho: «No es nada del otro mundo. Pelo castaño, ojos marrones. Normal». Goss, en cambio, había sonreído y había dicho: «Tiene un buen culo, como el de una atleta. Redondo y musculoso. Cuerpo esquelético, excepto por el culo. Como una corredora, quizá. Pelo largo y ondulado y una boca graciosa que dan ganas de besar». Toxtel había chasqueado la lengua, pero Goss lo había ignorado. Los distintos puntos de vista decían tanto de cada hombre como de la propietaria de la pensión.

Se llamaba Cate Nightingale. Un nombre curioso. ¿Qué clase de apellido era Nightingale? Teague había hecho sus averiguaciones y había descubierto que no era de aquí. ¿Cómo había terminado en Trail Stop? Si no había nacido allí, ¿por qué había venido a ese pueblo? Con la escasa actividad que había seguro que apenas llegaban a fin de mes, porque ofrecían servicios a la comunidad y a los ranchos de alrededor, pero seguro que no ganaban mucho dinero. De todos modos, para la gente que nacía aquí, esto era su casa y algunos se habían quedado cuando el sentido común decía que lo mejor era marcharse.

Cuando la mujer terminó de repartir las magdalenas, se le acercó:

—¿Qué le apetece? ¿Una magdalena o sólo una taza de café?

Tenía una voz bonita. No parecía de esas personas que se quedan lo que no es suyo, pero no era su problema.

Como si hubiera recordado los buenos modales de repente, Teague se quitó la gorra y se la guardó en el bolsillo trasero de los vaqueros.

—Eh… Estaba buscando a Joshua Creed, pero esas magdalenas tienen buena pinta. Una, por favor, y un café.

—Perfecto —la mujer miró a su alrededor—. Siéntese donde quiera; aquí somos bastante informales. Pregunte a cualquiera sobre el señor Creed y, si alguien no sabe quién es, otro seguro que sí.

Él asintió y ella dio media vuelta y entró en la cocina, donde Teague vio a otra mujer trabajando. Sin embargo, ni rastro de ningún niño y, por experiencia, Teague sabía que un niño se hacía notar. Si había alguno, seguramente era mayor, estaba en el colegio y volvería por la tarde.

En una de las mesas había un grupo que, por su ropa, se veía que eran extranjeros. «Escaladores», se dijo, y parte de la conversación que oyó confirmó sus sospechas. Además, a juzgar por como iban vestidos, hoy no iban a escalar. ¿Volvían a casa? El fin de semana acababa de empezar, pero igual tenían otra reserva en otro sitio. Se dijo que, al salir, tendría que mirar si tenían el equipaje en el coche.

Se acercó a la mesa donde estaba Walter Earl e inclinó la cabeza a modo de saludo.

—Disculpen la interrupción —dijo—, pero, ¿alguno de ustedes sabe dónde puedo encontrar a Joshua Creed?

—¿No le conozco? —preguntó Walter Earl con una expresión de desconcierto.

Teague fingió intentar recordar su cara.

—Quizá. Su cara me resulta familiar. Me llamo Teague —mentir no habría servido de nada, porque puede que Earl hubiera recordado su nombre real.

Walter relajó la cara.

—Claro. Ha entrado en la ferretería una o dos veces, ¿verdad?

Una, para comprar balas, pero en estos lugares la gente solía quedarse con las caras de aquellos que no veían cada día.

—Sí —admitió Teague. Quizá era bueno que el viejo lo recordara; eso lo situaría como un conocido a ojos de los demás.

—Josh está de caza con un cliente —dijo Walter—. Se fue el lunes, ¿no? —miró a los demás para confirmar ese dato.

Sus compañeros de mesa asintieron.

—Exacto —dijo otro hombre—, aunque no recuerdo cuándo dijo que volvía.

—Pero será hoy o mañana; normalmente, hace salidas de cuatro o cinco días. Dice que es lo máximo que aguanta a la mayoría.

—En ese caso, a este tendría que haberlo devuelto ayer —dijo otro hombre, y todos se rieron.

Teague también sonrió, para unirse al grupo.

—¿Tan malo era?

—Digamos que se creía el rey del mambo, ¿no es verdad, Cate? —dijo Walter mientras la señora Nightingale se acercaba con la magdalena y el café de Teague.

—¿El qué?

—El último cliente de Josh, el que estuvo aquí el lunes, que era muy majo.

Ella se rió.

—Sí, mucho. Lo que más me gustó fue la clase de geografía que nos dio —se volvió hacia Teague—. ¿Dónde quiere sentarse?

—Me quedaré de pie —respondió él mientras cogía el plato y la taza—. Gracias, señora.

Ella sonrió y se alejó. Teague vio cómo comprobaba el nivel de café de las tazas de los clientes, luego fue hasta la cafetera, cogió la jarra y volvió a pasearse por el comedor rellenando las tazas. Como Teague era un hombre, no pudo evitar mirarle el culo. Como Goss había dicho, estaba muy bien.

—Cate es un encanto —dijo Walter y Teague se volvió y descubrió que todos los hombres de la mesa lo estaban mirando con distintos niveles de agresividad. Se mostraban muy protectores con ella.

—Pierde el tiempo mirándola así —dijo un anciano que parecía tener noventa años—. Está comprometida.

¿Qué estaba pasando? ¿Por qué querían alejarlo de Cate Nightingale? Teague dibujó otra sonrisa, con gran esfuerzo, y levantó la mano.

—Estaba a punto de decir que me recuerda a mi hija —mintió. No tenía ninguna hija, pero aquellos viejos no tenían por qué saberlo.

Funcionó. Todos se relajaron y volvieron a sonreír. Walter se reclinó en la silla y retomó el tema de conversación original.

—Cuando deja a un cliente, hay días que Josh viene por aquí, pero no siempre. No es un cliente habitual como los demás. ¿Le ha dejado un mensaje en el contestador?

—No, no me he molestado. Alguien me dijo que quizá lo encontraría aquí —respondió Teague—. El tipo que conozco está buscando un guía para un cliente muy importante que, de repente, ha decidido que quiere ir a cazar, así que pensé en Creed. Como mi amigo necesita a alguien hoy, no merece la pena dejarle ningún mensaje. Le diré que se ponga en contacto con el siguiente nombre de la lista —hizo una pausa—. A menos que Creed tenga un teléfono por satélite.

Walter se frotó la mandíbula.

—Si lo tiene, nunca nos lo ha dicho. ¿Puedes llamar a un teléfono por satélite desde un teléfono normal?

—En teoría sí. Si no, no tiene sentido llevarlos —respondió muy serio el hombre mayor.

—Claro —admitió Walter. Miró a Teague—. Josh es el mejor guía, sin duda. Sus clientes se llevan trofeos con mayor frecuencia que los demás. Es una lástima que su amigo no pueda contar con él.

—Él se lo pierde —dijo Teague muy seco. Mientras sujetaba la taza con una mano y apoyaba el plato encima de la taza, cogió la magdalena y le dio un bocado. Las papilas gustativas estallaron de gusto. Reconoció el sabor a nueces, manzana, canela y otra cosa que no pudo identificar—. Joder —murmuró y se comió otro bocado.

Walter se rió.

—Las magdalenas de Cate son buenas, ¿eh? Cada vez que me como una pienso que es imposible que los bollos sean mejores que las magdalenas, pero entonces llega el Día de los Bollos y pienso que ojalá preparara bollos más a menudo.

Teague había oído hablar de los bollos, pero jamás había probado uno y tampoco tenía muy claro qué eran. La comida refinada no le gustaba y, normalmente ni siquiera hubiera aceptado una magdalena, pero se alegraba de haber aceptado esa. Si la señora Nightingale sobrevivía al plan de Toxtel, Teague pensaba volver a la pensión; esas magdalenas estaban deliciosas.

Ya sabía lo que necesitaba saber acerca de Creed, así que ahora sólo tenía que vigilar y ver qué pasaba. Si aparecía un niño por la tarde. Si los escaladores se marchaban. Si llegaban clientes nuevos a la pensión. Además, si Creed no aparecía por Trail Stop con la frecuencia necesaria para ser considerado un habitual de la pensión, Teague tendría que inventarse algo para neutralizarlo, y eso sería complicado.

Después de que todo el mundo se marchara y Sherry y ella limpiaran, Cate cobró la cuenta del grupo de escaladores y los vio alejarse. No tenía más habitaciones reservadas hasta el siguiente fin de semana, otro grupo de escaladores, algo que ahora no le hacía demasiada gracia. Sin los niños en casa, hubiera preferido mantenerse ocupada.

Sherry se marchó cuando terminó de limpiar y Cate se quedó sola en casa.

El silencio era doloroso.

Como no tenía que preparar ninguna habitación, no tenía que darse prisa para limpiarlas, pero se puso manos a la obra con ganas. Después de deshacer las camas y poner la lavadora, limpió los baños, pasó el aspirador, quitó el polvo e incluso limpió las ventanas.

Después empezó con la habitación de los niños, que quizá no fue demasiada buena idea. Tenía que limpiarla, pero ordenar los juguetes, hacer limpieza de los armarios y doblar la ropa le recordó su ausencia. Intentaba no mirar el reloj, pero no podía evitarlo mientras pensaba dónde estarían en ese momento. Era imposible saberlo, lógicamente; no sabía si el avión había salido con retraso, aunque esperaba que, en tal caso de retraso, su madre la hubiera llamado porque sabía que estaría preocupada si no la llamaban a la hora que se suponían que tenían que llegar.

Ni siquiera hizo una pausa para comer porque le pareció una pérdida de tiempo ponerse a cocinar sólo para ella. Tuvo que secarse las lágrimas varias veces. Era como un luto, y eso era una tontería, porque sabía perfectamente qué era el luto. Sin embargo, no podía evitar tener la sensación de haber perdido una parte de ella, a pesar de que sabía que el cordón umbilical no se había roto, sólo se había estirado un poco… si es que varios cientos de miles de kilómetros podían considerarse un poco.

—Menuda mierda esto del cordón umbilical —y ella misma tuvo que reírse de sus palabras, aunque sólo un poco. Estaban bien. Puede que sus padres no estuvieran tan bien después de la visita de los niños, pero los pequeños estarían encantados. Cate se había esforzado mucho en hacer que se sintieran muy seguros, lo que les había dado la tranquilidad para volar con su abuela y estar con ella quince días. Estaban impacientes por subir a un avión. Ya habían volado antes, pero apenas eran unos bebés y no se acordaban. Debería sentirse orgullosa de que fueran tan valientes.

Pero es que dos semanas era mucho tiempo. Debería haber aceptado dejárselos sólo una semana.

Cuando el teléfono sonó poco después de las tres, se lanzó a por él de un salto.

—Ya hemos llegado —dijo su madre, que parecía agotada.

—¿Ha ido todo bien? ¿Habéis tenido algún problema?

—Todo ha ido perfecto; no ha habido ningún problema. Les ha encantado empujar el carro del equipaje. Les ha encantado ver aterrizar y despegar a los aviones. Les ha encantado el pequeño servicio del avión, que los dos han tenido que usar. Dos veces. Los pilotos se han parado a hablar con ellos antes de despegar y ahora los dos tienen un juego de alas que, por cierto, todavía llevan colgado de la camisa.

Cate se dijo que, seguramente, cuando volvieran a casa todavía lo llevarían, mientras las lágrimas le resbalaban por la mejilla a pesar de estar sonriendo.

—Lo primero que han visto cuando hemos llegado a casa ha sido el cortador de césped con ruedas —continuó su madre—. Ahora tu padre está ahí fuera con los dos sentados en el regazo, dando vueltas por el jardín. Hemos quitado las cuchillas —añadió.

Cate recordaba dar vueltas en el cortador de césped con su padre y se le encogió el corazón al saber que ahora él estaba haciendo lo mismo con sus nietos.

—Así que ya puedes dejar de llorar —dijo Sheila—. Se lo están pasando pipa, me han dejado agotada y ahora están en ello con tu padre, y eso debería darte una dulce sensación de venganza.

—Así es —admitió Cate—. Gracias.

—De nada. ¿Quieres que te envíe fotos por internet? Ya tenemos un montón.

—No, con la conexión que tengo cuesta mucho que se descarguen. Revélalas y trae copias cuando vuelvas.

—Vale. ¿Y tú cómo estás?

—He limpiado la casa de arriba abajo.

—Perfecto. Pues ahora que tienes las tardes libres, ve a la peluquería.

Cate se rió y, por primera vez, vio que podía ir tranquilamente a cortarse el pelo. Al menos las puntas, que no costaba tanto y lo necesitaba urgentemente.

—Creo que te haré caso.

—Dedícate tiempo a ti misma. Lee un libro. Mira una película. Píntate las uñas de los pies.

Cuando colgó, Cate se dio cuenta de que la intención de sus padres había sido tener a los niños unos días, pero también darle un merecido descanso a su hija. Se lo agradecía, y de corazón, e intentaría mimarse un poco. Con eso en mente, abrió el correo electrónico y anotó las reservas que habían llegado por Internet, terminó la colada, hizo la lista de la compra para el próximo viaje al supermercado, para algunas recetas nuevas que quería probar, se preparó un bocadillo de queso caliente para cenar y siguió el consejo de su madre: se pintó las uñas de los pies.

Capítulo 14

Esa noche, Teague volvió a reunirse con Toxtel y Goss. A la reunión también asistieron los tres hombres a los que había llamado para que participaran en la operación: su primo Troy Gunnell, su sobrino Blake Hester y un viejo amigo, Billy Copeland. Troy y Billy eran casi tan buenos como Teague en la montaña; Blake no se desenvolvía mal, pero su principal habilidad, y por eso estaba en el grupo, era su puntería. Si tenían que liquidar algún blanco concreto que fuera complicado, Blake sería el tirador.

Los seis repasaron el plan una y otra vez. Teague se había pasado casi todo el día diseñándolo, literalmente, con una serie de mapas de carreteras, topográficos, imágenes de satélite y mapas que él mismo había hecho de la zona. Durante su visita a Trail Stop, había tomado fotos de forma discreta con una cámara digital y las había impreso en casa. A partir de las fotografías y de su memoria, dibujó un plano de Trail Stop donde aparecían las casas y las distancias entre ellas.

—¿Por qué necesitamos saber dónde están las casas? —preguntó Goss sin apartar la mirada del mapa. No había impaciencia en su tono, sólo genuino interés. Tenía mejor aspecto que el día anterior; cuando Teague se lo comentó, Goss admitió que el lampista de Trail Stop, a quien Toxtel describió como un hijo de puta delgaducho con una escopeta enorme, le había golpeado en la cabeza.

—Porque esta gente no suele levantar las manos y rendirse —les explicó Teague—. Quizá uno o dos sí, pero la mayor parte se cabrearán y se defenderán. No los subestiméis. Esta gente ha crecido cazando en estas montañas y habrá algunos con muy buena puntería. Si elegimos bien nuestras posiciones, podemos neutralizar casi todos los puntos de defensa; además, necesitamos tenerlos lo más reunidos posibles. Así podremos vigilarlos mejor. ¿Veis lo separadas que están las casas? —preguntó, señalando el mapa—. Con las posiciones de disparo que he seleccionado, tenemos línea de fuego directa a veinticinco de las treinta y una casas.

—¿Y la pensión? —preguntó Toxtel.

Teague dibujó una línea discontinua desde una de las posiciones hasta la casa. Sólo había posibilidad de disparar a la esquina superior derecha de la casa porque el resto quedaba detrás de otro edificio.

Toxtel frunció el ceño. Evidentemente, esperaba algo mejor.

—¿No puedes mover la posición y buscar un ángulo mejor?

—No. No sin tener que subir hasta lo alto de esta montaña —Teague señaló un punto del mapa, en la parte nordeste de Trail Stop.

—¿Y por qué no lo haces?

—En primer lugar, porque no soy una puta cabra montés; es una roca casi vertical. Y, en segundo lugar, porque no vale la pena; cualquier intento de fuga no será por este lado. Sólo les hemos dejado una salida, que es aquí —dibujó una ruta con el dedo, un camino prácticamente paralelo a la planicie donde se situaba Trail Stop, que después torcía hacia el noroeste a través de una grieta en la montaña.

—¿Y por qué no la cierras también? —preguntó Goss.

—Porque, si no recuerdo mal, sólo somos cuatro. Con vosotros, seis, pero creo que no tenéis experiencia con los rifles, ¿verdad?

Goss se encogió de hombros.

—Yo no. Toxtel no lo sé.

—Un poco —admitió Toxtel casi a regañadientes—. No mucha.

—Entonces, resulta que nosotros cuatro tendremos que repartirnos la vigilancia en turnos de doce horas. Y eso ya es suficientemente duro. Primero, cada uno de nosotros se colocará con un rifle en estas tres posiciones de disparo pero, cuando hayamos arrinconado a la mayoría en el extremo derecho del pueblo, esta posición del puente os la dejaremos a vosotros. Ellos no sabrán que los rifles estarán concentrados en las dos posiciones de la derecha donde, de todos modos, el riachuelo ejerce como barrera natural.

—¿Y por las noches? ¿Tienes prismáticos de visión nocturna? —preguntó Goss.

Teague dibujó una sonrisa fría como el hielo.

—Tengo algo mejor. Visores FLIR.

—¿Flir? ¿Qué coño es eso?

—Visores infrarrojos. Captan el calor corporal. La ropa de camuflaje puede engañar a la visión nocturna, pero no a los infrarrojos. Nuestro campo de visión estará limitado por la mirilla de los rifles, así que tendremos que ir con mucho cuidado, pero al concentrar a todo el mundo en un punto, compensaremos ese punto débil.

Teague se había pensado mucho eso de los visores. En primer lugar, porque pesaban mucho, al menos un kilo y medio. Eso significaba que él y los demás no podrían aguantar los rifles durante mucho tiempo; tendrían que estar estirados en el suelo. Y las baterías duraban seis horas en óptimas condiciones, es decir, a unos veintisiete grados. Se dijo que, con suerte, les durarían cinco horas. Teniendo en cuenta que cada día había menos horas de luz, cada hombre tendría que cambiar la batería al menos una vez durante su turno y, si hacía más frío, seguramente dos. La noche anterior, las temperaturas había bajado de los diez grados. No era extraño que nevara en septiembre, de modo que el tiempo podía empeorar en cualquier momento. Para estar tranquilo, había conseguido doce baterías recargables y unos cargadores muy potentes que podían cargar más de una batería a la vez.

—Billy ha conseguido varias vallas plegables y las ha pintado para que parezcan las que utiliza la policía; con ellas cortaremos la carretera y evitaremos que alguien se acerque al pueblo. También hemos pegado el cartel de una empresa de construcción en una camioneta que podemos utilizar nosotros, para fingir que se están haciendo obras en el puente. El gobierno estatal no me preocupa, pero sí las compañías de la luz y el teléfono. Lo tienen todo informatizado. ¿Sabrán si Trail Stop se queda a oscuras?

Blake habló por primera vez. Era un chico de veinticinco años, medía dos metros y tenía el pelo y los ojos negros, como su tío.

—No necesariamente. No saben cuando un cliente en particular tiene problemas, a pesar de que sea un problema de la línea. Alguien tiene que llamar e informar. Además, las líneas terminan en Trail Stop;

165

a partir de allí no van a ningún sitio. Y si aparecen, el puente estará inutilizable, así que no podrán cruzar. ¿Qué harán? Esperar a que el estado arregle el puente, ya está.

Teague se quedó pensativo un buen rato y al final asintió.

—Podría funcionar. Lo que vosotros tenéis que hacer —dijo, volviéndose hacia Toxtel y Goss—, si aparecen, es convencerlos de que trabajáis para el estado o para la empresa de construcción. Ninguno tiene pinta de trabajar en la construcción, así que lo del estado es más creíble... pero tienes que dejar el traje en el coche —le dijo concretamente a Toxtel—. Pantalones de algodón, botas, camisas de franela, chaquetas. En este trabajo se viste así. Y compraros un par de cascos para que parezca oficial.

—¿Plazo? —preguntó Goss.

—Tengo que encargarme de un último pequeño detalle —Creed no era tan «pequeño», pero no podían poner el plan en marcha hasta que Teague localizara al guía—. Aprovechad mañana para compraros la ropa y el equipaje que necesitéis. Yo lo tengo todo. Y no olvidéis material de acampada. Ninguno se irá de aquí hasta que el baile termine, y eso significa comida, agua, linternas y estufas. Por la noche puede hacer mucho frío y el tiempo está cambiando. Ropa térmica. Calcetines y ropa interior de recambio. Todo lo que se os ocurra. Preparadlo todo para que mañana a mediodía podamos empezar. Cortaré la electricidad y el teléfono a las dos y, luego, nos encargaremos del puente.

No tenía sentido llamar a la cabaña de Creed cuando sabía que no estaba allí, pero el domingo por la mañana Harris calculó que el guía habría enviado a su cliente a casa y estaría descansando un poco. El viejo Roy Edward Starkey dijo que aquel cliente parecía un chulo inaguantable y Roy Edward era muy bueno definiendo a la gente. Eso significaba que Creed necesitaría más horas a solas de las habituales para felicitarse por no haber ahogado a ese cabrón.

Cal fue a la pensión de Cate a por una magdalena y un café, sólo para verla moverse entre los clientes y oír su voz. Su madre se había llevado a los gemelos a su casa unos días, algo que despertaba sentimientos contradictorios en Cal. Por un lado, los echaba de menos.

Pero, por el otro, en los tres años que hacía que conocía a Cate, era la primera vez que los niños no estaban cerca de ella, la primera oportunidad real que tenía para establecer algún tipo de conversación más profunda, eso si era capaz de enlazar más de dos palabras seguidas sin tartamudear ni sonrojarse como un tonto.

Mientras le servía la magdalena, Cate apenas lo miró aunque, cuando él la miró, vio que se había sonrojado y que parecía nerviosa. Cal quería que se fijara en él, pero no quería incomodarla. Eso no podía ser bueno, ¿no?

La comunidad entera sabía de sus sentimientos, y les divertían. Además, todos estaban de su lado, a pesar de que Cal les había advertido que dejaran de sabotear de forma deliberada las tuberías, la electricidad, el coche de Cate y cualquier otra cosa que se les pudiera ocurrir para que estuvieran juntos, como si tener la cabeza bajo su fregadero y el culo en pompa fuera a despertar su interés. Además, todas esas pequeñas «averías» la ponían todavía más nerviosa y la pobre ya tenía suficiente sin la ayuda de nadie. Por el amor de Dios, era una viuda joven con gemelos de cuatro años intentando sacar adelante una vieja pensión en el medio de la nada.

Cuando Cal estaba seguro de que una de esas averías era obra de un pequeño sabotaje, como cuando Sherry aflojó la tuerca del desagüe del fregadero, Cal no aceptaba el dinero de Cate. Y aún cuando se trataba de una avería real, le cobraba sólo los gastos. Quería que el negocio le fuera bien; no quería que cerrara la pensión y volviera a Seattle. Si no tuviera que ganarse la vida de alguna forma, no le habría cobrado nada. Teniendo en cuenta lo pequeña que era la comunidad, había mucho trabajo; se había convertido en el hombre que solucionaba cualquier problema que pudiera surgir en el pueblo. Siempre se le había dado bien trabajar con las manos y, aunque lo suyo era la mecánica, había descubierto que podía reparar el alféizar de una ventana o instalar una puerta mosquitera tan bien como cualquiera. Neenah le había pedido que le puliera la vieja bañera de hierro fundido, así que leyó cómo hacerlo y supuso que, a partir de ahora, también sería pulidor de bañeras.

Menudo trabajo para un hombre que se había pasado gran parte de su vida con un rifle en las manos.

Aquello le recordó el motivo por el cual tenía que llamar a Creed.

Los dos formaban un dúo perfecto, pensó con una sonrisa. Les ponían un arma en la mano, les decían dónde estaba el enemigo y funcionaban con la precisión de los relojes suizos. Sin embargo, si les ponían delante una mujer que les gustaba, ninguno de los dos era capaz de encontrarse el culo con las dos manos y una linterna. Creed era todavía peor que Cal; al menos, Cal tenía un motivo para esperar porque Cate todavía se estaba recuperando de la muerte de su marido. Tres años de espera eran muchos, pero el dolor necesitaba su tiempo; incluso después de haberse rehecho y haber vuelto a sonreír, se había protegido con un muro que la separaba de cualquier posible pretendiente. Cal lo entendía y, como consideraba que el premio valía la pena, había esperado. Su paciencia se había visto recompensada y ahora aquella pared mostraba algunas grietas, y él estaba más que dispuesto a ayudar a derribarla.

En cambio, cuando se trataba de la mujer por la que Creed bebía los vientos, el hombre más duro que Cal había conocido en su vida resultaba ser un cobarde.

A las diez de la noche, cuando Cal consideró que Creed podría sacrificar unas horas de descanso, lo llamó. Y le saltó el contestador automático.

—Comandante, soy Cal. Llámame. Es importante —se imaginó a Creed frunciendo el ceño mientras escuchaba el mensaje y decidía si lo cogía o no. Normalmente, Creed ignoraría una llamada hasta que estuviera listo para responder, por eso Cal había añadido el «Es importante», para despertar su curiosidad. Creed sabía que había muy pocas cosas en el mundo que Cal consideraba importantes; si estaba en casa, lo llamaría dentro de unos minutos.

Cal esperó la llamada, pero el teléfono no llegó a sonar.

Mierda. Era posible que, después de cinco días cazando, Creed hubiera ido a la ciudad a reponer provisiones para tenerlas listas para el siguiente cliente. Las cosas pequeñas podía comprarlas en Trail Stop, pero para volver a preparar una excursión de caza larga tenía que ir a un lugar más grande. Incluso podía estar reunido con otro cliente, aunque Cal lo dudaba. Creed casi nunca enlazaba dos salidas de caza. Ofrecía sus servicios de guía a unos precios estratosféricos para poder permitirse la solitaria pero lujosa vida que llevaba; demasiadas salidas no le habrían permitido disfrutar de esa vida. Lo irónico era que, cada vez que subía sus tarifas, más gente demandaba sus servicios. Creed rechazaba trabajos a destajo y eso, a su vez, parecía que lo hacía más deseable y la gente que lo contrataba optaba por llamarlo antes y más a menudo.

Como Cal le había dicho un día, el éxito era un círculo vicioso, a lo que Creed le había respondido que hiciera algo que era anatómicamente imposible. Cal le respondió que, aunque el miembro de Creed puede que fuera lo suficientemente flexible y fláccido para hacer eso, el suyo no lo era y, a partir de ahí, la conversación llegó a un punto en que incluso dos antiguos marines curtidos en mil batallas hicieron una mueca de asco.

Después de esperar todo lo que pudo, Cal se marchó para seguir con su trabajo: sustituir una tabla del escalón del porche de la señora Box. Cuando terminó allí, ayudo a Walter a colgar una nueva estantería en la ferretería. Y, después, volvió a su casa, encima del colmado, miró el contestador automático y vio que Creed todavía no le había devuelto la llamada.

Neenah estaba moviendo sacos de grano por la tienda y, a pesar de que era más fuerte que la mayor parte de mujeres, Cal le pidió que le dejara hacerlo a él. A veces, no tenía tiempo de levantar las pesas que tenía en la habitación, así que levantar sacos de veinte kilos le ayudaba a estar en forma.

Desde el episodio de los dos hombres en casa de Cate, Neenah había estado callada y retraída. Normalmente ya era tranquila y callada, pero muy simpática. Cal sospechaba que ese día fue la primera vez que había experimentado la violencia en primera persona y la había dejado muy alterada. Estaba intentando llevarlo sola y como podía, aunque Cal no creía que debiera ser así, pero él no era la persona adecuada para ayudarla.

Ya era de noche cuando Creed llamó y Cal estaba enfadado.

—Ya era hora —le soltó.

Creed hizo una pausa y Cal se imaginaba cómo debía estar entrecerrando los ojos y apretando lo dientes.

—Joder, me he pasado seis días con el mayor cabrón a este puto lado de las Rocosas —dijo, al final—. Se suponía que tenía que marcharse ayer, pero el muy hijo de puta se torció un tobillo y tuve que llevarlo a cargas cinco putos kilómetros hasta el campamento base, luego tuve que sujetarle la mano de mierda hasta que pude llevarlo al hospital para que le hicieran una radiografía y subirlo hasta un puto avión para su casa a las cinco de la tarde. ¿Así que qué coño es tan importante?

A lo largo de los años, Cal y otros miembros del equipo habían aprendido a calibrar el estado de ánimo de Creed a partir de la cantidad de tacos que decía en una sola frase. Y viendo los que acababa de soltar, estaba a punto de matar a alguien.

—Dos hombres asaltaron a Neenah y a Cate —dijo Cal—. Hace un par de días.

El silencio al otro lado de la línea era oscuro y frío; después, más tranquilo, Creed preguntó:

—¿Qué pasó? ¿Están heridas?

—Básicamente, asustadas. Uno puso una pistola en la sien de Neenah y tiene un moretón. Golpeé al otro en la cabeza con la culata de mi Mossberg y luego subí a por el que tenía a Neenah.

—Voy enseguida —dijo Creed, y colgó dejando casi sordo a Cal.

Capítulo 15

Teague estaba casi en posición frente a la cabaña de Creed cuando la puerta se abrió de golpe. Se quedó de piedra mientras se preguntaba si la cabaña estaba rodeada de sensores de movimiento o cámaras de visión nocturna que no había visto durante su reconocimiento del lugar y si Creed sería de los que disparaba primero y después identificaba a la víctima. Mientras tanto, Creed había subido en su camioneta y se alejó por el camino lleno de surcos antes de que Teague pudiera reaccionar.

—¡Joder! —Teague cogió la radio Motorola CP150 que llevaba colgada del cinturón y apretó el botón para hablar—. El objetivo acaba de alejarse en su furgoneta y va hacia la carretera. Seguidlo.

—¿Y tú? —respondió Billy, muy tranquilo pero con la voz clara.

—Envía a alguien a que me recoja. No dejes que se te escape y, sobre todo, que no te vea.

—Recibido.

Sin dejar de maldecir, Teague deshizo con mucho cuidado el camino que había hecho. Podría haber ahorrado tiempo si hubiera ido por el camino, pero habría dejado huellas y había preferido quedarse entre los arbustos. Se preguntó qué habría pasado para que Creed saliera disparado de aquella manera y si lo mejor sería quedarse aquí esperándolo y dispararle cuando volviera o seguirlo.

El problema era que Creed podía tardar días en volver y Teague no tenía ninguna intención de quedarse allí tanto tiempo. Quería saber dónde había ido. Es decir, prefería perseguir a la acción en lugar de quedarse esperándola, así era más divertido.

Menos de media hora después de que Creed le hubiera colgado el teléfono en el oído, unos fortísimos golpes en la puerta hicieron que Cal se preguntara si se saldría de las bisagras antes de que pudiera abrirla. La llave no estaba echada, así que Cal gritó:

—¡Por el amor de Dios, gira el pomo!

Creed entró en la habitación como una avalancha, con la mandíbula apretada y los puño cerrados, justo como Cal se imaginaba.

—¿Qué ha pasado? —preguntó Creed en algo parecido a un gruñido.

—Todo empezó el lunes —dijo Cal, fue a la vieja nevera verde y sacó dos cervezas, las abrió y le dio una a Creed, que la agarró con tanta fuerza que Cal creyó que rompería la botella—. Un hombre que se hospedaba en la pensión de Cate saltó por la ventana y se marchó, y se dejó todas sus cosas en la habitación.

Enseguida, los ojos de Creed adquirieron aquella expresión analítica que Cal conocía tan bien.

—Yo estaba allí el lunes —dijo Creed—. El comedor estaba más lleno de lo habitual. ¿De qué huía ese hombre?

—No sabemos de quién ni de qué. No regresó. El martes, Cate llamó a la policía para denunciar su desaparición pero, como se había dejado todas sus cosas en la pensión, la oficina del sheriff sólo podía buscar por los hospitales de la zona y avisar a todos los agentes para que estuvieran atentos a cualquier señal de accidente. Ese mismo martes, un tipo llamó a Cate fingiendo ser de una empresa de alquiler de coches y preguntó por el hombre en cuestión. Más tarde, Cate llamó a la compañía de coches pero descubrió que en sus archivos no aparecía el nombre de ese señor; nunca les había alquilado un coche.

—¿No le salía el identificador de llamadas? —preguntó Creed.

—Número privado. Supongo que la compañía telefónica podría habernos dado más información pero, ¿por qué iban a hacerlo? No se había cometido ningún crimen ni se había amenazado a nadie. Y con el cliente de Cate pasaba lo mismo, como Cate tenía el número de tarjeta y el hombre no se había ido sin pagar, a los policías no les interesaba.

—¿Cómo se llamaba?

—Layton. Jeffrey Layton.

Creed meneó la cabeza.

—No me suena.

—A mí tampoco —Cal echó la cabeza hacia atrás y bebió un buen trago de cerveza fría—. Entonces, el miércoles, esos dos hombres llegaron a la pensión —le explicó los motivos por los que Cate sospechaba algo y que uno de ellos había escuchado la conversación que tenía con Neenah en la cocina—. Y, de repente el tipo que se hacía llamar Mellor entró en la cocina con una pistola en la mano y le pidió a Cate que le diera todo lo que Layton se había dejado.

—Espero que no se negara —dijo Creed, muy serio.

—No. Mientras tanto, yo tenía que ir a la ciudad a recoger algunas cosas, así que pasé por su casa a buscar el correo. Me dio la sensación de que estaba un poco rara, muy nerviosa y distraída y, cuando me dio las cartas, había puesto los sellos bocabajo.

Vio que Creed daba un respingo.

—Muy lista —dijo, asintiendo.

—Me arriesgué a hacer el ridículo, aparqué en la carretera y cogí la escopeta del asiento trasero. Luego regresé a pie y entré. Encontré a un tipo en el vestíbulo, pistola en mano, mirando por la ventana. Lo golpeé en la cabeza con la culata de la escopeta y fui a buscar a Cate. Escuché voces por arriba y los seguí hasta el desván. Cate tenía la maleta de Layton en la mano y el otro tipo tenía a Neenah agarrada por el pelo, ladeándole la cabeza de una forma muy forzada y con una pistola en la sien. Me enfrenté a él, lo convencí de que la única forma de que saliera de allí con vida era dejar la pistola y soltar a Neenah. Cate le dio la maleta y yo mismo vi cómo se marchaban.

Se había ahorrado muchas cosas, pero Creed lo conocía desde hacía mucho tiempo y sabía leer entrelíneas; sabía exactamente cómo había conseguido echarlos de la pensión.

—Y esto fue el miércoles, ¿no?

—Sí —confirmó Cal.

—Mierda.

Aquello no necesitaba ninguna respuesta. La primera intención de Creed era perseguirlos y que pagaran, con mucho dolor, lo que habían hecho, pero el incidente había tenido lugar hacía tres días y seguro que ya estaban muy lejos.

Emitió un extraño sonido con la garganta y luego se dejó caer en el sofá de segunda mano de Cal.

—¿Están bien? —preguntó—. ¿Neenah y Cate?

—Cate estaba algo nerviosa, pero su madre estaba aquí para ayudarla; además, los niños la mantenían ocupada y no pensaba tanto en eso. Neenah no tenía a nadie… en privado, me refiero. Todos los vecinos acudieron a la pensión para apoyarlas, pero tú y yo sabemos perfectamente lo que pasa cuando todo el mundo se va y te quedas solo.

Creed se inclinó hacia delante, apoyó los codos en las rodillas y dejó caer los brazos hacia delante. Cal continuó sin quitarle un ojo de encima.

—Sé que lo está pasando mal. No dice nada y tiene muchas ojeras, como si no pegara ojo en toda la noche. Además, el enorme moratón de la cara se lo recuerda cada día.

Creed cerró los puños con fuerza pero no se movió del sofá.

Cal se inclinó hacia delante, miró a su antiguo comandante a los ojos y, en voz baja, le dijo:

—Eres un cobarde de mierda si no vas y abrazas a esa mujer ahora que tanto lo necesita.

Creed se levantó y abrió la boca para ofrecer una airada respuesta, pero luego la cerró.

—Mierda —repitió—. ¡Mierda!

Y entonces, abrió la puerta, salió y Cal oyó cómo bajaba las escaleras de dos en dos.

Con una sonrisa, Cal cerró la puerta.

Teague no podía dar crédito. A veces, la suerte le sonreía a uno, ¿verdad? Ese cabrón de Creed había ido a Trail Stop.

No volverían a tener una oportunidad como aquella. No era tan tarde como había pensado, pero la mayoría de los habitantes de Trail Stop eran de mediana edad, como mínimo, y había algunos que pasaban de los ochenta, así que no eran gente que se fuera de copas cada noche y no volvieran a casa hasta altas horas de la madrugada. También había algunos más jóvenes, como la propietaria de la pensión y una pareja que debía de tener más o menos su edad, pero nada más.

Apostaría a que todos estaban en casa, calentitos en la cama. No, mejor dicho, apostaba a que estaban en casa, apostaba por el éxito de su plan a juzgar por lo que descubría observando a la gente y a su habilidad para leerles la mente.

—Date prisa —susurró con la radio pegada a la boca.

—Ya me estoy dando prisa —susurró Billy. Estaba debajo del puente colocando detonadores en los paquetes de explosivos que habían robado de una obra en construcción hacía unos meses. A Teague le gustaba estar preparado; nunca sabías cuándo tendrías que hacer volar algo por los aires. Billy tenía que ir con mucho cuidado porque las rocas que había debajo del puente estaban mojadas y resbalaban; un paso en falso y la poderosa corriente lo arrastraría a una muerte segura.

Lentamente, Billy salió de debajo del puente y fue desenrollando la mecha que llevaba en la mano. Teague podía haber utilizado detonadores a distancia pero, por experiencia, sabía que no eran tan fiables y, además, podían dispararse accidentalmente. Mal asunto. Colocar la mecha llevaba tiempo, un tiempo durante el cual Creed podía marcharse pero, como casi todo lo demás en esta vida, utilizar mecha era una decisión personal y Teague la había tomado.

Su sobrino Blake estaba apostado en la posición de disparo más cercana, con el visor infrarrojo acoplado al rifle de caza. En cuanto Billy le entregara la mecha a Teague, iría a ocupar la siguiente posición de disparo.

Su primo Troy estaba junto al poste de electricidad más cercano, esperando la señal de Teague. Como Trail Stop era tan pequeño y estaba tan aislado, la compañía eléctrica y la del teléfono compartían los postes. Troy cortaría primero los cables de la electricidad, luego los del teléfono y luego Teague volaría el puente.

Creed se quedó de pie en el porche de Neenah, con el puño levantado y listo para llamar a la puerta. Estaba tan nervioso que, en lugar de conducir, había ido hasta su casa a pie, que estaba a unos cien metros del colmado, y con una casa en medio, pero los cien metros no habían servido para relajar la tensión que sentía.

No había llamado a la puerta porque sabía que la asustaría mucho. ¡Qué diablos! Seguramente lo había oído pisar el porche con la delicadeza de un toro y había huido corriendo por la puerta trasera. Hizo una mueca. ¿Qué diantre le pasaba? ¿Se había pasado la vida deslizándose sigilosamente tras las líneas enemigas y por aquellas montañas y ahora, de repente, se le olvidaba todo?

Claro que sabía qué le pasaba. Era haber descubierto, de forma repentina y cruel, que Neenah podía haber muerto el miércoles y no solo no habría podido hacer nada por salvarla sino que, además, ella habría muerto sin saber lo que él sentía. Creed habría tenido que vivir el resto de su vida sabiendo que no se había lanzado y que ahora era demasiado tarde. Todas las excusas que se había estado dando a los largo de los últimos años, todas muy buenas, de repente parecían sencillamente pobres. Cal tenía razón. Era un cobarde de mierda.

Creed había tenido miedo antes; todo buen soldado había tenido miedo. Había vivido situaciones tan tensas que incluso había llegado a pensar que su esfínter jamás volvería a relajarse, pero nunca en la vida se había quedado petrificado sin saber qué hacer.

Intentó calmarse. ¿Qué era lo peor que podía pasar? Que Neenah lo rechazara, nada más.

Y aquella sola idea bastó para que le entraran ganas de dar media vuelta y salir corriendo. Podía rechazarlo. Podía mirarlo y decir: «No, gracias», como si estuviera rechazando un chicle. Al menos, si no se lo preguntaba, no tendría que enfrentarse a la realidad de que ella no lo quería.

Mierda. Joder. Mierda. Respiró hondo y llamó a la puerta… con suavidad.

Los segundos de silencio se hicieran tan eternos que Creed tuvo que reprimir un grito de desesperación. Las luces de la casa estaban encendidas, ¿por qué no abría la puerta? Quizá lo había visto en el porche tanto rato y no quería hablar con él. Pero, ¿por qué no iba a querer? No era nada para ella; Creed se había asegurado de ello evitándola durante muchos años. Nunca le había dicho nada, excepto unas cuantas palabras educadas las pocas veces que había ido al colmado.

Qué diablos. Volvió a llamar.

—Un momento —se oyó a lo lejos, y Creed escuchó unos pasos que se acercaban.

A medio metro de la puerta, Neenah se detuvo y preguntó:

—¿Quién es?

Seguramente, era la primera vez que preguntaba eso antes de abrir la puerta, al menos en Trail Stop, pensó Creed, y le repugnaba la idea de que Neenah hubiera visto amenazada su seguridad.

—Joshua Creed.

—Dios mío —la oyó decir para ella misma; luego giró la llave y abrió la puerta.

Se estaba preparando para acostarse. Llevaba un camisón blanco y una bata azul con un cinturón atado a la cintura. Creed siempre la había visto con el pelo castaño canoso recogido con un pañuelo, cosa que le parecía muy antigua, o en un moño. Pero ahora lo llevaba suelto, recto y liso alrededor de la cara y encima de los hombros.

—¿Sucede algo? —preguntó ella, algo nerviosa, al tiempo que se apartaba para dejarlo entrar. Cerró la puerta tras él.

—Acabo de enterarme de lo que pasó el miércoles —dijo él, algo seco, y observó cómo el rostro de Neenah perdía toda expresión. Ella cerró los ojos y se encerró en sí misma; a Creed se le encogió el corazón cuando vio que Cal tenía razón, no lo estaba llevando demasiado bien y no tenía en quien apoyarse. Pensó que Neenah llevaba mucho tiempo sola, algo muy extraño porque todos en Trail Stop la consideraban una amiga. Ella ya estaba aquí cuando él se retiró del ejército y había cambiado muy poco a lo largo de los años. Por lo que él sabía, no salía con nadie. Llevaba el colmado, a veces visitaba a alguna amiga y, por la noche, volvía sola a casa. Y eso era todo. Esa era su vida.

—¿Estás bien? —le preguntó, con un hilo de voz que no parecía propio de él. Antes de poder evitarlo, alargó la mano y le apartó el pelo para ver el moretón de la sien derecha.

Ella se estremeció y Creed pensó que quizá se apartaría, pero no lo hizo.

—Estoy bien —respondió Neenah de forma automática, como si hubiera dado esa misma respuesta muchas veces.

—¿Seguro?

—Claro que sí.

Él se acercó un poco más y deslizó la mano por su espalda.

—¿Por qué no nos sentamos? —sugirió, acompañándola hacia el sofá.

Creed no podría decirlo con seguridad, porque el salón estaba iluminado por dos pequeñas lámparas, pero diría que Neenah se había sonrojado.

—Lo siento, debería haber… —se detuvo e hizo ademán de sentarse en una silla pero, con un sutil movimiento de cuerpo, Creed lo evitó y la condujo hasta el sofá. Neenah se dejó caer en el cojín del medio, como si, de repente, las piernas le hubieran flaqueado.

Creed se sentó a su lado, lo suficientemente cerca como para que, si se movía un poco, su muslo rozaría el de Neenah. No lo hizo porque, de repente, recordó que había sido monja.

¿Significaba eso que era virgen? Empezó a sudar, porque no lo sabía. No es que fuera a acostarse con ella esa misma noche ni nada de eso pero, ¿alguna vez la había tocado algún hombre? ¿Nunca había salido con nadie, ni siquiera de adolescente? Si era inexperta, Creed no quería hacer nada que pudiera asustarla pero, ¿cómo diantre se suponía que tenía que averiguarlo?

¿Y por qué había dejado la orden religiosa? Lo único que sabía de las monjas era cuando de pequeño te decían: «Te llevaremos a una casa de monjas», pero que no significaba nada en concreto. Bueno, de pequeño había visto un par de capítulos de *La novia rebelde*, pero todo lo que aprendió fue que cuando el empuje supera el peso, uno consigue volar. Menuda ayuda.

Vale, estaba hecho un flan. Pero no se trataba de él. Se trataba de Neenah. De Neenah aterrada y sin tener a nadie con quien hablar.

Se relajó, se reclinó en el sofá y se dejó envolver por los cojines. Mientras miraba las lámparas, las plantas, las fotografías, los libros, los adornos y una especie de marco de madera con una costura a medias pensó que era un salón de mujer. Había un televisor de diecinueve pulgadas colocado entre libros en lo que parecía un viejo aparador. La pared izquierda estaba ocupada por la chimenea y las brasas ardiendo delataban que había encendido el fuego para combatir el frío de la noche.

Ella no se había relajado; todavía estaba sentada con la espalda recta; Creed sólo le veía la espalda. No pasaba nada. Quizá ella necesitaba aquella sensación de anonimato.

—Hice carrera en los marines —dijo el, al final, mientras observaba cómo ella tensaba los hombros y lo escuchaba atentamente—. Veintitrés años. Vi mucha acción y me vi atrapado en medio de muchas situaciones tensas. De algunas pensé que no saldría con vida y, cuando lo hacía, a veces temblaba tanto que creía que se me iban a romper los dientes. La mezcla de miedo y adrenalina pueden dejarte tocado y quizá necesites un tiempo para recuperarte.

Se quedaron en silencio, un silencio palpable como una caricia. Creed la oía respirar, cada suave inhalación y espiración, el delicado ruido de la tela que retorcía con los dedos. Entonces, ella murmuró:

—¿Cuánto tiempo?

—Depende.

—¿De qué?

—De si tienes a alguien en quien apoyarte o no —respondió él, mientras alargaba los brazos y, con delicadeza, la agarraba por los hombros y la echaba hacia atrás.

Ella no se resistió, pero Creed percibió su sorpresa y su reticencia inicial. La colocó con cuidado en el hueco de su brazo y la acercó a él. Ella lo miró y parpadeó, con la expresión de sus azules ojos solemne, interrogante y dubitativa.

—Shhh —murmuró él, como si ella hubiera protestado—. Relájate.

Neenah debió de ver algo en su cara que la tranquilizó, (Señor, ¿cómo podía estar tan ciega?), porque suspiró levemente, relajó el cuerpo y se amoldó al cuerpo de Creed, se perdió en su calidez mientras él la iba acercando más a su pecho.

Era suave, cálida y olía muy bien. Todos los sentidos de Creed despertaron ante aquella proximidad, ante el delirio de tenerla por fin entre sus brazos, sentirla, olerla. Ella hundió la cabeza en su hombro, temblorosa. Sus hombros se agitaron un poco y él le murmuró algo tranquilizador mientras la abrazaba.

—No estoy llorando —respondió, con la voz apagada y triste.

—Si quieres, llora. Total, ¿qué son unos pocos mocos entre amigos?

Ella se echó a reír, el sonido se perdió en el cuerpo de Creed y levantó la cabeza para mirarlo.

—No me puedo creer que hayas dicho eso.

La besó. Llevaba años queriendo hacerlo y, cuando la vio levantar la cabeza y que sus labios quedaban a escasos centímetros de los suyos, se dijo, al diablo, y lo hizo. Le agarró la cara con las manos y la besó con toda la ternura del mundo, dejándole espacio de sobra por si quería apartarse, pero no lo hizo. En lugar de eso, Neenah apoyó una mano en su hombro y le devolvió el beso, abrió los labios y lo buscó con la lengua.

La tierra tembló; una gigantesca explosión sacudió la casa. Una pequeña parte de Creed quiso atribuirlo a la emoción del beso, pero era más realista y abrazó a Neenah con las dos manos mientras la lanzaba al suelo y se colocaba encima de ella para protegerla.

Capítulo 16

En cuanto Teague hizo volar el puente, Billy, Troy y Blake empezaron a disparar contra la primera línea de casas. No intentaban alcanzar a nadie de forma deliberada pero, si lo hacían, tampoco les importaba. Sencillamente, apuntaban un poco alto porque sabían que una masacre sólo conseguiría que todos los policías de Idaho los persiguieran, y no querían que eso pasara.

Blake utilizaba un Weatherby Mark V Magnum .257, una auténtica obra de arte que hacía mucho daño. Billy tenía un Winchester y Troy un Springfield M21. El Weatherby y el Winchester eran dos buenos rifles de caza, mientras que el Springfield era un arma de francotiradores. Teague tenía un Parker-Hale M85, con sistema bípode para mayor estabilidad. Tanto el Springfield como el Parker-Hale eran rifles de larga distancia, capaces de alcanzar a alguien a un kilómetro de distancia, siempre que la persona que apretara el gatillo fuera buena.

Teague había elegido las armas pensando en sus diferencias. Blake y Billy cubrirían los turnos de noche, cuando necesitarían los visores infrarrojos. Esos visores tenían un límite físico; cualquier objetivo que estuviera a más de cuatrocientos metros no aparecería en el radar. De modo que sus rifles eran mejores para la media distancia. Troy y Teague podían utilizar prismáticos de gran precisión durante el día y sus rifles de gran alcance meterían el miedo en el cuerpo de cualquiera que vieran moviéndose por la comunidad. Estos rifles también tenían infrarrojos, pero Troy y Teague no tenían que depender únicamente de ellos.

Goss y Toxtel estaban preparados para acercarse a la posición donde antes se levantaba el puente, una vez el polvo hubiera desaparecido. Con sus pistolas, eran responsables de controlar cualquier acción de alcance próximo, algo que Teague no creía que sucediera.

El rugido de la explosión y la consiguiente lluvia de escombros todavía no habían terminado cuando la gente del pueblo salió corriendo de casa para ver qué estaba pasando. Tranquila y deliberadamente, los cuatro hombres empezaron a disparar para arrinconar a los buenos ciudadanos de Trail Stop al final del pueblo.

En cuanto se fue la luz, Cal se levantó, cogió su linterna sumergible y se dirigió hacia la puerta. Si el colmado, que era uno de los primeros edificios del pueblo, se había quedado sin luz, eso significaba que casi con total seguridad el resto de la comunidad también estaba a oscuras, y Cate estaba sola en casa. Estaba saliendo por la puerta cuando la fuerza de la explosión lo hizo caer de espaldas; cayó rodando, agarrando con fuerza la linterna para no perderla.

«Una bomba.»

La oscuridad, la explosión y la onda expansiva lo pusieron directamente en modo de batalla. La adrenalina invadió su cuerpo y no se paró a pensar, no tenía que pensar, porque aquello no le era extraño, era su naturaleza. Se guardó la linterna en el bolsillo de los pantalones, abrió la puerta y salió a gatas al rellano de las escaleras. No había ninguna barandilla de seguridad, sólo un pequeño zócalo. Se agarró al extremo del rellano y se quedó allí colgando un segundo antes de dejarse caer en la oscuridad. Como no veía el suelo, era difícil controlar la caída, pero al conocer la distancia le resultó más fácil. Amortiguó el golpe doblando las rodillas, dio una voltereta en el suelo y se colocó detrás de su furgoneta.

Cuando se oyó el primer disparo, él ya estaba en el suelo.

Le silbaban los oídos de la explosión, pero aún así podía identificar el punto desde donde salían los disparos... no, los puntos... cuatro puntos distintos. La explosión había venido del lado del puente; quizá había estallado un vehículo mientras lo cruzaba, pero no le daba esa sensación, el sonido había sido distinto. Como en aquella dirección no había nada más, el instinto le decía que alguien había hecho volar el puente. El por qué y el quién eran preguntas que podían esperar. Tenía que ir a por Cate.

Un fuerte disparo atravesó las paredes de su salón, lanzando astillas de madera encima de la furgoneta. Quien quiera que estuviera al otro lado del río, estaba disparando de forma sistemática contra todas las casas.

Desde el puente, el colmado era la tercera casa por la derecha; la casa de Neenah era la primera y era una de las más expuestas. Creed había ido a su casa, lo que significaba que Cal tenía que contemplar la posibilidad de que su antiguo comandante estuviera muerto o, al menos, herido. Por lo tanto, no podía contar con su ayuda.

Se arrodilló, manteniéndose detrás del capó del coche, y abrió la puerta del copiloto. La escopeta Mossberg estaba detrás del asiento, así como dos cajas de cartuchos. Se abrió el bolsillo lateral de la pernera derecha del pantalón, metió los cartuchos dentro y luego cerró el bolsillo con el velcro. También vio otra cosa que podría necesitar, así que cogió la bolsa de deporte verde donde tenía el equipo de primeros auxilios.

Casi amortiguados por los disparos de los rifles, oyó gritos de pánico y dolor. Se dio cuenta de que todo el mundo estaba saliendo de casa, quizá incluso los tiradores los estuvieran haciendo salir de forma deliberada. Ahora estaban desprotegidos, como patitos de la feria.

—¡Al suelo! —gritó mientras se desplazaba hacia atrás y la derecha, intentando mantener siempre un edificio, un árbol, lo que fuera, entre él y los rifles—. ¡Todo el mundo a cubierto! ¡Esconderos detrás de los coches!

Había muchos espacios abiertos entre las casas; Trail Stop era una comunidad cuyas casas estaban bastante separadas. Cuando tenía que cruzar un espacio abierto, agachaba la cabeza y corría como un loco, zigzagueando como un experto en evitar las caravanas. Uno de los tiradores lo localizó enseguida y disparó una bala que le pasó silbando justo por detrás de la nuca. Rodó por el suelo, se revolcó y, al final, se tiró detrás de la siguiente casa, se tendió en el suelo y se agarró con fuerza a un grifo exterior que se le clavaba en el hombro.

¡Mierda! Los tiradores tenían visores nocturnos o quizá incluso infrarrojos. ¿Qué coño estaba pasando? ¿Quién era esa gente? ¿Policías? ¿Algún tipo de acción militar? ¿Algún tipo de grupo de supervivencia que la tenía tomada con alguien de Trail Stop? Daba igual. No disparaban balas ciegas. Lo veían, y veían a todo el mundo.

Sin embargo, no podían ver a través de las paredes.

Para minimizar las opciones de que le dieran, tenía que poner las máximas casas, vehículos, árboles y cualquier objeto sólido entre él y los tiradores. Eso significaba alejarse de casa de Cate, porque la carretera no pasaba por el medio del pueblo, sino que hacía una curva a la izquierda, dejando dos tercios de tierra, y la mayor parte de casas, a la derecha. Nadie había dibujado un plano del pueblo; la gente se había ido construyendo la casa donde quería, sin ton ni son.

Mientras corría, iba repasando las casas por donde pasaba. La casa de Cate estaba en el extremo izquierdo de la comunidad, en el lado menos poblado de la carretera, pero no estaba tan expuesta como las demás. Tenía el garaje detrás y dos casas más a la izquierda. Si se quedara en casa, en el piso de abajo…

Pero su habitación estaba en el piso de arriba y Cal no sabía el ángulo de ataque exacto de los tiradores. Ahora mismo, podría estar en el suelo en medio de un charco de sangre…

Apretó los dientes y apartó esa imagen de su cabeza, porque no podía funcionar en un mundo en el que Cate Nightingale no estuviera.

El terreno que pisaba estaba lleno de baches que lo frenaban y, además, no veía absolutamente nada. Mientras corría, se cruzó con un grupo de gente que venían de las casas más interiores y que iban directos hacia los disparos. Casi todo el mundo llevaba una linterna y algunos llevaban rifles o escopetas.

—¡Apagad las linternas! —les gritó cuando pasó por su lado—. ¡No avancéis más! ¡Tienen prismáticos de visión nocturna!

El grupo se detuvo.

—¿Quién eres? —preguntó alguien, con una mezcla de alarma y cautela.

—Cal —les gritó—. ¡Esconderos! ¡Esconderos! —entonces, un disparo fortuito, o al menos eso esperaba, esperaba que ninguno de los tiradores fuera tan bueno, se incrustó en un árbol a medio metro de él. Cal se volvió a tirar al suelo, parpadeó ante la repentina visión ensangrentada que tenía y se colocó detrás de un árbol.

Una astilla del árbol se le había clavado justo encima de la ceja izquierda. Se la sacó y se limpió la sangre con el reverso de la mano, la mano con la que sujetaba la bolsa de deportes, que le dio un golpe en la cara. «Bien hecho, Harris —se dijo a sí mismo con sorna—. Date un golpe y pierde el sentido.»

Se temía que la suerte no estaba de su lado. Había sido un buen disparo, muy bueno. Hizo un cálculo estimado de la distancia. Estaba a unos cuatrocientos metros del otro lado del riachuelo.

Eso le decía algo de la clase de rifles que estaban utilizando y la habilidad de los tiradores. También le decía que estaba al límite del alcance de un visor infrarrojo y que estaba más allá del alcance de unos prismáticos de visión nocturna. Cualquier disparo que le rozara a partir de ahora sí que sería fortuito. Eso no significaba que no pudiera darle; sólo significaba que ninguno de los seguidores podía localizarlo con los visores.

Se olvidó de todas las técnicas evasivas y corrió.

Cate se había ido a la cama temprano, muy temprano. Siempre había tenido que preparar a los gemelos y hacerles cosas pero, sin ellos, era como si su mente le hubiera dicho a su cuerpo: «Descansa».

Había planeado pasarse el día sacando la ropa de invierno y lavándola. Lógicamente, antes de guardarla la había lavado, pero después de los meses de verano encerrada en cajas, la ropa olía a humedad. Sacó una caja, lavó la ropa y la tendió, junto con alguna ropa de verano que había sacado del armario pero, una vez hecho esto, no le apeteció seguir.

Luego pensó que podría empezar a poner piedras para señalar el perímetro del aparcamiento pero, en lugar de eso, abrió un libro que hacía tiempo que tenía y leyó un par de capítulos antes de quedarse dormida. Después de una siesta de una hora, se despertó atontada y, en aquellos momentos, lo más importante del mundo parecía ser ver la televisión, algo que nunca hacía. Descubrió que los programas de los sábados eran un rollo.

Entonces pensó en probar una receta que había encontrado para una sopa de fideos y albóndigas, porque le pareció que a los niños les gustaría, y para comprobar si era lo suficientemente fácil como para prepararla de comida para los clientes si al final se decidía a ampliar los horarios de la cocina ese invierno. Fue a la cocina y empezó a sacar los ingredientes, pero luego lo guardó todo y abrió una lata de comida preparada de los niños: fideos con albóndigas. Se comió las albóndigas y dejó los fideos.

Estaba adormilada y cansada y se le ocurrió que, si quería, podía irse a la cama. Nadie necesitaba que lo arropara, no tenía que hacer nada en casa, ni nadie con quien hablar. Así que se duchó, se puso un pijama de franela, porque las dos últimas noches había hecho frío y, con un sentimiento de abuelita decadente, estaba en la cama poco después de las siete.

Horas después, una horrible explosión la despertó de un sueño tan profundo que, por un momento, se quedó en blanco y no sabía dónde estaba ni qué estaba haciendo, y se quedó en la cama parpadeando en medio de la oscuridad. Entonces, se despejó lo suficiente como para ver el reloj, aunque descubrió que los números rojos digitales no estaban. Se había ido la luz.

—Maldita sea —murmuró, porque el reloj no tenía batería, lo que significaba que tendría que levantarse a buscar el pequeño reloj de viaje a pilas que hacía años que tenía porque, si no, por la mañana no se despertaría. Eso, o quedarse sentada en la cama hasta que volviera la luz. Se quedó en la cama pensando si aquel ruido habría sido algún transformador que había explotado, lo que explicaría lo de la luz. O quizá había sido un rayo.

Y entonces oyó más ruidos, distintos al anterior porque la casa no tembló. No eran tan fuertes y eran más rápidos, con un pequeño eco. Se oían muchos. Cate deseó que pararan, tenía mucho sueño…

Y, de repente, abrió los ojos como si le hubieran pegado una bofetada y el mundo hubiera dado un vuelco. «¡Dios mío, eso son balas.»

Oyó cristales rotos en la habitación de los niños.

Saltó de la cama y empezó a buscar a tientas la linterna que siempre tenía en la mesita de noche por si los niños la necesitaban en mitad de la noche. La mano rozó la mesita y la tiró al suelo; cayó con un ruido seco y rodó por el suelo.

—¡Mierda!

Necesitaba la linterna; de noche, la casa estaba tan oscura como la tumba de Tutankamon; si intentaba moverse a oscuras, podría chocar con algo y romperse un hueso. Se arrodilló en el suelo y empezó a gatear por la habitación, buscando a tientas con las manos. Después de un par de pasadas, en las que no encontró nada más interesante que las zapatillas, tocó metal frío. Apretó el botón y un potente halo de luz iluminó la habitación, con lo que Cate se olvidó de ese molesto sentido de la desorientación.

Salió corriendo al pasillo y giró a la izquierda instintivamente, hacia la habitación de los niños. El ruido de más cristales rotos la detuvo en seco. Los niños no estaban en casa, estaban a salvo en Seattle con sus padres y... y... ¿Alguien estaba disparando contra su casa?

La sangre de las venas se le heló y creyó que iba a desmayarse, así que alargó la mano y se apoyó en la pared. Sin saber ningún detalle de lo que estaba pasando, su mente dio un instintivo vuelco y le dijo: «¡Mellor!»

Mellor y Huxley. Habían vuelto.

Temía que lo hicieran; por eso había enviado a los niños con su madre. No sabía por qué habían vuelto ni qué querían pero sabía, con absoluta certeza, que ellos estaban detrás de todo aquello. ¿Estarían abajo esperándola? ¿Estaba atrapada aquí arriba?

No. Si estaban disparando contra la casa tenían que estar fuera. Aquello era su casa, su hogar, y Cate conocía cada rincón, cada ángulo, cada salida. No la atraparían allí dentro. Conseguiría escapar; de alguna forma lo conseguiría.

Se dio cuenta de que la linterna delataba su posición y la apagó. La noche parecía todavía más oscura que antes, puesto que la luz de la linterna la había cegado momentáneamente. Pensó que tenía que arriesgarse, y volvió a encenderla.

Lo primero era lo primero. Tenía que vestirse e ir al piso de abajo.

Corrió a la habitación, cogió unos vaqueros, un jersey y unas zapatillas deportivas mientras escuchaba esperando algún ruido que delatara que no estaba sola en la casa. Los disparos no se detenían, pero ahora parecían más lejanos. De fuera, llegaban gritos de pánico y dolor. Desde dentro de casa no oía nada.

Cuando llegó a las escaleras, las iluminó con la linterna. No veía nada raro, así que bajó los primeros escalones mientras iluminaba el pasillo y el vestíbulo. Lo que alcanzaba a ver estaba vacío. Bajó las escaleras más deprisa, con una horrible sensación de vulnerabilidad, y las tres últimas casi ni las pisó.

Arma. Necesitaba algún tipo de arma.

Joder, tenía dos niños de cuatro años en casa; no guardaba armas por los cajones.

Excepto los cuchillos. Era cocinera. Tenía muchos cuchillos. Y también tenía la típica arma de mujer: el rodillo. Perfecto. Cualquiera de las dos cosas serviría.

Con el halo de luz de la linterna enfocando al suelo, para que fuera más difícil de localizar, entró en la cocina, fue hasta el contenedor de cuchillos y cogió el más grande, el del chef. El mango se adaptaba a su mano como un viejo amigo.

En silencio, volvió al pasillo, que estaba en el centro de la casa. Desde aquí tenía más opciones de escapar, porque podía ir en cualquier dirección.

Apagó la linterna y se quedó en la oscuridad, escuchando, esperando. El tiempo que estuvo allí no importaba. Oía su propia respiración entrecortada y notaba la garganta seca. Empezó a marearse. Notó cómo el pánico le aceleraba el corazón y notó el latido del corazón contra los pulmones. No, no podía perder los nervios… no iba a perder los nervios. Respiró hondo, lo más hondo que pudo, mantuvo los pulmones llenos y los utilizó para aprisionar el corazón e intentar obligarlo a latir más despacio. Era un viejo truco que utilizaba cuando escalaba, siempre que las respuestas automáticas del cuerpo amenazaban su disciplina y concentración.

Despacio… Despacio… Ya podía pensar mejor… Más despacio… Más despacio… lentamente, vació el aire de los pulmones y volvió a inspirar, esta vez controlando más su cuerpo. El mareo desapareció. Pasara lo que pasara ahora podría afrontarlo mejor que hacía unos minutos.

Golpes en la puerta, fuertes y repetidos, y el pomo que giraba de forma violenta.

—¡Cate! ¿Estás bien?

Dio un paso adelante, pero luego se quedó inmóvil. Un hombre. No reconoció la voz. Mellor y Huxley sabían cómo se llamaba, porque ella misma se lo había dicho cuando se había presentado.

—¡Cate!

La puerta tembló cuando algo sólido chocó contra ella, luego otro golpe. El marco parecía que estaba a punto de ceder.

—¡Cate, soy Cal! ¡Contéstame!

De repente, el alivio se apoderó de ella y gritó. Se dirigió hacia la puerta justo cuando ésta cedió y golpeó contra el tope del suelo. Se encontró con una potente luz en la cara que la cegaba. Levantó un brazo para protegerse los ojos y se detuvo mientras intentaba recuperar la visión. Sólo distinguía la figura de un hombre detrás del halo de luz y se movía deprisa, tanto que era imposible apartarse de su camino.

Capítulo 17

Fue como chocar contra una pared. Su cuerpo colisionó con el de Cate con tanta fuerza que ella soltó el cuchillo, que rodó por el pasillo. El halo de luz de la linterna iba de un lado a otro, produciendo una especie de efecto estroboscópico, pero luego Cal la apartó. Cate estaba a punto de caer hacia atrás y empezó a mover las manos en busca de algo, lo que fuera, donde poder sujetarse y acabó agarrada a una musculosa y esbelta cintura. De todos modos, no habría caído, porque un brazo de acero la tenía cogida por la espalda y la acercaba a Cal.

Un repentino sentido de la irrealidad hizo que la cabeza volviera a darle vueltas cuando el tiempo se detuvo y el mundo se redujo a un punto, al borde de un precipicio. Aquello no era real; no podía serlo. Era Cate, una mujer normal que llevaba una vida normal; la gente no le disparaba.

—Tranquila —murmuró Cal contra su pelo—. Ya te tengo.

Cate oyó las palabras, pero no tenían sentido porque él también formaba parte de aquella irrealidad. Ese no era el hombre que conocía desde hacía tres años. El señor Harris no la abrazaría así, no le habría tirado la puerta al suelo y no habría entrado como un guerrero buscando venganza, con un arma en la mano…

Pero lo había hecho.

El cuerpo al que estaba agarrada con todas sus fuerzas era poderoso y fuerte, casi ardía del calor que desprendía. Cal respiraba de forma acelerada, como si hubiera estado corriendo, y tenía la cabeza aga-

chada para apoyarla encima de la de ella. Y la forma en que la abrazaba era tan… Hacía tanto tiempo que nadie la abrazaba así que estaba
atónita, incrédula. ¿El señor Harris? ¿Cal?

Su cuerpo le susurró: «Sí». Aquello fue todavía más desconcer-
tante y la acercó más y más al precipicio. ¿Qué clase de pervertida era
que experimentaba una especie de respuesta sexual hacia ese hombre
mientras estaba claro que alguien estaba atacando a la comunidad? Lo
de fuera seguía pareciendo una guerra, pero tenía la sensación de que
ellos dos estaban encerrados en una especie de mundo donde la realidad no podía entrar. Por un momento, Cal la atrajo aún más hacia él,
arqueando su cuerpo un poco más, de modo que ella notó el bulto de
sus genitales sobresalir, buscar… y luego la soltó, se separó y se arrodilló para coger la linterna.

Cate se quedó inmóvil, haciendo un desesperado esfuerzo por recuperar el estado de las cosas de hacía media hora, antes de las explo-
siones, los tiros y la sacudida de todo lo que conocía o creía conocer.

Cal se colgó la correa de la escopeta al hombro, recogió el cuchillo que Cate llevaba en la mano y lo observó con una especie de sonrisa de aprobación. Sujetó la linterna con la luz hacia el suelo, con lo
que Cate podía verlo perfectamente, y sus sentimientos volvieron a al-
terarse.

Siempre lo había visto con monos de trabajos muy grandes, llenos
de grasa, pintura, suciedad o lo que fuera que hubiera estado arre-
glando ese día. Siempre había tenido en la mente la imagen del delgaducho y tímido hombre que lo arreglaba todo, reservado pero útil.
Aquella imagen había sufrido un vuelco cuando vio su mirada detrás
de la escopeta apuntando a Mellor, y ahora estaba segura de que el
vuelco era para siempre.

Llevaba las mismas botas de trabajo, pero nada más era igual. Llevaba los pantalones multibolsillos de color caqui atados a la cintura
con un cinturón y, a pesar del frío, sólo llevaba una camiseta oscura
que acentuaba sus anchos hombros y el esbelto y musculoso cuerpo.
Incluso con la poca luz de la linterna, Cate vio la capa de sudor que le
cubría los brazos, unos brazos nervudos y poderosos. El pelo estaba
igual de enmarañado, pero en su seria y decidida expresión no había
ni un ápice de timidez.

Cate casi no podía respirar. Estaba al borde de un precipicio interno y tenía miedo de moverse, tenía miedo de... ¿de qué? No lo sabía, pero la sensación de inestabilidad le daba casi tanto miedo como los disparos de ahí fuera.

Alguien apareció en el umbral de la puerta rota y, para asombro de Cate, también llevaba una escopeta o un rifle en la mano.

—¿Cate está bien? —preguntó, y Cate reconoció la voz de Walter Earl.

—Estoy bien, Walter —respondió ella, acercándose a la puerta—. ¿Y Milly? ¿Hay alguien herido?

—Milly está sentada en tu jardín trasero. Me pareció mejor no estar de pie, así que está sentada. La gente está retrocediendo. Alguien dijo que Cal les dijo que lo hicieran, y le están haciendo caso. ¿Estamos fuera de su alcance aquí?

No —respondió Cal—. Al menos, no de los rifles.

—La ventana de la habitación de los niños está rota —dijo Cate en voz baja, y el terror volvió a apoderarse de ella. ¿Y si hubieran estado en casa? Seguramente se habrían asustado mucho, igual estarían heridos... o muertos. La idea le encogió el corazón.

—Entonces, ¿qué hacemos aquí? —preguntó Walter.

—Poner el máximo número de paredes entre ellos y nosotros; además, estoy casi seguro de que tienen prismáticos de visión nocturna o sensores infrarrojos. El alcance de los infrarrojos es de unos cuatrocientos metros, así que necesitamos sobrepasar esa distancia. No evitaremos que disparen pero, al menos, no podrán localizar el objetivo... y supongo que no querrán desperdiciar munición.

Mientras respondía a Walter, Cal había colocado la mano en la espalda de Cate, acompañándola fuera. En cuanto salieron al porche, ella se quedó de piedra. En su jardín había unas veinte o treinta personas, todas sentadas en el suelo. Casi todos los hombres y algunas mujeres llevaban algún arma en la mano. Los envolvía la oscuridad y, de repente, Cate descubrió que ver luces en las casas vecinas la había hecho sentir siempre muy cómoda y segura.

Cal la hizo bajar del porche y luego, con la mano en su hombro, la obligó a sentarse en el suelo.

—Los fundamentos de las casas son más robustos que las paredes

—dijo, muy tranquilo—. Dan una mayor protección —alzó la voz y dijo—. Escuchadme todos, por favor, tenemos que saber administrar las pilas de las linternas. Apagadlas casi todas. Sólo necesitamos una o dos.

Obedientemente, todos las apagaron y la oscuridad casi los engulle. Cal dejó encendida su potente linterna. Cate empezó a temblar, porque el aire frío le penetraba por las fibras del pijama de franela y se dijo que ojalá hubiera pensado en coger un abrigo. Desde algún lugar en la oscuridad, oyó que alguien decía: «Tengo frío», pero sin ningún tipo de lamentación en el tono.

—Primero tenemos que descubrir dos cosas —dijo Cal—. Quién falta y si hay alguien herido.

—Pues a mí me gustaría saber quién nos está disparando —dijo Milly, muy enfadada.

—Lo primero es lo primero. ¿Quién falta? Buscad a vuestros vecinos. Creed estaba en casa de Neenah, ¿alguien los ha visto?

Se produjo un momento de silencio y entonces, una voz detrás de Cate dijo:

—Lanora iba detrás de mí mientras corríamos, pero ahora ya no la veo.

Lanora Corbett vivía en la segunda casa desde el puente, a la izquierda.

—¿Alguien más? —preguntó Cal.

Los vecinos empezaron a murmurar mientras miraban a su alrededor y se reconocían, y luego empezaron a surgir nombres: el viejo matrimonio Starkey; Roy Edward y su mujer Judith; los Contreras, Mario, Gena y Angelina; Norman Box y otros. A Cate se le encogió el corazón cuando tomó conciencia de una horrible posibilidad: ¿Volvería a ver a esa gente? Y Neenah. ¡Neenah! No. No podía perder a su amiga. Se negaba a ni siquiera contemplar aquella posibilidad.

—Muy bien —dijo Cal, al final, cuando ya no salieron más nombres—. Dejad que cuente y así sabremos en qué situación estamos —desplazó el halo de luz por todas las caras y en cada una de ellas, Cate veía la misma mezcla de horror, incredulidad y rabia que también debía reflejar la suya. Vio a varias personas acurrucadas juntas, buscando apoyo y calor y, poco a poco, empezó a pensar en términos prácticos: mantas, abrigos y otras cosas que pudiera tener en casa. Un café estaría bien, pero no había luz, aunque tenía una cocina a gas… Las ideas surgían muy despacio, casi con esfuerzo pero, al menos, el mareo empezaba a desaparecer.

—¿Alguien está herido? —repitió Cal después de contar a las personas reunidas en el jardín de Cate—. Y no me refiero a tobillos torcidos o rasguños en las rodillas. ¿Le han disparado a alguien? ¿Alguien está sangrando?

—Tú —dijo Sherry Bishop en un tono cortante.

Cate giró la cabeza. ¿Cal estaba herido? Sorprendida, lo miró mientras él extendía los brazos y se examinaba, como si no supiera de lo que Sherry estaba hablando.

—¿Dónde?

Cate vio las heridas rojas oscuras.

—En los brazos —lo dijo, mientras empezaba a levantarse.

En décimas de segundo, Cal estaba a su lado, con el brazo en su hombro para que no se levantara.

—Abajo —le dijo, en voz baja, para que sólo lo oyera ella—. Estoy bien, sólo son un par de cortes con cristales rotos.

Para Cate, los cortes se tenían que curar independientemente de lo que los hubiera provocado. Además, si estar sentado era más seguro, ¿por qué no se sentaba él?

—Si no te sientas —le dijo con el mismo tono de voz que utilizaba con los niños—, me levanto yo. Tú eliges.

—No puedo sentarme, antes tengo que hacer unas cosas…

—Siéntate.

Se sentó.

Cate se arrodilló y se colocó detrás de él.

—Sherry, ¿puedes ayudarme? Sujeta la linterna para que veamos si son muy profundos. Y necesito que alguien vaya a buscar vendas a…

—Mi equipo de primeros auxilios está en el porche —dijo él—. Lo he dejado allí.

—Que alguien vaya a buscarlo, por favor —Cate alzó un poco la voz y Walter se levantó para obedecer.

—Agáchate —añadió Cal y Walter se dobló por la cintura.

La espalda de la camiseta de Cal estaba húmeda y pegajosa. Sherry cogió la linterna y lo enfocó mientras Cate le levantaba la camiseta. Había varias heridas pequeñas que sangraban sin parar, así como un corte más grande en el tríceps derecho y otro en el hombro izquierdo. Le sacó la camiseta por la cabeza y se la dejó en la parte delantera, con los brazos en las mangas y la espalda totalmente descubierta.

Walter llegó con un botiquín en la mano, lo abrió y descubrió varios compartimentos llenos de productos de primeros auxilios. Sherry desplazó la luz hacia el botiquín para que Cate pudiera coger los paquetes de toallitas antisépticas individuales. Abrió un paquete, desplegó una de las toallitas y empezó a limpiarle las heridas.

—No sé qué vamos a hacer si estos cortes más grandes necesitan sutura —le murmuró a Sherry.

—Tengo sutura en el botiquín —dijo Cal mientras intentaba girar la cabeza para valorar los daños él mismo.

—¡Shhh! —Cate emitió uno de esos sonidos de advertencia que eran la especialidad de las madres, Cal se quedó inmóvil y luego, lentamente, volvió a mirar hacia delante.

En silencio, Cate limpió las heridas y aplicó gasas secas sobre los cortes más profundos. Por desgracia, la sangre las empapaba e impedía que se movieran, pero Cate aprovechó para aplicar pomada antiséptica a las heridas más pequeñas y vendarlas con tiritas. Cal tenía la piel fría y húmeda, lo que recordó a Cate que, con ese frío, apenas llevaba una camiseta y unos pantalones y que había estado sudando… y ahora ella le había limpiado las heridas con toallitas mojadas. El pobre debía de estar congelado, pero no se movía.

—Necesita algo de ropa —le susurro a Sherry.

—No pasa nada —dijo él por encima del hombro.

Cate notó cómo algo estallaba en su interior, una enorme burbuja de tensión que casi acaba con ella.

—Sí, Calvin Harris, ¡sí que pasa! —respondió, enfurecida—. Sí que pasa. No está bien que vayas por ahí medio desnudo y herido en una noche tan fría. Encontraremos algo de ropa para ti y no se hable más —esa noche habían sucedido cosas mucho peores que aquella, pero esas no podía arreglarlas. Sin embargo, si Cal quería dar otro paso sin un abrigo o, al menos, una camisa, sería por encima de su cadáver.

Él se calló y Cate se preguntó si habría perdido la cabeza. Estaba empezando a perder la perspectiva otra vez, y las cosas pequeñas parecían de vital importancia y las grandes se perdían en el olvido. Se fijó en la fuerte espalda de Cal, el largo surco de la columna vertebral y las capas de músculos y le vinieron ganas de gritar. Sin embargo, en lugar de eso respiró hondo y se concentró en limpiarle los dos cortes más profundos. Todavía salía una especie de sangre acuosa, pero nada más. Las impregnó con antibiótico y luego, mientras con una mano sujetaba los dos extremos del corte, con la otra los iba uniendo con pequeñas tiritas. Cuando terminó, los cortes ya no parecían abiertos. Era posible que, después de todo, no necesitara sutura porque ninguno de los dos cortes era grave, pero Cate no había querido arriesgarse.

—Lo he hecho lo mejor que he podido —dijo, al final, devolviendo todos los utensilios al botiquín, al mismo sitio donde los había encontrado y recogiendo los papeles que había tirado al suelo. Se quedó dudando unos segundos, porque no sabía dónde lanzarlos, así que volvió a tirarlos al suelo. Ya se encargaría de la limpieza más adelante.

Cal hizo ademán de levantarse, pero ella le colocó la mano en el hombro derecho y lo obligó a sentarse.

—Cal necesita algo de ropa —dijo, en voz alta, dirigiéndose a los vecinos reunidos en su jardín—. Una camisa, una chaqueta, lo que sea. ¿Alguien lleva algo para prestarle? —y luego añadió—. Ahora entraré en casa a buscar mantas para abrigarnos.

—¿Por qué no vamos dentro? —preguntó Milly, con la voz temblorosa por el frío.

—La casa de Cate quizá está un poco cerca de la acción —respondió Cal—. Hay otras casas más lejos y fuera de la línea de fuego. Creo que aquí estamos a salvo, pero no estoy seguro. Una bala de gran calibre puede atravesar varias casas, a menos que choque con algo que la detenga, como una nevera. Comprobaré las distancias cuando se haga de día. Hasta entonces, tenemos que ir todavía un poco más atrás, colocar más edificios entre los tiradores y nosotros. Gracias —añadió, cuando le pasaron una camisa de franela. Cate no vio quién había sido el donante. Cal se la puso muy deprisa; estaba temblando.

—El armario de los abrigos está detrás de la puerta principal, a la derecha —le dijo Cate—. Hay varios, y el armario de las sábanas, donde habrá mantas, está a este lado del lavadero. Entraré, cogeré todo lo que pueda, y volveré enseguida.

—Yo lo haré —respondió él, volviéndose hacia el porche.

Cate lo agarró por el brazo y lo detuvo.

—No puedes hacerlo todo. Ve a buscar a Creed y a Neenah y a los demás. Yo me encargaré de los abrigos y las mantas. ¿Dónde vamos, después, para que puedas encontrarnos?

Por un segundo, Cate creyó que Cal discutiría su plan, pero dijo:

—Id a casa de los Richardson —era la casa que estaba más lejos del puente—. El fuego procedía de, al menos, tres posiciones distintas, de modo que tendrán distintos ángulos de tiro. Manteneos agachados, intentad que siempre haya algún edificio entre vosotros y las montañas, desde el puente hasta la grieta de la roca. ¿Entendido? —lo había dicho en voz alta para todos, no sólo para Cate.

—Sí —tenía el aliento helado.

—Si tenéis que cruzar un espacio abierto, hacedlo deprisa. No vayáis en fila recta porque, si no, los últimos tienen muchos números de caer. Variad el trazado, la velocidad, todo lo que podáis. Si es posible, no encendáis las linternas; si estáis en un espacio abierto, estaréis delatando vuestra posición.

En la oscuridad, todas las cabezas asintieron.

—¿Cuánto tardarás? —preguntó Cate, intentando disimular los nervios de su voz. No quería que se marchara sólo, aunque entendía perfectamente que tenían que saber qué estaba pasando. Además, iba armado; no estaba indefenso.

—No lo sé. No sé con qué voy a encontrarme —giró la cabeza y la miró fijamente en la oscuridad, una larga y calmada mirada que era tan potente como una caricia—. Pero volveré. Cuenta con ello —y se marchó, perdiéndose en la noche con unos cuantos pasos.

Capítulo *18*

Neenah se estremeció y empezó a agitar los brazos convulsivamente contra el cuerpo de Creed, que la aplastaba contra la alfombra. La onda expansiva de la explosión había sacudido toda la casa y los había envuelto en una nube de polvo. Creed le cubrió la cabeza con los brazos, intentando protegerle el cuerpo entero por si caía algún trozo de madera o algún objeto de la casa.

Y luego nada, un silencio muy extraño que les hacía silbar las orejas.

—¿Te-Terremoto? —gritó ella.

—No. Una explosión —Creed levantó la cabeza y sólo vio oscuridad. No había luz, ¡menuda sorpresa! Seguro que la explosión había destrozado la línea eléctrica que cruzaba el río por el puente.

Y entonces oyeron un «¡crack!» seco y fuerte que le congeló la sangre y, al mismo tiempo, la ventana de delante de la casa se rompió en mil pedazos. Creed notó que varias cosas le caían encima del cuerpo, pero las ignoró cuando les empezaron a llover tiros. Empezó a moverse y puso en práctica los veinte años de entrenamiento con los marines, a pesar de que ya hacía ocho años que lo había dejado; arrastró a Neenah debajo de su cuerpo mientras él gateaba y se deslizaba hacia el pequeño pasillo que había visto al entrar, más protegido que el salón. No se veía absolutamente nada, pero tenía un sentido de la orientación excelente.

Neenah estaba completamente callada, sólo se la oía respirar de forma entrecortada. Estaba colgada de él como un mono e intentaba ayudarle empujándose con los pies. Ella también había reconocido el ruido de los rifles; al fin y al cabo, había crecido entre personas que todavía cazaban para conseguir parte de la comida diaria.

Sin embargo, Creed no sabía de dónde provenían los disparos, ni si el objetivo era Neenah o era él, o si no lo eran ninguno de los dos y se trataba más de estar en el sitio equivocado en el momento equivocado. Ahora mismo, el por qué no importaba, sólo el dónde, la dirección desde donde venían los disparos. No podía salir corriendo hacia cualquier parte, tenía que mantener a Neenah a salvo.

—¿Dónde está la cocina? —preguntó, mientras oía cómo impactaban todas las ráfagas de balas. Parecía la guerra. La cocina los protegería mejor, con tantos aparatos metálicos. Una bala de alto calibre disparada por un rifle podía atravesar varias paredes, a menos que la detuviera algo como una nevera. Y, aunque Neenah tuviera una pared llena de neveras, no tenía ninguna intención de levantarse.

—No... No lo sé —balbuceó ella, intentando respirar—. Yo... ¿Dónde estamos?

Estaba desorientada, cosa que no era de extrañar. Creed la abrazó con más fuerza con el brazo izquierdo.

—Estamos en el pasillo; tienes los pies apuntando hacia la puerta principal.

Neenah se quedó callada unos segundos, respirando con fuerza mientras intentaba situarse mentalmente en su casa.

—Ah... vale. A la derecha. Un poco más adelante, a la derecha. Pero tengo que subir a mi habitación.

Creed ignoró la última frase; una habitación no ofrecía tanta protección.

—La cocina es más segura.

—Ropa. Necesito ropa.

Creed se detuvo. Se había producido una explosión, alguien les estaba disparando ¿y ahora resulta que quería cambiarse de ropa? Tenía en la punta de la lengua el mismo ácido comentario que había puesto de vuelta y media a más de un duro marine, pero se calló. No estaba frente a uno de sus hombres, sino de Neenah... y había sido monja. Quizá las antiguas monjas eran extremadamente pudorosas. Por Dios, esperaba que no pero...

—Lo que llevas servirá —aventuró él, con cautela por si violaba alguna regla secreta de las monjas.

—¡No puedo correr por ahí con camisón y bata, y mucho menos con zapatillas!

Por desgracia, tenía razón y, aparte, las noches eran cada día más frías. Él hubiera preferido poder esconderse en una posición más segura para analizar la situación, pero sabía perfectamente que no podía tratarla como a un batallón de hombres. Ante aquella realidad, la prioridad era ayudarla a que hiciera lo que necesitara de la forma más segura.

—De acuerdo, cambio de ropa para la señora —otra ráfaga de balas penetró la pared del salón, seguida del seco ruido de los disparos de los rifles. Creed se colocó encima de Neenah por si la siguiente ráfaga de balas iba más baja, aplastándola bajo su peso. La notaba suave y delicada bajo su cuerpo, como se la había imaginado durante años, y la idea de que una de aquellas balas la alcanzara era horrible. Había luchado guerras, había perdido hombres víctimas de todo tipo de violencia (balas, bombas, cuchillos o un accidente durante los entrenamientos) y cada pérdida le había dejado una cicatriz en el alma; él también había matado, aunque aquellas cicatrices eran distintas, pero todo eso lo había llevado con gran estoicismo, que es lo que le había permitido seguir adelante. En cambio, no podría soportar que le pasara algo a Neenah. Por eso, dijo:

—Tú quédate en la cocina y tiéndete en el suelo, que es lo más seguro. Yo te traeré la ropa.

—Pero si no sabes dónde está; estarás expuesto a las balas durante más tiempo… —antes de que terminara la frase, ya se estaba alejando de él.

Atónito, se dio cuenta que Neenah estaba intentando protegerlo. La sorpresa hizo que bloqueara sus esfuerzos por alejarse de forma algo brusca y la agarrara con fuerza.

Ella le empujó los hombros, con los pechos aplastados por su peso.

—Señor Creed… Joshua… ¡Tengo que respirar!

Él se levantó un poco, pero no lo suficiente para que ella pudiera escabullirse. Creed se dijo que podía cabrearla o podía mantenerla con vida. En su opinión, la elección era clara como el agua. Se acercó a su oreja y le dijo:

—Escúchame bien: alguien nos está disparando con un rifle de largo alcance, por lo que esto es mi terreno, no el tuyo. Mi trabajo es que salgamos de aquí con vida. Tu trabajo es hacer lo que yo diga en el mismo momento en que lo digo. Cuando estemos a salvo, puedes darme una bofetada o mil patadas pero, hasta entonces, yo estoy al mando, ¿entendido?

—Claro que lo entiendo —respondió ella en un tono bastante frío, teniendo en cuenta que apenas podía respirar—. Nunca me he considerado una idiota. Pero me parece lógico que pueda coger mi ropa más deprisa que tú, con lo que los dos estaremos más seguros porque, si te disparan mientras buscas mis zapatos, mis opciones de salir de aquí con vida se reducen de forma bastante drástica. ¿Tengo razón o no?

Estaba discutiendo con él. La experiencia era nueva y exasperante. Y lo más frustrante era que tenía razón… otra vez. Creed se quedó en la misma posición, librando una lucha interior entre la lógica y el instinto de protegerla a toda costa.

Con un movimiento rápido, rodó hacia un lado y le dijo:

—Date prisa. Si tienes una linterna, cógela, pero no la enciendas. No te levantes. Si puedes, arrástrate por el suelo y, si tienes que levantarte un poco, arrodíllate, pero no te pongas de pie. ¿De acuerdo?

—De acuerdo —respondió ella. La voz le tembló un poco, pero estaba decidida. Creed se obligó a dejar que se alejara y la siguió por los movimientos que hacía mientras se arrastraba con los codos y se impulsaba con los pies. En un momento dado, le pareció oír una palabrota pero estaba casi seguro de que las monjas, incluso las antiguas monjas, no maldecían, así que seguramente lo había oído mal.

Creed empezó a sudar mientras la esperaba, consciente de que, en cualquier segundo, otra ráfaga de balas podía atravesar las paredes de esa casa como si fueran de papel. Hasta ahora, los disparos habían ido altos, para alcanzar a las personas que estuvieran de pie. Los habitantes de Trail Stop eran civiles; no habían recibido ningún tipo de entrenamiento para tirarse al suelo en cuanto oyeran un disparo. Estaba –seguro de que intentarían correr y no necesariamente en la mejor dirección. Quizá incluso intentaran asomarse a la ventana, que era quizá lo más estúpido que alguien podía hacer en una situación como aquella. O quizá cogieran las linternas y las encendieran, señalando su posición a los tiradores. Tenía que salir de allí, organizarlos y evitar que hicieran estupideces.

Al menos, Cal estaba allí fuera, a no ser que le hubieran dado al principio, algo poco probable. Ese maldito fantasma tenía un sexto sentido para sobrevivir. El equipo había aprendido a prestarle mucha atención porque, una y otra vez, hacía algo que parecía ilógico en ese momento pero que, al cabo de cinco segundos, le había salvado la vida o lo había colocado en una posición estratégica mucho mejor. Si Cal saltaba, el equipo saltaba con él. Además, cuando se trataba de ir del punto A al B camuflándose, Creed jamás había visto a nadie hacerlo mejor. Cal reuniría a los supervivientes, los organizaría y los dejaría en el lugar más seguro del pueblo; luego iría a buscar a los desapareci dos y los heridos.

Neenah estaba tardando mucho.

—¿Qué haces? —preguntó bastante seco y apenas escondió sus ganas de seguirla y arrastrarla hasta la cocina.

—Me estoy cambiando —respondió ella, igual de seca. Creed arqueó las cejas. Vaya, la monja tenía carácter. Por algún motivo, aquello lo excitó un poco; le gustaba. Creed se conocía a sí mismo y sabía que jamás podría estar con una mojigata.

—Coge la ropa, tráela a la cocina y cámbiate aquí. No estés en una situación vulnerable más tiempo del necesario.

—¡No puedo cambiarte delante de ti!

—Neenah —Creed respiró hondo e intentó inyectar paciencia a su tono de voz—. Está oscuro. No veo nada. Y, aunque pudiera, ¿qué pasaría?

—¿Cómo que qué pasaría?

—Sí, ¿qué pasaría? De todos modos, tengo pensado desnudarte en cuanto pueda.

Comprobado: tenía el tacto de un gorila. Si se le echaba encima como una loba, sabría que estaba perdiendo el tiempo.

Pero no lo hizo. En lugar de eso, Neenah se quedó inmóvil, como si estuviera conteniendo la respiración. La pausa se alargó tanto que la desesperación le hizo un nudo en la garganta a Creed. Y entonces oyó el inconfundible ruido de alguien arrastrándose hasta él.

El corazón le dio vuelco, casi se le paró, literalmente.

Había mentido respecto a que no podía ver nada. Al principio, antes de que la vista se acostumbrara a la oscuridad, no podía ver nada, sí, pero ahora ya veía las formas de las puertas y las ventanas y algún bulto de los muebles. Si él podía ver, ella también… así que Neenah sabía perfectamente lo que Creed podía ver. Obviamente, nada de detalles, pero sí que identificó la palidez de una pierna desnuda. Ya llevaba la camisa, pero arrastró los pantalones, los zapatos y el abrigo hasta la cocina. Puede que llevara ropa interior, o puede que no. Creed contuvo el instinto de alargar la mano y tocarle el culo para comprobarlo. También contuvo el impulso todavía más fuerte de ponerla de espaldas en el suelo y colocarse entre sus piernas desnudas. Aunque, si alguna había existido un mal momento para hacer el amor, era ese pero, por primera vez, la libido se olvidó del entrenamiento.

Neenah pasó por delante de él y, en la oscuridad, Creed reconoció el color blanco de las bragas, cosa que solucionaba la duda de si llevaba ropa interior o no. Antes de darse cuenta, Creed la estaba siguiendo, como atraído por un imán. Cualquier hombre con sangre en las venas seguiría el culo de una mujer que le pasara por delante y enseguida notó cómo se excitaba y tuvo que contenerse. Lo primero era ponerla a salvo, ya daría rienda suelta a la pasión después.

En la cocina, Neenah se sentó en el suelo y se puso los calcetines, luego los vaqueros y los zapatos. Llevaba una camisa clara, pero eso ya no tenía arreglo porque no pensaba volver a enviarla a la habitación a cambiarse; además, llevaría el abrigo.

—¿Linterna? —le preguntó, por si se la había olvidado.

—En el bolsillo del abrigo —la cogió y se la dio.

Creed contuvo un suspiro cuando su enorme mano se cerró sobre el pequeño tubo; era del tamaño de un bolígrafo. Por supuesto, no podría utilizarla hasta que estuvieran a salvo, pero las linternas de ese tamaño se utilizaban básicamente para realizar alguna pequeña tarea justo delante del halo de luz, no para abrirse camino por el pueblo a oscuras. Sin embargo, era mejor que no tener nada.

—Muy bien, salgamos por atrás y alejémonos de aquí.

La radio de Teague crujió y se oyó una voz.

—Halcón, aquí Búho. Halcón, aquí Búho.

«Búho» era Blake, que estaba en la primera posición de disparo. Teague se alejó de Goss y de Toxtel manteniéndose siempre a cubierto. La gente del pueblo tenía rifles, y no lo había olvidado. Tenía el volumen de la radio al mínimo porque, por la noche, cualquier ruido se magnificaba; no quería señalar su posición y favorecer que alguien disparara en su dirección. Con una enorme roca entre la comunidad y él, apretó el botón «Hablar» para responder:

—Aquí Halcón. Adelante.

—Halcón, ¿sabes el tipo que le has dicho a Billy que siguiera? Le he estado vigilando, por si necesitabas saber dónde estaba. Entró en ese edificio de dos pisos, el tercero por la derecha…

Teague recordó el plano que había hecho del pueblo y se dijo que era el colmado. La tienda cerraba a las cinco, ¿a qué había ido Creed allí? Aunque no es que le importara, sólo era curiosidad.

—Sí, ¿y qué?

—Se ha quedado allí unos minutos; luego salió y fue a pie hasta la primera casa a la derecha. No ha salido, al menos no antes de que empezara el baile. Desde entonces, he estado ocupado, pero he intentado vigilarlo y no he visto ningún movimiento. He disparado varias veces contra la casa, así que igual le he dado.

—Igual. Gracias por la información. Sigue disparando contra las casas y contra cualquier cosa que se mueva —volvió a colgarse la radio del cinturón y regresó a su posición cerca de Goss. Se tendió en el suelo para poder estabilizar mejor el arma y apuntó hacia la primera casa de la derecha.

Con cuidado, desplazó el visor infrarrojo de derecha a izquierda, buscando la silueta que desprendiera calor. La casa desprendía calor, y eso dificultaba un poco la tarea de localizar el calor humano; lo dificultaba, pero no lo impedía. Puede que Blake creyera haber alcanzado a Creed, pero Teague no era tan optimista. Seguro que Creed estaba en el suelo incluso antes de que empezaran a disparar y seguro que, inmediatamente, buscó algún lugar para cubrirse.

Habría otra personas en la casa, o quizá más. Teague no tenía ni idea de quién vivía allí, ni le interesaba. Lo importante era que Creed estudiaría la situación y se escondería en un lugar más seguro. No saldría por la puerta principal, lo que significaba que iría por detrás.

A Teague se le aceleró el pulso ante la idea de poder atrapar a Creed como a un ciervo. Creed podía haberse camuflado y huido, pero no había pasado tanto tiempo, quizá diez minutos y, conociendo a Creed, seguro que primero se había dedicado a organizar a las personas que había dentro de la casa. Se mordió el labio, tomó una decisión y llamó por radio a sus compañeros:

—Aquí Halcón. Voy a desplazarme a la derecha para tener una mejor visión de la parte posterior de la primera casa —tenía que mantenerlos informados de sus movimientos para que ninguno de ellos se confundiera y le volara la cabeza de forma accidental.

Le repitió la misma información a Goss, que asintió de forma breve y seca antes de concentrarse otra vez en su posición. Teague estaba impresionado por Goss, y no porque hubiera hecho nada espectacular, sino porque parecía captar al momento el por qué de todo lo que Teague hacía.

Sólo pudo avanzar unos setenta metros a la derecha porque, a partir de allí, la montaña descendía de forma brusca hasta el río. Este lado de la carretera consistía en una serie de peligrosas rocas colgadas de una pendiente; si ponía un pie en el sitio equivocado, se arriesgaba a torcerse un tobillo, como mínimo, o incluso a romperse algún hueso. El musgo hacía que las rocas fueran resbaladizas y ralentizaba la marcha y, encima, Teague tenía que cargar con el rifle y cuidar el enorme visor que llevaba acoplado al arma. No podía utilizar una linterna, porque delataría su posición, así que avanzaba realmente despacio. Cada minuto que pasaba era un minuto más de tiempo que Creed tenía para escapar, pero Teague no podía hacer nada para ir más deprisa. Joder, si Blake le hubiera dicho dónde estaba Creed antes de volar el puente…

Al menos, llevaba el rifle encima del hombro para comprobar el ángulo y podía ver la parte trasera de la casa; bueno, como mínimo parte de la casa. El ángulo no era el mejor, pero no podía seguir avanzando. Se colocó detrás de una roca y apoyó en ella el rifle para estabilizarlo, luego apuntó hacia la casa y esperó.

Desde allí nadie había disparado. Seguro que Creed ya había localizado de dónde provenían los tiros de modo que, si quería controlar la situación, lo mejor sería hacerlo desde la parte trasera de la casa. Tenía que sopesar la posibilidad de que tuvieran rifles con visión nocturna, pero no esperaba infrarrojos porque eran muy caros y no demasiado cómodos. Seguro que se movería con mucha cautela hasta la parte posterior de la casa…

Vio una enorme señal de calor en la casa que se movía muy deprisa, luego se escondió detrás de algo y desapareció. Maldiciendo en voz baja, Teague la siguió con el visor e intentó volver a localizarla, pero le había pillado desprevenido y, si disparaba ahora, delataría su nueva posición y pondría a Creed sobre aviso. Tendría que esperar a la próxima oportunidad.

Jesús, aquella señal era muy rara, como una araña enorme. Inquieto, el cerebro de Teague tardó varios segundo a interpretar la señal que le habían enviado los ojos: dos personas, moviéndose prácticamente de forma idéntica, con la más grande detrás y la más pequeña delante. Cuatro piernas, cuatro brazos, doble calor corporal: dos personas.

Ahora podría haber utilizado un visor de visión nocturna en lugar del infrarrojo para así poder saber exactamente detrás de qué se habían escondido. Quizá de un coche; tener uno allí aparcado, cerca de la puerta, tenía sentido. Del bulto negro que veía no salía ninguna señal de calor de modo que, si era un coche, llevaba allí el tiempo suficiente para que el motor se enfriara y no desprendiera calor. Lástima; un coche era un buen escudo, lo suficientemente bueno como para impedir que las balas llegaran al otro lado.

Sin embargo, al no disparar, le había dado a Creed un falso sentido de seguridad, pensó Teague. Si creía que nadie los había visto, Creed no sería tan cauteloso en su siguiente movimiento. Y esta vez, Teague estaría preparado.

Vio un destello de luz en el visor que le llamó la atención; y luego desapareció. Mierda. ¿Qué estaban haciendo? Quizá estaban cambiando de posición, quizá se estaban desplazando y preparando para el siguiente movimiento. Seguro que no irían hacia la parte delantera de la casa y tampoco se dirigirían hacia el puente, así que sólo tenían dos opciones. Había alguien con Creed, alguien a quien intentaba proteger… alguien más pequeño. ¿Una mujer? Lógicamente, intentaría poner más paredes y más distancia entre ellos y los tiradores, lo que significaba que iría hacia atrás, hacia el río.

El tiempo pasó… demasiado tiempo. ¿A qué coño estaba esperando Creed, a las Navidades? Teague comprobó la luna de su reloj y vio que, desde que Blake se había puesto en contacto con él para informarle del paradero de Creed, habían pasado treinta y cuatro minutos, cuarenta y cinco desde que habían echo explotar el puente. Ahora, los disparos no iban dirigidos a nadie en concreto, porque todo el mundo estaba en el suelo, a cubierto o se había alejado más allá del alcance de los visores. Los disparos ocasionales sólo pretendían recordarles que se quedaran donde estaban. Quizá era lo que había decidido hacer Creed.

No, la cobertura de un coche, porque Teague estaba seguro de que estaban escondidos detrás de un vehículo, era demasiado restrictiva y no los protegía del frío, ni tenían agua ni comida. Creed se movería, pero el muy cabrón era paciente, mucho más de lo que Teague se hubiera imaginado.

El minutero del reloj completó otra vuelta más, y luego otra, y otra. Cincuenta minutos desde la explosión del puente. Él también podía ser paciente, incluso más, pensó, porque sabía que estaban allí.

Cincuenta y tres minutos.

Sí. ¡Allí! La señal de calor apareció en medio del visor, clara y brillante, las dos figuras agachadas y avanzando. Respiró hondo, soltó la mitad del aire y apretó el gatillo justo cuando las dos figuras desaparecían.

Una décima de segundo después, un halo de luz más brillante que cualquier otra que hubiera visto apareció en la parte inferior del visor y la roca que tenía delante le estalló en la cara.

Capítulo 19

Creed oyó el crujir del rifle y enseguida notó una pequeña explosión en la pierna izquierda, justo por encima del tobillo, mientras Neenah y él estaban literalmente en el aire. A continuación, oyó una fuerte explosión y aterrizaron con un golpe seco en el suelo detrás de la bomba de agua; cayeron con tanta fuerza que Creed no pudo seguir sujetando a Neenah y el impacto la hizo rodar hacia el otro lado. Creed tenía la sensación de que un gigante le había golpeado la pierna izquierda con un martillo y soltó un agudo gruñido de dolor con los dientes apretados. De forma instintiva, rodó por el suelo y se agarró la pierna a pesar de estar muerto de miedo por lo que pudiera descubrir.

—¡Mierda! ¡Joder!

La pernera del pantalón estaba llena de sangre y sentía cómo el cálido líquido inundaba la bota. Se apretó la bota con las manos y se quedó sorprendido al descubrir que el pie seguía allí. Había visto demasiadas heridas de armas de gran calibre, había visto brazos y piernas literalmente arrancados del cuerpo y, en cuanto fue consciente de que le habían dado, se enfureció pero, al mismo tiempo, se resignó a los daños que podría descubrir. A pesar de que el pie todavía seguía al final de la pierna y no tirado por ahí a varios metros de distancia, los daños podían ser graves y todavía tenía que ver qué consecuencias podía esperar cuando cortara la bota.

El calzado le impedía aplicar presión correctamente sobre la herida, así que tenía que quitárselo, y deprisa.

Neenah gateó hasta él y empezó a tocarle el pecho y los hombros.

—¿Joshua? ¿Estás bien? ¿Qué ha pasado?

—Ese cabrón me ha dado —gruñó a través del dolor; luego un susurro de su conciencia le hizo corregir sus palabras—. Lo siento.

—He oído la palabra «cabrón» antes —respondió ella con tono de eficiencia—. Incluso la he dicho una o dos veces. ¿Dónde está la linterna?

—En el bolsillo derecho de los pantalones —giró sobre sí mismo, metió la mano en el bolsillo y sacó la linterna y su navaja suiza—. Córtame la bota para que pueda aplicar presión.

—Ya lo haré yo —los dos dieron un respingo cuando oyeron esa tercera voz a sus espaldas.

Automáticamente, la mano derecha de Creed fue a buscar un arma que no llevaba; entonces, un oscura figura se arrodilló a su lado, goteándole agua helada encima. El subconsciente de Creed recordó el segundo disparó que había oído, el de la gran explosión, y de repente todo encajó.

—Hijo de puta, ¿dónde estabas?

—En el riachuelo —respondió Cal, con los dientes repiqueteando de frío. Dejó la escopeta en el suelo, cogió la navaja de Creed y le dio la linterna a Neenah—. Ilumínale el pie —dijo, y la mujer lo obedeció.

—¿Cómo es que el tirador no te ha visto? —le preguntó Creed.

—Me imagino que tienen visores infrarrojos y pierden los objetivos específicos más allá del alcance de los visores. Así que me metí en el río y me enfrié.

Y así no desprendía calor, se dijo Creed. Intensas punzadas de dolor le recorrían la pierna mientras Cal rompía la bota, lógicamente moviéndole el pie. Para distraerse del dolor, Creed pensó en el riesgo que Cal había corrido al arriesgarse a adivinar que los tiradores no disponían de visores de visión nocturna. ¿Y si se hubiera equivocado?

—Tendrás suerte, cabronazo —dijo, y se mordió la lengua cuando el dolor se intensificó mientras Cal le quitaba la boca.

—No es suerte —respondió Cal, ausente—. Es que soy bueno —la misma respuesta aguda pero cierta que había oído cientos de veces antes y que le hizo recordar el pasado, cuando habían cumplido cientos de misiones en la oscuridad y habían estado en considerables apuros, apuros de los que siempre habían salido con una mezcla de pericia, disciplina, entrenamiento y suerte. A Creed le sorprendió un poco ver a Neenah de rodillas junto a Cal, con la expresión preocupada pero las manos estables mientras sujetaba la linterna; por un segundo, esperó ver a su alrededor a sus hombres.

Se miró la pierna y se sorprendió de lo que vio. Estaba sangrando como un cerdo pero la herida, aunque tenía mala pinta, no era ni la mitad de fea de lo que esperaba.

—Ha debido de rebotar y romperse —dijo, refiriéndose a la bala. A él sólo le había alcanzado una pequeña parte.

—Seguramente —Cal le giró la pierna—. El orificio de salida está aquí. Parece que el fragmento de bala ha tocado el hueso y ha salido.

—Envuélvemelo para que podamos largarnos de aquí.

Seguramente, la fuerza de la bala había roto el hueso y Creed sabía que no estaba fuera de peligro, porque todavía tenían que detener la hemorragia y corría el riesgo de que se le infectara, básicamente tenía los músculos desgarrados pero, en general, no estaba tan mal como se había imaginado. Había visto a hombres perder la pierna por un tiro en el muslo. Diablos, si lo pensaba dos veces, incluso estaba animado.

—¿Con qué vamos a envolverlo? —preguntó Neenah, que empezó a demostrar pánico en la voz. Hasta ahora, se había portado de forma admirable, pero los malos seguían en las montañas y podían acercárseles en cualquier momento, Creed estaba herido y Cal no podía impedir que los tiradores avanzaran y ayudarlo al mismo tiempo.

En silencio, Cal se quitó la chaqueta mojada y la camisa, con el torso brillante bajo el reflejo de la luz de la linterna. Con la navaja de Creed, rasgó una manga de la camisa e hizo un corte en la tela por el medio hasta casi el final. Colocó la parte entera encima del orificio de salida, que sangraba más que el de entrada, y empezó a envolverle la pierna al tiempo que apretaba la tela, hasta que al final ató los extremos justo encima de la herida.

—Es lo mejor que puedo hacer en estas circunstancias —dijo, mientras se ponía lo que quedaba de su camisa. Creed sabía que, para no entrar en estado de hipotermia, Cal debería quitarse la ropa mojada; hacía frío y llevar ropa mojada hacía bajar la temperatura del cuerpo más deprisa que si no llevara nada. El único motivo por el que Cal no lo hacía era para evitar que los infrarrojos lo localizaran.

—¿Le has dado al tirador? —preguntó Creed.

—Si no le he dado, se habrá llevado un susto de muerte —Cal cogió la linterna de Neenah, la apagó y se la guardó en el bolsillo—. Va a ser complicado, al menos la primera parte porque, aunque le haya dado a uno, los otros siguen allí y tienen un buen ángulo para dispararnos en cuanto empecemos a movernos. Tenemos que ir hacia allí —dijo, señalando hacia el río—. Tenemos que poner más casas entre ellos y nosotros, y más distancia.

Cal estaba temblando de frío mientras ayudaba a Creed a ponerse de pie y se colocaba a su izquierda para sustituir la fuerza de la pierna herida y, con la mano izquierda, cogía la escopeta. Si Creed no hubiera visto a Cal disparar con la izquierda se habría preocupado. Todos sus hombres sabían disparar con las dos manos, para casos como ese.

—¡No puede andar! —exclamó Neenah, alarmada.

—Claro que puede —respondió Cal—. Todavía tiene una pierna. Neenah, ponte mi chaqueta sobre la cabeza. Sé que será incómodo pero bloqueará gran parte de tu calor corporal —no todo, pero quizá lo suficiente para desconcertar momentáneamente a cualquier tirador.

—Venga, marine —dijo Creed, preparándose para lo que sabía que sería un trayecto largo, frío y doloroso—. En marcha.

Cate y los demás habían conseguido llegar a casa de los Richardson sin que nadie resultara herido o muerto, aunque las ráfagas de balas los habían hecho tirarse al suelo varias veces. Tambaleándose, corriendo, cayéndose y levantándose enseguida para volver a correr, eran como refugiados de guerra presos del pánico… aunque aquella descripción no se alejaba demasiado de la realidad. Se llevaron lo que pudieron, como las mantas y los abrigos que Cate había sacado de casa y el equipo de primeros auxilios que Cal se había dejado. Lo llevaba Cate, a pesar de lo mucho que pesaba y de que no dejaba de darse golpes en las piernas con él. Esperaba que no tuviera que servir para salvarle la vida a nadie, pero era plenamente consciente de que podían necesitarlo para eso, así que se lo llevó consigo.

La casa de los Richardson se levantaba en un terreno que descendía hacia el río, con lo cual era la única casa de Trail Stop que tenía un sótano grande. Algunas de las casas más antiguas, tenían agujeros cavados en la tierra para guardar verduras, pero aquello no se consideraba un sótano porque, si se apretaban mucho, allí cabrían unas cinco personas, y no las veinte que habían ido a casa de los Richardson. La casa se levantaba ante ellos en la oscuridad, las paredes pálidas y las ventanas oscuras.

—¡Perry! —gritó Walter con todas sus fuerzas mientras se acercaban a la casa—. ¡Soy Walter! ¿Maureen y tú estáis bien?

—¿Walter? —la voz provenía de la parte trasera de la casa, y todos se dirigieron hacia allí. Una linterna los enfocó y se desplazó de uno a otro, como si Perry quisiera identificarlos—. Estamos en el sótano. ¿Qué diantre está pasando? ¿Quién está disparando y por qué no tenemos luz? He intentado llamar a la oficina del sheriff, pero el teléfono tampoco funciona.

Cate se dio cuenta de que debían de haber cortado las líneas mientras se estremecía al descubrir hasta qué punto estaban dispuestos a llegar Mellor y Huxley en busca de venganza. Todo aquello parecía irreal; desproporcionado ante la provocación. Esos hombres tenían que estar locos.

—Entrad —dijo Perry, mientras iluminaba el camino con la linterna—. Protegeros del frío. He encendido la estufa de queroseno y está empezando a caldear el ambiente.

El grupo entró en el sótano de buena gana, agolpándose en la puerta del sótano. Como la mayoría de sótanos, estaba lleno de muebles viejos, ropa y bolsas de cosas. Olía a humedad y el suelo era de cemento, pero la estufa de queroseno desprendía un calor maravilloso y los Richardson también tenían encendida una lámpara de aceite. La luz amarilla era débil y reflejaba unas enormes sombras contra la pared pero, después de la fría oscuridad, la luz parecía milagrosa. Maureen salió a recibirlos; era una mujer pequeña, rellenita y con el pelo blanco, y los saludó cálidamente.

—Dios mío, ¿qué vamos a hacer con esto? —le preguntó a nadie en concreto—. Tengo velas arriba, y otra lámpara. Iré a buscarlas, y también traeré más mantas…

—Ya lo haré yo —la interrumpió su marido—. Tú quédate aquí y encárgate de que todos estén cómodos. ¿Sabes dónde está la vieja te-

tera? Puede que tardemos un poco, pero podemos hacer café en la estufa de queroseno.

—Debajo del fregadero. Lávala bien… no, espera, no tenemos agua. No podemos hacer café —como todo el mundo en Trail Stop, los Richardson tenían un pozo y un motor eléctrico bombeaba el agua. Sin electricidad, no había agua. Walter Earl tenía un generador que le servía cuando se iba la luz y, generosamente, dejaba que sus vecinos cogieran agua de su pozo, pero su casa estaba en el lado que quedaba más cerca de los tiradores, así que ir allí a buscar agua era demasiado peligroso.

Sin embargo, Perry Richardson no se quedó quieto mucho rato.

—Tenemos un cubo —dijo—, y por aquí tiene que haber una cuerda. Si no recuerdo mal, todavía sé sacar agua del pozo manualmente. Si alguien quiere ayudarme, tendremos el café listo en un periquete.

Walter y él salieron a buscar agua mientras Maureen cogió una linterna y entró en casa. Cate se quedó dubitativa un momento, y luego la siguió.

—La ayudaré a bajar cosas, señora Richardson —dijo, cuando llegó a lo alto de las escaleras y entró en la cocina.

—Gracias, y llámame Maureen. ¿Qué está pasando? ¿Qué ha sido ese estruendo? Ha sacudido toda la casa —dejó la linterna en un armario de la cocina y la apoyó de modo que quedara enfocada hacia el techo e iluminara toda la cocina, y luego entró en una sala contigua y cogió una cesta de la colada vacía.

—Una explosión, pero no sé que habrán hecho volar por los aires.

—¿«Habrán»? ¿Sabes quién lo está haciendo? —preguntó Maureen muy directa mientras iba de un lado a otro de la cocina metiendo cosas en la cesta.

—Creo que son esos hombres que nos atacaron a Neenah y a mí el miércoles. Se enteró, ¿verdad? —Cate intentó recordar si Maureen estaba entre los vecinos que se congregaron en su comedor esa tarde. Si estaba, Cate no se acordaba.

—Dios mío, todo el mundo se enteró. Ese día, Perry tenía que ir a hacerse unas pruebas en el hospital de Boise…

—Espero que esté bien.

—Perfectamente, sólo son problemas de estómago por comer demasiado picante y luego meterse directamente en la cama. Nunca escucha nada de lo que le digo. El médico le dijo lo que yo llevo años diciéndole y, de repente, pareció encontrar el remedio mágico. A veces, me vienen ganas de darle una patada pero, claro, los hombres son así —sacó un paquete de vasos de plástico de un armario y lo metió en la cesta—. Ahora vamos a buscar unas mantas y unos cojines. También podemos bajar las sillas del comedor, pero dejaré que lo hagan los hombres. ¿Por qué iban a querer volver esos hombres?

Cate tardó un momento en darse cuenta de que Maureen había mezclado dos temas.

—No lo sé, a menos que estuvieran furiosos porque Cal los echó a patadas. No sé qué podrían querer.

—Es lo que tienen las personas malas y locas que, a menos que tú también seas malo y estés loco, no los entiendes.

A pesar de todo, mientras la seguía por la casa e iba recogiendo mantas, toallas, cojines y lo que fuera para mejorar la comodidad en el sótano, Cate se sintió más tranquila con la filosofía de aquella mujer sobre las personas, la vida, las circunstancias actuales y todo lo demás. Recordó que no debían ponerse de pie, y se lo dijo a Maureen, con lo que caminar cargadas con cosas fue casi una misión imposible, pero Cate sabía que las balas tenían un gran alcance y no sabía si aquella casa estaba totalmente a salvo.

Hicieron muchos viajes hasta las escaleras del sótano, donde varios voluntarios se encargaban de bajar lo que ellas les iban dando.

—Perfecto —dijo Maureen—, ahora sólo nos quedan los cojines del sofá —y empezó a caminar hacia el salón.

Cate notó una sensación de pánico muy extraña en el estómago y agarró a Maureen del brazo.

—No, no vayas al salón —era más alta y más fuerte que la mujer, y empezó a arrastrarla hacia las escaleras—. Está demasiado expuesto y ya nos hemos arriesgado demasiado paseándonos por aquí tanto tiempo con la linterna encendida —de repente, estaba desesperada por volver bajo tierra, con la piel de gallina como si una bala acabara de pasarle rozando, atravesando el aire y las paredes más deprisa que la velocidad del sonido, dirigiéndose hacia ella como si pudiera pensar, de modo que por mucho que se revolviera y moviera, la bala la seguía.

Con un agudo grito, se lanzó encima de Maureen, la cogió de los hombros y las piernas y la tiró al suelo justo cuando la ventana del salón se rompió y oyó el débil silbido de una furiosa bala un segundo antes de que se clavara en la pared con un golpe seco.

Después, oyeron el fuerte crujido del rifle.

Maureen se estremeció.

—¡Dios mío! ¡Dios mío! ¡Han disparado por la ventana!

—¡Maureen! —gritó Perry desde el sótano, muy asustado, y luego se oyeron sus pasos por las escaleras.

—¡Estamos bien! —gritó Cate—. No subáis, ahora bajamos.

Sin pensárselo dos veces, se levantó y agarró la parte de atrás de la camiseta de Maureen, levantándola y empujándola hacia delante al mismo tiempo; el miedo le hizo sacar una fuerza que ni sabía que tenía. Casi lanzó a Maureen contra Perry que, por supuesto, no se había detenido y había ido a buscar a su mujer; los dos estuvieron a punto de caer rodando por las escaleras, pero los aguantó el grupo de personas que habían seguido a Perry para ir a buscarlas. Cate se lanzó hacia la puerta y bajó varias escalones de golpe, y luego se quedó allí agachada con la certeza de que su cabeza estaba por debajo del nivel de tierra. Temblaba con fuerza, con los nervios de punta por lo cerca que habían estado.

—Cate no me ha dejado ir al salón —dijo Maureen, llorando contra el hombro de su marido—. Me ha salvado la vida. No sé cómo lo sabía, pero lo sabía…

Cate tampoco lo sabía. Se sentó en un escalón y hundió la cara entre las manos, temblando con tanta fuerza que le castañeaban los dientes. Parecía no poder parar, ni siquiera cuando alguien, supuso que sería Sherry, la envolvió en una manta y la obligó con suavidad a bajar al sótano y sentarse en un cojín.

Después de aquello, la mente se le quedó casi en blanco, fruto de la sorpresa y el cansancio. Oía el murmullo de las conversaciones a su alrededor, pero no las escuchaba, observó la llama azul de la estufa de queroseno, esperó a que la cafetera que habían colocado encima del fuego empezara a hervir y pudieran hacer café, y esperó a Cal. Ya debería haber vuelto, pensó, con la mirada clavada en la puerta y deseando que se abriera.

Una hora después, como mínimo, a ella le parecía que tenía que haber pasado una hora, a menos que algo hubiera ido realmente mal en la progresión del tiempo, la puerta finalmente se abrió y entraron tres personas. Vio un pelo rubio y despeinado, una cara dolorida y azul del frío; vio al señor Creed con los brazos apoyados en Cal y en Neenah...

Cate se quitó la manta de encima y se levantó de un salto, uniéndose a los demás, que corrieron a evitar que los tres cayeran al suelo. Se produjo una confusión de exclamaciones y preguntas mientras varias personas cogían al señor Creed y lo dejaban encima de varios cojines; entonces Cal empezó a tambalearse y Cate se agarró a él con desesperación, colocó su hombro bajo su axila e intentó soportar su peso.

—A Joshua le han disparado —dijo Neenah, casi sin aire, mientras se dejaba caer de rodillas e intentaba respirar—. Y Cal está congelado; se ha metido en el río.

—Vamos a quitarle la ropa mojada —dijo Walter, llevándose a Cal lejos de Cate. Al vivir en Trail Stop, todos sabían cómo tratar una hipotermia. A los pocos segundos, alguien sostenía una manta delante de Cal mientras el pobre, con ayuda, se quitaba la ropa mojada. Lo secaron y él no dijo nada; luego lo envolvieron con una manta previamente calentada y lo sentaron junto a la estufa. En algún momento, la cafetera había empezado a hervir, así que Cate echó un poco de azúcar en uno de los vasos de plástico y lo llenó de café. No estaba demasiado fuerte, pero estaba caliente y era café, y tendría que servir.

Cal estaba temblando de forma convulsiva, con los dientes castañeándole; era imposible que pudiera sujetar el vaso. Cate se sentó a su lado y le acercó el vaso a los labios con cuidado, con la esperanza de que no lo derramaría y lo escaldaría. Cal bebió un sorbo e hizo una mueca ante la dulzura de la bebida.

—Sé que el café te gusta solo —le dijo ella, con dulzura—, pero bébetelo de todas formas.

Como todo su cuerpo estaba temblando, no podía responder gran cosa, pero consiguió bajar la barbilla, asentir y beberse otro sorbo.

Cate dejó el vaso y se colocó detrás de Cal y empezó a frotarle la espalda, los hombros y los brazos con toda la fuerza que podía sin mover la manta.

Tenía el pelo mojado y fuera hacía tanto frío que tenía gotas de agua cristalizadas en la cabeza. Cate calentó una toalla con la lámpara y luego le secó el pelo hasta que, en vez de mojado, estuvo húmedo. En cuanto terminó, los temblores habían ido a menos, aunque algún estremecimiento ocasional lo sacudía y le hacía castañear los dientes. Le dio más café; Cal alargó la mano y cogió el vaso él mismo, y ella lo dejó.

—¿Cómo tienes los pies? —le preguntó.

—No lo sé. No me los siento —hablaba con un tono uniforme, casi monótono. Los temblores a los que había sometido a su cuerpo con el objetivo de mantenerse caliente lo habían dejado agotado. Era incapaz de sentarse recto y se le cerraban los párpados.

Cate se sentó a sus pies y apartó la manta. Cogió un helado pie con las manos y frotó, apretó y sopló en los dedos, luego repitió el esfuerzo con el otro pie. Cuando ya perdieron la palidez propia del frío, se los envolvió con una toalla caliente.

—Tienes que estirarte —le dijo.

Con un gran esfuerzo, Cal meneó la cabeza y miró hacia donde Neenah estaba cuidando al señor Creed.

—Tengo que ver qué puedo hacer por Josh.

—Teniendo en cuenta tu estado, no puedes hacer nada.

—Claro que puedo. Ponme otro café, esta vez sin azúcar, tráeme algo de ropa y estaré listo en cinco minutos —levantó los pálidos ojos hacia ella y Cate vio la determinación reflejada en ellos.

Necesitaba dormir unas horas pero, en un segundo de comunicación sin palabras, supo que no lo haría hasta que hiciera lo que creía que tenía que hacer. Por lo tanto, la forma más rápida de conseguir que descansara era ayudarlo.

—Una taza de café. Marchando —le sirvió más café y, mientras lo hacía, miró a sus vecinos y amigos. Se habían asustado, incluso desorientado, pero todos estaban ocupados con algo para organizarse mejor. Algunos estaban colocando cojines y almohadas y repartiendo mantas, otros hacían el inventario de las armas y la cantidad de munición que tenían, Milly Earl estaba preparando algo de comer y Neenah se encargaba de los cuidados del señor Creed. Le habían cortado los pantalones y lo habían tapado con una manta, dejando el tobillo lesionado al aire y apoyado en una almohada. Neenah había lavado la herida a conciencia pero parecía no saber qué hacer a continuación.

Cate se acercó a Maureen y le comentó que Cal necesitaba algo de ropa. Los vaqueros que Maureen sacó de una caja eran muy anchos de cintura, pero servirían. Perry subió a casa un momento, a cuatro patas y a oscuras, y regresó con una muda limpia de ropa interior, calcetines y un jersey de lana pura. Cal se puso la ropa interior debajo de la manta y luego empezó a vestirse lo más rápido posible.

Cate se obligó a no mirar ese cuerpo medio desnudo, aunque no pudo evitar una mirada de reojo, durante la cual comprobó que sus tiritas habían desaparecido y que los dos cortes volvían a sangrar. Sherry vio cómo lo miraba, se le acercó y le susurró:

—Eso sí que es un hombre.

—Sí —murmuró Cate asintiendo—. Sí que lo es.

Cuando Cal terminó de vestirse, se acercó muy despacio hasta donde estaba el señor Creed y pidió que le trajeran su equipo de primeros auxilios. Cate se cruzó de brazos, le dijo a su inquieto estómago que se calmara y fue a ayudarlo.

—¿Qué puedo hacer? —le preguntó mientras se arrodillaba a su lado.

—Todavía no lo sé. Déjame ver la herida.

Neenah se acercó hasta la cabeza del señor Creed, con la cara pálida mientras Cal estudiaba las dos heridas y tocaba el hueso del tobillo con mucho cuidado. Creed se mordió el labio, arqueó la espalda y Neenah lo cogió de la mano. Creed cerró los dedos alrededor de los suyos con tanta fuerza que ella hizo una mueca.

—Creo que el hueso está roto —dijo Cal—, pero no noto ningún desplazamiento. Tengo que buscar fragmentos de bala…

—Y una mierda —le espetó Creed.

—… O una infección podría costarte la pierna —terminó Cal.

—Jo… —Creed miró a Neenah y a Cate y apretó la mandíbula con fuerza.

—Eres un tipo duro, podrás aguantarlo —comentó Cal sin una pizca de compasión. Luego se dirigió hacia Cate—. Necesito más luz, mucha más.

La luz de las velas y la lámpara de aceite no era suficiente para explorar una herida, así que Sherry se colocó detrás de Cate con la potente linterna de Cal iluminando la pierna de Creed. Con un par de fórceps que sacó del equipo de primeros auxilios, Cal exploró y Creed maldijo. Encontró un fragmento de bala, un trozo de piel de la bota de Creed y un pequeño trozo de algodón de los calcetines empapado de sangre. Cuando terminó, Creed estaba pálido como el papel y bañado en sudor.

Neenah le sujetó la mano durante toda la operación, le susurró cosas al oído y le secó el sudor de la cara con un trapo frío. Cate le dio a Cal todo lo que necesitó y luego sujetó un cazo bajo las heridas mientras él las lavaba a conciencia. Cuando Cal empezó a suturar, Cate se mareó y tuvo que apartar la mirada, aunque no sabía por qué la perturbaba la imagen de una aguja perforando la carne. Se preguntó cuándo había aprendido Cal a suturar una herida y dónde había recibido las clases de medicina, pero las respuestas podrían esperar a otro día.

Después, le aplicaron antibiótico sobre las heridas suturadas, le dieron varias pastillas, antibióticos y calmantes, y le vendaron la pierna con una venda limpia.

—Mañana la entablillaré para que el hueso tenga algún apoyo —dijo Cal mientras se levantaba, muy cansado—. Esta noche, no irás a ninguna parte.

—Me aseguraré de que ni lo intente —dijo Neenah.

—Estoy aquí y puedo oíros —dijo Creed, algo enfadado, aunque parecía exhausto y no protestó cuando Neenah se sentó a su lado.

—Necesito descansar un par de horas —dijo Cal mientras miraba a su alrededor buscando un rincón tranquilo.

—Enseguida lo arreglo —dijo Cate. Sherry y ella cogieron un par de mantas y una almohada y Cate sacó más ropa de la caja que Maureen había abierto y la colocó debajo de las mantas para crear una especie de colchón. Levantaron un pequeño muro de cajas para mayor privacidad a ambos lados de la cama y colocaron una vieja cortina encima de las cajas para que bloqueara la luz y diera al menos la ilusión de algo de intimidad.

Cal las miró cansado y divertido.

—Una manta en el suelo habría bastado —dijo—. He dormido en peores circunstancias.

—Puede que sí —respondió Cate—, pero esta noche no tienes por qué hacerlo.

—Buenas noches —dijo Sherry—. Oye, Cal, no pienses que tienes que hacerlo todo. Los otros hombres se han organizado para montar guardia por turnos hasta que amanezca. Puedes dormir más de un par de horas. Si pasa algo, ya te despertarán.

—Te tomo la palabra —dijo él, y Sherry se marchó para unirse a los demás.

Cate se quedó allí de pie, algo desconcertada porque, de repente, no sabía qué hacer ni qué decir. Murmuró «Buenas noches» y dio la vuelta para seguir a Sherry, pero Cal la agarró por la muñeca. Ella se quedó inmóvil, con la mirada clavada en él, como si no pudiera apartarla. De repente, notaba el corazón golpeando con fuerza contra los pulmones. La pálida mirada de Cal le recorrió la cara y se detuvo en los labios, y allí se quedó.

—Tú también estás cansada —dijo, con aquella voz tan tranquila, mientras con una fuerza sorprendente la tiraba hacia su improvisada cama—. Duerme conmigo.

Capítulo **20**

Cate se quedó desconcertada.

—¿Qu... Qué? —tartamudeó, totalmente desorientada por la rapidez con que se vio tendida de espaldas debajo de una manta y mirando una cortina atrapada entre dos cajas. Experimentó un breve momento de orgullo al comprobar lo cómoda que era la cama y la poca luz que entraba en la tienda improvisada. Incluso el rumor de las conversaciones de las más de veinte personas que estaban en el sótano con ellos parecía muy lejano.

—Duerme conmigo —repitió él, con una voz suave, mientras se estiraba en el limitado espacio que tenían y apoyaba la cabeza en la almohada a su lado. Hablaba muy bajo, con la voz destinada sólo para ella. Sus miradas se cruzaron y, maravillada ante sus cristalinas profundidades, Cate perdió toda capacidad de pensar, y casi de respirar. Le parecía que podía verle el alma y la sensación de conexión era más poderosa que si hubieran estado haciendo el amor. Casi sin darse cuenta, alargó la mano y le acarició los labios y notó la superficie húmeda debajo de las yemas de los dedos. Él le cogió la mano, con los dedos fríos y fuertes aunque infinitamente dulces, y se la giró para acariciarle los nudillos con la boca y darle el beso más dulce y delicado que jamás había recibido.

La intimidad de estar allí tendida con él era sorprendente; lo sentía a lo largo de todo su cuerpo como no había sentido a nadie desde la muerte de Derek. Los largos años de soledad habían borrado el recuerdo de qué era estar tendida tan cerca de un hombre, que sus alientos se mezclaran, que pudiera oler el aroma de su piel, que pudiera sentir el fuerte y sólido latido de su corazón. Iban totalmente vestidos; bueno, ella llevaba el pijama de franela y el jersey grueso que se había puesto antes de marcharse a casa de los Richardson, pero iba vestida. Sin embargo, se sentía tan vulnerable como si estuviera desnuda. Era plenamente consciente de la presencia de sus vecinos en el sótano, que seguro que debían de estar observando y especulando, preguntándose qué habría entre el manitas y la viuda.

Se sonrojó cuando ella misma se hizo esa pregunta. Las cosas habían cambiado tan deprisa que ni siquiera estaba segura de cómo o por qué, ni de qué había cambiado. Lo único que sabía era que el tímido señor Harris parecía haber desaparecido, como si nunca hubiera existido, y en su lugar estaba Cal, un extraño con escopeta, que sabía suturar heridas de bala y que la miraba como si quisiera desnudarla.

«Tonta», le dijo su cerebro. Era un hombre. Todos los hombres querían desnudar a las mujeres; estaba en su naturaleza y es lo que hacían. Tan sencillo como eso.

Pero lo que ella sentía no era tan sencillo. Estaba confundida, alterada, preocupada… todo a la vez. Y Cal tampoco era un hombre sencillo. Mucha gente tenía secretos, pero los de Cal eran comparables a los del lago Ness. Debería salir de allí y dormir sola. Él no la detendría; aceptaría su decisión. Sin embargo, decirse que debería hacerlo y hacerlo eran dos cosas bien distintas y, aunque la primera era factible, la segunda estaba totalmente fuera de su alcance.

—No pienses más —susurró Cal, acariciándole la frente con un dedo—. Deja de pensar durante un rato. Duerme.

Iba en serio. Pretendía que durmiera allí con él mientras todos estaban ahí fuera observándoles los pies, para ver si señalaban los dos en la misma dirección. Estaba destrozada, pero no creía que pudiera cerrar los ojos.

—¡No puedo dormir aquí! —susurró, desesperada, cuando por fin consiguió recuperar la voz—. Todos pensarán…

—Otro día ya te explicaré lo que deben de estar pensando —hablaba con la voz adormecida y parecía que los párpados le pesaban mucho—. Por ahora, vamos a dormir. Todavía tengo frío y mañana será un día muy largo. Por favor. Esta noche te necesito a mi lado.

Tenía frío y estaba cansado. La súplica fue directa al corazón de Cate y lo atravesó.

—Date la vuelta —susurró ella y, con un gruñido de esfuerzo, Cal se giró y le dio la espalda. Cate los tapó a los dos con la segunda manta, sobre todo los pies. Ella también los tenía congelados e, instintivamente, los acercó a los de Cal, cubiertos con los calcetines, mientras se acurrucaba contra su espalda.

Él ya estaba medio dormido, pero emitió un suspiro de satisfacción y se arrimó más a ella. Cate dobló un brazo bajo la cabeza, colocó el otro encima de la cintura de Cal y dobló las piernas contra sus muslos. Recordó que tenía que curarle los cortes de los brazos, pero oyó que la respiración de Cal ya era más pausada y no quería despertarlo.

Empezó a sentir cómo el calor se apoderaba de su cuerpo y, con él, llegó el sueño. Detrás del muro de cajas, las voces de los demás iban silenciándose para dormir un poco. Sherry había dicho que los hombres habían organizado un sistema de guardias; y las balas no podían alcanzarlos en el sótano. Estaban relativamente a salvo hasta la mañana, cuando podrían descubrir exactamente qué estaba pasando. No había ningún motivo por el que no pudiera dormir tranquila.

Se arrimó más a la espalda de Cal y deslizó la mano desde su cintura por el abdomen hasta el pecho. Se durmió notando el latido de su corazón en la mano.

Un buen rato después de que le dispararan, Teague consiguió sentarse. No veía nada; la sangre salía a borbotones de la herida en la frente, se le metía en los ojos y lo cegaba. La agonía le resonaba en la cabeza como el son de los tambores de Satanás. ¿Qué coño había pasado? No sabía dónde estaba; lo que palpaba con las manos no le resultaba familiar, porque sólo había rocas y más rocas. Al menos, sabía que estaba al aire libre. Pero, ¿dónde y por qué?

Esperó, porque la experiencia le decía que, cuando recuperara del todo la conciencia, recuperaría la memoria. Hasta entonces, se apretó la herida con la mano para frenar la hemorragia, ignorando el dolor que eso le provocaba.

Lo primero que recordó fue un brillante destello de luz y una explosión como si un puño gigante le hubiera golpeado en la cabeza.

«Un disparo», se dijo, pero luego descartó la idea. Si le hubieran disparado en la cabeza, no estaría allí sentado preguntándose qué había pasado. Entonces, habían fallado el disparo, pero de muy poco. Tenía la cara ardiendo, como si se la hubieran despellejado. La bala debía de haber chocado contra la roca que tenía delante, que se había fragmentado y le había destrozado la cara.

En cuanto apareció la palabra «bala», le vino a la mente una escopeta y empezó a recordarlo todo. Eso era la explosión que había oído, que había estallado tan poco tiempo después de su propio disparo que los dos ruidos se habían confundido.

Se preguntó si alguien más habría oído la explosión; ¿por qué nadie lo había llamado por la radio para comprobar si estaba bien? Todo estaba muy borroso y tardó varios segundos en darse cuenta de que había perdido la conciencia y que, aunque lo hubieran llamado, no los habría oído.

Radio. Sí. Alargó la mano y la encontró colgada del cinturón, donde se suponía que tenía que estar; la descolgó, con algo de torpeza porque tenía las manos ensangrentadas, y una idea lo dejó congelado. Tenía que ser cuidadoso porque, si perdía la radio, quizá no pudiera recuperarla. Cuando estuvo seguro de tenerla bien agarrada, apretó el botón para hablar… pero se detuvo.

Podía pedir ayuda. Joder, necesitaba ayuda. Pero… no estaba imposibilitado. Podía hacerlo él solo. Cuando viajas con una manada de lobos, no puedes mostrar debilidad o puede que acabes siendo devorado vivo. Billy no lo atacaría, y Troy tampoco, pero no estaba tan seguro de que Blake no lo hiciera. Y con Toxtel y Goss lo tenía claro… sabía que lo devorarían en un abrir y cerrar de ojos. Si no podía salir de esa montaña él solo, si tenían que sacarlo en lugar de salir por su propio pie, lo verían como a alguien débil y no podía permitírselo.

Vale. Entonces tenía que hacerlo solo. Respiró hondo varias veces y se obligó a concentrarse, a olvidarse de la dolorosa agonía de la cabeza, del mareo y del pánico. Tenía que ser práctico.

Lo primero y más importante era detener la hemorragia. Las heridas de la cabeza siempre sangraban mucho, de modo que podía perder una cantidad considerable de sangre en poco tiempo, cosa que seguro ya había hecho. Tenía que presionar la herida, con fuerza, por mucho que le doliera.

Sabía que tenía una conmoción cerebral, quizá incluso daños cerebrales que con el tiempo empeorarían, pero al explorarse los bordes de la herida con los dedos se dio cuenta de que la frente se le estaba hinchando muy deprisa. Por lo que había oído, eso era bueno. Si la hinchazón se producía en la parte interior del cerebro era mala señal. Pero una conmoción cerebral podía superarla; ya lo había hecho antes.

Teague apoyó la espalda en una roca, clavó los pies en el suelo con todas sus fuerzas, se inclinó hacia delante, apoyó el codo derecho en la rodilla y colocó la palma de la mano encima de la herida. Utilizó todo el cuerpo para aplicar más presión de la que habría conseguido sólo con la mano. Ignoró el dolor que le estalló en la cabeza y apretó con firmeza mientras se concentraba en la respiración y en olvidar la agonía.

Mientras estaba allí sentado, empezó a frotarse la cara con la manga izquierda, intentando limpiarse la sangre de los ojos. Lo malo de la sangre era que se congelaba y se secaba y costaba mucho quitarla. Necesitaba lavarse la cara con agua. Había litros y litros de agua en el río que había al final del precipicio, pero ni siquiera lo intentaría a plena luz del día y sin una conmoción cerebral. No, tenía que volver a la carretera.

Aparte de aplicar presión a la herida, no podía hacer mucho más por sí mismo, así que eso tendría que bastar. Lo bueno era que, cuanto más tiempo estaba allí sentado, más clara tenía la cabeza. Todavía le dolía mucho, pero ya podía pensar mejor.

Lo malo era que, cuanto más tiempo estaba allí sentado, más frío tenía. Si la pérdida de sangre hacía que se desmayara, estaba perdido. Por otra parte, las temperaturas eran bajas, quizá incluso bajo cero. Claro que tenía frío, pero la hipotermia tampoco era buena opción. Tenía que salir de esas rocas cuanto antes. Sabía que la cabeza iba a dolerle cuando intentara moverse pero, ¡qué coño!, el dolor era mejor que la muerte.

Apartó la mano de la herida para ver si todavía sangraba. Notó cómo un hilo de sangre le resbalaba por la frente y lo secó con el reverso de la mano. La hemorragia no se había detenido, pero sangraba mucho menos.

El rifle. ¿Dónde estaba el rifle? No podía dejarlo allí. Primero, porque el carísimo visor infrarrojo estaba acoplado al arma. Y segundo, porque sus huellas estaban por toda el arma. Si había caído por el precipicio, no podría bajar a recuperarlo y tendría que ir otra persona, lo que en esos momentos significaba dejar una posición de fuego vacía, y no era su intención.

Había algo acerca de las posiciones de fuego que le preocupaba, pero ahora no recordaba que era. Ya se acordaría más adelante. Ahora tenía que olvidarse de eso y concentrarse en encontrar el rifle.

Movió la mano izquierda a tientas por el suelo, pero no encontró nada. Tendría que utilizar la linterna. No le gustaba tener que hacerlo, no quería delatar su posición al cabrón que le había disparado… vale, el cabrón ese ya sabía dónde estaba por que si no, ¿cómo había podido dispararle? Buena pregunta: ¿Cómo lo había descubierto?

Teague dejó de buscar el rifle para concentrarse en esa pregunta, porque parecía de vital importancia darle respuesta. No había encendido la interna para desplazarse de posición. ¿El tirador tenía prismáticos de visión nocturna? No eran difíciles de encontrar pero, ¿qué posibilidades había de que alguien de Trail Stop tuviera un par? Puede que Creed; imaginaba que Creed tendría todo tipo de aparatos de caza. Pero Creed no le había disparado porque estaba ayudando a una mujer a cubrirse…

Mierda. La respuesta le vino de repente a la cabeza. El que salía de casa con esa mujer no era Creed. Él ya había salido y se había puesto en posición para cubrir a los otros dos. Cuando Teague había apretado el gatillo, la explosión de la bala había delatado su posición y Creed había disparado. Tan sencillo como eso. No había necesitado ningún prismático de visión nocturna.

Creed podía seguir ahí fuera, esperando que alguien cometiera otro error.

Pero estaría al otro lado del riachuelo, porque cruzarlo en esta zona era imposible. La pendiente por la que bajaba el agua era muy pronunciada, así que lo hacía con fuerza, la suficiente para arrastrar incluso al hombre más fuerte y lanzarlo contra las piedras del fondo.

De hecho, «riachuelo» era un nombre poco apropiado en este caso, porque esa palabra normalmente evocaba un agua tranquila y lenta, algo que aquí brillaba por su ausencia. Esto era como un río de pequeñas dimensiones... pero un río de los malos. Encima, el agua estaba fría porque se alimentaba de las nieves de las montañas.

Teague analizó la situación. Estaba escondido detrás de algo sólido, rodeado de rocas y la cabeza no le sobresalía por ningún sitio. Tenía que arriesgarse a encender la linterna para localizar el rifle. Podía minimizar el riesgo tapando el foco de la linterna con la mano.

Con cuidado, y utilizando la mano izquierda, cogió la linterna que llevaba colgada de una anilla en el cinturón y colocó dos dedos delante del foco. Luego tuvo que quitar la mano derecha de la herida para encender la linterna y, como vio que no salía sangre fresca de la herida, no volvió a aplicar presión.

Había poca luz, apenas la suficiente para quedarse tranquilo y comprobar que veía cosas, que los ojos todavía le funcionaban. Lo primero que vio fue la cantidad de rojo que había a su alrededor: hilos de sangre que resbalaban por la roca que tenía delante, en la roca donde estaba sentado, en el musgo y las hojas del suelo. Tenía la ropa húmeda y empapada en sangre. Aquella zona estaba llena de ADN suyo, pero ahora ya no podía recuperarlo y volverlo a insertar en su cuerpo.

Aquello empeoraba la situación. No podía permitir dejar rastros que lo señalaran como culpable porque, si lo hacía, estaba perdido. Después de esto, tendría que desaparecer un tiempo y eso lo jodía mucho.

Ese cabrón de Creed. Había salido victorioso de su primer encuentro, pero no volvería a hacerlo.

La poca luz de la linterna al final localizó algo metálico y Teague la enfocó unos segundos más, sólo para verificar que había encontrado el rifle; luego apagó la linterna. Cuando le habían dado, el rifle había salido volando hacia atrás y había aterrizado a escasos metros de él. Para cogerlo, tendría que abandonar su posición a cubierto, pero no tenía otra opción. Y tampoco podía moverse demasiado deprisa. Se quedó pensando unos segundos y al final se dijo: «Al diablo», y fue a por el rifle.

Moverse hasta allí era como recibir martillazos en la cabeza. Estaba ardiendo. El dolor le estalló en la cabeza; vomitó justo antes de llegar hasta el arma, pero se obligó a seguir porque esperar unos minutos más no mejoraría nada. En cuanto tuvo el rifle en la mano, se dejó caer contra las rocas, con la respiración entrecortada.

Nadie le había disparado, aunque en esos momentos que alguien lo liberara de aquella agonía no parecía tan mala idea, así que no sabía si estar triste o contento.

Al cabo de unos minutos, se incorporó. Había llegado el momento de dejar esas rocas atrás, costara lo que costara. Se levantó apoyándose en una roca y se tambaleó, inestable; luego, dio un paso adelante. El dolor no era tan intenso como cuando había ido a coger el rifle, pero persistía.

Podía hacerlo. Y antes de que aquello terminara, haría que Creed pagara. Vaya si lo haría.

Capítulo 21

Cuando Teague estaba cerca de la carretera, cogió la radio y dijo:

—Milano, aquí halcón —Milano era Billy. Había designado a cada uno el nombre de un ave rapaz, porque era lo primero que se le había ocurrido. Él era Halcón, Billy era Milano, Troy era Águila y Blake era Búho. Ahora que lo pensaba, esperaba que a Blake no le hubiera sentado mal ser el Búho, porque estos animales tenían la mejor visión de todos… Joder, si estaba preocupado por esas estupideces es que estaba realmente mal.

—Adelante Halcón.

—El tiro de una escopeta impactó en una roca delante mío y tengo la cara llena de cortes. Necesito ayuda. Nos vemos en el puente —Billy era quien estaba más cerca y del que podían prescindir ahora mismo. Las dos posiciones más lejanas eran las más críticas porque vigilaban la principal vía de escape. Teague no tenía ninguna duda de que alguien, o más de una persona, intentaría escaparse para rodearlos. Puede que esta noche no, pero muy pronto.

—Diez-cuatro —respondió Billy y Teague devolvió la radio a su sitio. Dios, estaba casi inconsciente sobre sus pies, pero tenía que seguir andando durante, al menos, unos minutos más. Tenía que llegar hasta donde Toxtel y Goss pudieran verlo, y eso significaba que tenía que aguantar. No les había dado radios porque no confiaba tanto en ellos y porque no quería que escucharan todo lo que los chicos y él se decían. Se acercaría a ellos sin avisarles.

Lo malo era que, incluso después de dejarlos atrás, no podría estirarse a descansar hasta que se encontrara mejor; lo mejor que podía hacer era tomarse una aspirina y esperar a que el dolor de cabeza amainara.

Justo antes de salir del bosque, susurró:

—Hombre avisa —para que sintieran que estaban en una operación militar. Penoso. En sus tiempos, se había visto metido en operaciones complicadas, pero ninguna tan descabellada como aquella.

Toxtel y Goss habían tomado posiciones con apenas cinco metros de distancia entre ellos, otra estupidez, pero como Teague sospechaba que no habría demasiada actividad en el puente, no les dijo nada y dejó que hicieran lo que quisiera, que creyeran que seguían al mando.

Cuando se acercó, ninguno de los dos se volvió; todavía estaban con la adrenalina a tope y los músculos tensos mientras esperaban que apareciera alguien al otro lado del riachuelo. No podía echarles la culpa, aunque alguien más experimentado sabría que en algún momento tenían que relajarse.

—¿Le has dado a alguien? —le preguntó Goss—. He oído un disparo.

Aquello confirmaba las sospechas de Teague de que los dos disparos habían sido tan seguidos que habían resultado casi simultáneos.

—Puede que le haya dado a alguien, pero alguien me ha dado a mí.

Goss miró por encima del hombro e, incluso en la oscuridad, supo que lo que cubría la cara de Teague era sangre.

—¡Joder! —se levantó de un salto y se volvió, asustando a Toxtel—. ¿Te han disparado en la cabeza?

—No, sólo son cortes, no es una herida de bala. Alguien disparó con una escopeta hacia mí y rompió la roca que tenía delante en mil pedazos —intentó no darle mayor importancia.

—¿Escopeta? —preguntó Toxtel muy serio, mientras se levantaba y se acercaba a ellos—. Quizá fue nuestro amigo —le dijo a Goss, cosa que también confirmó la sospecha de Teague de que alguien del pueblo les había dado una buena paliza.

—Sé quien ha sido —dijo Teague—. Un tipo que se llama Creed. Es un hijo de puta muy duro de pelar, antiguo militar, es guía de caza por esta zona.

—¿Qué aspecto tiene? ¿No demasiado alto, quizá metro ochenta, tirando a delgado? ¿Pelo un poco largo y ojos raros, como si fueran de cristal?

Hmmm. Teague no recordaba haber visto a nadie que encajara con aquella descripción. Aunque una cosa estaba clara: su amigo no era Creed.

—No. Creed es un tío alto y fuerte. Pelo corto que empieza a canear. Parece que sólo le falte el uniforme.

—No es él. ¿Estás seguro de que quien te ha disparado es ese tal Creed? —preguntó Toxtel.

—Casi seguro —añadió el «casi» porque realmente no había visto a Creed, pero el instinto le decía que no podía haber sido nadie más.

—Pero has dicho que ha sido con una escopeta —insistió Toxtel.

Teague apenas pudo ocultar su enfado. Estaba delante de ellos empapado en sangre y Toxtel sólo pensaba en el tío que le había dado una paliza.

—Hay más de una escopeta en el mundo —dijo, muy seco—. Y calculo que, al otro lado del riachuelo, habrá unas diez, aparte de varios rifles y pistolas.

Toxtel se dio la vuelta, evidentemente contrariado por el hecho de que a Teague le hubiera disparado alguien que no era su enemigo.

Goss miró a Toxtel y luego a Teague y se encogió de hombros.

—Estás hecho un asco. ¿Necesitas ayuda?

—No. Voy al campamento a lavarme —al menos, Goss le había ofrecido ayuda, que era más de lo que había hecho el capullo de Toxtel. Teague se volvió y se alejó caminando hacia una curva. Billy apareció entre el follaje y se unió a él en silencio. Cuando Toxtel y Goss ya no los veían, Billy le ayudó a caminar el resto del trayecto. Se colocó uno de los brazos de Teague por encima del hombro y movía la mitad del peso de Teague. Como Billy no era demasiado alto, llegar al campamento fue complicado.

Habían levantado un pequeño campamento a unos cien metros del puente o, mejor dicho, de donde antes estaba el puente, en un pequeño claro que no se veía desde la carretera. El sentido común obligaba a tener un sitio donde descansar, preparar café y comer, sobre todo si aquello se alargaba más de un día, cosa que Teague preveía.

Billy lo soltó antes de llegar a la tienda, se metió dentro, encendió la lámpara y salió para ayudar a Teague a entrar, lo que implicaba tener que agachar la cabeza, con lo que el dolor de cabeza se agudizó todavía más.

—Mierda —dijo Teague muy cansado, mientras se sentaba en una silla dentro de la tienda; demasiado cansado para pensar una palabrota más original.

—Quizá deberías estirarte —sugirió Billy mientras abría una bolsa de plástico que contenía el equipo de primero auxilios que habían comprado Goss y Toxtel, por lo que no sabía qué encontraría.

—Si me estiro, no podré volver a levantarme.

—Pues no te levantes durante unas horas. Ahí fuera no pasa nada. Se han escondido todos, supongo que esperando la luz del día. Hasta entonces, no pasará nada. Toallitas de bebé —dijo, riéndose, dejando a Teague muy confundido hasta que levantó la mirada y vio la bolsa de plástico que Billy tenía en la mano—. Supongo que las habrán comprado para limpiarnos. ¿Servirán para limpiar heridas? Hay algunas con alcohol, pero no muchas. Al menos, no las suficientes para lavarte la cara.

Teague intentó encogerse de hombros, pero decidió que era mejor no hacerlo.

—No veo por qué no. ¿Hay alguna aspirina por ahí?

—Sí, ¿cuántas quieres?

—Para empezar, cuatro —le pareció que dos no le harían nada.

—Las aspirinas son anticoagulantes.

—Me arriesgaré. Necesito algo.

Billy cogió una botella de agua y la abrió, luego sacó cuatro aspirinas del bote, se las colocó en la palma de la mano y se las dio a Teague, que se las tragó una a una, intentando mover la cabeza lo menos posible. Luego, Billy se puso manos a la obra con las toallitas y empezó a limpiar la sangre para poder valorar las heridas.

Mientras, con mucho cuidado, lavaba el corte más grande en la frente de Teague, murmuró:

—Es el plan más estúpido que he visto en la vida. Repíteme por qué lo hacemos.

—Dinero.

—Sí, pero no basta para jugarnos la vida en estas montañas. Volar el puente, sitiar el pueblo… esto puede irse al traste de muchas formas distintas. Sin darle muchas vueltas, se me ocurren cuatro o cinco formas mejores de conseguir lo que esos dos quieren, y con mucho menos riesgo —Billy hablaba en voz baja para que nadie lo oyera más allá de las paredes de tela de la tienda.

Les pagaban muy bien. Teague pretendía quedarse con una parte más grande, pero los demás no tenían por qué saberlo. El «honor entre ladrones» era un mito y no iba a ser él quien empezara a perpetuarlo. Los chicos sabían que iban a llevarse mil dólares, a repartir en cuatro partes iguales, por unos días de trabajo. Toxtel se hacía cargo de los gastos de aquella descabellada charada.

—El riesgo para nosotros es mínimo —dijo—. No dejamos que nos vean y nadie del pueblo sabrá jamás que hemos estado implicados en esto.

—Esos dos tíos de Chicago lo saben.

—Das por sentado que sobrevivirán.

Billy dibujó una amplia sonrisa, que luego desapareció.

—Si mueren, no nos pagan.

—Está todo pensado. Cobraremos cuando esa mujer de la pensión les dé lo que quieren. Toxtel quería esperar a tener la mercancía para pagarnos, pero me negué en redondo. Si consigue lo que quiere, nos dispararía en un santiamén para no tener que pagarnos. Así que nos pagará antes.

—¿Y confía en que nos quedemos una vez tengamos la pasta?

—Lo dudo, pero no tiene otra opción.

—¿Cuándo vas a hacerlo?

¿Cuándo tenía pensando matar a Toxtel y Goss? Se lo pensó.

—Cuando tengan lo que buscan. Si están dispuestos a pagar tanto dinero por eso, puede que a nosotros también nos interese tenerlo. Verás, acordarán una hora para la entrega, porque tendremos que recoger nuestras cosas y no dejar rastro para salir corriendo en cuanto el asunto esté cerrado. Los habitantes del pueblo tardarán un tiempo en cruzar el riachuelo para ir a buscar ayuda y, mientras tanto, nosotros desapareceremos. Cuando Toxtel tenga lo que quiere, ellos también se marcharán, pero nosotros los estaremos esperando. Los sorprenderemos y abandonaremos sus cuerpos. Son los dos únicos implicados de los que sospechan. Nosotros estamos limpios.

—¿Y quién se supone que los habrá matado, si sólo eran dos?

—La deducción más lógica es pensar que lo hizo un tercer socio que los ha traicionado. Funcionará. Confía en mí.

Billy se quedó en silencio mientras examinaba la herida de la frente.

—Este corte necesita puntos —dijo, al final—, pero ya no sangra. Por la mañana, quizá quieras ir a la clínica de la ciudad. No es una herida de bala, así que no informarán a la policía.

—A lo mejor. Ya lo decidiré mañana —unos antibióticos le vendrían bien, y el doctor también le daría calmantes. La gente caía en estas montañas cada día; nada nuevo para ellos.

Billy impregnó el corte con antibiótico líquido y lo cubrió con una gasa.

—Espero que no hayamos querido abarcar más de lo que se puede. Teague, hoy ha muerto gente ahí abajo; cuando esto salga a la luz y lleguen los polis, destinarán a todos los investigadores del estado al caso, y puede que también a varios federales. Esto saldrá en las noticias nacionales y pondrán precio a nuestras cabezas.

—Puede que deduzcan que había más personas implicadas, pero me he asegurado de que no me vieran con esos dos, y no hay nada escrito, ningún registro telefónico que tenga que preocuparnos. Si están muertos, no pueden implicarnos. Nos pagarán en efectivo. Si no metemos la pata y dejamos que nos identifiquen, somos libres.

Billy se quedó pensativo y acabó asintiendo.

—Eso lo entiendo pero… ¿A quién coño se le ocurrió todo esto?

—A Toxtel. Goss y él se presentaron allí creyéndose los más duros del mundo y descubrieron que no era así. Toxtel tiene entre ceja y ceja a alguien del pueblo que lo apuntó con una escopeta. Supongo que nunca había estado en el lado perdedor hasta ahora, porque tiene un ego enorme que no le permite ver más allá de su nariz.

Billy gruñó. Ellos ya habían visto el lado malo de las cosas, y en nueve de cada diez casos, la situación acababa en desastre. Si Teague no hubiera visto una posibilidad de que él y sus chicos salieran airosos de aquello, no los habría implicado.

—¿Cuánto crees que durará?

—Me imagino que, al menos, cuatro o cinco días —respondió Teague. Quizá Toxtel creyera que los habitantes del pueblo se rendirían enseguida y lanzarían a Cate Nightingale a los lobos, pero Teague sabía que no. Esta gente era tozuda y cerraría filas alrededor de ella. Sin embargo, en algún momento, pesaría el precio de la resistencia y la propia señora Nightingale cedería y les daría a esos dos lo que querían.

La única posibilidad de un desenlace más rápido era que ella cediera enseguida pero, por experiencia, sabía que la gente que intentaba engañar a otro no tenían demasiado sentido del deber cívico, que digamos. No, si esa mujer estaba intentando hacer algo deshonesto, no cedería tan deprisa. Mentiría, lo negaría, intentaría ganar tiempo… hasta que viera que había ido demasiado lejos sin que sus vecinos se le echaran encima, y entonces empezaría a poner excusas, a intentar explicarse y a ofrecer una imagen lo más positiva posible, hasta que al final cedería.

Aunque Teague esperaba que se resistiera un poco, lo suficiente para recuperarse y poder encargarse del cabrón de Creed.

Ese desgraciado se arrepentiría de haber apretado el gatillo esta noche. La venganza es un plato que se sirve frío.

Capítulo 22

Cate abrió los ojos muy despacio y descubrió que tenía la nuca de Cal delante. No hubo ningún segundo de confusión; inmediatamente supo dónde estaba y quién estaba estirado a su lado. La invadió una oleada de emociones confusas, impresiones, sentimientos y pensamientos, todo tan deprisa que no tuvo tiempo de filtrarlos. Los acontecimientos la estaban arrastrando, y no le daban tiempo a analizar o a reflexionar sobre sus decisiones; la consiguiente sensación de perder el control era, al mismo tiempo, aterradora y emocionante. Entre Cal y ella estaba pasando algo cuando ella no estaba preparada para que pasara nada, con nadie, pero ahora que el cambio había empezado, era como una bola de nieve que iba ganando velocidad a medida que descendía por la montaña.

Le parecía que Cal no se había movido ni un centímetro desde que se había dormido, y aquella demostración de lo cansado que estaba la llenó de ternura y de instinto de protección. Quería apoyar la cabeza en su espalda, pero recordó los cortes de los brazos y no quería hacerle daño. Le miró el pelo despeinado y le apeteció acariciarlo con las manos, pero sabía que el pobre necesitaba todas las horas de sueño que pudiera aprovechar y no quería despertarlo. Quería deslizar la mano por la cintura de los vaqueros que Maureen le había prestado y explorar el bulto que había visto mientras se cambiaba de ropa, y la repentina fuerza de su deseo sexual fue devastadora.

No había querido hacer el amor con nadie desde la muerte de Derek. Sí que había necesitado «liberar tensiones», pero no con nadie...

y durante mucho tiempo ni siquiera quiso hacer eso. El dolor y la sorpresa habían matado su sexualidad, y ella estaba tan insensible, tan concentrada en la tarea hercúlea de seguir adelante cada día que ni siquiera había guardado luto por esa parte de su ser. Sin embargo, al cabo de un año, aproximadamente, sus necesidades físicas empezaron a asomar lentamente, silenciosas y ocasionales, pero al menos existían. No obstante, no recuperó las ganas de hacer el amor, la realidad de tocar y que la tocaran. Y ahora, querer... necesitar la sensación de la penetración la hacía sentir como si le estuviera siendo infiel a Derek, como si lo hubiera olvidado por completo.

Quizá lo había hecho. Quizá el tiempo la había alejado de él de forma tan gradual que no recordaba el momento en que lo había perdido de vista. Aunque no en su corazón; siempre lo querría, pero ahora ese amor era estático, los detalles congelados e imperturbables para siempre. La vida no era estática; avanzaba, cambiaba y lo que una vez había sido tan inmediato se convertía en un precioso recuerdo que formaba parte del tejido que formaba su ser. Era la persona que era porque había querido a Derek. Y esa nueva mujer estaba al borde de algo que la asustaba y la emocionaba y que, seguramente, le cambiaría la vida. No sabía qué pasaría pero, al menos, estaba impaciente por descubrirlo.

Siempre que Cal y ella sobrevivieran, claro. Durante unos somnolientos segundos, mientras disfrutaba de la resurrección de la emoción y la necesidad y la deliciosa incógnita de una posible nueva relación, se había olvidado de la extraña y horrible situación que estaban viviendo. La realidad volvió a pesar en su mente pero, al mismo tiempo, toda la noche había sido algo surrealista. Esas cosas no pasaban. Estaba tan lejos de su experiencia que no tenía puntos de referencia, no tenía ni idea de lo que debería hacer o de lo que podía pasar a continuación.

Escuchó atentamente; no podía saber si ya había amanecido. Todos estaban dormidos o, al menos, intentándolo. Varios ronquidos rompían el silencio y, de vez en cuando, oía cómo alguien cambiaba de posición. Una vez oyó un suave murmuró que le pareció que era de Neenah, que estaba cuidando a Joshua Creed.

Cal alargó la mano por debajo de la manta y la apoyó en la cadera de Cate, acercándola más a él en silencio.

A ella se le llenaron los ojos de lágrimas cuando se acerco a él, lo más cerca que pudo. Esto… Esto era lo que más había echado de menos, la silenciosa compañía por la noche, el saber que no estaba sola. Todavía no se habían besado pero, de alguna forma, a algún nivel, ya estaban unidos. Lo sabía con la misma certeza que sabía cuándo los niños estaban bien o cuándo se estaban metiendo en líos. No tenía que verlos; no tenía que oírlos; lo sabía.

—Duérmete —le susurró Cal—. Necesitarás todo el descanso que puedas acumular.

Quería que la abrazara, quería sentir sus brazos alrededor. Cuando las abrazó a Neenah y a ella después del espeluznante episodio con Mellor en el desván, por primera vez en mucho tiempo, Cate se había sentido… segura. Y no sólo porque Cal las hubiera protegido, aunque la desconcertó haber de reconocer que parte de la respuesta era por eso; era evidente que algunas reacciones primitivas no habían desaparecido. No obstante, aquella sensación se explicaba en gran parte porque, de repente, descubrió que no estaba sola.

Tenía las palabras para pedirle que la abrazara en la punta de la lengua, pero se contuvo. Si la abrazaba y la tocaba con las manos, sospechaba que irían más allá de un simple abrazo. Era un hombre, y la quería. Un escalofrío de emoción la recorrió entera cuando fue consciente de aquello. Puede que fuera tímido… No, ni siquiera estaba segura de eso, porque alguien tímido no se habría cambiado delante de todo el mundo como había hecho él. Era un hombre considerado, como quedaba demostrado por el hecho de que no hubiera intentado darse la vuelta en toda la noche. Estaban rodeados de gente y, aunque las cajas y las cortinas les daban algo de privacidad, lógicamente no era suficiente para disfrutar de la más mínima intimidad sexual. Los pies asomaban por el final de la cama y, si Cal se daba la vuelta, sabía la especulación que se generaría. Había más personas despiertas en el sótano, atentas a los ruidos y los susurros.

A Cate no le iba el sexo en público, era algo impensable para ella, así que agradecía sobremanera la cautela de Cal. Quería sentirlo en su espalda, sentir sus brazos alrededor pero sabía que, si la abrazaba, las manos tardarían poco en aventurarse hacia el interior de los pantalones del pijama.

Aquella idea envió corrientes eléctricas a las terminaciones nerviosas de su cuerpo y se arrimó a Cal. Dios, quería que la tocara, quería notar cómo sus largos dedos se deslizaban en su interior, lo quería con tantas fuerzas que tuvo que reprimir un grito.

Él volvió a alargar la mano y le acarició el trasero, dándole unas palmaditas.

La agonía del deseo se convirtió, de forma inmediata, en una risa ahogada. Era imposible que Cal supiera lo que estaba pensando, lo que estaba sintiendo, pero esas palmaditas parecía que habían querido decir: «Tranquila. Ya lo haremos».

Entones recordó a aquel vidente idiota y se sonrojó. Quizá sí que lo sabía. Se produjo una explosión de satisfacción en su interior y, cuando volvió a dormirse, tenía una sonrisa en la cara.

Goss contempló cómo el cielo empezaba a clarear por el este. Estaba cansado, pero todavía no tenía sueño; suponía que ya le llegaría en algún momento.

Lo de anoche había sido muy impresionante, e intenso. Esos chicos eran letales. A ninguno le importaba lo más mínimo si alguien vivía o moría. Lo veía en sus ojos y reconocía la expresión porque era la misma que veía cada vez que se miraba al espejo.

Lo de Teague parecía muy serio, pero estaba en pie, o sea que igual el aspecto era mucho peor que la realidad. Lo que le interesaba a Goss era la escopeta; a Toxtel también le había llamado la atención. Teague estaba seguro de que le había disparado ese tal Creed, pero no lo había visto, lo que significaba que Teague estaba haciendo suposiciones… y a Goss había algo que le decía que aquellas suposiciones eran incorrectas.

Se suponía que ese Creed era muy bueno, pero estaba claro que Teague no sabía quién era ese tipo del pueblo ni lo bueno que podía ser. Goss y Toxtel, en cambio, sí que habían probado su medicina, y de primera mano. Goss era consciente de sus límites, sabía que no era un tipo de campo, pero era muy bueno en lo que hacía y tenía un oído excelente. Nadie, jamás, había conseguido sorprenderlo por detrás hasta ahora, y menos cuando estaba alerta y vigilante. Y ese cabrón lo había hecho. Goss no recordaba nada, ni siquiera el sonido más leve ni la más mínima advertencia, ni el aire moviéndose; era como si le hubiera atacado un fantasma.

Toxtel era tan experimentado como él. De acuerdo, estaba ocupado con las dos mujeres, pero sus instintos estaban tan desarrollados como los de Goss. No había oído al tipo ese subir por una vieja escalera de madera, sólo se había dado la vuelta y se había encontrado con el cañón de una escopeta delante. De forma muy poco propia de Toxtel, había reconocido: «Tú eres un cabrón de sangre fría, Goss, pero ese tipo... a su lado pareces un gatito».

Escopeta... El tirador donde no se suponía que tenía que estar... ¿Qué opciones había de que Creed y el manitas del pueblo tuvieran esas cosas en común? Ese tipo se había paseado por ahí esa noche, más cerca de lo que Goss quisiera. Lo quería cerca, porque le debía una paliza por el golpe en la cabeza, pero quería saber que estaba cerca. Pensar que estaba sentado por ahí, sin saber cómo invisible para los magníficos visores de Teague, lo ponía algo nervioso. Teague estaba obsesionado con Creed, como si ese hombre fuera el coco, pero el comodín de la baraja era el otro tipo, alguien con quien Teague no contaba.

Sin embargo, en resumen, Goss estaba contento con cómo había salido todo. Había varios muertos, los suficientes para crear alarma sobre el caso. Tarde o temprano, una o más personas de los ranchos de esa zona necesitarían algo que la ferretería y, aunque la señal de «Puente fuera de servicio» serviría durante unos días, al final le dirían algo a alguien, se correría la voz y, al final, acudiría el servicio de carreteras del estado. Y entonces, todo se iría a pique. La única forma de evitarlo era que la señora Nightingale se rindiera de inmediato y les entregara el lápiz de memoria.

Pasara lo que pasara, Yuell Faulkner iba a perder. Los asesinatos de la noche anterior habían firmado su sentencia de muerte. Al perder la perspectiva y dejar que las cosas se le escaparan de la mano, Toxtel había desencadenado una serie de acontecimientos que ya nadie podía detener o ignorar. Al seguirle el juego, a pesar de que el plan de Toxtel era una exageración, esperaba ganar y salir indemne de todo eso, puesto que habían dado nombres falsos y cuando los habitantes del pueblo pudieran llegar allí, ellos ya haría horas que se habrían marchado. La tarjeta de crédito que Faulkner había utilizado para la reserva en la pensión era un camino sin salida, Goss lo sabía. Pero también sabía que él era el motivo por el que todo aquello podría explotarle a Faulkner en la cara; una prueba crucial olvidada «accidentalmente» y una llamada anónima a las autoridades se encargarían de ello. No veía por qué Toxtel tendría que sobrevivir y, aunque no tenía nada en contra de Hugh, tampoco le tenía un cariño especial. Podía sacrificarlo. Y Kennon Goss desaparecería para siempre; ya era hora de adoptar otro nombre y otra identidad.

Lo primero que Cal hizo cuando se despertó fue ponerse las botas.

—Ya casi es de día —le dijo a Cate, que se incorporó en cuanto él abandonó la cama. Había varias personas que también empezaban a despertarse.

Maureen se levantó para encender la lámpara de aceite para que tuvieran más luz.

—Voy a echar un vistazo, a ver si encuentro a alguien más —dijo Cal.

Creed estaba despierto y con el cuerpo incorporado, apoyado en los codos. Tenía ojeras, pero los ojos estaban claros y limpios.

—He estado pensando —le dijo a Cal—. Discutiremos mi plan cuando vuelvas.

Cal asintió y salió por la puerta del sótano. Una vez fuera, saludó con la cabeza a Perry Richardson, que estaba sentado en una esquina de la casa con un rifle de caza entre los brazos.

—¿Has visto algo? —le preguntó, aunque sabía perfectamente que no había habido ningún problema.

Perry meneó la cabeza.

—Esperaba que llegara alguien más, pero hasta ahora todo ha estado muy tranquilo —la expresión de preocupación de su cara decía que tenía miedo de que no hubiera aparecido nadie más porque el resto de habitantes del pueblo hubieran muerto.

—La situación es mala —dijo Cal, muy serio—, pero no tanto como parece. Lo más seguro es que hayan decidido ponerse a cubierto en lugar de arriesgarse a salir y que les dispararan —esta mañana, su trabajo era encontrarlos y traerlos aquí sanos y salvos.

—¿Cuántos...? —Perry no pudo terminar la pregunta, pero Cal sabía qué quería decir.

—Anoche vi a cinco. Espero que eso sea todo —cinco amigos, tirados allí donde habían sido abatidos. Anoche no había podido ir a buscarlos, ni sabía quiénes eran pero, independientemente de sus identidades, habían sido sus amigos. Durante el día podría recoger más información, aunque seguramente no podría hacer nada por ellos hasta por la noche.

—Cinco —murmuró Perry, mientras meneaba la cabeza con el dolor reflejado en los ojos—. Por Dios, ¿qué está pasando?

—No lo sé, pero me temo que tiene que ver con aquellos dos tipos que atacaron a Cate y Neenah —si eran ellos, habían vuelto con ayuda. Cal había contado cuatro posiciones de disparo, incluyendo la que estaba junto a la casa de Neenah.

—Pero, ¿qué quieren?

Cal meneó la cabeza. Cate les había dado las cosas de Layton, de modo que lo único que podía moverlos a volver era la venganza que, en su opinión, era un motivo de lo más débil para atacar a una comunidad entera. Si querían demostrar que la tenían más grande que él, que hubieran venido directamente a por él, que era quien les había pegado una patada en el culo, y no esas pobres personas que estaba tiradas en el suelo. Todo aquello era tan descabellado que no tenía sentido.

Y si no eran esos dos tipos, entonces sí que nada tenía sentido y Cal no sabía a qué atenerse.

Capítulo 23

Cal consiguió arrastrarse por debajo de la casa de los Contreras, con la barriga pegada al suelo y atravesando barro, basura y telas de araña. A los bichos les encantan los espacios oscuros y húmedos de debajo de las casas y esta no era distinta de las demás: ofrecía mucha oscuridad y humedad. Menos mal que los bichos y las arañas no le daban asco.

Se detuvo en cada rejilla de ventilación, asomándose con cuidado y con movimientos muy rápidos, por si alguno de los tiradores estaba vigilando la zona con un visor térmico y se daba cuenta de que una de las rejillas del sótano brillaba más que las demás. Descubrirlo buscando por la casa sería un golpe de suerte; malo para él y bueno para ellos. Los visores no tenían un rango de visión muy amplio, de modo que no ofrecían una visión general buena; los tiradores estarían moviendo continuamente el objetivo, buscando algún movimiento, lo que aumentaba las posibilidades de Cal. Una cámara de infrarrojos fija sería más difícil de evitar.

Los tiradores seguían disparando de vez en cuando para que los habitantes del pueblo se agacharan y no se movieran de donde estaban. Jugaban con la mente de las víctimas. Sin embargo, en algún momento tendrían que dejar de disparar e intentar establecer contacto, determinar qué querían porque, si no, todo aquello no tenía ningún sentido.

Al llegar a la parte de atrás de la casa, vio el cuerpo de Mario Contreras en el lado izquierdo del porche. Sin embargo, no vio ni rastro de Gena ni de Angelina, y tampoco respondieron cuando las llamó.

Ahora estaba intentando asomarse para ver si ellas también estaban en el porche y antes no las había visto.

Estaba asqueado, asqueado y furioso. Mario había elevado el número de cadáveres que Cal había podido ver a siete. Norman Box estaba muerto, y también Lanora Corbett. Ratón Williams ya no parlotearía más con la voz de pito que le había valido el sobrenombre. Jim Beasley había muerto con un rifle en las manos, intentando defenderse. Igual que Andy Chapman. Maery Last, una encantadora anciana de más de setenta años, estaba en el suelo, frente a su casa. La artritis le había impedido ir tan deprisa como los demás. Amigos, todos ellos, y tenía miedo de encontrarse más. ¿Dónde estaban Gena y Angelina? Dios mío, si esa preciosa niña estaba muerta…

Apartó esa idea de la cabeza porque no quería imaginarse lo peor. Gracias a Dios que los gemelos se habían ido con la madre de Cate. Si hubieran estado allí, si les llega a pasar algo a esos dos niños, Cal se habría vuelto loco.

Siguió arrastrándose de rejilla en rejilla, pero no vio a nadie más en el jardín. Ni a Gena ni a Angelina. Eso no significaba que estuvieran bien; podían estar en casa, muertas, o tiradas en algún punto del porche que él no había alcanzado a ver.

Había encontrado a varias personas vivas; aterradas y furiosas, pero vivas. Dos aquí, cuatro allá, algunas solas… no se había molestado en contarlas, porque eso vendría después. Los había enviado a todos a casa de los Richardson; les había dicho la forma más segura de llegar y cómo cruzar las zonas abiertas. Tenían que estar todos en un mismo lugar para así poder organizarse mejor. A él ya se le habían ocurrido varios planes y sabía que Creed estaba trabajando en algo; cuando supieran exactamente en qué situación estaban, decidirían qué hacer.

Salió de debajo de la casa e intentó sacudirse el barro de la ropa. Volvía a ir mojado y tenía frío, aunque el sol empezaba a calentar y el día prometía ser más cálido que el anterior. Todavía llevaba las botas mojadas por haberse metido en el riachuelo la noche anterior, y tenía los pies congelados. La ropa no era problema, podía llevar lo que los Richardson le dejaran pero, si podía, tenía que ir a su casa a buscar un par de botas secas. Pero primero tenía que terminar de localizar a todo el mundo.

Cogió la escopeta, que había dejado apoyada junto a la puerta de entrada a los bajos de la casa y subió las escaleras de la parte trasera, con cuidado de agacharse por si alguno de aquellos tiros ocasionales iba en aquella dirección. Intentó girar el pomo de la puerta y no le sorprendió que la puerta estuviera abierta; casi todos los habitantes de Trail Stop dejaban la puerta abierta por la noche. Cate era una de las pocas que la cerraba, pero ella tenía dos niños pequeños y su madre tenía que evitar que decidieran salir a dar una vuelta en plena noche.

Estaba en la cocina, una sala que conocía perfectamente porque había ayudado a Mario a instalar los nuevos armarios y la encimera. Gena estaba emocionada como una niña pequeña porque ahora tendría más espacio para guardar cosas y porque la cocina quedaría más bonita.

—Gena —dijo—. Soy Cal —otra vez, no obtuvo respuesta.

Arrastrarse era lo más seguro, así que se tiró al suelo, con la escopeta en una mano y entró en el salón. Esperaba encontrar allí los cuerpos, pero estaba vacío. Los cristales de la ventana estaban rotos, y Cal tenía que tener cuidado de no cortarse mientras buscaba marcas de sangre por el suelo. Nada. Miró en el porche delantero. Vacío.

Después, fue a las habitaciones. Mario y Gena dormían en la de delante y Angelina en la más pequeña de atrás. Las dos estaban vacías. La ventana de la habitación de matrimonio estaba rota. Entre las dos habitaciones estaba el baño, y Cal rezó para encontrarlas acurrucadas en la bañera. Pero tampoco hubo suerte.

¿Dónde diantre podían estar? El único lugar que no había mirado era el desván. Esperó que no estuvieran allí, porque era muy peligroso pero había personas que, cuando se enfrentaban a un peligro, lo primero que hacían era ir lo máximo arriba que podían. Miró el techo y allí estaba, justo encima de su cabeza, en el pequeño distribuidor que había entre las dos habitaciones: la cuerda para bajar las escaleras del desván. Si estaban allí arriba, Gena habría vuelto a recogerlas.

El techo no llegaba a los dos metros y medio, así que Cal cogió la cuerda sin ningún problema y bajó las escaleras.

—¿Gena? —gritó hacia la oscuridad—. ¿Angelina? ¿Estáis ahí? Soy Cal.

Una pequeña voz temblorosa rompió el silencio.

—¿Papi?

Respiró tranquilo. Al menos, Angelina estaba viva. Se aclaró la garganta.

—No, cariño, no soy papi. Soy Cal. ¿Está mamá ahí contigo?

—Sí —dijo. Cal oyó ruidos y, al cabo de unos segundos, la llorosa cara de la niña apareció en lo alto de las escaleras—. Pero mami está herida y yo tengo miedo.

Mierda. Cal empezó a subir las escaleras imaginándose que se encontraría a Gena en medio de un charco de sangre. Si le habían disparado, había sido allí arriba, porque abajo no había ni una gota de sangre.

Cuando Cal asomó por la escalera, Angelina retrocedió para dejarlo pasar. Iba con el pijama y descalza, cosa que alarmó a Cal, hasta que vio un montón de ropa que habían sacado de una caja y que la niña había utilizado de manta.

El desván no estaba terminado; sólo la mitad de las vigas estaban cubiertas con contrachapado de madera, mientras que el resto del espacio eran las vigas a la vista con el material aislante entre ellas. La parte con suelo estaba llena de cosas: una caja con el árbol de Navidad perfectamente embalada, juguetes viejos, una cuna desmontada, cajas de trastos viejos. Con la espalda doblada, se dirigió hacia donde Gena estaba sentada con la espalda apoyada en una vieja cajonera. Angelina gateó hasta su madre, quien la abrazó con fuerza.

Gena estaba muy pálida pero, en cuanto Cal se arrodilló a su lado, empezó a buscar sangre y no vio nada. El desván estaba prácticamente a oscuras, puesto que la única luz que entraba era la que se filtraba por las grietas del techo y las rejillas de ventilación; demasiado oscuro para ver bien. Le tomó la muñeca y comprobó el pulso; iba muy deprisa, pero con fuerza, de modo que no estaba en *shock*.

—¿Dónde te has hecho daño?

—En el tobillo —dijo, con un hilo de voz—. Me lo he torcido —respiró hondo, temblorosa—. ¿Mario...?

Cal meneó la cabeza y Gena arrugó a frente al ver confirmadas sus sospechas.

—Nos... Nos dijo que nos escondiéramos aquí mientras averiguaba que estaba pasando. He esperado toda la noche a que volviera pero...

—¿Qué tobillo? —la interrumpió Cal. Tenía toda la vida para llorar a su marido, pero él tenía que hacer muchas cosas y disponía de poco tiempo.

Ella se quedó callada, con los ojos llenos de lágrimas, y luego se señaló el tobillo derecho. Cal le arremangó la pernera del vaquero para ver cómo estaba. Y la respuesta era: mal. Lo tenía tan hinchado que el calcetín ya no daba más de sí y el moretón asomaba por encima del algodón. Cuando empezaron los disparos, todavía no se había cambiado para acostarse, así que llevaba vaqueros y zapatillas deportivas y, como por la noche hacía frío, no se había descalzado. Mejor porque, si lo hubiera hecho, no se habría podido volver a calzar. Eso la haría caminar mucho más despacio.

—Hacía frío —dio Angelina, con sus enormes ojos oscuros muy serios mientras apoyaba la espalda contra su madre—. Y estaba oscuro. Mamá tenía una linterna, pero se ha apagado.

—Nos duró lo suficiente para encontrar esa caja de ropa vieja con la que nos hemos tapado —dijo Gena, que inspiró temblorosa mientras hacía un gran esfuerzo por no derrumbarse delante de su hija.

Cal estaba asombrado. ¿Había encendido una linterna y la había dejado encendida? Pues tenían mucha suerte de estar vivas porque, si la luz del sol entraba por las grietas, la luz de la linterna salía por el mismo sitio. El hecho de que el desván no estuviera como un colador le confirmaba que los tiradores tenían visores infrarrojos en lugar de visores nocturnos; la visión nocturna hubiera magnificado la débil luz que pudiera salir por las grietas y habría sido como un enorme cartel con luces de neón que decía: «¡Dispara aquí!»

Lo habían hecho todo mal pero, por caprichos del destino, estaban vivas. A veces, las cosas iban así.

—Estamos todos en casa de los Richardson —dijo—. El sótano está totalmente protegido. Es demasiado pequeño para todos, pero servirá hasta que Creed y yo inventemos algo.

—¿Inventar algo? ¡Llamad a la policía! ¡Eso es lo que tenéis que hacer!

—No hay teléfono. Ni luz. Estamos aislados —mientras hablaba, miró a su alrededor intentando encontrar algo que Gena pudiera utilizar como muleta. Nada. Tendría que pensar en algo, pero lo primero era lo primero—. Muy bien, tenemos que salir de este desván; aquí no hay ningún tipo de protección. Angelina tiene que ponerse ropa cálida y zapatos…

—No puedo caminar —dijo Gena—. Ya lo he intentado.

—¿Tienes algún vendaje elástico con el que pueda reforzarte el tobillo? Ya encontraré algo para que te apoyes, pero tienes que caminar. No tienes otra opción. Te dolerá muchísimo, pero tienes que hacerlo —no dejó de mirarla ni un segundo para explicarle sin palabras lo seria que era la situación.

—¿Un vendaje elástico? Ah… creo que sí. En el baño.

—Iré a buscarlo —a los pocos segundos, ya estaba abajo, abriendo todos los cajones del tocador del baño hasta que encontró el vendaje. Ya que estaba en el baño, miró en el botiquín, encontró un bote de aspirinas y se lo metió en el bolsillo; luego, volvió al desván.

—Tómate un par de aspirinas —le dijo mientras le daba el bote—. No tengo agua así que, si no puedes tragártelas enteras, mastícalas.

Gena masticó las pastillas, con una cara horrible, mientras Cal le vendaba el tobillo.

—Haremos lo siguiente: primero bajaré a Angelina y la dejaré en la cocina para que se cambie…

—¿Por qué en la cocina?

—Para mayor protección. Sólo escúchame y haz lo que te diga, porque quizá no tenga tiempo de explicarte cada detalle. Luego subiré a por ti y, cuando estés abajo, buscaré algo que te sirva de apoyo.

—Mario tiene el bastón de su padre —le temblaron los labios en cuanto pronunció el nombre de su marido, pero respiró hondo y continuó—. En el armario del salón.

—Muy bien, perfecto —no era una muleta, pero era mejor que nada, y Cal no tendría que gastar un tiempo maravilloso buscando algo imaginativo para que pudiera usar. Se puso de cuclillas y le ofreció la mano a Angelina.

—Venga, garbanzo, vamos a bajar la escalera.

—¿Garbanzo? —dijo la niña, entretenida—. Mami, me ha llamado garbanzo.

—Lo sé, cariño —acarició el pelo de la niña—. Ve con Cal y haz lo que él te diga. Cámbiate de ropa en la cocina mientras me ayuda a bajar por la escalera, ¿vale?

—Vale.

Cal colocó a la niña entre la escalera y él, para que no tuviera miedo de caer y la ayudó a bajar por la inestable escalera. Cuando la niña vio que los cristales del salón estaban rotos, muy indignada dijo:

—¡Mira! —y empezó a caminar hacia allí. Pero Cal la detuvo. Lo último que quería era que se asomara a la ventana y viera el cuerpo de su padre ni que se cortara los pies con los cristales rotos.

—No puedes entrar al salón —le explicó, mientras la llevaba a su habitación—. Los cristales del suelo te cortarían los pies incluso si llevaras zapatos.

—¿Atravesarían los zapatos?

—Sí. Son unos cristales especiales.

—Guau —dijo la niña, con los ojos como platos, mientras miraba los cristales en cuestión.

Cal descubrió que la ropa de niña pequeña era la misma que la de niño, pero en rosa. Encontró unos vaqueros y un jersey, unas zapatillas deportivas con cordones rosa, calcetines de flores y una chaqueta de lana rosa con capucha.

—¿Sabes vestirte sola? —le preguntó Cal mientras la acompañaba a la cocina.

Ella asintió y lo miró confundida.

—Yo me visto en mi habitación, no en la cocina.

—Ya, pero hoy mami quiere que te vistas en la cocina —le repitió—. Te lo ha dicho arriba, ¿te acuerdas?

Ella asintió y luego preguntó:

—¿Por qué?

Vaya, ¿y ahora qué le decía? Al recordar viejas experiencias con su madre, recurrió a una respuesta clásica:

—Porque lo ha dicho ella.

Evidentemente, Angelina ya había oído esa respuesta antes, así que suspiró y se sentó en el suelo de la cocina.

—Vale, pero no puedes mirar.

—No miraré. Voy a buscar a mamá al desván. No salgas de la cocina. Quédate donde estás.

Aceptó otro largo suspiro como respuesta afirmativa y volvió a la escalera, levantó la cabeza y vio que Gena se asomaba.

—Me he arrastrado —dijo mientras, de forma experimental, apoyaba el pie izquierdo en el segundo escalón y se apoyaba con las manos en el suelo del desván para darse la vuelta. Cal había pensado bajarla con una cuerda, pero ahora ya estaba en la escalera.

Era imposible que pudiera bajar sin apoyar el pie lesionado. La primera vez que lo hizo, no pudo reprimir un agudo grito de dolor que enseguida cortó. La segunda vez, se mordió el labio y se obligó a soportar el dolor durante los escasos momentos que tardaba en volver a poyar el pie bueno. Hizo una pausa allí, esperando a que el dolor amainara y bajó un escalón más. Cal sujetó la escalera para que se moviera lo menos posible, pero no podía subir a ayudarla porque la escalera no soportaría el peso de los dos. Cuando pudo cogerla por la cintura, la levantó a peso y la llevó a la cocina, donde la dejó sentada en una de las sillas de la mesa.

Angelina se estaba calzando y se levantó para correr junto a su madre. Gena se agachó y su pelo rubio se mezcló con el negro de su hija.

—Voy a buscar el bastón —dijo, y se fue al salón. Estaba guardado al fondo del armario, pero lo encontró enseguida y se lo llevó a Gena.

—Saldremos por detrás. Yo llevaré a Angelina. Gena, sé que el tobillo te duele mucho, pero tienes que seguirme.

—Lo intentaré —dijo, con la cara tan pálida que parecía que iba a desmayarse en cualquier momento. No desvió la mirada hacia el salón ni un segundo, como si temiera ver a Mario, porque sabía que no podría soportarlo.

—A veces, tendremos que arrastrarnos por el suelo. Haz lo que yo haga —no tenía tiempo para explicarle los tortuosos ángulos que había descubierto para mantenerlos ajenos a visores infrarrojos casi todo el trayecto. De todos modos, en un día caluroso como hoy esos visores no funcionaban tan bien, porque la diferencia entre la temperatura ambiente y la del cuerpo no era tanta. Después de dos días inusualmente fríos, hoy era mucho más cálido. Eso, añadido al hecho de que el ojo humano no podía verlo todo al mismo tiempo mientras vigilaba un radio tan grande, les ayudaría a llegar a casa de los Richardson con una exposición mínima. Había un par de puntos donde, sencillamente, no había ninguna estructura tras la que esconderse y allí Gena tendría que ir lo más rápido posible. La segunda persona siempre corría más peligro que la primera.

Cal tenía muchas cosas que hacer, mucha gente que localizar, pero se olvidó de eso y se concentró en lo que tenía entre manos. Tardaron, y bastante, pero Gena hacía lo que podía. Al final, las dejó en un punto a partir del cual podían seguir sin él.

—¿Nos dejas aquí? —exclamó Gena cuando Cal le dijo que él tenía que volver.

—Podéis llegar solas; está a unos doscientos metros. Todavía no he encontrado a los Starkey ni a los Young —a pesar de las protestas de Gena, Cal las envió a las dos solas y regresó sobre sus pasos.

Antes de continuar con la búsqueda, consiguió llegar al colmado. Con la espalda pegada a la parte trasera del edificio, asomó la cabeza rápidamente para ver las escaleras que subían hasta su casa y los ángulos que lo expondrían a los tiradores. Las escaleras eran demasiado arriesgadas y aquella era la única entrada; desde el colmado, no podía acceder arriba.

Todavía.

Golpeó la cerradura de la puerta del almacén con la culata de la escopeta; puede que los habitantes del pueblo no cerraran sus casas por la noche, pero eso no significaba que dejaran sus negocios desprotegidos. En el almacén, vio la sierra que había utilizado para cortar troncos para el invierno, ya había una buena pila junto a la puerta, así como el hacha con que cortaba los trozos pequeños.

Cogió el hacha, entró en el colmado y miró el techo de la tienda, dibujando mentalmente la distribución de su piso.

No quería cortar ninguna tubería, así que tenía que centrarse en el lado derecho. El baño estaba justo encima del baño de la tienda, lógicamente. Su pequeña cocina, si es que algo de aquellas dimensiones podía calificarse como cocina, también estaba a la izquierda. Por desgracia, el mostrador, que era la plataforma más estable para subirse, también estaba a ese lado.

Miró el techo e hizo sus cálculos. El techo tendría unos tres metros y él medía casi metro ochenta. Eso significaba que necesitaba algo de unos setenta y cinco centímetros donde subirse para poder trabajar con el hacha. ¡Qué demonios! Todos esos sacos de grano podían servir de algo, aparte de estar ahí tirados en el suelo.

Empezó a trasladar los sacos de veinte kilos. Colocó cada capa de forma perpendicular a la anterior, para poder conseguir más estabilidad. Cuando terminó, estaba sudado y tenía sed, pero no se detuvo. Saltó encima de la improvisada plataforma, separó las piernas y empezó a golpear el techo con el hacha.

La pila de sacos no era totalmente estable y, como no podía mover los pies, lo que implicaba que no golpeaba con todas sus fuerzas, el equilibrio era precario. Con esas limitaciones, tardó media hora en abrir un agujero en el techo por donde cupiera una persona adulta. Cuando consideró que el tamaño era suficiente, se agachó para dejar el hacha apoyada en los sacos; luego, se levantó, dobló las rodillas y saltó.

Se agarró a los extremos del agujero y se quedó allí colgado varios segundos mientras controlaba el balanceo de su cuerpo, luego flexionó los músculos de los brazos y los hombros y empezó a subir. Con tanta presión, los cortes que Cate tan cuidadosamente le había curado la noche anterior, volvieron a abrirse y a sangrar.

Cuando ya estaba lo suficientemente arriba, se dio un último impulso y consiguió apoyar un brazo en el suelo de su piso. Apoyó el otro brazo, hizo fuerza y rodó por el suelo de su habitación.

Se desnudó en un abrir y cerrar de ojos y tiró la ropa sucia y mojada por ahí.

Cuando volvió a bajar al colmado, iba vestido para salir de caza.

Capítulo 24

Cada vez que la puerta del sótano se abría, a Cate se le encogía el estómago y el corazón le daba un vuelco cuando levantaba la cabeza, con la esperanza de ver a un hombre esbelto y despeinado. Cuando, después de una y otra vez, seguía sin aparecer, notó que los nervios se le empezaban a tensar hasta que se dijo que, si no se distraía, se volvería loca.

Intentó mantenerse ocupada pero, en un sótano lleno de gente hambrienta, con sed y con ganas de ir al baño, tampoco había tantas cosas que hacer. Al menos, Perry y su cubo se encargaban de saciar la sed de los allí congregados. Cate y Maureen hacían lo que podían con la comida, pero Maureen no tenía comida suficiente para tanta gente; ni siquiera tenía un paquete de pan para sándwiches. Calentaron un poco de caldo y sopa en la estufa de kerosene y untaron manteca de cacahuete en galletas saladas para darle proteínas al cuerpo. Aparte de eso, y sin luz, poco más podían hacer.

La situación del baño era más complicada, puesto que implicaba salir del sótano y subir a casa de los Richardson, donde la protección era menos pero, de vez en cuando, la desesperación hacía que uno a uno fueran saliendo. Además, sin luz para tirar de la cadena, cada uno tenía que llevarse un cubo de agua para hacerlo, cosa que obligaba a Perry a trabajar mucho más. Incluso Creed consiguió subir, para mayor preocupación de Neenah, sirviéndose del bastón de Gena.

—Lo de anoche fue suerte —dijo Creed, cuando Neenah le recordó que a Maureen estuvieron a punto de dispararle—. Estaban disparando para impresionarnos e inmovilizarnos. Hoy ya no han disparado tanto, porque tienen que plantearse cuánta munición quieren malgastar. Siempre pueden ir a por más, claro, y nosotros no. Supongo que han disparado cuando han visto a Cal.

Todo el mundo se quedó en silencio y Creed se dio la vuelta. Vio a Cate en los pies de la escalera, pálida y como si le acabaran de dar un puñetazo en el estómago.

Ella sabía que todos los que habían llegado esa mañana habían sido localizados, rescatados, cuidados y enviados por Cal. Se lo imaginaba como una especie de pastor recogiendo el rebaño. Pero no, en lugar de eso estaba ahí fuera con gente disparándole.

Creed hizo una mueca cuando vio la expresión de su cara y, en voz baja, dijo:

—Mierda —y luego añadió—. Cate, estará bien. Hombres mejores que esos dos han intentado matarlo.

Cate alargó una mano para aguantarse en algo, porque empezó a marearse. Creed hizo otra mueca, porque comprendió que aquel último comentario no la había tranquilizado. Intentó rectificar.

—Lo que quiero decir es que… Yo estuve en los Marines con él. Sabe lo que hace.

Cate no se sintió mejor. Se suponía que Creed también sabía lo que hacía, y le habían dado. Puede que, si no se hubiera quedado viuda ya una vez, lo vería de otra forma, pero había perdido a su marido de forma repentina muy joven. Las muertes repentinas existían, y los médicos habían hecho lo posible para salvar a Derek, pero es que ahora había gente disparando voluntariamente a Cal. ¿Cómo iba a tranquilizarse?

Era como si lo acabara de conocer y sabía que había nacido algo entre ellos. Todo era nuevo y emocionante y prometedor. No podía perderlo ahora.

Dejando atrás lo que había dicho hasta entonces, Creed volvió a bajar las escaleras y tomó la fría mano de Cate entre las suyas. Tenía el gesto amable y los ojos de color avellana llenos de comprensión mientras intentaba calentarle las manos.

—Estará bien. No sé quiénes son esos tipos que nos están disparando, pero te prometo que ninguno de ellos es, ni de cerca, tan bueno como él. Cal no era un marine normal, era del Equipo Especial. No sé si sabes lo que significa… —hizo una pausa y ella meneó la cabeza—. Pues significa que es un experto en muchas cosas pero la primera de la lista es evitar que le maten.

La emoción se apoderó de ella: miedo, rabia y hasta vergüenza por derrumbarse de aquella forma, pero no podía evitarlo; se agarró a él en busca de ayuda y lo miró para buscar seguridad.

—Señor Creed, yo…

—Llámame Josh —dijo él—. Creo que la situación obliga a tutearnos, ¿te parece?

—Josh —repitió ella, algo avergonzada porque se dio cuenta de que también lo había mantenido a cierta distancia—. Yo… Tú… —se calló porque estaba empezando a tartamudear y no tenía una idea definida de lo que quería decir. «¿Ve a buscarlo?» «¿Tráelo de vuelta sano y salvo?» Sí, eso es lo que quería. Quería que Cal entrara por esa puerta.

—Mira —él le apretó las manos y le dio unas palmaditas—. Está haciendo lo que mejor se le da, que es averiguar qué está pasando.

—Pero han pasado muchas horas…

—La gente sigue llegando, ¿no? Los envía él, o sea que sabes que está bien. Roy Edward —dijo, en voz alta. El viejo Starkey había sido el último en llegar—. ¿Cuándo viste a Cal por última vez?

Roy Edward apartó la mirada de Milly Ear, que le había estado limpiando la cara. Su mujer Judith y él tenían golpes y arañazos de las caídas. No se mantenían de pie demasiado bien; ambos habían caído pero, milagrosamente, ninguno se había roto ningún hueso.

—Hará menos de una hora —respondió el hombre. Estaba cansado y le costaba hablar—. Dijo que éramos los últimos. Iba a recoger unas cuantas cosas antes de volver.

Los últimos. Atónita más allá de su tristeza, miró a su alrededor y vio a los que estaban allí y los que no. Todos estaban haciendo lo mismo, porque sabían que no llegarían más vecinos a los que recibir entre gritos de alivio y bienvenida. Mario Contreras. Norman Box. Maery Last. Andy Cahpman. Jim Beasley. Lanora Corbett. Ratón Williams. Habían perdido a siete personas. ¡Siete!

En silencio, Creed subió las escaleras. Neenah lo siguió, con lágrimas resbalándole por las mejillas, para evitar que se hiciera más daño.

—No podemos dejarlos ahí fuera —dijo Roy Edward, con una nota de rabia en su vieja voz—. Son nuestra gente. Tenemos que hacer lo correcto por ellos.

Otra vez se hizo el silencio mientras cada uno de ellos se daba cuenta de la gran responsabilidad que tenían. Recuperar los cuerpos sería una tarea complicada y, aunque lo hicieran, sin luz no tenían forma de conservarlos. Pero tenían que hacer algo. Hoy hacía calor, lo que significaba que tenían que decidir algo con cierta urgencia.

—Yo tengo el generador —dijo Walter, al final—. Y todos tenemos congeladores. Ya nos las arreglaremos.

Sin embargo, el generador de Walter estaba en la parte del pueblo más cercana a los tiradores, y mover congeladores por el pueblo implicaba dos personas por máquina y tener que salir al aire libre.

Gena no pudo soportarlo más, ni siquiera por Angelina. Hundió la cara entre las manos y empezó a llorar, sacudiendo el cuerpo. Cate recordó cundo ella también había llorado así y se acercó a ella, se sentó a su lado y la abrazó. No había palabras en el mundo que pudieran curar ese dolor, así que no dijo nada. Angelina arrugó la frente y sus enormes ojos negros empezaron a llenarse de lágrimas.

—¡Mamá, no llores! —acercó sus manos a las piernas de Gena, dando y buscando apoyo—. ¡Mamá!

Cate también abrazó a Angelina. Sus hijos eran demasiado pequeños cuando Derek murió, demasiado pequeños para echarlo de menos y llorar su ausencia, pero Angelina no. Cuando entendiera que su padre se había marchado para siempre y que no volvería, solamente el tiempo le curaría las heridas.

—¿Cómo lo haces? —dijo Gena entre sollozos, de forma tan entrecortada que Cate casi no la entendió—. ¿Cómo se sale adelante?

¿Cómo funcionas cuando tu cuerpo está partido por la mitad por un dolor emocional? ¿Cómo te levantas día tras día con un enorme agujero en tu vida? ¿Cómo consigues volver a sonreír, a reír, a volver a sentir alegría?

—Lo haces —respondió Cate muy tranquila—. Porque no tienes otra opción. Yo tenía a mis hijos. Tú tienes a Angelina. Tienes que hacerlo por ella.

La puerta se abrió y apareció Cal.

Se había cambiado de ropa. Llevaba lo que a Cate le pareció ropa de caza: un par de pantalones multibolsillos de camuflaje, una camiseta de color verde aceituna y una camisa desabotonada de la misma tela de camuflaje que los pantalones. Llevaba botas Goretex flexibles, un cuchillo de caza en una funda colgada del cinturón, la escopeta colgada del hombro izquierdo y un rifle con un visor adicional acoplado en la mano derecha. Sin embargo, si fuera de caza, llevaría una gorra o un chaleco de color naranja fosforito.

Cuando lo entendió todo se le hizo un nudo en el estómago. Aquella ropa hablaba por sí misma y decía que tenía la intención de ir a cazar a los hombres que les estaban disparando. Soltó a Gena y se levantó, impulsada por el terror que se había apoderado de ella. Quería gritar; quería enfrentarse a él y atarlo a algún sitio para que no pudiera marcharse. Se negaba a dejar que lo hiciera; no podía ver cómo se iba cuando había muchas posibilidades de que no volviera...

La mirada de Cal la encontró. Ella vio que se fijaba en su expresión pálida y asustada. Con cuidado, Cal dejó las dos armas en un rincón donde nadie pudiera tirarlas al suelo y luego empezó a abrirse camino entre el gentío para llegar a ella. La gente le decía cosas y le daba palmaditas en el hombro, y él asentía y los saludaba, pero no se paró ni un segundo, no se apartó de su camino ni un centímetro.

Cuando llegó hasta ella, le rozó la mano y dijo:

—¿Estás bien?

Cate tenía la sensación de que, si intentaba decir algo, se echaría a llorar, así que meneó la cabeza de forma breve.

Cal miró a su alrededor y vio que allí no tenían ningún tipo de intimidad.

—Sígueme.

Ella lo hizo, ajena a todo lo que la rodeaba y sin ver nada excepto la espalda de Cal. La acompañó fuera, bajo la intensa luz del sol, pero se detuvo donde el pequeño montículo de tierra todavía los protegía. Se volvió para observarla con su pálida y calmada mirada y dijo:

—¿Qué pasa?

¿Qué pasaba?

—Tu ropa —soltó ella, incapaz de formular un motivo más coherente.

Extrañado, Cal miró su ropa.

—¿Mi ropa?

—Vas a ir tras ellos, ¿no?

Entonces lo entendió todo.

—No podemos quedarnos aquí sentados —respondió, calmado—. Alguien tiene que hacer algo.

—¡Pero no tú! ¡Por qué tienes que hacerlo tú?

—No sé quién más podría hacerlo. Mira a tu alrededor. Mario era el más joven, y está muerto. Josh podría haberlo hecho, pero tiene un hueso de la pierna roto. Los demás son muy mayores y no están en forma. Soy la opción más lógica.

—¡A la mierda la lógica! —exclamó ella, con fiereza, mientras lo agarraba por la camisa—. Sé que no tengo derecho a decirte nada porque no somos… no hemos… —meneó la cabeza para intentar contener las lágrimas que se le acumulaban en los ojos—. No puedo perder… Otra vez no…

Cal interrumpió su discurso incoherente cuando agachó la cabeza y la besó.

Tenía unos labios muy suaves. El beso fue dulce, explorador. Los labios de Cal se movieron sobre los de Cate, aprendiendo y pidiendo, y ella echó la cabeza atrás a modo de respuesta.

—Sí que tienes derecho —murmuró él mientras le tomaba la cara entre las manos, deslizaba los dedos por su pelo y le empezaba a dar una serie de besos tiernos y hambrientos, como si le estuviera comiendo la boca. Ella se agarró a sus antebrazos, le clavó los dedos en los poderosos músculos y tendones, agarrándose a él como si le fuera la vida en ello.

La lengua de Cal hizo lentas incursiones, entrando y saliendo, provocando como si tuviera todo el tiempo del mundo y esa fuera la mejor manera de pasarlo.

Jamás la habían besado con tanta… satisfacción.

Estaba excitado; Cate notaba la protuberancia de su pene en los pantalones. Esperaba notar cómo movía las caderas, pero lo único que movió fueron la lengua y esos deliciosos labios. En el interior de Cate nació una sensación de calidez que alejaba todo el miedo y la rabia porque Cal estuviera a punto de dar ese paso tan peligroso cuando estaban a las puertas de algo que parecía tan maravilloso que Cate casi no se lo creía.

Cal abandonó la boca y empezó a besarla en las mejillas, en las sienes, en los ojos, hasta que regresó a la boca.

Si hacía el amor tan despacio como besaba... ¡Dios mío!

—Deberíamos volver —le susurró pegado a su boca, y luego apoyó la frente en la de ella—. Tengo muchas cosas que hacer.

Ella se separó y lo miró a los ojos azules. Estaban tan tranquilos como siempre, pero ahora Cate veía en ellos la naturaleza de acero de ese hombre. No era estridente; no le gustaba llamar la atención... porque no lo necesitaba. Estaba increíblemente seguro de él mismo y de sus habilidades. Estaba dispuesto a arriesgar su vida por ellos sin ningún titubeo.

Ella se habría quedado allí y habrían discutido hasta que ambos hubieran extraído los cheques de la seguridad social, pero Cal le dio la vuelta y la hizo bajar al sótano. Vio muchas sonrisas y miradas cómplices, pero no era ninguna sorpresa teniendo en cuenta el comportamiento de Cal de la noche anterior y el hecho de que acababan de besarse en la puerta. Lo que la sorprendió fue que nadie, absolutamente nadie, pareció sorprendido. Por lo visto, ella era la única a quien le costaba hacerse a la idea de estar juntos pero, claro, también era la única que no se había planteado en ningún momento aquella posibilidad.

De la misma irritante forma que demostraban todos los hombres, Cal ya se había concentrado en los negocios y estaba reunido con Creed y los demás hombres. Creed incluso tenía una libreta en la mano y estaba señalando algo con un bolígrafo. Los demás se congregaron a su alrededor para escuchar lo que estaban diciendo.

—El puente está inutilizable —dijo Cal—. De ahí la gran explosión. La luz se fue justo antes, lo que significa que han cortado las líneas. El teléfono tampoco funciona. Por la forma en que se han posicionado, su intención es evitar que alguien vaya a pedir ayuda a través de la grieta en la montaña. Querían aislarnos y retenernos aquí.

—Pero, ¿por qué diablos lo hacen? ¿Y quiénes son? —gruñó Walter mientras la frustración lo hacía pasarse la mano entre el poco pelo que le quedaba.

—No he visto a nadie, pero apostaría que los dos tipos de la semana pasada han vuelto, y con refuerzos. En cuanto a lo que quieren… —Cal se encogió de hombros—. Diría que es a mí.

—¿Porque te enfrentaste a ellos?

—Y golpeó a uno en la cabeza —añadió Neenah. Estaba sentada en el frío suelo de cemento, al lado de Creed. No se había apartado de su lado desde la noche anterior.

—No he dicho que fuera razonable —dijo Cal—. Algunas personas se dejan llevar por el ego y se convierten en seres despiadados.

—Pero esto… Esto ya pasa de castaño oscuro, es una locura —se quejó Sherry. Habían muerto siete personas. Aquello tenía que ser por algo más que un par de egos heridos—. Si están tan locos, ¿por qué no te han cogido aparte y te han dado una buena paliza?

—No es tan fácil darme una paliza —dijo, muy despacio—. Quizá es la forma que tiene la mafia de decir: «Métete en tus asuntos». No lo sé.

—¿La mafia? ¿Crees que son de la mafia? —preguntó Milly.

Una pregunta que provocó otro encogimiento de hombros.

—Es una posibilidad.

—La geografía juega en contra nuestro —intervino Creed, para recuperar el hilo inicial. Señaló el mapa que había dibujado—. El río nos impide por completo operar por este lado. La corriente es demasiado fuerte y las rocas romperían en mil pedazos cualquier barca. Por encima del río hay una pared vertical que no se puede rodear, o sea que no es una opción.

—Trail Stop está situado en una meseta con forma de paramecio —continuó Cal—. El puente estaba en un extremo y a este lado del extremo está el río. Aquí no tenemos tierra para poder operar y el río supone una barricada natural. Y aquí —señaló en el mapa de Creed—, tenemos montañas que sólo suben las cabras de monte. Así que eso sólo nos deja este lado del paramecio, hacia la grieta en la montaña, y la han asegurado con los tiradores. Tienen visores infrarrojos, que funcionan mejor durante la noche pero, durante el día, no los necesitan. Tendré que esperar hasta esta noche y meterme en el agua para no desprender calor.

—¿Cuánto tiempo tardarías en atravesar la grieta? —preguntó Sherry.

—No tengo que atravesarla. Sólo tengo que llegar hasta uno de los tiradores y, después, ya estaré tras ellos y podré seguir la carretera.

Cate contuvo la respiración de forma sonora. No era una estratega, pero sabía el frío que había pasado la noche anterior, lo cerca que había estado de la hipotermia. Y el agua no estaría más caliente hoy. ¿Quién sabe cuánto tiempo tendría que pasarse en el agua mientras esperaba el momento idóneo? Y después tendría que caminar varios kilómetros con esa ropa helada encima, y cada vez se iría enfriando más. Y si alguno de ellos lo veía mientras cruzaba el río, irían en su caza como si fuera un animal y él tendría demasiado frío para esquivarlos. ¿Por qué nadie se oponía? Era demasiado peligroso. ¿Por qué estaban todos dispuestos a dejar que arriesgara su vida?

Porque, como él había dicho, no había nadie más. Creed estaba herido. Mario estaba muerto. Los demás eran de mediana edad y no estaban en forma, e incluso había algunos de la tercera edad que ya ni se acordaban de su forma.

Excepto ella.

—No —dijo, porque vio que nadie lo hacía—. No. Es demasiado peligroso, y no intentes decirme que no lo es —añadió cuando Cal abrió la boca para decirle exactamente eso—. ¿Acaso crees que no estarán esperando que alguien intente salir por allí? Anoche casi no podías andar del frío que tenías después de haberte metido en el agua. Además, ¿qué será de nosotros si te matan?

—Me imagino que, puesto que sólo me quieren a mí, se marcharán.

Su tranquilidad hizo que Cate quisiera gritar, cogerlo y sacudirlo por tomarse su vida tan a la ligera. Se quedó allí de pie con los puños cerrados mientras toda esa banda de hombres la miraban como si no entendiera nada. Pero sí que lo entendía, ¿vale?, y no iba a pasar por lo mismo otra vez.

—No lo sabes. No estamos seguros de quiénes son ni de qué quieren. Y si no tiene nada que ver contigo, ¿qué? Y, aunque así fuera, ¿qué te hace pensar que recogerían sus cosas y se marcharían? Han matado a siete personas y creo que todos estamos de acuerdo en que es una acción bastante drástica sólo porque los echaras de mi casa. Es por otra cosa, tiene que serlo. El problema es que no sabemos qué.

Él la miró pensativo, y luego asintió.

—Tienes razón. Tienes que ser por otra cosa.

—¿Puedes garantizar que saldrás de la grieta sin que te vean?

—No.

—Entonces, no nos podemos arriesgar a perderte, Cal. No estamos indefensos, pero estamos aislados, y ellos tienen la sartén por el mango —desesperada, buscó alguna inspiración, alguna forma de salir que no implicara que Cal tuviera que arriesgar su vida con pocas opciones de salir airoso. Tenía razón: la forma más directa era yendo hacia los tiradores. Si encontraran la forma de subir y dar la vuelta…

—No podemos quedarnos sentados esperando —dijo Creed—. No estamos preparados para un sitio, y es lo que tenemos delante…

Cate oyó su voz como si viniera de fuera:

—Hay otra forma —se oyó decir. Todos callaron y la miraron y ella se adelantó. En su interior, una alarmada vocecita le decía: «No, no, no» pero, no sabía por qué, no podía impedir que sus pies avanzaran y se abrieran paso entre el gentío hasta que señaló en el mapa las montañas que Cal había calificado sólo aptas para cabras de monte—. Yo puedo subir esas montañas. Las he subido. Soy escaladora, ya lo sabes, viste mi equipo. Cuando te atas es seguro —no era del todo verdad, pero era la versión que pensaba mantener—, y seguro que no esperan que intentemos huir por esa ruta, así que no la estarán vigilando. Nadie disparará ni estirará el cuello como un cordero sacrificado para asomarse.

—Cate —dijo Cal—. Tienes dos hijos.

—Lo sé —respondió ella, con los ojos vidriosos—. Ya lo sé —y quería verlos crecer. Quería cuidarlos y tener entre sus brazos a sus nietos y todas las cosas que quieren los padres. Sin embargo, estaba segura de que Cal no saldría con vida si llevaba a cabo su plan, con lo que todos serían más vulnerables. Todos los que estaban en el sótano podían acabar muertos, o sea que sus hijos igualmente perderían a su madre. Por muy peligroso que fuera, escalar la montaña no lo era tanto como lo que Cal estaba proponiendo.

—Tiene razón —intervino Roy Edward.

Todos se volvieron hacia el anciano. Estaba sentado en una de las sillas del comedor que habían bajado al sótano la noche anterior. Tenía el brazo izquierdo y la mitad izquierda de la cara morados a causa de una caída, pero estaba muy serio.

—Chico, lo que quieres hacer es muy peligroso y no sé por qué crees que todos íbamos a aceptar que te sacrificaras para salvarnos a nosotros.

Se produjo un murmuro de apoyo. Cate estaba tan agradecida con aquel malhumorado anciano que se habría lanzado a sus brazos.

—Pero tardaremos mucho en ir por las montañas en esa dirección —señaló Cal.

—Si siguieseis en aquella dirección, sí, pero estas montañas están llenas de minas abandonadas —Roy Edward se levantó y se acercó a ellos tambaleándose ligeramente—. Lo sé porque mi padre trabajó en varias de ellas y, de pequeño, yo solía jugar por allí dentro. Solía haber caminos desde las minas hasta la grieta, porque todas empezaban allí. Era lógico, para que no tuvieran que subir por el otro lado. Si no recuerdo mal, había una o dos minas que atravesaban la montaña. No sé en qué estado estarán después de tantos años pero, si pudieseis adentraros en una de esas, os ahorraríais mucho tiempo.

Con un dedo tembloroso, dibujó una línea desde las montañas hasta la grieta y miró a Cate:

—Aunque las minas estuvieran cerradas, que supongo que lo estarán, igualmente podríais llegar a la grieta. Saldríais muy por encima de la zona que esos cabrones estarán vigilando, y la vegetación allí es muy densa y os protegerá. Una vez lleguéis a la grieta, estaréis detrás de ellos.

Cate se secó las lágrimas de la cara y se volvió hacia Cal.

—Yo voy —dijo, temblando—. Hagas lo que hagas, yo voy.

Él se quedó en silencio un momento, observando su rostro con sus ojos pálidos y leyendo la desesperación de su expresión. Luego miró a Creed y Cate fue incapaz de leer el mensaje mudo que se transmitieron.

—De acuerdo —dijo, al final, con aquella calma que lo caracterizaba, como si ella hubiera propuesto ir al supermercado—. Pero voy contigo.

Capítulo 25

Cate se quedó de piedra. Uno no iba a escalar, así sin más; era una actividad que requería condiciones, preparación y experiencia, pero entonces recordó la conversación que mantuvieron el día que Cal consiguió abrir la cerradura del desván hacía unos días. Días, Dios mío, habían pasado tantas cosas que parecía que hacía semanas.

—Dijiste que habías hecho algo de montañismo —el montañismo era distinto a la escalada, pero parte del equipo era el mismo. Cate también supuso que los principios serían los mismos, aunque con distinta técnica.

—Básicamente montañismo —la corrigió él—. Y algo de escalada.

Creed giró la libreta de aquella forma tan decisiva que tenía él y cogió el bolígrafo.

—Muy bien, hagamos una lista de lo que vais a necesitar para que no os olvidéis nada. ¿Cuánto tiempo crees que tardaréis en atravesar la grieta y llegar hasta un teléfono? —se lo preguntó a Cate porque era quien había escalado esas montañas.

Ella sólo había hecho escaladas de un día, pero conocía el terreno. Las montañas se levantaban detrás de su casa y las veía cada día. Miraba las caras de algunas y pensaba: «Te he escalado». Sabía lo que se tardaba en llegar y cuánto en subir. Puede que, en algunos puntos, el ascenso fuera más fácil que la ruta que Derek y ella habían hecho, porque lo que ellos buscaban era un desafío. Los recuerdos empezaron a florecer y le vinieron a la mente imágenes muy claras de lo que estaba proponiéndoles, las escaladas y los caminos que tendrían que hacer.

Al final, dijo:

—Calculo que, para llegar a un punto desde donde podamos empezar a escalar, tardaremos un día y medio o dos. ¿Cuánta distancia hay hasta la grieta, Roy Edward?

El hombre resopló.

—En línea recta, quizá cinco kilómetros, pero es imposible ir en línea recta. Con todas las subidas y bajadas, creo que serían unos quince o veinte kilómetros.

—Sólo durante el día —dijo Cal—. No podremos utilizar linternas, así que… dos días de senderismo, y el terreno es difícil. En total, cuatro días hasta la grieta.

Cuatro días. A Cate se le encogió el estómago. Era mucho tiempo, demasiado. Podían pasar tantas cosas en cuatro días…

Neenah alargó el brazo y le acarició la mano.

—Estaremos bien —dijo, con firmeza—. Resistiremos, no importa lo que quieran o lo que hagan.

—Claro que sí —dijo Walter. Parecía cansado, como todos, pero tenía una inconfundible mirada de furia. Los habían atacado, habían matado a amigos y no parecía que tuvieran ninguna intención de levantar las manos y rendirse—. Casi todos tenemos rifle o escopeta; tenemos munición y, si necesitamos más, en el colmado hay más. Tenemos comida y agua. Si esos hijos de puta creían que seríamos un objetivo fácil, se equivocaban.

Se oyó un coro de «Sí», «Así se habla» y «Claro que sí» en el sótano y todas las cabezas empezaron a asentir.

Cal se frotó la mandíbula.

—Ya que hablamos de eso… Neenah, en la parte trasera del almacén hay una pila de sacos de veinte kilos de grano.

—Sí. He empezado a almacenarlos para el invierno. ¿Por qué?

—Un saco de arena es un escudo que no lo atravesaría ni una bala de tanque, y por eso los ejércitos los utilizan. No tenemos arena, pero tenemos los sacos de grano. No serán tan eficaces como la arena, porque hay más aire en el saco, pero si los ponéis de dos en dos, tendréis unas buenas barricadas —hizo una pausa—. Por cierto, he hecho un agujero en el techo de la tienda.

Ella parpadeó y luego sonrió.

—Claro. Me preguntaba cómo habrías subido a tu habitación —dijo, señalando la ropa limpia que llevaba. Si le molestó saber que tenía un agujero en el techo de la tienda, no lo demostró.

Cal miró a sus vecinos.

—No podéis quedaros todos aquí; hay demasiada gente y no hay necesidad de estar amontonados. Escogeremos las casas más seguras, las que estén menos expuestas a los tiros, y nos repartiremos. Podemos utilizar los sacos de grano para reforzar las paredes que estén expuestas a los tiros. Así, podréis moveros mejor y hacer las guardias más seguros. Tendréis que hacer unas cuantas trincheras, para poder moveros de un sitio a otro con seguridad. No tienen que ser demasiado profundas ni demasiado largas, lo suficiente para cruzar una zona abierta y que os cubran si vais arrastrándoos por el suelo.

—También necesitamos comida, mantas y ropa. Algunas personas necesitan sus medicamentos —dijo Sherry—. Enséñanos a ir de un sitio a otro sin que nos revienten la cabeza para que así podamos ir a buscar nuestras cosas.

—Ya os lo traeré yo… —empezó a decir él, pero ella alzó la mano para interrumpirlo.

—No te he dicho que lo hagas, sino que nos enseñes a hacerlo. Si no, seremos bastante inútiles sin ti. Tenemos que poder defender el fuerte.

—Yo tengo muchas mantas y almohadas en casa —dijo Cate—. Y también comida. Y un montón de colchones que, si sirven, se podrían utilizar como protección. Si no, ponedlos en el suelo y os servirán de cama.

—Los colchones son una buena idea —dijo Cal—, pero para dormir. No durmáis en una cama. Bajad los colchones al suelo.

—¿Qué más podemos utilizar para reforzar las paredes? —preguntó Milly.

—Cosas como cajas de revistas viejas, si tenéis. O libros, atados en forma de caja. Las almohadas no sirven, no son lo suficientemente densas. Y los muebles tampoco. Enrollad las alfombras, atadlas y colocadlas en forma de ángulo en la pared desprotegida.

—¿Alguien tiene una mesa de billar con la base de pizarra? —preguntó Creed.

—Yo —respondió alguien, y Cate se volvió y vio que Roland Gettys había levantado la mano tímidamente. Era un hombre que no solía hablar mucho; normalmente se dedicaba a escuchar las conversaciones con una ligera sonrisa, a menos que alguien le hiciera una pregunta directa.

—Una mesa de billar de pizarra es una excelente protección, si consigues ponerla de lado.

—Pesa una tonelada —dijo Roland, mientras asentía.

Creed miró a Cal.

—Yo me encargo de organizar esto. Cate y tú id a buscar lo que necesitéis —miró la libreta—. No he escrito absolutamente nada. ¿Necesitáis una lista?

—No creo, al menos en lo que respecta al equipo de escalar —dijo Cate—. Sé de memoria lo que tengo que coger —también necesitaba algo de ropa, porque iba en pijama, pero no hacía falta escribirlo en una lista.

—Entonces, ya está —dijo Cal, mientras le ofrecía la mano—. Tú te encargas del equipo de escalar y yo, de todo lo demás. En marcha.

En cierto modo, volver a su casa le pareció más fácil que la primera noche, cuando había salido corriendo desesperada; al menos, ahora no tenía que correr. Las zapatillas de estar por casa no le protegían demasiado bien los pies, así que se alegraba mucho de ir con más cuidado mientras Cal y ella iban de un escondite a otro. Sin embargo, ir con más cuidado también implicaba ir más despacio y, cuanto más tiempo estaban allí fuera, más expuesta se sentía. La sensación de saber que, a poco más de medio kilómetro podía haber alguien sentado en una roca que la observara por una mirilla y controlara todos sus movimientos, con el dedo en el gatillo, era espeluznante.

En ese momento, se quedó inmóvil y temblando. Cal, que parecía ser consciente en todo momento de su más mínimo movimiento y su posición, se detuvo y la miró.

—¿Qué pasa?

Cate miró a su alrededor. De momento, estaban totalmente protegidos. Cal se servía de cualquier cosa para esconderse, desde rocas, árboles y edificios hasta pequeños desniveles del suelo. Ahora estaba detrás de unas rocas de un metro. No era lo mismo que la noche anterior, cuando Maureen y ella estaban en el primer piso de casa de los Richardson, separadas de los tiradores por apenas unas cuantas paredes de madera.

—He tenido la sensación de que alguien nos estaba mirando, como si los tiradores pudieran vernos.

—No pueden. Ahora no.

—Lo sé, pero anoche, cuando Maureen y yo estábamos arriba, noté cómo venía la bala, me asusté y la empujé. Fue sobrecogedor. La noté, como si se me clavara algo entre los hombros. El cristal de la ventana se rompió y, después, oímos el disparo. Y acabo de tener la misma sensación, pero es imposible que una bala atraviese estas rocas, ¿verdad?

—Sí, aquí estamos a salvo —Cal regresó a su lado y se sentó de cuclillas, mirando a su alrededor con una intensa expresión en sus ojos—. Pero no olvides esa sensación, sobre todo en una situación de combate. Yo lo noto en la nuca. Siempre estoy alerta. Vamos a cambiar un poco el recorrido. Será un poco más largo pero, si estás nerviosa, no quiero arriesgarme.

Ella asintió, con la absurda satisfacción de que Cal sabía de qué estaba hablando. Él estudió el terreno un momento, luego se estiró en el suelo y empezó a alejarse de las rocas arrastrándose y siguiendo una hondonada que ella no había visto. Cate se dijo que, después de aquello, el pijama iría a la basura, pero se estiró y se arrastró detrás de él.

Billy Copeland estaba vigilando toda la zona con su visor, de un lado a otro. Le pareció ver un trozo de tela por una zona entre las rocas. La distancia estaba al límite del alcance del rifle, pero un tiro fortuito podía ser tan efectivo como un bueno y, en cualquier caso, como Teague les había dicho, ahora estaban en la fase psicológica de la operación: tenían que poner nerviosos a los rehenes, agotarlos. En realidad, no tenía que acertar en el objetivo para recordarles que podían darles desde una distancia sorprendentemente grande.

Ahora tenía que decidir si disparar o no sin un objetivo claro. Por un lado, anoche habían disparado muchas ráfagas de balas y el instinto le decía que ahora tenía que disparar únicamente cuando fuera necesario. Pero, por otro lado, sería divertido darle un susto de muerte a alguien que creía que estaba muy bien escondido.

Colocó el dedo en el gatillo, lo tensó, pero luego lo soltó. Todavía no, no a menos que estuviera seguro de que había visto algo. No tenía sentido malgastar munición.

La casa de Cate estaba totalmente en silencio. Incluso por la noche, cuando los niños dormían, Cate oía el leve rugido de los electrodomésticos y tenía la sensación de que la casa estaba viva. Ahora no. Estaba vacía y extrañamente oscura y fría, a pesar de la luz del sol, porque la última noche que había estado aquí había cerrado todas las cortinas. Y así no sólo había evitado que entrara la luz, sino también que la casa se calentara.

—Dame la llave del desván —dijo Cal—. Bajaré todo el equipo de escalada mientras tú te cambias.

—Creía que del equipo me encargaba yo.

—Estás muy nerviosa. Quédate aquí abajo, que es más seguro. En el desván no hay ningún tipo de protección.

Ella arqueó las cejas.

—Y eso me tranquiliza mucho, ¿verdad? Subirás tú.

—Exacto. Y tú estarás en tu habitación. Hace nada, parecías dispuesta a enfrentarte a medio estado para evitar que me marchara solo esta noche, y te hecho caso. Y ahora quien se siente así soy yo, y vas a hacerme caso —habló con la voz firme y la expresión de los ojos fría y directa.

Puesto así, ella no tenía respuesta posible. Le hizo una mueca y se acercó a la mesa para coger la llave.

—¿Alguien te ha ganado alguna vez en una discusión?

—Yo no discuto. Es una pérdida de tiempo y esfuerzo. Aunque siempre escucho todas las opiniones —estaba detrás de ella y alargó la mano para coger la llave.

Ella se la entregó sin resistencia pero, cuando Cal empezó a subir las escaleras, le preguntó:

—¿Te enfadas alguna vez?

Él se detuvo y la miró. En la oscuridad, sus pálidos ojos parecían de cristal, sin rastro de azul.

—Sí, me enfado. Cuando descubrí a ese cabrón de Mellor apuntándote con una pistola, habría podido partirle el cuello con mis propias manos.

A Cate se le encogió el estómago, porque sabía que era verdad. Dio un paso adelante y se agarró al poste de la barandilla, apretando los dedos con fuerza contra la madera. Recordó la mirada de Cal, cómo su dedo había empezado a apretar el gatillo.

—Ibas a dispararle, ¿verdad?

—No tiene sentido apuntar a alguien si no estás dispuesto a apretar el gatillo —dijo, y siguió subiendo las escaleras—. No te pongas de pie mientras te vistes —dijo.

Al cabo de unos segundos, Cate lo siguió y luego giró a la derecha para ir a su habitación. Le hizo caso y se agachó todo lo que pudo sin dejar de caminar. Ya no estaba tan nerviosa, pero eso no significaba nada. En las rocas no había pasado nada; y lo de la noche anterior había sido una desafortunada coincidencia, nada más.

Si seguía convenciéndose de eso, puede que algún día se lo creyera. La sensación de miedo había sido demasiado fuerte y demasiado inmediata.

Intentó apartar de su mente cualquier pensamiento que no fuera prepararse para el gran reto que la esperaba. Una escalada por placer era muy dura, pero divertida y, además, siempre había sabido que al final del día la esperaba una ducha caliente, un plato a la mesa y una deliciosa cama. Había ido de camping una vez y no le había gustado demasiado.

Cuando escalaba, solía llevar unos pantalones elásticos, una camiseta ajustada y unos sujetadores de deporte, aparte de los pies de gato. El primer problema eran los zapatos, porque los de escalar no servían para caminar y, de igual forma, los de caminar no servían para escalar. Ella siempre había llevado zapatillas deportivas hasta el punto donde empezaba la escalada y allí se cambiaba, pero en esta ocasión no podría hacerlo, porque no iban a bajar el mismo día. Tenían que llevar encima el agua, la comida y las mantas, así como el equipo de escalar y las armas que Cal creyera que necesitaría.

Respiró hondo y no quiso pensar en lo imposible que era todo aquello. No atacarían las paredes verticales; buscarían el camino más fácil, que no sería fácil en absoluto, pero no sería tan complicado.

Cate no tenía botas de montaña, así que la única opción eran las zapatillas deportivas. En lugar de escoger unas mallas elásticas, se preparó para pasar, seguramente, tres o cuatro noches en las montañas a unas alturas donde las temperaturas nocturnas caían en picado; eso significaba que tenía que ponerse el chándal. Tenía unos pantalones con bolsillos con cremalleras, así que cogió esos y los dejó en la cama. Añadió varios calcetines y una muda de ropa interior limpia. Quizá era una tontería, pero no podía soportar llevar la misma ropa interior durante cuatro días. Se puso las dos mudas. Y luego una camiseta de seda por dentro. Una sudadera con capucha, que podría atarse a la cintura. Se metió el bálsamo de labios en uno de los bolsillos del pantalón y luego empezó a rebuscar en el cajón de la ropa interior hasta que encontró su vieja navaja suiza; se la metió en el otro bolsillo.

Después, se cepilló el pelo y se lo recogió en una cola para mantenerlo seguro; atraparte el pelo en las cuerdas era muy doloroso. Se quedó inmóvil durante un minuto, intentando pensar si se le olvidaba algo. ¿Los pantalones del pijama de seda, por si hacía mucho frío por las noches? Durante el día, haría demasiado calor para llevarlos, pero no pesaban nada y casi no ocupaban espacio. De hecho, cabían en uno de los bolsillos de la sudadera.

Cuando le pareció que lo tenía todo, se vistió. Dos pares de calcetines, uno grueso y el otro fino. Dos pares adicionales fueron a parar a los bolsillos de los pantalones. Luego los pantalones, las zapatillas deportivas y, al final, se ató la sudadera a la cintura. De manera experimental, se estiró y retorció, para ver si la ropa le impedía moverse. Todo perfecto, así que estaba lista para marcharse.

Siguiente parada: la cocina.

Cal entró en la cocina mientras ella ponía cereales en bolsas de plástico con autocierre. Iba cargado de cosas: arneses, poleas, anclajes, bolsas de tiza y metros y metros de cuerda.

—¿Cuántos años tienen estas cuerdas? —preguntó.

En ese mismo instante, a Cate le dio un vuelco el corazón.

—Oh, no —dijo, en voz baja—. Tienen más de cinco años.

La cuerda sintética se deterioraba con el tiempo, aunque nunca se hubiera usado, y esas sí que se habían usado. Derek y ella cuidaban mucho las cuerdas, las lavaban a mano en la bañera, las secaban lejos de la luz del sol, pero Cate no podía impedir el paso del tiempo. No podían escalar con esas cuerdas; tan sencillo como eso. Unas cuerdas tan viejas podían utilizarse para seguir, pero no para abrir vías pero, a pesar de eso, Cate no quería usarlas, y punto.

—Walter tiene cuerda sintética en la tienda —dijo Cal—. Quizá no sea exactamente lo que queremos, pero es más nueva que esta. Iré a buscarla. ¿Cuánta necesitamos?

—Setenta metros.

Cal asintió. No preguntó de qué grosor, de modo que Cate supuso que Walter sólo tenía de un tipo. Utilizarían lo que tuvieran.

Salió por la parte de delante y ella dejó la comida para inspeccionar el equipo. No lo había tocado desde que, hacía tres años, cuando se había instalado aquí, lo había guardado en el desván. Cal no había bajado los cascos, pero Cate sabía por qué: eran de colores chillones, muy fáciles de localizar. Muchos escaladores no llevaban, pero Derek y ella siempre.

Recuperó la vieja ilusión mientras miraba el equipo y, por un minuto, sintió la emoción, las ganas de sol y altura, su habilidad y fuerza contra la roca. Había caído, claro, igual que Derek. E igual que todos los escaladores que conocía. Por eso no quería subir con esas cuerdas.

Se obligó a dejar el equipo y volver a la cocina. El agua sería un gran problema, porque pesaba mucho. Una garrafa de cinco litros pesaba casi cuatro kilos, sin contar con el peso del contenedor. Tenía agua embotellada, pero no era cómoda de llevar. Necesitaban una especie de bota que pudieran colgarse a la espalda, pero no se le ocurría nada para improvisar una.

Quizá Roy Edward sabría si había algún riachuelo en las montañas. Seguro que había alguno, aparte del que pasaba junto al pueblo antes de unirse al río principal.

Cal regresó con metros y metros de cuerda colgados en el hombro. Miró lo que ella había preparado y asintió.

—He cogido algunas cosas más, de paso. Cerillas en una caja impermeable y cosas así. ¿Y las mantas?

—Las que yo tengo son muy gruesas —respondió ella—. Iba a llevarlas a los demás, porque son demasiado pesadas para cargarlas mientras escalamos.

Él asintió.

—Yo tengo un par de mantas finas en mi casa y una colchoneta que se enrolla. Muy bien, pues ya está. Podríamos coger más cosas, pero no podemos llevarlas encima. Vámonos. Para cuando estemos listos, casi no tendremos luz de día.

—¿Y qué vamos a hacer? No podemos escalar de noche.

—Nos pondremos en posición, que quizá nos lleve un par de horas. Lo que podamos hacer hoy es tiempo que nos ahorramos mañana.

Tenía razón, y la estricta disciplina que aplicaba a cada movimiento, incluso el tono de voz, delataba que sabía lo que estaba haciendo. Ya lo había hecho antes, seguramente en circunstancias igual de complicadas.

Cuando entraron en el sótano de los Richardson, vieron que Creed había organizado a los demás con la misma disciplina que Cal. Mientras éste enseñaba a unos cuantos la forma más segura de desplazarse por el pueblo, los atajos y dónde tenían que ir con cuidado, Creed se encargó del problema del agua.

Según Roy Edward, había varios riachuelos en las montañas, pero todavía tenían que solucionar el tema de las botellas. Creed se quedó pensativo. Sin darse ni cuenta, Cate vio que Maureen cortaba las perneras de un par de calzoncillos largos térmicos de Perry. Hizo un nudo en un extremo y llenó la pernera de botellas, como si cargara torpedos en una lanzadera. Cuando tuvo las dos perneras llenas, ató los otros extremos y luego colocó una especie de cintas para colgárselas a la espalda. Cate probó el invento. Pesaban más de lo que quisiera, pero el peso iría disminuyendo a medida que fueran bebiendo.

Cal regresó con dos mantas y lo que Cate supuso que sería una colchoneta para dormir, pero que se parecía mucho a las que se usan en clase de yoga. Cal enrolló una manta y la colgó a la espalda de Cate y él se colgó la otra manta y la colchoneta. Se colgó el agua, con una sonrisa ante la ingeniosa solución, y miró a Creed.

—¿Cuál es el lugar más cercano para ir a pedir ayuda, una vez atravesada la grieta?

—Mi casa —respondió Creed—. Desde el porche de atrás, veo la grieta. A unos seis o siete kilómetros hay otro rancho. Y la casa de Gordon Moon está un poco más lejos, pero en la dirección contraria. Si llegáis a mi casa, podéis utilizar el teléfono, pero tendrás que ir por un trazado complicado, marine.

Cal sonrió.

—Si sabes las coordinadas, resulta que tengo un GPS manual —se tocó uno de los bolsillos de los pantalones.

Creed, lentamente, dibujó otra sonrisa.

—Qué casualidad. Yo también tengo uno. ¿Te imaginas que el que guía de una expedición se perdiera?

—¿Te acuerdas de las coordinadas?

—Como de la fecha de mi nacimiento.

Capítulo 26

—¿Qué demonios están haciendo ahí? —le murmuró Toxtel a Teague cuando este último se acercó para relevar a Billy. Goss estaba descansando en el campamento, puesto que tenía que relevar a Toxtel a medianoche. Ahora es cuando empezaba la rutina y cuando mantenerse alerta sería cada vez más difícil.

Teague tenía mal aspecto y se encontraba todavía peor, pero caminaba, y tenía la intención de cubrir su turno. El bulto de la cabeza era tan grande que ni siquiera podía ponerse una gorra, aunque teniendo en cuenta que la más mínima presión era como si le estallara la cabeza, ya le parecía bien no llevar nada. El dolor se había mantenido estable durante todo el día, pero se había mirado las pupilas en el retrovisor del coche y había comprobado que las dos tenían el mismo tamaño, así que imaginó que estaba bien; ahora solo tenía que soportar el dolor. Se tomaba un par de pastillas de ibuprofeno cada cuatro horas, cosa que lo hacía más llevadero. Tendría que conformarse con eso.

Teague miró hacia la aparentemente desierta comunidad. Desde donde él estaba, veía un par de cuerpos tirados en el suelo, donde habían recibido el impacto de las balas. Si había pasado algo en el pueblo, no se había dado cuenta.

—¿Qué quieres decir?

—No sé. Cualquiera diría que esta gente intentaría, al menos, saber qué está pasando, pero nadie ha asomado la nariz ni ha gritado.

—Dales tiempo hasta mañana —dijo Teague—. Supongo que Creed los está organizando para intentar algo. Quizá no esperen a mañana, quizá lo hagan esta noche. Tendremos que estar atentos —miró hacia lo que quedaba del puente; no le habría sorprendido haber visto allí a Creed, escopeta al hombro y apuntándolo… Joder, tenía que dejar de pensar en Creed, dejar de imaginarse cosas. No era estúpido, no iba a infravalorar a Creed, pero el cabrón ese no era un súperhombre. Hacía muy bien su trabajo, y punto. Y entonces pensó: «Bueno, yo también».

—Esto no me gusta —dijo Toxtel. Él también estaba mirando hacia el puente—. Ya deberían habernos preguntado qué queremos.

—No te olvides de que mis chicos les han estado disparando cada dos por tres. Seguro que no les apetece demasiado asomar la cabeza. Mañana, sólo dispararemos si vemos un objetivo.

—Entonces, ¿cómo diantre vamos a hablar con ellos?

¿Acaso esos chicos de ciudad no sabían nada?

—Cuando alguien ate una bandera blanca a un palo y nos la enseñe sabremos que quieren hablar.

Y luego se marchó y empezó a subir hasta la posición de Billy, más nervioso si cabe porque sabía que alguno de esos cazadores podía estar apuntándolo con un rifle, esperando el mejor momento para disparar. Tenía que asegurarse de no darles la oportunidad, aunque no parecía muy probable que ninguno de ellos pudiera alcanzarlo desde tan lejos. Aunque la puntería de Creed anoche lo había sorprendido; no pensaba dejar que le dieran dos veces.

Como Teague no había podido relevar a Billy en todo el día, el pobre estaba agotado; abandonó la posición de vigilancia que había mantenido durante horas y rodó por el suelo, quedándose boca arriba con las piernas abiertas.

—Gracias a Dios. ¿Te encuentras mejor?

—Estoy aquí. ¿Has visto algo interesante?

—Tengo la sensación de que ha habido mucho movimiento a cubierto. Blake y Troy tienen la misma sensación. Alguna vez he visto algo, pero nunca lo suficiente como para identificarlo. Y siempre detrás de protecciones grandes y sólidas, de modo que sabía que no era un gato o un perro.

—¿Has disparado para recordarles que tienen que agachar la cabeza?

—Unas veces sí y otras, no. No merece la pena malgastar munición.

Teague lo entendía. Se acomodó en la manta que Billy había extendido encima de hojas y pinchos de pino para que la larga vigilancia fuera más confortable. Había traído la batería de recambio para el visor infrarrojo, así como varios termos de café y galletas saladas, por si necesitaba energía. Al menos, esta noche no era tan fría como la anterior, de modo que no se estremecería ni temblaría algo que, añadido al dolor de cabeza, acabaría matándolo.

—Nadie ha intentado recuperar los cuerpos —dijo Billy, algo serio—. Me preocupa.

—Si quieren hacerlo, será esta noche. Habrán esperado a que oscurezca.

—Seguro que saben que tenemos visores nocturnos y que por eso pudimos alcanzarles ayer por la noche.

—Sí, pero igual han encontrado algo para poder esconderse. Ya veremos.

—¿Piensas dispararles si retiran los cuerpos?

Teague se lo pensó.

—No creo. ¿Blake ya está en posición?

—Ha relevado a Troy hará una media hora.

—Lo llamaré por la radio. Que recojan los cuerpos. No sé qué piensan hacer con ellos, pero no creo que sea agradable tenerlos por allí, atrayendo moscas y pudriéndose. Quizá les ponga un poco más de presión encima.

—Seguro —Billy se estiró, luego se colocó de cuclillas y pasó por detrás de Teague, camino del campamento—. Que te diviertas esta noche.

Teague colocó el rifle en posición, con mucho cuidado, encendió el visor térmico y acerco el ojo a la mirilla. Anoche, Trail Stop estaba lleno de señales térmicas; esta noche no había nada. Las casas no desprendían calor ni había ninguna figura brillante correteando por allí y delatando su posición. Teniendo en cuenta lo mucho que le dolía la cabeza, esperaba que la noche se mantuviera así de tranquila.

Cate miró las manecillas brillantes del reloj de Cal, que él le había dejado porque el de ella no era luminoso. Las once y media. Se apretó más la manta que la envolvía y miró el cielo estrellado, contenta de que la noche fuera fresca pero no fría. Habría preferido luna llena, pero ya hacía horas que su visión se había adaptado a la oscuridad, que no era absoluta. No querría tener que ir a ningún sitio caminando, porque no veía tan bien, pero podía distinguir formas oscuras y sombras. Mientras nada se moviera y no oyera ningún crujido, todo iría bien.

Cal estaba dormido a su lado en la colchoneta que había traído y tapado hasta la barbilla con la manta. Esa primera noche, como alguien podía haberlos visto desplazarse hasta allí, hacían guardia. Cate se encargaba del primer turno; como el turno de medianoche hasta el amanecer era el más duro, Cal había querido hacerlo él.

Se había dormido tan deprisa que Cate se había quedado desconcertada. Le hubiera gustado que la luz de la noche le permitiera verlo dormir, pero se había tenido que conformar con oírlo respirar. Había cambiado de posición una o dos veces pero el resto de la noche había estado muy quieto. Como parecía que no había nada de qué preocuparse porque, pasado un rato, dejó de sobresaltarse ante el más mínimo ruido o crujido, fruto de los movimientos nocturnos de los animales del bosque y los insectos, se dedicó a pensar en él.

Cal había dicho que Trail Stop tenía forma de paramecio. Mientras lo seguía por la pendiente que los llevaba hacia el río, no había dejado de darle vueltas a aquella extraña palabra. Cate recordaba lo que era de las clases de biología del instituto, pero el hecho de que Cal hubiera elegido aquella palabra tan técnica la alertaba de otra faceta desconocida que formaba parte de ese hombre.

Los últimos días habían consistido en una revelación tras otra, hasta el punto que Cate tuvo la sensación de que debía de ser la persona más tonta de Trail Stop. Hasta hacía escasos días, veía a Cal como a una persona insignificante: muy tímido y tartamudo, pero capaz de arreglarlo casi todo. Era un manitas pero también había descubierto que, aunque era muy tranquilo, no era tímido en absoluto; de hecho, era un hombre que sabía hablar, era educado y decidido. Había estado en el ejército, un tema que ella desconocía pero, evidentemente, había formado parte de alguna unidad de elite.

Por lo visto, los demás habitantes del pueblo lo sabían. ¿Cómo no se había dado cuenta de la diferencia entre cómo lo veía ella y cómo lo veían los demás? Lógicamente, los vecinos del pueblo hacía más tiempo que lo conocían pero, a pesar de todo… Cate tenía la sensación de que le faltaba una pieza importante del puzzle, una pieza mágica que haría que lo entendiera todo.

La parte gruesa del paramecio estaba inclinada hacia abajo, y eso era bueno por dos razones: porque ofrecía cobijo y porque la pendiente hasta el río no era tan pronunciada. En el lado más alto, la pendiente era exagerada y la caída de unos doscientos metros, pero en la parte este, se reducía a unos ciento veinte metros y con un ángulo mucho más cómodo, lo que significaba que pudieron bajar sin tener que hacer rápel. Cal utilizó una pequeña pala para cavar apoyos para los pies en el suelo y los dos bajaron casi siempre derechos.

Al estar tan cerca del río, el estruendo del agua impedía cualquier conversación, a menos que fuera a gritos, así que Cate se concentró en no caer mientras evitaba las rocas más puntiagudas. No había orilla del río, al menos no la que todo el mundo se imaginaba. A los lados del agua sólo había rocas: grandes, pequeñas, redondeadas, puntiagudas. Algunas estaban bien fijadas, pero otras se movían. Algunas resbalaban. Otras resbalaban y se movían, que eran las más peligrosas. Cate tenía que asegurarse de estar bien agarrada con las manos antes de apoyar el peso en alguna roca. Eso los obligaba a ir despacio, tanto que empezó a preocuparse por si se les hacía de noche y no habían llegado a un terreno más agradable, pero llegaron a los pies de la montaña justo a tiempo. Cal encontró una pendiente protegida que era donde se habían parado.

Aquello no se parecía en nada a ir de camping. Allí sólo estaban los dos, sentados en el suelo y a oscuras, comiendo cereales de una bolsa de plástico y bebiendo agua. Luego, Cal desenrolló la colchoneta y se dispuso a dormir, dejándola sola con sus pensamientos.

A medianoche, dijo:

—Cal —y, al segundo, estaba despierto, sin que Cate tuviera que moverlo ni repetir su nombre. Se sentó, se estiró y bostezó.

—¿Cómo lo has hecho? —preguntó ella, en voz baja, pero con un tono agudo, porque en la noche todo se oía.

—¿El qué?

—Despertarte tan deprisa.

—La práctica, supongo.

Cate le devolvió el reloj y él se lo abrochó a la muñeca mientras ella se estiraba en la colchoneta. Desde que la había visto se preguntaba si sería tan cómoda como parecía. No lo era. Era una delgada colchoneta en el suelo, de modo que Cate notaba todas las piedras; sin embargo, era mejor que dormir en el suelo, porque aislaba del frío.

Cate se tapó con la manta mientras Cal bebía un sorbo de agua y se sentaba donde ella se había sentado. Intentó dormirse deprisa, quizá no tanto como él, pero sí en cinco o diez minutos. Quince minutos después, todavía estaba dando vueltas.

—Si no te estás quieta, no te dormirás nunca —dijo él, divertido.

—No me gusta el camping; no me gusta dormir en el suelo.

—En otras circunstancias… —y se detuvo.

Ella esperó que dijera algo más, pero él parece que prefirió callarse lo que estaba a punto de decir.

—En otras circunstancias, ¿qué? —preguntó ella.

Otro silencio, roto únicamente por la brisa que agitaba las hojas de los árboles. Cal sólo era una figura en la sombra, pero Cate sabía que había levantando la cabeza, como si hubiera oído algo, pero no debía de ser importante, porque enseguida relajó los hombros. Habló muy despacio:

—Podrías dormir encima de mí.

La explosión de sangre en su cuerpo hizo que se mareara. Sí. Eso era lo que quería, eso era lo que deseaba. Igual de despacio, ella respondió:

—O al revés.

Cal contuvo el aire y Cate sonrió en la oscuridad. Se alegraba de saber que podía provocar en él la misma reacción que él le provocaba a ella.

Cal movió las piernas, como si estuviera incómodo. Al final, murmuró algo, se levantó, e hizo algunos movimientos antes de volver a sentarse con mucho cuidado. Cate contuvo una risita.

—Lo siento —se obligó a decir, aunque no era cierto.

—Lo dudo —respondió él con ironía—. Deberías tener una de estas durante un tiempo, para ver lo incómodas que pueden llegar a ser.

—Si tuviera una, no estarías incómodo.

—He dicho durante un tiempo. Te aseguro que no quisiera que tuvieras una de forma permanente.

—No necesito tener una —y una malévola vocecita la impulsó a añadir—. Porque me dejarás utilizarla tuya, ¿no?

Otra vez tuvo que contener el aliento y lo soltó casi de golpe. Y dijo:

—Maldita sea —y se volvió a levantar.

Esta vez, Cate no pudo reprimir la risa.

—Tucker también se ríe así, a veces —dijo él—. Físicamente, no se parecen demasiado a ti pero, a veces, por cómo dicen las cosas o cómo ladean la cabeza… te veo reflejada en ellos.

A Cate se le encogió el corazón. No había visto a sus hijos desde el viernes por la mañana, y ya era domingo por la noche. Pero estaban bien, que era lo más importante. Estaban a salvo. Y Cal era la única persona que le había dicho que la veía reflejada en los niños. Si quería hablar de los niños para cambiar de tema, ella estaba más que dispuesta.

—Tengo que confesarte algo —murmuró él.

—¿Sobre qué?

Cal se aclaró la garganta.

—Yo soy el que… eh… Dije algunas cosas que no debería haber dicho delante de ellos.

Cate se sentó en la colchoneta y dio gracias porque Cal no pudiera verle la cara.

—¿Cosas como… Imbécil? —preguntó ella, con recelo.

—Me pillé el dedo con el martillo —admitió él, increíblemente avergonzado—. Yo… eh… dije una serie de palabrotas.

—¿Como qué? —repitió ella, que no sabía cómo pero estaba consiguiendo mantener un tono neutro.

—Bueno… Cate, fui marine, ya puedes imaginártelo.

—¿Qué debería esperar, exactamente, que salga de la boca de mis hijos?

Cal se rindió y relajó los hombros.

—¿Quieres las palabras o las iniciales?

Si podía reconocer lo que había dicho por las iniciales, sería grave.

—Las iniciales bastarán.

—Empecé con m.s.

—¿Y qué más?

—Eh… h.d.p.

Cate parpadeó. Ya se imaginaba todo aquello en boca de sus hijos de cuatro años… seguramente cuando estuvieran con Mimi en una tienda llena de gente.

—Oí una risa, me volví y allí estaban, todo oídos. No se me ocurrió qué hacer, así que tiré el martillo, me levanté de un salto y grité: «¡Soy un imbécil!». Les pareció muy gracioso, sobre todo cuando les dije que eso era una palabra muy fea y que nunca tenían que repetirla. También les dije que no debería haberla dicho delante de ellos pero que es lo que uno hacía cuando estaba muy enfadado —hizo una pausa—. Supongo que funcionó.

—Supongo —dijo ella, débilmente. Cal sabía cómo funcionaban las mentes de los niños pequeños. Los gemelos enseguida olvidaron lo que les debió parecer menos grave y se concentraron en lo que él les dijo que era algo muy feo. Cate tenía que estarle agradecida.

Se tapó la boca con la mano mientras se reía con ganas. En ese momento, mientras escuchaba la vergüenza en la voz de Cal y se deleitaba en la imagen mental de él maldiciendo y luego dándose la vuelta para descubrir las dos fascinadas caras de los niños, saltó por el precipicio emocional que había estado bordeando… y cayó.

Capítulo 27

Por la mañana, Teague se sentó y dobló la espalda, satisfecho de que la noche hubiera pasado sin ningún altercado. Se había obligado a estar alerta durante el turno nocturno porque sabía que, si Creed había planeado algo, lo llevarían a cabo esa noche; el ritmo cardíaco natural de una personal alcanzaba su punto más bajo en esas horas, al menos para aquellos que esperaban y vigilaban. Teague suponía que pasaría algo, lo que fuera, aunque se tratara de dos o tres intentos de salida. Sin embargo, hora tras hora, recorrió la zona con el visor infrarrojo y no vio ninguna señal térmica humana. Blake también estaba muy atento y llamó a Teague por radio cada dos por tres para preguntarle si había visto algo, pero ninguno de los dos vio nada.

El día se despertó nublado, con grandes nubes acostadas sobre las cimas de las montañas. Las temperaturas se habían mantenido moderadas durante la noche, pero ahora empezaba a soplar una brisa bastante fresca. En septiembre, el tiempo solía ser incierto, porque era un mes de transición entre estaciones. Teague comprobó cuánto café tenía en el termo; ya le quedaba poco. Si la brisa seguía soplando, necesitaría más.

Miró hacia Trail Stop. Parecía una ciudad fantasma, todo estaba inmóvil. No, espera... le pareció ver una columna de humo en la parte posterior del pueblo. Costaba decirlo con seguridad, porque el cielo estaba gris y, con las nubes tan bajas, todo parecía mezclarse pero... pues sí, era humo. Alguien había encendido la chimenea. Entonces, la gente estaría allí reunida, calentándose y preparando un plato de sopa o un poco de café. Cogió la radio.

—Blake. Comprueba la zona más cercana al río, las casas más lejanas. ¿Eso que veo es humo? —los ojos de Blake eran más jóvenes, más fiables.

Blake respondió a los pocos segundos.

—Es humo, no hay duda. ¿Quieres que intente disparar en esa dirección?

—No creo que tengas un buen ángulo; hay demasiados obstáculos entre nosotros y ellos. Mi ángulo no es bueno.

Al cabo de un minuto, Blake respondió:

—Ángulo negativo. He cogido los prismáticos para comprobarlo.

—Ya me lo imaginaba —Teague volvió a estirarse en la manta y volvió a observar de cerca las calles que tenía más cerca. Tenía el presentimiento de que pasaba algo. El pueblo parecía un lugar espeluznante, pero podía deberse a la mañana gris y la poca altura de las nubes. En las calles había algo raro. Se quedó observando y, de repente, se quedó de piedra. Las calles estaban vacías, totalmente vacías.

Los cadáveres ya no estaban.

No podía creérselo. Parpadeó, volvió a mirar, pero no reaparecieron por arte de magia. ¡Joder! Los cadáveres habían desaparecido.

Cogió la radio.

—Blake —dijo, furioso.

—Aquí Blake.

—Los cuerpos no están.

—¿Qué...? —Blake debió de comprobarlo con sus propios ojos, porque dijo—. Mierda.

Teague no podía apartar la mirada porque no acababa de entender cómo... Creed. El cabrón de Creed. Seguro que había adivinado que tenían visores térmicos en lugar de rifles con visión nocturna y había descubierto alguna forma para que los vecinos del pueblo pudieran moverse sin delatar su posición. Los infrarrojos no eran infalibles; el truco más conocido para evitar desprender calor era meterse en el agua. Pero, si se habían metido en el riachuelo de la derecha, el agua bajaba con mucha fuerza y era casi imposible salir vivo de allí; además, habrían tenido que caminar una buena distancia para ir a recoger los cadáveres y, en ese tiempo, los infrarrojos habrían captado alguna señal. Tampoco podían haber ido hacia la izquierda, porque habrían aparecido justo delante de Blake y los habría visto mucho antes de que llegaran al riachuelo.

Por lo tanto, tenían que haberlo hecho de otra forma.

Entrecerró los ojos, observó el lugar, luego cogió los prismáticos y deslizó la mirada, muy despacio, de casa en casa, hasta que se detuvo en lo que, desde la distancia, parecía un muro bajo. Antes, allí no había ningún muro. Lo habría visto cuando hizo el reconocimiento del pueblo. Además, la parte de arriba no estaba nivelada. Más que un muro parecía una pared de sacos de arena.

Hijo de puta. Los vecinos del pueblo habían estado ocupados esa noche. Sintió una perversa satisfacción al comprobar que no se habían tirado al suelo y habían fingido estar muertos; si lo hubieran hecho, lo habrían dejado en evidencia frente a los chicos de la ciudad. Teague les había dicho que eran una gente dura de pelar, y sus acciones de esa noche le daban la razón. Estaban protegiendo sus posiciones y, al mismo tiempo, conseguían una forma de desplazarse sin exponerse a los tiros. Era imposible que las balas atravesaran esos sacos.

Volvió a coger la radio.

—Blake. Echa un vistazo a esas secciones de muro bajo. No son muros. A mí me parecen sacos de arena —incluso mientras lo decía, sabía que no podían haber conseguido sacos de arena. Eran de otra cosa, algo que también viniera en sacos, como grano, cemento en polvo o algo así. Daba igual; el principio era el mismo.

Blake miró.

—¿Qué vamos a hacer? —preguntó, al final, aceptando la versión de los sacos de arena.

—No podemos hacer nada, aparte de lo que estamos haciendo. No dejes que nadie se te acerque y mantenlos arrinconados hasta que estén dispuestos a entregar a los chicos de la ciudad lo que es suyo —aunque quizá tardarían más de lo que él había previsto, y no le hacía demasiada gracia. Si la persona equivocada decidía asomarse a ver qué pasaba, ese castillo de cartas podía venirse abajo en cualquier momento. Era un riesgo que había aceptado, pero no iba a permitir que aquella situación se alargara indefinidamente. Él mantendría su calendario, independientemente de la opinión de los chicos de la ciudad.

—¿Enganchada?

—Enganchada.

Después de que Cal le confirmara que la tenía enganchada por si caía, Cate se estiró y se agarró a una roca. Como se tardaba mucho en escalar la roca, Cal había intentado buscar una ruta alternativa, pero no había encontrado nada que los mantuvieran protegidos a lo largo de todo el trayecto. Subir esa cara de la roca era la forma más segura y directa. Cate se alegraba de que no fuera una de las rutas más difíciles y largas, puesto que ninguno de los dos había practicado últimamente ni llevaban el calzado adecuado. Cate tampoco estaba en forma para escalar; tenía fuerza en las piernas de subir y bajar las escaleras de casa cada día, pero en brazos y manos, seguramente tenía la mitad de fuerza que cuando escalaba de forma regular.

El tiempo tampoco les acompañaba; el viento empezaba a ser fuerte y las nubes estaban cada vez más bajas. Si empezaba a llover, no podrían bajar y esperar a que el tiempo mejorara; tendrían que seguir adelante, a pesar de que la lluvia haría que la roca estuviera más resbaladiza. Tendrían que ir con mucho más cuidado. Dio gracias a Dios porque aquella fuera lo que en su día habría considerado una ruta fácil. Había unos cien metros hasta la cima, ciento veinte como mucho, y no era totalmente vertical.

Otros escaladores habían estado allí antes que ellos, porque la roca estaba llena de anclajes. Algunos escaladores los quitaban a medida que iban subiendo, para dejar la roca tal y como se la habían encontrado, pero otros no. En general, Cate no solía fiarse de un anclaje que no hubiera clavado ella, o Derek pero, para poder ir más deprisa, estaba dispuesta a utilizar aquellos que parecieran más bien fijados.

Ambos llevaban arneses y estaban atados. Como ella tenía más experiencia, era la encargada de abrir la vía y, cuando llegaba literalmente al final de la cuerda, se paraba y él la seguía. Al estar atados, si caía, él la sujetaría. Cuando se detenía, era ella quien lo sujetaría a él en caso de caída.

Parte de ella estaba muy emocionada por volver a las rocas, aunque fuera a una de las fáciles. Volvía a estirar y tensar los músculos, a comprobar su fuerza y su pericia contra la roca. Al mismo tiempo, era plenamente consciente de que sería su última escalada, al menos hasta que los niños fueran mayores, y el único motivo por el que la hacía ahora era la severidad de las circunstancias. Al saber que era la última vez que experimentaría aquella emoción tan especial, se concentró en cada segundo, en cada rasguño, olor y sonido, el roce de las cuerdas, el viento en la cara, la fría y áspera roca bajo sus manos. Cada vez que miraba a su alrededor y veía lo mucho que había subido, sentía una inmensa satisfacción.

Apoyó el pie, clavó un anclaje y se aseguró a la roca. A su señal, Cal empezó a subir siguiendo la ruta que ella había marcado. Observaba todos sus movimientos con la mano lista en el freno de la cuerda para sujetarlo en caso de que resbalara. Las botas que llevaba eran todavía menos adecuadas que las zapatillas deportivas de Cate, así que cada paso era mucho más peligroso. Sin embargo, la fuerza que tenía en el tren superior compensaba la ausencia de calzado aproplado. A pesar del frío viento, se quitó la chaqueta y se la ató a la cintura antes de empezar a subir, de modo que Cate podía ver cómo trabajaban los músculos de sus brazos desnudos. La fuerza de un escalador era nervuda y flexible, como un hilo de acero, todo lo contrario al volumen de los culturistas. A juzgar por los brazos de Cal, parecía que había escalado toda la vida.

Una niebla se posó sobre ellos y, en cuestión de segundos, la visibilidad de redujo a cero a medida que la nube engulló a la montaña.

Cate sabía que Cal seguía ahí, lo notaba en la cuerda, pero no podía verlo.

—¡Cal!

—Sigo aquí.

Parecía tan tranquilo como si estuvieran dando un paseo. Algún día, Cate tendría que mantener una conversación con él acerca de eso; no era normal.

—No puedo verte, así que háblame. Dime todo lo que haces, cada paso que das. Tengo que poder anticiparme.

Él accedió y no dejó de hablarle hasta que el viento aclaró la niebla y Cate volvió a verlo. Y la cosa siguió igual durante la siguiente hora, con la niebla apareciendo y desapareciendo a medida que las nubes se posaban sobre las montañas. En un momento, la niebla fue muy densa y ambos se detuvieron para ponerse los ponchos que, al menos, les mantendrían la ropa seca. Como pesaban tan poco, era la única pieza impermeable que habían traído, aunque con ellos no podían escalar. De modo que, sencillamente, esperaron a que volviera a aclararse. Cuando pudieron sacarse los ponchos, volvieron a escalar.

El tiempo los frenó bastante y llegaron a la cima de la roca, que no era ni de cerca su destino final, poco después de las diez de la mañana. Ante ellos, se levantaba una pendiente con vegetación muy densa; la geografía los obligaría a ir hacia el norte, en lugar de hacia el noroeste, que es donde tenían que ir, pero tenían que seguir el terreno y sus restricciones.

Después de beber un poco de agua y comer unos cuantos cereales y separarse para acudir a la llamada de la naturaleza en privado, recogieron las cuerdas, se las colgaron de los hombros y volvieron a emprender la marcha, esta vez con Cal abriendo vía. Cuando empezó a llover, se volvieron a poner los ponchos y siguieron caminando.

—¡Tenemos que hablar! —gritó Toxtel, colocando las manos frente a la boca en forma de altavoz.

Lo peor, pensó Goss, era que no sabían si alguien estaba lo suficientemente cerca para oírlos. Esa gente había desaparecido, los habían perdido de vista como si nunca hubieran existido. Incluso los cadáveres habían desaparecido. Cuando Toxtel y él se habían dado cuenta por la mañana, se habían alterado un poco, porque Teague había depositado mucha fe en sus visores térmicos y ahora resulta que esos pueblerinos lo habían dejado en ridículo. Había llegado la hora de dar un paso más, antes de que esa gente tuviera tiempo de inventarse otra cosa.

Toxtel llevaba un cuarto de hora gritando, y todavía no habían visto ni un movimiento al otro lado del puente. Visto el éxito, bien podría ahorrarse los gritos.

Al cabo de media hora, Toxtel ya empezaba a estar afónico pero, al final, de la puerta principal de la primera casa salió una mano agitando un pañuelo blanco. Toxtel volvió a gritar, agitó su propia bandera blanca y un anciano salió al porche.

El hombre debía de tener noventa años, se dijo Goss algo incrédulo, mientras lo observaba acercarse, bajar las escaleras y cruzar los cien metros de terreno hasta los restos del puente con todas las dificultades del mundo. ¿Era lo mejor que tenían para enviar a negociar? Aunque, ¿por qué iban a enviar lo mejor? ¿Para qué arriesgarse? Pensándolo bien, el anciano era una elección perfecta.

—¿Qué queréis? —preguntó, con voz quejumbrosa y algo contrariado por tener que realizar todo ese esfuerzo.

Toxtel fue directo al grano.

—La señora Nightingale tiene lo que queremos. Dígale que nos lo dé y nos marcharemos.

El anciano miró el barranco que los separaba mientras movía las mandíbulas como si masticara, como si se lo estuviera pensando.

—Trasladaré el mensaje —dijo, al final, y se dio la vuelta y volvió sobre sus pasos como si no le interesara si esos hombres tenían algo más que añadir. Toxtel y Goss se pusieron a cubierto y observaron al hombre hasta que lo perdieron de vista.

—¿Qué coño significa eso? —preguntó Toxtel retóricamente.

—Están cabreados —respondió Goss.

Capítulo 28

El primer copo de nieve cayó poco después de las cinco de la tarde. Cate se detuvo en seco, observándolo consternada. Varios copos siguieron al primero, y luego desaparecieron todos en una ráfaga de viento.

—¿Lo has visto? —le preguntó a Cal.

—Sí.

Todavía era temprano para que empezara a nevar, aunque no imposible. Con un poco de suerte, esos copos serían los únicos que verían. Ya hacía horas que había empezado a llover con ganas. Sin embargo, teniendo en cuenta lo mucho que habían bajado las temperaturas, cada vez más a partir de primeras horas de la tarde, tenían que asumir que era posible que nevara.

La nieve no era buena por un par de motivos. El principal era que no podrían continuar. El camino ya era complicado cuando veían donde pisaban de modo que, si la nieve cubría el terreno, se estarían jugando el físico y la vida. Tampoco iban preparados para la nieve ni para un clima tan frío. Se habían dejado los ponchos puestos para cortar el viento y la lluvia, pero no llevaban las capas de ropa suficientes para mantenerse calientes. Cate ya llevaba un rato temblando, a pesar de que se había puesto la chaqueta del chándal y la capucha, así como la capucha del poncho.

Cal sacó el mapa que Roy Edward les había hecho de las minas abandonadas.

—¿Estamos cerca de alguna de ellas? —preguntó Cate mientras se colocaba a su lado para mirar el mapa. Esperaba que sí; tenían que protegerse de ese tiempo antes de que anocheciera, para lo que faltaban apenas dos horas. Si tenían que pasar la noche al raso, se congelarían.

—Creo que no —dijo. Señaló una X—. Esta es la más cercana y calculo que debemos estar por aquí —señaló otro punto—. Si las estimaciones de Roy Edward eran correctas, estamos al menos a un kilómetro de la mina y a unos ciento cincuenta metros de desnivel. Al paso que vamos, no llegaríamos antes del anochecer. Y, aunque pudiéramos llegar, tenemos que parar, secarnos y calentarnos. Tienes las zapatillas empapadas.

Por desgracia, tenía razón. Tenía los pies tan fríos y doloridos que ya había empezado a cojear. Si para tener que llegar a algún sitio tenía que escalar, no podría hacerlo.

—¿Qué vamos a hacer?

—Tú vas a quedarte en algún lugar protegido del viento y de la lluvia mientras yo investigo. Así es como siempre me he ganado la vida.

Puesto que el viento soplaba en todas direcciones, Cate no sabía dónde esconderse. Sin embargo, Cal encontró un abeto enorme con unas ramas tan gruesas que el suelo de debajo estaba seco, de modo que Cate se sentó allí, con las rodillas pegadas al cuerpo debajo del poncho para mantener el calor corporal. Lo miró a través de la lluvia, vio que tenía la cara muy roja del frío y del viento y recordó que no iba más abrigado que ella. La única ventaja era que sus botas eran impermeables y, por lo tanto, tenía los pies secos.

—Ten cuidado —le dijo, porque fue lo único que se le ocurrió.

—Si no encuentro ningún saliente en la montaña, improvisaré un cobertizo —empezó a quitarse el material de escalada, lo dejó al lado de Cate y colocó la cuerda encima de todo. Le acarició suavemente la mejilla y se marchó. Sólo se llevó la pala. Cate lo vio alejarse bajo la lluvia con tanta energía como si tuviera las piernas de acero, mientras que a ella le dolían todos los músculos del cuerpo, y no sólo por el riguroso ejercicio al que los había sometido ese día, sino también por haber estado temblando tanto tiempo.

Agotada, se colocó la parte frontal del poncho por encima de la nariz, de modo que el aire que expulsara fuera más caliente. Al instante, se sintió más capacitada para soportar el frío, a pesar de que el viento seguía silbando entre los árboles y la lluvia no cesaba. Las ramas inclinadas del abeto formaban una especie de paraguas viviente sobre su cabeza.

Llevaban veinticuatro horas ausentes de Trail Stop. ¿Qué estaría pasando allí abajo? Cal y ella no habían podido hablar, porque se habían pasado el día escalando una roca o subiendo una montaña, actividades nada propicias para la conversación. Se habían parado únicamente cuando era necesario y luego habían retomado la marcha enseguida, conscientes de que el tiempo jugaba en su contra.

Al cabo de media hora, la lluvia empezó a mezclarse con nieve. Cate se quedó mirando los copos y deseando que desaparecieran. Las tormentas de nieve no le molestaban, pero hubiera preferido que el tiempo se hubiera mantenido cálido como el día anterior; lo único que no quería era nieve en el suelo. Seguro que en el valle no estaba nevando.

A medida que los copos eran más grandes y el suelo de la montaña empezaba a teñirse de blanco, Cate se preguntó dónde estaría Cal y qué estaría haciendo.

Cal había cogido una rama gruesa como su pulgar y la utilizaba para hundirla en cualquier terrón con posibilidades de esconder una cueva en su interior, un saliente o algo que pudiera ofrecerles cobijo suficiente para pasar la noche. Era consciente de que los osos todavía no habrían iniciado su periodo de hibernación, porque todavía era muy temprano, de modo que se había colgado la pala en el cinturón, habría desabrochado el bolsillo derecho de la chaqueta de camuflaje y había sacado la pistola de nueve milímetros automática. Normalmente, la habría llevado colgada del cinturón, o pegada al muslo si estuviera en una misión, pero no quería llevarla en un sitio del que pudiera desprenderse mientras escalaba la roca. Así pues, se la había metido en el bolsillo de la chaqueta y había abrochado la solapa. Cuando se había quitado la chaqueta, se la había enrollado de modo que la pistola le quedara pegada al cuerpo. Sabía que no era la mejor arma para enfrentarse a un oso, pero era cien veces mejor que la pala.

Estudiaba cada lugar apenas unos segundos. Había varios salientes, pero eran demasiado abiertos, o la roca estaba agrietada, o el suelo parecía poco estable. De algunos salía un riachuelo pero, como una de las condiciones era que estuviera seco, esos quedaron descartados. Si no encontraba algo pronto, tendría que aprovechar el poco rato de escasa luz del sol que quedaba para construir un cobertizo. Sin embargo, como el suelo no estaba demasiado nivelado, esperaba no tener que llegar a ese extremo.

Al final, encontró algo que tenía posibilidades. Un saliente de granito en ángulo ascendente apoyado en otra losa enorme. Era imposible que el agua arrastrara esas rocas; seguramente, llevaban tanto tiempo que allí que estaban prácticamente enterradas y había varios árboles que crecían encima de ellas. Otro árbol crecía en la entrada de la cueva, bloqueando casi toda la entrada. Cal apartó las ramas que llegaban al suelo, entró y estudió el interior. Tenía unos tres metros de ancho y metro y medio de profundidad, la misma altura que tenía el punto más elevado del techo. Era perfecto, porque costaría menos de calentar que un lugar más grande.

Cal llevaba una linterna pequeña, la encendió y la utilizó para enfocar todas las esquinas, buscando serpientes, ratas muertas, o vivas… cualquier cosa con la que no le gustaría pasar la noche. Lógicamente, había hojas y algunos insectos que huyeron ante el foco de luz. El fuego se encargaría de ellos.

Rompió una rama del árbol y, a modo de escoba, lo utilizó para limpiar un poco el refugio; luego utilizó la pala para recoger ramas de otros árboles, aunque no demasiadas del mismo, y las colocó en la entrada de la cueva en capas perpendiculares. La hierba fresca alejaría el olor a humedad y también servirían de cojín debajo de la colchoneta. Él podía dormir en el suelo, envuelto en una manta, pero Cate estaría más cómoda en la colchoneta.

Al menos, esa noche podrían encender un fuego. La pendiente donde estaban quedaba mirando al este, lejos de los tiradores. Los grandes árboles de la montaña retendrían el humo entre las ramas y así no formaría una estela; además, el tiempo lo disiparía. Un poco de luz y mucho calor y los dos estarían mucho más cómodos. También, tenía que conseguir que las zapatillas de Cate se secaran.

La lluvia se había convertido en nieve y ahora ya caía con la suficiente fuerza como para teñir el suelo de blanco. No le hacía ninguna gracia, y no sólo por la nieve, sino porque por la noche las temperaturas serían muy frías y cualquier superficie mojada se convertiría en una capa de hielo. Su única esperanza era que fuera un frente que se desplazara deprisa y que viniera seguido de un cálido chaparrón.

Tenía otras cosas que hacer, pero no quería dejar a Cate sentada sola en medio de la nieve más tiempo del necesario. Cuanto antes llegara a su pequeño refugio y él pudiera encender un fuego, antes podría quitarse las zapatillas y los calcetines húmedos y empezar a calentarse los pies. Él podía acabar de arreglar el refugio después.

Cuando consiguió llegar donde estaba Cate, apenas les quedaban unos veinte minutos de luz y la capa de nieve estaba cada vez más resbaladiza. Cal tuvo que clavar varias veces la pala para mantener el equilibrio. Las gotas de agua que estaban en las ramas de los árboles estaban empezando a congelarse, lo que hacía que el viento tintineara.

—He encontrado un sitio —le dijo Cal, y ella levantó la cabeza, que la tenía metida entre las rodillas. Tenía el poncho subido hasta la nariz para calentar el aire que respiraba y tenía los ojos muy abiertos; habían empezado a adquirir una expresión de sufrimiento, cosa que preocupó a Cal más de lo que permitió que su rostro expresara—. Está seco y podemos encender un fuego.

—Has dicho la palabra mágica —Cate se arrastró por debajo de las ramas con más energía que cuando había entrado. El descanso le había sentado bien. Estaría mucho mejor si Cal hubiera insistido en que se pusiera botas, pero no esperaba lluvia y nieve. Cal no sufría artritis que le advirtiera de los cambios de tiempo y no había podido mirar el canal del tiempo en los dos últimos días. Por lo que sabía, habían predicho una tormenta de nieve a principios de la estación que rompería muchos récords.

—La lluvia ha empezado a congelarse —dijo Cal—. Regresar va a ser difícil, porque el suelo está muy resbaladizo. No des un paso a menos que estés agarrada a alguna cosa.

—Vale —Cate sacó el pico y lo agarró con la mano izquierda mientras Cal cargaba con todo lo que antes había dejado en el suelo. Empezó a caminar, igual de ligero que sin el peso, y ella lo siguió.

Cate todavía tenía los pies congelados pero, mientras había estado sentada bajo el árbol, no había dejado de flexionar los dedos ni un segundo, aumentando así el riego sanguíneo, de modo que ahora no estaban tan entumecidos como antes. Sin embargo, esperaba que el refugio no estuviera demasiado lejos, porque la luz iba desapareciendo muy deprisa y la nevada era cada vez más intensa y se filtraba entre los árboles en silencio.

Esperaba que en el valle también nevara. Deseaba que los tiradores tuvieran tres metros de nieve encima. Esperaba que les hubiera llovido todo el día y ahora se hubieran convertido en helados humanos. A veces, en las montañas nevaba y en el valle no, pero esperaba que esta vez no fuera así.

—Tendremos que volver, ¿no? —preguntó ella muy despacio.

—Seguramente —Cal no se lo ocultó. Y ella se lo agradeció. Se enfrentaba mejor a la realidad que a las versiones edulcoradas que escondían más un deseo que un hecho—. A menos que sea una nevada tan fuerte que tengamos que esperar a que pare.

Cal se detuvo en un terreno especialmente resbaladizo y, con la pala, formó una especie de escalón. Con todas las cosas debajo del poncho, parecía un monstruo deforme, pero Cate supuso que ella tenía el mismo aspecto.

A nivel físico, no recordaba haber estado tan mal en su vida. Cada vez que respiraba, expulsaba una nube de humo por la boca; hizo un esfuerzo por cerrarla y respirar por la nariz, lo que provocó un efecto dragón. Se distrajo pensando en que podría enseñárselo a los niños ese invierno. Les encantaría hacer el dragón.

—Es aquí —dijo Cal, mientras apartaba las ramas e iluminaba el interior de la cueva con la linterna—. La he limpiado un poco y he colocado esas ramas para que te sirvan de almohada. Entra y ponte cómoda mientras voy a buscar leña para el fuego.

Cate no le preguntó dónde pretendía encontrar ramas secas; tenía una fe ciega en él y sabía que, si había alguna rama seca por ahí fuera, Cal la encontraría. Se detuvo en la entrada, se quitó el poncho, lo colgó en una de las ramas y se metió dentro del refugio. Una segunda linterna les habría venido de maravilla.

—Toma —le dijo Cal, mientras sacaba de la bolsa un tubito verde y estrecho. En cuanto lo vio, Cate supo qué era, porque lo había visto en tiendas para actividades al aire libre. Cal lo dobló para desencadenar la reacción química y el tubo empezó a brillar.

Tener luz era maravilloso. Cate se sintió mejor de inmediato, a pesar de que tenía tanto frío como antes.

Cal se arrodilló en la entrada y empezó a quitarse cosas de encima, intentando hacerlo con el poncho puesto ya que no quería que la manta y la colchoneta se mojaran. El material de escalada fue a parar a un extremo de la cueva; Cate también se quitó el suyo y lo colocó junto al de Cal.

Se había acostumbrado al peso de las bolsas con el agua pero, en cuanto se las quitó, soltó un gran suspiro de alivio mientras la espalda y los hombros se le relajaban. El agua era quizá lo que más pesaba, puesto que cada uno llevaba unos nueve litros de agua, equivalentes a nueve kilos de carga.

—¿Llevas calcetines secos?

—En el bolsillo.

—Antes que nada, quítate los zapatos y los calcetines mojados, sécate los pies y ponte un par de calcetines secos —dijo Cal, y luego se marchó y volvió a perderse en la noche. Cate se quedó mirando el halo de la linterna un momento y luego hizo lo que él le había dicho. El experto en supervivencia era él, no ella.

Dejó a un lado las zapatillas y, con mucho esfuerzo, consiguió quitarse los calcetines empapados. Tenía los pies muy pálidos. Se envolvió los dedos de los pies con las manos, pero también las tenía frías y no le hicieron nada. Entonces, empezó a frotarse los pies con las manos con fuerza, para secarlos y para accionar el riego sanguíneo. Lo que necesitaba era una olla con agua caliente para meterlos dentro pero, como aquel refugio no tenía tuberías, siguió frotando y apretando hasta que, poco a poco, se le empezaron a calentar manos y pies.

La luz que el tubo desprendía era escasa y de color verde, con lo que Cate no sabía si los pies habían adquirido un tono rosado o no, pero los notaba más calientes. Sacó los calcetines del bolsillo y se los puso. Por lo visto, habían absorbido parte de su calor corporal y la sensación fue casi como si se hubiera envuelto los pies con toallas calientes. Enseguida desapareció pero, mientras duró, fue maravillosa.

Llevaba los pantalones mojados hasta las rodillas, pero no tenía otro par. Entonces recordó los pantalones del pijama largos que había metido en el bolsillo de la chaqueta. Los cogió, se sacó los que llevaba y se puso los del pijama. Estaban secos pero, como eran tan finos, parecía que no la protegían del frío, así que se envolvió con la manta y empezó a arreglar el poco espacio que quedaba libre en el refugio.

Eso implicaba desenrollar la colchoneta encima de las ramas que Cal había colocado en el suelo y colocar la manta de éste encima. Arrastró las bolsas con las botellas de agua hasta el fondo de la cueva, donde esperaba que no se congelaran, y sacó una botella para cada uno. Para comer, sólo tenían cereales, cajas individuales de pasas y barritas energéticas pequeñas. Parar su sorpresa, en la bolsa de Cal había unas galletas de maíz. Cate se encogió de hombros; quizá le chiflaban esas cosas. Lo entendía. Durante ciertos días de cada mes, ella mataría por un poco de chocolate; bueno, quizá no matar, pero seguro que tiraría al suelo a las señoras mayores que se encontrara en el aparcamiento del supermercado para quitarles todas las barritas de chocolate Hershey que llevaran.

Sonrió. Una vez, Tanner le ofreció un beso Hershey para que se alegrara. Ella se echó a reír y lo abrazó con fuerza, confirmando la sospecha del niño de que el chocolate curaba todos los males.

Cal regresó, con un puñado de ramas secas y hojas debajo del poncho. Las dejó en un lugar seco, sacó la pala y cavó un pequeño agujero en el suelo al fondo de la cueva. Cuando terminó, dijo:

—Necesito piedras —y volvió a marcharse.

Seguro que tardaría menos en encontrar piedra que ramas secas. Hizo un par de viajes y rodeó el agujero con las piedras. Luego, colocó una cama de hojas en el suelo y, encima, varias ramas.

—Esto sólo es para prender fuego; luego iré a por más leña —dijo, mientras abría la bolsa de galletas de maíz. Se metió una en la boca y luego cogió otra. La colocó de lado y cogió la caja impermeable de cerillas y encendió una pero, en lugar de acercarla a las ramas, la acercó a la galleta.

Para sorpresa de Cate, la galleta se encendió y las llamas empezaron a pasearse por el contorno.

—Si no lo veo, no lo creo —murmuró ella.

—Alto contenido en aceites —dijo Cal mientras colocaba la galleta debajo de las ramas.

Cate se acercó y observó fascinada cómo las ramas empezaban a prender fuego y el humo empezaba a subir.

—¿Cuánto tiempo arderá?

—Nunca lo he calculado; el suficiente. No dejes que el fuego se caliente demasiado; sólo para que siga ardiendo hasta que vuelva con más leña. —y volvió a perderse en la noche.

El fuego empezó a prender y la calidez que le llegó a la cara era celestial. Observó la galleta hasta que se convirtió en cenizas y tuvo la tentación de encender otra pero, en lugar de eso, se dedicó a reunir el poco fuego que quedaba y lo alimentó con otra rama.

Cal amontonó lo que parecía una pequeña montaña de ramas y corteza seca en el fondo de la cueva y no paró hasta que le pareció suficiente. Entonces, cortó varias ramas frescas de los árboles cercanos y se sentó debajo de la entrada mientras hacía un marco grande con ramas largas y las ataba con fibras que había cogido de los propios árboles. Empezó a tejer las ramas que le quedaban en el marco, intercalándolas y atándolas. Cuando terminó, apoyó un extremo en el suelo y apoyó el otro en una rama contra el suelo para que quedara levantado. Había hecho una pantalla que bloqueaba casi toda la entrada que haría que el calor se quedara allí dentro y no entrara viento; y la había hecho en poco más de media hora.

Luego suspiró, se frotó las manos contra la cara y Cate vio lo cansado que estaba.

—Siéntate —le dijo, mientras ella se movía hasta un extremo de la colchoneta para dejarle espacio. Le dio una botella de agua y una bolsa de cereales—. También tengo pasas y barritas energéticas, si quieres.

—Las dos cosas —respondió él—. Hoy hemos quemado muchas calorías.

Comieron en silencio porque estaban tan cansados que tenían que concentrarse en el esfuerzo de masticar. Cuando se comió las pasas, Cate casi sintió cómo el azúcar se incorporaba a su riego sanguíneo. Dejó la caja de cartón junto al fuego, para quemarla más adelante.

Cal vio los zapatos de Cate y los acercó al fuego, así como los calcetines. Y entonces vio los pantalones del chándal. Se quedó inmóvil un segundo, pero luego, lentamente, también los acercó al fuego y colocó las partes húmedas más cerca de las llamas. Miró de reojo a Cate, preguntándose si estaría desnuda debajo de la manta.

Ella sonrió y apartó la manta para enseñarle los pantalones del pijama. Cal relajó un poco los hombros y le sonrió.

—Casi me da un ataque al corazón.

Después de comer, la opción más interesante era dormir. Cal se quitó las botas y escondió el tubito verde en una de ellas, de modo que la luz se redujo y se quedaron con la del fuego, que era más agradable. Se envolvió con la manta y se estiró entre Cate y la entrada del refugio.

Cate se estiró en la colchoneta y también se tapó con la manta.

—¿Esta noche no hacemos guardia?

—No hace falta —la voz de Cal fue un murmuro adormecido.

—Podemos turnarnos para dormir en la colchoneta.

—Aquí estoy bien. He dormido en el suelo más noches de las que recuerdo.

Ella abrió la boca para protestar, pero los ojos le pesaban demasiado. Luego suspiró y se quedó dormida.

Se despertó al cabo de un rato, podría ser una hora después o varias, temblando por el frío que entraba por debajo de la manta. Abrió los ojos y vio a Cal sentado junto al fuego y alimentándolo con otra rama, de modo que supuso que también se había despertado por el frío. La luz aumentó cuando la rama prendió fuego y empezó a arder, pero Cate no notó la diferencia en la temperatura.

La noche era mucho más fría. Lo sabía por el aire que entraba por los laterales de la pantalla que Cal había construido. ¿Habrían tenido mucho más frío si no la hubiera construido? Se colocó de lado y pegó las rodillas al pecho para intentar conservar su calor corporal. Él la miró y vio que tenía los ojos abiertos.

—¿Tienes frío? —le preguntó, y ella asintió. Cal añadió otra rama y el fuego adquirió más vigor.

Cate miró el reloj con los ojos entrecerrados pero, con tan poca luz, no podía ver nada.

—¿Qué hora es?

Cal debía de haber mirado el suyo hacía poco, porque dijo:

—Pasan pocos minutos de medianoche —como mínimo, habían dormido un par de horas.

—¿Sigue nevando? —tenía sed, así que se levantó a beber un sorbo de agua, y enseguida volvió bajo la manta.

—Sí. Hay una capa de unos ocho o diez centímetros en el suelo.

No era mucho pero, en aquellas circunstancias, perfectamente podía haber sido una tempestad de nieve.

Cal volvió a la cama, de espaldas a Cate, como habían dormido en el sótano, aunque esta vez no estaban acurrucados juntos. En la colchoneta sólo cabía una persona, pero había otras opciones.

Cate las consideró mientras se preguntaba si realmente estaba lista para dar ese paso. Miró la nuca de Cal, su pelo rubio y revuelto, y la respuesta fue un simple «sí». Sí, le encantaría despertarse cada mañana y ver esa cabeza a su lado durante el resto de su vida. Lo quería. Quería explorar los misterios de su persona, qué lo había convertido en quien era, cada detalle de él, por complicado que fuera. Quería hacer el amor con él, reír con él, compartir su vida con él. Primero tendría que descubrir si estaba dispuesto a aceptar a una viuda con dos hijos, pero estaba segura de que, al menos a un nivel básico, estaba interesado en ella.

—Cal —susurró ella mientras alargaba el brazo para acariciarle la espalda.

Y ya está. Él se dio la vuelta y la miró, con una mirada clara y directa. Aquel momento se hizo eterno y la tensión se apoderó de los músculos de Cate, cuyo cuerpo desprendía una silenciosa necesidad que encontró respuesta.

Cal apartó la manta y se pegó a ella mientras buscaba debajo de su manta hasta que consiguió quitarle los pantalones del pijama y la ropa interior, que dejó encima del equipo de escalar. Su repentina desnudez hizo que el corazón de Cate latiera con fuerza y que ella apretara las piernas para reprimir el calor y la excitación que sentía. Estaba tan excitada que tenía miedo de tener un orgasmo en cuanto Cal la tocara. Y no quería eso, quería sentirlo dentro, sentir los deliciosos envites que aumentaban su placer hasta que ya no pudiera más.

A su lado, de rodillas, Cal se desabrochó los pantalones y se los bajó. El pene salió disparado, con las venas marcadas y el prepucio de color rojo intenso. Ella alargó una mano para tocarlo, pero él le cogió la mano en un movimiento tan rápido que Cate apenas vio nada.

—No —Cal tenía los ojos entrecerrados mientras apartaba la manta y se colocaba encima de Cate, separándole las piernas con los muslos y colocando su cadera entre ellas—. He esperado todo este tiempo para hacerte el amor; no quiero correrme en tus manos.

Y Cate lo sabía, vaya si lo sabía. Quería relajarse pero no podía, su cuerpo entero estaba tenso. Lo tenía agarrado con las piernas y sólo quería atraerlo hacia ella. Alzó las caderas, salió a buscarlo, pero el ángulo no era el bueno y la erección de Cal sólo se interponía entre ellos, alejándola y haciéndola gritar de dolor. Él intentó detenerla y se separó lo suficiente como para interponer su mano entre los dos cuerpos mientras ella intentaba acercarlo desesperadamente.

—Por favor —dijo Cal con los dientes apretados—. Cate… ¡Por Dios! Déjame que… —cogió la punta del pene, lo colocó en posición y la penetró.

Cate se oyó respirar de forma entrecortada, casi llorando. Le dolía. La sorprendió lo mucho que dolía. Estaba húmeda y excitada, pero con los músculos muy tensos. Quería llorar. Quería gritar. Quería que saliera y olvidarse de aquella sensación cálida y tensa pero, al mismo tiempo, quería que Cal se moviera deprisa hasta que aquella horrible tensión desapareciera y pudiera relajarse. Clavó los dedos en la espalda de Cal y descubrió que estaba tan tenso como ella.

Cal estaba respirando hondo, con el cuerpo tembloroso como si estuviera luchando contra una fuerza irresistible. Cate giró la cabeza y vio los dedos de Cal hundidos en las ramas de debajo de la colchoneta y los músculos de los antebrazos estirados y temblorosos.

Él emitió un gruñido y apoyó la frente en la de Cate:

—Si me muevo, me correré.

Y si no lo hacía, ella se moriría.

Se frotaron el uno contra el otro, intentando desesperadamente controlar la salvaje urgencia que los tenía atrapados. Ella gimoteó, con la sensación de que estaba atrapada en un torbellino que estaba a punto de romperla en mil pedazos, acercándola cada vez más a una destrucción insoportable. Gritó y sus músculos internos se tensaron alrededor de Cal. Perdió el mundo de vista y llegó al orgasmo.

Cal también perdió el control, levantó el tronco y empezó a moverse, a doblarse, a penetrarla y a empujar con tanta fuerza que ella volvió a gritar. Cal tembló con la fuerza del orgasmo, se agitó y maldijo y gruñó con tanta desesperación que parecía que las palabras le salían directamente del pecho.

Luego, muy despacio, se dejó caer encima de ella.

Cate se dio cuenta de que, para alguien que parecía tan delgado, era increíblemente fuerte. Y estaba caliente, y el calor de su cuerpo contrarrestaba el aire frío de su pequeño refugio. Cate todavía seguía agarrada a su espalda y obligó a sus manos a relajarse. Se deslizaron por su espalda y acariciaron la suavidad de sus nalgas desnudas.

Tenía las mejillas húmedas. No sabía por qué estaba llorando, y en realidad no lloraba, estaba intentando respirar y ralentizar el ritmo de su corazón, pero las lágrimas siguieron resbalándole por las mejillas. Cal se las secó con un beso, le acarició las sienes, la mandíbula y, al final, llegó a la boca. Cate notó como el semen resbalaba de su interior, pero Cal no salió de su interior a pesar de que Cate sabía que ya no estaba erecto. Quedarse dentro de ella les ahorró tiempo.

La segunda vez fue mucho más lenta. Ella volvió a alcanzar el orgasmo pero, aunque Cal se excitó, no pudo llegar, aunque no pareció preocuparle demasiado. Él siguió moviéndose contra ella como el viento contra un lago, elevándola hasta un tercer orgasmo antes de que ella le pidiera que parara. Cate sabía que estaría dolorida, y él también pero, a pesar de eso, detestó el momento en que sus cuerpos se separaron y tuvo que morderse el labio para reprimir un sonoro quejido.

Se limpiaron con un poco del agua embotellada, luego Cal se puso los pantalones y, con un gruñido, se colocó encima de la colchoneta y atrajo a Cate encima de él. Tapados con las dos mantas y compartiendo su calor corporal, ella estaba mucho más caliente y se durmió enseguida, aunque se despertó al cabo de unas horas cuando él se movió debajo de ella.

Le acarició la cara; le encantaba la barba de tres días que llevaba y cómo le plantó un beso en la palma de la mano antes de cerrar los ojos.

—Dejaste de sonrojarte —murmuró ella mientras le dibujaba la curva del labio superior con el dedo. De repente, aquel asunto parecía muy importante—. ¿Por qué dejaste de sonrojarte?

Él abrió los ojos y la miró fijamente.

—Porque empezaste a hacerlo tú.

Era cierto, se había sonrojado en su presencia varias veces, últimamente; el abrupto cambio en sus sentimientos hacia él la había confundido tanto que se había quedado totalmente desconcertada.

—Cuando te instalaste aquí —dijo él—, supe que no estabas preparada —su dulce voz la envolvió como una caricia. La nieve de fuera había silenciado cualquier ruido, menos el crujir del fuego y su voz—. Todavía estabas dolida por la pérdida de tu marido, todavía estabas de luto. Tenías un muro a tu alrededor que ni siquiera te permitía verme como hombre.

—Te veía —respondió ella—. Pero es que parecías tan tímido…

Cal dibujó una sonrisa.

—Ya. Todo el pueblo se partía de risa al ver cómo me sonrojaba y tartamudeaba como un adolescente siempre que estabas cerca.

—Pero, ¿eso fue… desde el principio? ¿Hace tres años? —estaba sorprendida. No, estaba atónita, y completamente horrorizada. Era imposible que hubiera estado tan ajena a todo, tan ciega ante algo que incluso un niño de trece años sabría.

—Desde la primera vez que te vi.

—¿Y por qué no dijiste nada? —estaba indignada de que todo el mundo lo supiera y ella no.

—No estabas preparada —repitió él—. Sólo había dos hombres a los que te dirigías como «Señor»: Creed y yo. Piénsalo.

No tenía que pensarlo. La verdad estaba allí delante como un panel luminoso de la autopista. Ellos dos eran los únicos hombres realmente candidatos a robarle el corazón, porque Gordon Moon no contaba, y ella los había mantenido a distancia.

—Cuando me llamaste por mi nombre propio, supe que el muro había caído —dijo él, mientras levantaba la cabeza para besarla.

—Pero todos lo sabían —Cate no acababa de creérselo.

—Eh… Y no sólo eso. Me parece que tengo que confesarte otra cosa. Tu casa no necesitaba tantas reparaciones. Ellos la saboteaban;

cortaban un cable o aflojaban una tuerca, para que tuvieras un escape y tuviera que ir a tu casa. Les parecía gracioso ver cómo me venía abajo cuando me hablabas.

Ella lo miró mientras intentaba decidir si debería reír o enfadarse.

—Pero… Pero… —tartamudeó.

—No pasa nada —él le sonrió—. Soy un hombre paciente. Y hacían lo que podían para juntarnos. No querían perder a un buen manitas.

Vale, ahora sí que estaba completamente perdida.

—¿Por qué iban a perderte?

—Cuando llegaste a Trail Stop, hacía un mes que había dejado los marines. Estaba viajando por el país y, como no estaba seguro de lo que quería hacer, vine a visitar a Creed. Él era mi comandante en el cuerpo y nos hicimos amigos. Él se licenció hará… unos ocho años, creo, y no lo había visto desde entonces, así que vine a buscarlo. Llevaba un par de semanas aquí y me estaba preparando para marcharme cuando llegaste. Te vi y me quedé. Tan sencillo como eso.

¿Qué tenía eso de sencillo?

—¡Pensaba que vivías aquí! ¡Pensaba que llevabas años aquí! —Cate casi gritaba, pero no sabía por qué. Seguramente, porque se sentía imbécil.

—No. Llevo en el pueblo quince días más que tú.

Ella miró la tierna expresión de sus ojos, vio la dureza y la plenitud de él como hombre, su fuerza, y le vinieron ganas de llorar. Abrió la boca para intentar decir algo importante y profundo, pero las palabras que salieron no eran ni una cosa ni la otra:

—¡Pero si tengo boca de pato!

Él parpadeó y, muy serio, respondió:

—Me gustan los patos.

Capítulo 29

Estaban recostados de lado, uno frente al otro, hablando y besándose y acostumbrándose al recién descubierto sentido de la familiaridad. En esos momentos, no podían hacer nada respecto a la situación en Trail Stop ni podían ir a ningún sitio. Seguía nevando pero allí, en aquel agujero de la tierra, había luz, calidez y satisfacción. No podían dejar de tocarse, cada uno dejándose llevar por sus ansias de saber más del otro. Los dedos de Cal encontraron una cicatriz en el bajo abdomen de Cate y se detuvo para acariciarla.

—¿Qué es esto?

Puede que otras cicatrices la avergonzaran, pero aquella no, porque significaba que tenía dos hijos. Cate colocó la mano encima de la de Cal al tiempo que adoraba la ruda fuerza que podía acariciarla con tanto amor.

—Cesárea. No me puse de parto hasta dieciocho días antes de la fecha en que salía de cuentas, cosa que está muy bien cuando llevas gemelos pero, a medida que el parto iba avanzando, el primer gemelo, Tucker, entró en sufrimiento fetal. Tenía el cordón enrollado en el cuello. La cesárea le salvó la vida.

Cal parecía asustado, a pesar de que esos hechos habían sucedido hacía más de cuatro años.

—Pero, ¿le pasó algo? ¿Y a ti?

—No a las dos preguntas —Cate chasqueó la lengua—. Conoces a Tucker desde que tenía un año. Ha sido igual de revoltoso desde el día que nació.

—Ya —asintió Cal e imitó la voz de pito de Tucker—. «Mimi debería haberme vigilado mejor».

Cate se rió.

—No fue uno de sus mejores momentos, lo admito. Desde el día en que murió Derek, he vivido tan aterrada, con mucho miedo de no hacerlo bien, de no poder sacarlos adelante. De hecho, después de que nuestros amables vecinos «sabotearan» mi casa tantas veces, estaba planteándome reducir gastos y ofrecerte pensión y comida a cambio de las reparaciones.

Él se rió y meneó la cabeza.

—Es el mismo acuerdo que tengo con Neenah. Bueno, sin la comida. La comida formaba parte de tu oferta, ¿verdad?

—Sí, pero ahora ya sé la verdad —lo besó, disfrutando de la libertad para hacerlo—. En cualquier caso, ahora me arreglarás las cosas gratis, ¿no?

—Depende. Prefiero los canjes —deslizó la mano hasta las nalgas de Cate y se las apretó para demostrarle qué quería a cambio de arreglarle los desperfectos de la casa.

A Cate se le ocurrió una curiosidad.

—¿Cómo aprendiste a hacer todos esos arreglos? Acababas de salir de los marines.

Él se encogió de hombros.

—Supongo que se me da bien trabajar con las manos. Me alisté el día que cumplía diecisiete años...

—¡¿Diecisiete?! —Cate estaba horrorizada. Diecisiete... Pero si todavía era un crío.

—Bueno, terminé el instituto a los dieciséis y nadie quería contratar a un chaval de dieciséis años a jornada completa. No quería ir a la universidad, porque era demasiado joven para encajar. El único lugar donde encajaba era en los marines. Mientras estuve en el cuerpo, conseguí un título en ingeniería eléctrica, aparte estudié mecánica automotriz y, además, cualquier puede clavar cuatro clavos y pintar una pared. No le veo la dificultad. Ahora estoy leyendo cómo pulir una bañera. ¿Qué?

No lo entendía, pensó ella. Realmente, no lo entendía. Volvió a besarlo.

—Nada. Es que eres el mejor manitas que he conocido.

—No es que en Trail Stop escaseen los trabajos y, además, sabía que si me iba a trabajar a otro sitio y venía por la noche no te vería. Además, me gusta ser mi propio jefe.

Cate sabía a qué se refería. Por estresante que fuera estar sola y, al mismo tiempo, encargarse de la pensión y vivir de su propio esfuerzo, la recompensa era muy grande.

Cal levantó la cabeza, algo preocupado.

—¿Te importaría estar casada con un manitas?

«Casada.» Ahí estaba, la gran palabra. Apenas acababa de hacerse a la idea de estar enamorada de él, y él ya estaba listo para dar el siguiente paso. Sin embargo, para él aquello no era nuevo; se había pasado los últimos tres años acostumbrándose a la idea.

—¿Quieres casarte conmigo? —chilló.

—No te he esperado tres años sólo por el sexo —respondió él sorprendentemente práctico—. Lo quiero todo. Tú, los gemelos, boda, al menos otro niño nuestro y el sexo.

—No podemos olvidarnos del sexo —dijo ella, en voz baja.

—No. No podemos —se mostró firme en ese punto.

—Bueno. En ese caso, en sentido inverso, y a pesar de que no me has hecho una segunda pregunta, las respuestas serían: sí y no.

—¿La respuesta a la pregunta que no te he hecho es sí?

—Exacto. Sí, me casaré contigo.

Cal empezó a sonreír por los ojos, arrugando los extremos, y luego por la boca.

—En cuanto a la primera pregunta, me casaría contigo trabajaras en lo que trabajaras, así que la respuesta a esa pregunta es: no.

—No gano mucho dinero…

—Yo tampoco.

—Pero cuando le añadamos mi pensión de militar, no estará mal.

—Además, cuando vivas en la pensión, Neenah tendrá que empezar a pagarte por las reparaciones.

—Pero el techo tendré que arreglárselo gratis, porque he sido yo quien se lo ha agujereado.

—Me parece justo —su estado de ánimo decayó, porque recordaron la situación que habían dejado atrás y los amigos que habían muerto. Ella se acurrucó junto a él, porque de repente estaba helada y necesitaba agarrarse a alguien.

—Lo que esos hombres han hecho no tiene sentido.

—No. No tiene sentido. Les diste las cosas de Layton, se llevaron lo que querían, no había motivo para...

Se detuvo, frunció el ceño y Cate vio cómo algo pasaba por su mente. Al cabo de un minuto, ella preguntó:

—¿Qué?

—Le diste una maleta —dijo, muy despacio—, pero yo subí dos bultos al desván.

—Layton sólo llegó con una maleta... —ahora se detuvo ella y lo miró horrorizada—. ¡El neceser! No me cabía en la maleta porque estaban los zapatos. Olvidé dárselo.

—Si en una maleta faltara el neceser, me extrañaría. Así que creen que todavía tienes lo que quieren.

Todas las piezas encajaron y, de repente, todo tenía sentido. Se le llenaron los ojos de lágrimas que después le resbalaron por las mejillas. Habían muerto siete personas porque ella había olvidado darle un neceser a Mellor. Estaba furiosa y destrozada pero, si ese hombre se hubiera limitado a llamarla y pedírselo, ella se lo habría enviado. ¡Qué demonios, se lo habría enviado con un servicio de mensajería veinticuatro horas!

La mirada de Cal se tornó fría y resuelta. Se quedaron despiertos y hablando una hora más mientras él diseñaba su plan. A Cate no le gustaba; le rogó que regresaran juntos, pero esta vez Cal se mostró firme. La abrazó y la besó, pero no cambió de idea.

—Ahora tengo una ventaja sobre ellos —dijo—. Estabas preocupada por si tenía que meterme en el agua; y ahora ya no tengo que hacerlo. Bueno, tengo que cruzar el riachuelo, pero no tengo que quedarme dentro del agua —la mirada distante no lo abandonó y Cate sabía que estaba estudiando mentalmente los detalles, calculando las posibilidades y desarrollando una estrategia.

Al final, agotada, Cate se durmió y se despertó al amanecer mientras Cal le hacía el amor. Él se movía con mucha suavidad y lentitud, como si no pudiera soportar que aquel momento terminara. Estaba dolorida pero, si el placer venía acompañado por alguna incomodidad, no le importaba. Estaba aterrada ante la posibilidad de perderlo cuando hacía tan poco que lo había encontrado, de modo que se aferró a él y rezó.

A más de mil quinientos kilómetros, Jeffrey Layton estaba frente al espejo del baño de un motel de mala muerte en Chicago, afeitándose con una maquinilla de usar y tirar. Estaba de mal humor. La jugada tendría que haberle salido bien. Estaba seguro de que saldría bien. Sin embargo, ya era el undécimo día y el dinero que le había pedido a Bandini todavía no estaba en su cuenta.

Le había dicho a Bandini que tenía catorce días para hacerle una transferencia, pero la verdad es que Layton nunca tuvo intención de esperar tanto tiempo. Sabía que Bandini estaría haciendo todo lo posible para encontrarlo, y no pretendía echarle una mano. Antes de empezar con esa aventura, había decidido que, como máximo, esperaría diez días. Si en diez días no tenía el dinero, eso quería decir que ya no lo tendría.

Vale. Pues no lo tendría.

Había dejado una pista muy clara en Podunk, Idaho, mientras calculaba lo que tardarían en seguir el rastro de su tarjeta de crédito hasta allí. Su intención siempre había sido volver a Chicago y esconderse en la ciudad en la que Bandini jamás lo buscaría, aunque estuviera escondido ante sus narices. No sabía si el tipo extranjero que había oído en el comedor de la pensión era empleado de Bandini, pero era un riesgo que no estaba dispuesto a correr. El acento de ese hombre era distinto, eso seguro, y con un tono de falsa amabilidad que Layton vio que a los locales no gustaba demasiado. En lugar de arriesgarse a que lo viera o a alertar a ese hombre abriendo y cerrando la puerta principal, Layton prefirió dejar en la pensión las cosas que había comprado, saltar por la ventana con el lápiz de memoria en el bolsillo y huir mientras pudiera.

Había sacado la matrícula de Idaho y la había sustituido por una de Wyoming y, cuando llegó a Illinois, dio una vuelta hasta que encontró un coche idéntico al de alquiler que él conducía y sustituyó la matrícula de Wyoming por la de Illinois del otro coche. Había pagado la habitación del motel en metálico, había dado un nombre falso, comía en los restaurantes de comida rápida donde se podía recoger el encargo desde el coche o pedía comida china a domicilio, y cada día verificaba el estado de su cuenta corriente desde su BlackBerry.

No iba a pasar. Ayer fue el décimo día. Debería haber ido a la policía ayer mismo, pero había decidido esperar un día más. Hoy le demostraría a Salazar Bandini que debería haber prestado más atención cuando Jeffrey Layton le decía algo.

Nunca conviene hacer enfadar al tipo que lleva la contabilidad.

Ya tenía pensado qué diría al FBI. Cuando encontró los documentos ocultos, se asustó, sobre todo cuando vio los nombres de la lista. Se descargó los documentos en un lápiz de memoria, pero Bandini lo descubrió y, desde entonces, se había escondido para intentar salvar su vida. Al final, había conseguido despistar a los hombres de Bandini y estaba seguro de que el FBI estaría más que interesado en saber qué había dentro del lápiz de memoria. Quizá se preguntaran por qué no había marcado el número del FBI y había pedido protección, pero también tenía respuesta para eso: había oído que Bandini tenía un infiltrado en el FBI y, por lo tanto, no podía saber de ninguna manera si la persona que fuera a recogerlo sería la fuente de Bandini. En realidad, lo había oído, de modo que no estaba mintiendo. Imaginó que si entregaba el lápiz de memoria delante de varios agentes, eso evitaría que las pruebas, y él, desaparecieran.

Aunque él ya tenía pensado desaparecer. Los del FBI seguramente creerían que Bandini lo había matado. No le importaba, no le importaba si tenía que dejar escrita una declaración o algo similar. Lo que hicieran con la información del lápiz de memoria era asunto de ellos; Layton supuso que podrían obtener pruebas para una condena por varios delitos sin su testimonio.

No era problema suyo.

Le encantaría ser una mosca, posarse en la pared y ver caer a Bandini, pero tenía que protegerse. Ya tenía elegido su escondite. Ya tenía elegida su nueva identidad. La vida sería estupenda… no tanto como podría haberlo sido si Bandini le hubiera dado el dinero, pero no estaría mal.

Cuando terminó de afeitarse, se puso un traje, uno conservador, escogido especialmente para no llamar la atención. Eran trajes buenos y no demasiado caros. Estaban hechos con gusto, pero no tenían clase. Esos trajes le permitían mezclarse con la gente y ser casi invisible. Los odiaba.

A las diez en punto, pagó la cuenta en el hotel, se subió al coche y fue hasta las oficinas locales del FBI en Dearborn. Debería haber sido más listo; debería haber ido en taxi, y así no hubiera tenido que perder el tiempo buscando aparcamiento. Odiaba buscar aparcamiento, era una pérdida de tiempo. Dio varias vueltas, miró y pasó varios aparcamientos con el cartel de «Libre» en la entrada porque estaban más lejos de lo que él quería. No quería aparcar lejos y llegar sudado, porque esa no era la impresión que quería dar. Espera, quizá sí. Quizá llegar sudado era una buena idea. Quizá así parecería nervioso.

Sí. Era una buena idea. Con eso en mente, aparcó en el siguiente aparcamiento que encontró.

Había dos manzanas hasta el edificio Dirksen, donde estaban las oficinas del FBI. El cálido y húmedo aire de septiembre no tardó en hacerlo sudar. Luego tuvo que pasar por el marco de seguridad y luego se encontró con que la recepción era un hueso duro de roer. Cuando consiguió lo que quería, tener delante a dos agentes especiales de la división anti-mafia, o como quiera que la llamen, ya casi había dejado de sudar y estaba enfadado. Tanto esfuerzo y el efecto era nulo.

Sacó el lápiz de memoria del bolsillo de los pantalones, lo sujetó con dos dedos para que vieran qué era, y luego se lo lanzó al agente que tenía más cerca.

—La contabilidad real de Salazar Bandini —dijo, muy brusco—. Que lo disfruten.

Había unos quince centímetros de nieve en el suelo, pero el cielo estaba despejado y el aire era claro. A la derecha, veían las montañas y parte de la forma de paramecio de Trail Stop. La nieve llegaba hasta unos trescientos metros más abajo; el valle no estaba nevado.

Cate había desistido en su empeño de convencer a Cal para que volviera con ella. El razonamiento de él era lógico. El viaje que ellos habían calculado que duraría cuatro días, ahora duraría seis como mínimo, y eso si no tenían ningún problema por el camino. No podían tomar ninguna ruta que implicara escalar roca porque estaría congelada. Puede que el hielo se derritiera, o puede que no; no sabían cuál era la previsión del tiempo. Y si el tiempo mejoraba y el hielo y la nieve se derretían, eso provocaría otro problema.

Habían traído agua y comida para cuatro días y para dos personas, y un día y medio de provisiones ya habían desaparecido. Si continuaban, se quedarían sin comida dos días antes de llegar a la cabaña de Creed.

El hecho de que no llevaran la ropa adecuada también suponía un problema. Se habían arriesgado y habían traído lo mínimo porque ya llevaban suficiente peso con el equipo de escalada, y habían perdido. No podían continuar.

Cate estaba de acuerdo con todo aquello. Lo que la preocupaba era la solución que Cal proponía.

La enviaba a ella de vuelta sola. Bajar sería más rápido que subir, porque podría descender haciendo rápel. Estaría en Trail Stop en unas horas.

Él iba tras la pista de los hombres con rifles.

Ella le dijo que tendría que atravesar solo un terreno muy accidentado, que estaría nevado, que no llevaba la ropa adecuada y que las condiciones peligrosas no habían desaparecido. En algún momento, tendría que cruzar el riachuelo y se mojaría y estaría congelado; las quejas del principio seguían inamovibles.

Él no estaba de acuerdo. Dijo que saber que Mellor quería algo en concreto, algo que él creía que tenía Cate, lo cambiaba todo. Si Mellor estaba dispuesto a llegar hasta esos extremos, entonces ellos tenían que asumir que no se detendría ante nada ni estaría dispuesto a esperar demasiado tiempo. No podía permitírselo, porque mantener a una comunidad entera aislada y bajo ataques constantes era muy delicado; no podía controlar las interferencias externas. Marbury podía volver para hacerles más preguntas. Podía aparecer un camión de reparaciones de la compañía de la luz. Podía suceder cualquier cosa.

A estas alturas, Mellor ya debía de haber hecho su petición. Si no obtenía lo que pedía, no tendría ningún motivo para ser paciente. Podía empezar a lanzar bombas incendiarias contra las casas y prenderles fuego a todas. Mellor podía hacer esto. Mellor podía hacer aquello. A Cate la sorprendía que Cal tuviera en la cabeza una enciclopedia tan amplia de violencia y destrucción. Sin embargo, todo se resumía en que Cal creía que faltaba poco tiempo para que la situación estallara del todo y murieran más amigos suyos.

Cate no podía alcanzarlo. Se había encerrado en una especie de postura mental fortificada; estaba concentrado en lo que tenía que hacer. Al final, Cate se sentó en un silencio desesperado y lo observó construir una especie de raquetas para poder caminar sobre la nieve y mantener secos los zapatos.

Las zapatillas deportivas de Cate no estaban completamente secas y la piel todavía estaba rígida por haber estado tan cerca del fuego toda la noche, pero Cal había guardado las bolsas de cereales que habían ido vaciando y la hizo meter los pies en las bolsas antes de ponerse las zapatillas. Era una sensación entraña, y Cal tuvo que cortar el autocierre, porque no le clavaba en los talones, pero el plástico evitaría que la humedad le traspasara los calcetines. Las raquetas de nieve evitarían que las zapatillas se hundieran en la nieve, con lo que habrían estado empapadas al cabo de nada.

Cal se sentó en la colchoneta con las piernas cruzadas y la expresión de concentración mientras trabajaba. Había cortado varias ramas jóvenes, del grosor de un pulgar, y las podó con la navaja suiza multiusos. También cortó otras ramas y les hizo una muesca en los extremos. Por último cortó un trozo de cuerda de sesenta centímetros. Después, la destrenzó y obtuvo varias cuerdas individuales.

A continuación, dobló las ramas jóvenes en forma de U, junto los extremos y los ató con una cuerda. Colocó las ramas con muescas en el interior de la U de forma intercalada y las ató. La raqueta de nieve resultante era primitiva pero duradera. Cortó más cuerda y le ató la raqueta al pie derecho. En cuestión de minutos, había construido la raqueta izquierda e hizo caminar a Cate para que se la probara.

Cate nunca había llevado raquetas de nieve y enseguida descubrió que impedían dar un paso normal. No caminabas con raquetas de nieve, sólo ibas balanceándote de un lado a otro porque, o mantenías las piernas rectas todo el rato como los esquiadores de fondo o tenías que levantar la raqueta hasta la altura del rodilla para evitar que la parte delantera se quedara enganchada en la nieve.

Sin embargo, sus raquetas improvisadas funcionaban. En lugar de hundirse, se mantenía encima de la nieve.

Como pudo, entró en la cueva y vio que Cal estaba sentado fabricándose un par para él. Con los ojos entrecerrados, Cal revisó las raquetas de Cate para comprobar que las ramas y las cuerdas aguantaban.

—Cuando ya no haya nieve —le dijo—, desátatelas cortando la cuerda. Tienes una navaja, ¿verdad?

—En el bolsillo.

—Vuelve hasta casa de los Richardson por el mismo camino por donde vinimos. La ruta está totalmente protegida. Dile a Creed lo que hemos descubierto; tendrá que saberlo, porque la situación podría cambiar en cualquier momento.

—De acuerdo —estaba temblorosa, tanto por el miedo como por el clima, y echó otro tronco al fuego. No estaba asustada por ella, a pesar de que tenía que volver sola y bajar la cara de una montaña haciendo rápel. Podían pasarle cientos de cosas, pero todas esas posibilidades eran accidentes. Cal iba a exponerse de forma deliberada a una situación en la que intentarían matarlo. Cate jamás había estado tan aterrada, y no podía proteger a Cal más de lo que había podido proteger a Derek contra la bacteria que acabó quitándole la vida.

Si le pasaba algo, ella se quedaría emocionalmente destrozada. No podía volver a pasar por eso, no podía volver a perder al hombre que quería y volver entera a la superficie. Nadie más volvería a entrar en su corazón. Lo sabía, pero no lo dijo, porque no quería colgarle esa responsabilidad a la espalda. Era una héroe, pensó muy triste; un auténtico héroe que arriesgaba su vida para salvar el mundo. Bueno, el mundo entero no, pero sí a las personas que le importaban. ¡Qué ojo que tenía para los hombres! ¿Por qué no se habría podido enamorar de un profesor de matemáticas?

—Eh —dijo él con mucha suavidad y, cuando Cate lo miró, sorprendida, descubrió que la estaba mirando con tanta ternura que estuvo a punto de echarse a llorar—. Sé lo que hago, y ellos no. Son buenos tiradores, puede que incluso sean buenos cazadores, pero yo soy mejor. Pregúntaselo a Creed. Estaré bien. Te prometo que celebraremos esa boda, tendremos ese hijo nuevo del que hemos hablado y disfrutaremos de muchos años juntos. Te lo prometo. Ten en mí la misma fe que yo tengo en ti.

Cate consiguió mirarlo a través de la capa de lágrimas que le nublaban la vista.

—No puedo creerme que juegues tan sucio cuando discutes. Decirme eso justo ahora.

—Yo no discuto —dijo él.

—Claro.

Pronto, demasiado pronto, Cal apagó el fuego con un puñado de nieve y luego repartió las cenizas por el suelo. Cuando vio cómo el fuego moría, Cate estuvo a punto de echarse a llorar otra vez. Cal iba a dejar allí gran parte de material de escalada, para ir más ligero. Únicamente cogió su cuerda y la pala. Cate se tranquilizó un poco al ver la pistola automática y la funda que se enganchó al cinturón y el cuchillo en su respetiva funda. Cal se metió algo de comida en los bolsillos y cogió una botella de agua. Luego, con el cuchillo cortó un agujero en medio de la manta, para envolverse con ella y asomar la cabeza por dicho agujero.

Cortó varias tiras de la parte inferior de la manta y le indicó a Cate que se acercara. Con suavidad, le envolvió las manos con las cintas, a modo de guantes. Luego, cortó dos troncos para que le sirvieran de bastones para mantener el equilibrio encima de las raquetas. Hasta que no se agarró a los palos, Cate no supo lo mucho que necesitaba la protección para las manos.

—Te quiero —dijo él, mientras se inclinaba para darle un beso. Tenía los labios fríos y suaves, y las mejillas cubiertas de barba—. Y ahora vete.

—Yo también te quiero —respondió ella, y se marchó. Tuvo que obligarse a caminar aunque, cuando hubo recorrido cincuenta metros, se detuvo y se volvió.

Cal ya no estaba.

Capítulo 30

En cuanto perdió a Cate de vista, Cal cogió los troncos que había cortado para que le sirvieran de bastones, los clavó en la nieve y se empujó casi como si estuviera esquiando, buscando toda la velocidad que pudiera adquirir. No tenía que caminar durante kilómetros por un terreno montañoso y perdiendo un tiempo precioso; iba montaña abajo en la línea más recta posible y todo lo deprisa que podía sin desequilibrarse, caer al suelo ni golpearse la cabeza contra una roca. Quería llegar al valle mientras todavía quedaran horas de luz de día.

Él también había utilizado visores térmicos. Pesaban mucho y, durante el día, las imágenes que daban eran bastante borrosas, perdían efectividad. Apostaría su vida, de hecho la estaba apostando, a que esos tipos dejaban de lado los visores térmicos durante el día y utilizaban visores normales y prismáticos. En una situación como esa, si tuviera delante a personas normales y básicamente de mediana edad, hombres que cazaban de vez en cuando pero que, en general, se dedicaban a la agricultura o a trabajar en comercios, es lo que él haría. Con gente así, bastaría con una vigilancia normal.

Sin embargo, no sabían de la existencia de Cal. Él no era normal, y era imposible que lo vieran con un par de prismáticos, y mucho menos con un visor magnificado, que tenía tan poco campo de visión. Cal no se había esperado a estar bajo el amparo de la noche. En cuanto anocheciera y esos tipos encendieran los visores térmicos, ya lo tendrían encima, prácticamente bajo sus narices, y no se enterarían de nada hasta que fuera demasiado tarde.

El objetivo de esos hombres era Cate, ¡Cate! Pero a Cal no le importaba lo que quisieran; en lo que a él respetaba, ya habían firmado su sentencia de muerte.

Cate llegó al valle a mediodía, con los músculos temblorosos de la fatiga. La forma de caminar obligada por las raquetas de nieve le había dejado los muslos doloridos y temblando. El primer rápel que tuvo que hacer todavía estaba en la zona nevada, de modo que tuvo que dejarse esas malditas raquetas puestas, cosa que lo convirtió en una aventura muy interesante. No le gustaba demasiado hacer rápel, y nunca lo había hecho sola. Para cualquier observador, un rápel podía parecer divertido y fácil, pero no era así. Era una maniobra de gran exigencia física y, si resbalaba o si se equivocaba, podría hacerse mucho daño o incluso matarse. Y encima, para colmo, tenía doloridos los brazos y los hombros de tantas horas de escalada.

Cuando por fin alcanzó la zona sin nieve, cortó las improvisadas raquetas de nieve y cayó rodando varios metros hasta que, al final, se golpeó la rodilla derecha contra una roca.

—¡Joder!

Maldiciendo entre dientes, se sentó en el suelo mojado y se meció adelante y atrás un rato, sujetándose la rodilla y preguntándose si podría seguir caminando. Si no podía, estaba perdida.

Cuando el dolor disminuyó de categoría agónica a simplemente severa, intentó arremangarse la pernera del chándal y del pijama para ver qué aspecto tenía la herida, pero los pantalones del pijama eran demasiado estrechos. Intentó levantarse y la rodilla se dobló en mitad del primer esfuerzo. Mierda. Tenía que poder caminar. La articulación tenía que resistir, porque todavía le quedaba otro rápel, más largo que el anterior.

Cogió uno de los troncos que le había servido de bastón para caminar y lo clavó en el suelo a modo de palanca para arrastrarse hasta un árbol joven. Se agarró a una de las ramas bajas, se levantó y se quedó allí de pie un minuto; sin soltar la rama, fue pasando el peso gradualmente a la pierna herida. Dolía, pero no tanto como se temía.

La única forma de ver lo dañada que estaba la pierna era bajarse los pantalones, y así lo hizo. La piel estaba desgarrada y le estaba saliendo un bulto oscuro debajo de la rótula. Al menos, no era en la rótula.

Por ahora, estaría bien poder atarse una venda con hielo. Se volvió, miró la nieve y meneó la cabeza. Era imposible que volviera a subir esa pendiente, ni siquiera para conseguir un poco de nieve para calmar el dolor.

Todavía agarrada a la rama, intentó dar un paso. Sí, dolía, pero la articulación resistía y parecía estable. Por lo tanto, no había ligamentos rotos; sólo era un golpe fuerte. Cuando pudo apoyar todo el peso en la rodilla mala y caminar con normalidad, siguió bajando la montaña, maldiciendo a cada paso porque al bajar las rodillas sufrían mucho.

El último rápel, el más largo, fue una pesadilla. Tenía que apoyar el peso del cuerpo sobre las piernas porque, si no, caería de lado. La rodilla derecha no quería soportar ningún peso, no quería absorber ningún impacto. La tenía tan hinchada que apenas podía doblarla. Cuando llegó abajo, estaba empapada en sudor.

El aire del valle era fresco, pero lo agradeció. Miró a las montañas que la rodeaban, con las cimas cubiertas de nieve hasta media pendiente. Allí había estado ella, allí arriba.

Cal seguía allí arriba, aunque más al oeste, más cerca de la grieta. Cate rezó una breve pero intensa plegaria para que estuviera bien y emprendió el largo calvario alrededor de la lengua de terreno donde Cal y ella habían descendido por el acantilado. Recordó que la base de la colina eran rocas y estuvo a punto de echarse a llorar. No podía apoyarse en la rodilla mala en ese terreno y tampoco podía gatear, porque no podía apoyar peso en esa rodilla. La única forma de avanzar sobre esas rocas era sentarse y deslizarse de roca en roca. ¡Qué bien!

Sin embargo, no tuvo que hacerlo, al menos no todo el trayecto. En los dos días y medio que hacía que se habían marchado, los habitantes del pueblo se habían organizado para hacer guardia y que nadie los pillara por sorpresa. Roland Gettys la vio y bajó la pendiente para ayudarla. Tardó bastante en dejar las rocas atrás y llegar a lo alto de la pendiente, y tuvo que esforzarse de lo lindo. Tardó más de lo que esperaba; casi tanto como en bajar de la montaña.

Roland la llevó hasta casa de los Richardson, porque era la más cercana. La dejó en la puerta y volvió a su posición de guardia. Para sorpresa de Cate, el sótano estaba casi vacío; al menos, en comparación con cómo estaba cuando Cal y ella se fueron. Gena y Angelina seguían allí, porque Gena seguía sin poder caminar con el tobillo torcido; apenas podía cojear. También estaban Neenah y Creed, él tampoco podía caminar, y Perry y Maureen. Alguien había colocado una serie de cuerdas en el techo del sótano y había colgado sábanas para ofrecer un poco de intimidad.

Cuando entró sola y tambaleándose, Creed le lanzó una mirada de preocupación.

—¿Dónde está Cal?

—Ha ido a por ellos —dijo ella, casi sin respiración, mientras se sentaba en una silla que Maureen le acercó—. Va a intentar... Dijo que no lo buscarían en esa dirección.

—¿Quieres un poco de agua? —le preguntó Maureen, preocupada—. ¿Algo de comer?

—Agua —respondió Cate—. Por favor.

—¿Qué ha pasado? —preguntó Creed con un tono de acero—. ¿Qué ha cambiado?

—Joshua —dijo Neenah, reprendiéndole un poco.

—No pasa nada —dijo Cate—. Cal recordó... Él subió las cosas al desván por mí, las cosas de Layton. Y había un neceser. Cuando esos hombres... Mellor... Cuando Mellor dijo que quería la maleta, yo la cogí y se la di, y nunca más me acordé del neceser. Todavía está en el desván. Lo que quieren debe de estar allí. Por eso han vuelto.

—Iré a buscarlo —dijo Perry, después de mirar a Creed—. ¿Cómo es?

—Normal. Marrón. Está en el suelo —Cate cerró los ojos y visualizó el desván—. Cuando llegues arriba, gira a la derecha. Verás los cascos de escalar colgados en la pared. El neceser tiene que estar por el suelo en esa zona, a menos que Cal lo apartara cuando subió a recoger el material de escalada.

Perry se fue y Cate aceptó el vaso de agua que Maureen le ofreció, bebiéndoselo de un trago.

—¿Qué te ha pasado en la pierna? —le preguntó Maureen, que parecía preocupada.

—Me caí y me di con la rodilla contra una roca. No creo que tenga nada roto, pero está hinchada y dolorida. Daría lo que fuera por una bolsa de hielo y dos aspirinas.

—Has venido al sitio indicado —dijo Gena, que hizo un esfuerzo por sonar alegre, aunque no lo consiguió—. Es la sección ortopédica.

—Tiene razón —dijo Neenah, que se apartó de Creed y se acercó a ella—. Vamos a lavarte y a ver qué aspecto tiene esa rodilla.

—No tengo ropa limpia —dijo Cate, demasiado cansada para que aquello la preocupara en exceso.

—Yo me encargaré de eso —dijo Maureen mientras acompañaba a Cate hasta otra parte del sótano donde pudieran correr una sábana para mayor intimidad y la ayudaba a sentarse en una silla—. Dime qué quieres y enviaré a Perry.

—El pobre. Acabará agotado de ir de un sitio a otro —Cate cerró los ojos y dejó que las dos mujeres la desnudaran y la dejaran en ropa interior. Para sacarle los pantalones, se apoyó en una pierna. Era agradable sentir un paño húmedo en la cara, los brazos y las manos.

—La rodilla tiene muy mala pinta. Está muy hinchada —murmuró Neenah—. No deberías de haberte apoyado en ella.

—No tenía otra opción.

—Lo sé, pero ahora sí. Colocaremos varias almohadas para que apoyes la pierna y estés más cómoda —empaparon el paño en agua fría otra vez y lo colocaron encima de la rodilla. No era un vendaje frío, pero el agua fría reducía el dolor. Maureen apareció con dos pastillas en la mano. Cate se las tomó sin preguntar qué eran; le daba igual.

Neenah y Maureen cogieron algunos cojines, cajas y pilas de ropa doblada y construyeron una especie de butaca en el suelo y luego ayudaron a Cate a instalarse. Se sentó encima de los cojines, reclinó la espalda en las cajas y apoyó la pierna encima de la ropa doblada. Era maravilloso. La taparon con una manta y la dejaron sola.

Se quedó dormida de inmediato y ni siquiera oyó volver a Perry.

Creed la despertó poco después, cuando entró en su «habitación» ayudándose de un bastón y arrastrando una silla. Neenah iba detrás de él, con el neceser en la mano y lanzándole una mirada de exasperación.

—No quiere escucharme —se lamentó ante Cate aunque, debajo de la exasperación, parecía contenta.

—Conozco esa sensación —respondió Cate con ironía.

—¿Es este el neceser? —le preguntó Creed mientras se lo quitaba de las manos a Neenah.

Cate asintió.

—No hay otro en la casa. ¿Has encontrado algo?

—Nada. Lo he sacado todo, he abierto todas las cremalleras...

—Y lo que no eran cremalleras —intervino Neenah.

Él levantó la cabeza y la miró, una mirada tan cargada de intimidad que Cate estuvo a punto de inspirar de forma muy sonora. ¿Cuándo había pasado?

Bueno, la respuesta era obvia: al mismo tiempo que lo suyo con Cal.

—Aquí no hay nada —dijo Creed—. He revisado las costuras, la cremallera, prácticamente lo he destrozado. Si había algo de valor, incriminador o remotamente interesante, no lo he encontrado.

Cate se quedó mirando el neceser y obligó a su agotado cerebro a pensar.

—Creen que está aquí —dijo, muy despacio.

—¿El qué? —preguntó Creed.

—No lo sé. Pero, sea lo que sea, creen que está aquí porque cuando abrieron la maleta de Layton descubrieron que faltaba el neceser. Lo tiene Layton... la cosa, eso, lo que sea. Se lo llevó. Cuando saltó por la ventana y se fue, estaba huyendo, de modo que se llevó lo que fuera con él.

—¿Saben que saltó por la ventana y se marchó?

Despacio, Cate meneó la cabeza mientras repasaba mentalmente lo que le había dicho al hombre que fingió ser de la empresa de alquiler de coches cuando preguntó por Layton.

—En ese momento, pensaba que el señor Layton había tenido un accidente. Cuando un hombre llamó preguntando por él, le dije que el señor Layton había desaparecido, que no había pagado ni había vuelto por sus cosas y que creía que debía de haber sufrido un accidente en las montañas. No le dije que había saltado por la ventana.

—Lo que nos ofrece una versión totalmente distinta de la desaparición del señor Layton —dijo Creed—. Si hubieran sabido lo de la ventana, se habrían dado cuenta de que había huido y, por lógica, se había llevado lo que ellos buscaban. De modo que ahora creen que lo tienes tú y, aunque les digas que no, no te creerán. Después de todo esto, no.

Todo esto. Siete personas muertas. Creed herido. Una cantidad indefinida de daños en casas y vehículos, y todo por algo que ni siquiera estaba allí. Abrumada, Cate se tapó la cara con las manos y se echó a llorar.

Yuell Faulkner estaba más preocupado que nunca. Ya hacía tres días que no había podido ponerse en contacto con Toxtel o Goss. Los había enviado a una sencilla misión de recuperación de un objeto, pero ya hacía una semana que se habían ido. Deberían haber vuelto hacía días.

Seguro que Bandini estaba esperando noticias suyas, pero él no tenía nada que decirle. No podía decirle que habían recuperado el lápiz de memoria ni que habían encontrado a Layton; nada.

Estaba aterrado lo admitía. Había dejado la luz del despacho encendida para que pareciera que todavía estaba allí, por si había alguien vigilando la ventana, y salió por una puerta del sótano que daba a un callejón. Perfecto. Además, no iba a coger el coche y guiar a cualquier espía hasta su casa.

Caminó un par de calles y subió a un taxi. Después de media hora de dar vueltas, bajó, caminó dos calles más y subió a otro taxi. Estuvo muy atento las dos veces. Le pareció que nadie lo seguía. Tuvo la precaución de bajar del segundo taxi a varias calles de su casa y esperó a que el coche desapareciera para girar hacia la dirección correcta.

Al final, llegó a casa. Los oscuros y familiares rincones lo acogieron. Normalmente, aquí podía relajarse pero, hasta que no tuviera noticias de Toxtel o de Goss, no podría relajarse en ningún sitio. Mierda. ¿Acaso tenía que ir él mismo hasta Idaho? Si la habían cagado, ¿por qué no llamaban y lo admitían? Ya pensaría algo, alguna forma de arreglar la situación, pero antes tenía que saber qué estaba pasando.

Encendió una luz y soñó despierto con una copa, pero necesitaba todos sus reflejos por si pasaba algo. Nada de copas hasta que tuviera noticias de…

—Faulkner.

A diferencia de la mayoría de la gente, Yuell no se volvió hacia la voz. Él se dirigió hacia un lado, hacia la puerta.

No le sirvió de nada. El zumbido de un silenciador precedió una explosión de dolor en la espalda. Se obligó a seguir girando, moviéndose a través del dolor y la sorpresa, y notó cómo otra bala le perforaba el cuerpo. Sus piernas empezaron a sufrir violentos espasmos, y chocó contra la pared. Intentó coger su arma, pero nada estaba donde se suponía que debía estar y la mano quedó flotando en el aire, agarrándose al aire, algo realmente estúpido.

Se le acercó una silueta oscura y sin rostro, pero Yuell sabía quién era. Conocía esa voz, la había oído en sus pesadillas.

La silueta le apuntó a la cara y se oyó otro zumbido, pero Yuell ya no lo oyó… ni ese ni ningún otro, nunca más.

Capítulo 31

Cal estaba tendido sobre su estómago al norte del punto donde había calculado mentalmente que estaría el tirador más alejado del pueblo. Era un buen lugar. Estratégicamente hablando, si hubiera querido evitar que alguien bajara por ese lado de terreno y llegara a la grieta o quisiera acercarse a él, también habría colocado allí un tirador. La larga y estrecha grieta era como una pista de bolos, sin ningún lugar donde esconderse... al menos a los ojos de un visor térmico. Tenía razón respecto al uso de visores normales y prismáticos durante el día, aunque necesitarían un francotirador mucho más bueno para localizarlo cuando Cal no quería que lo localizaran.

Creed siempre había dicho que era un cabrón de naturaleza escurridiza. Era bueno saber que algunas cosas nunca cambiaban.

Se había esperado allí para esperar que cambiaran los turnos. La primera noche, contó cuatro posiciones de disparo pero, a partir de entonces, sólo dos, las dos más estratégicamente bien colocadas para derribar a cualquiera que quisiera llegar hasta la grieta. Nadie podía mantener aquella posición durante tres días y medio sin que lo relevaran y, al mismo tiempo, hacer un trabajo decente. Necesitabas dormir, comida, agua y el viaje ocasional a los arbustos. Si te tomabas unas cuantas pastillas de *speed* podías mantenerte despierto todo ese tiempo, pero estarías alucinando, disparando a fantasmas y tan paranoico que te dispararías a ti mismo, así que descartó aquella posibilidad. Bien los tiradores dormían durante el día o bien se relevaban. Cuatro tiradores la primera noche, y dos las noches siguientes. Los números eran fáciles. Se turnaban de dos en dos. No había vuelta de hoja

Eso dejaba un gran espacio sin cubrir en la zona del puente y Mellor se había tomado demasiadas molestias para cometer un error como ese. Seguro que allí también habría otra posición, con tiradores con armas de corto alcance; eso significaba que, siguiendo la teoría de los dos turnos de doce horas, había dos hombres más, lo que hacía un total de seis.

Seis hombres, seis civiles, quería decir que habría al menos dos coches, seguramente más. Estarían aparcados por allí cerca, pero fuera de la carretera por si alguien se acercaba al pueblo. Y era probable que alguien lo hiciera, si es que no lo habían hecho ya. A Conrad y Gordon Moon les encantaban las magdalenas de Cate y solían ir a la pensión al menos una vez a la semana. Quizá Cate tenía clientes para esos días. Lo del puente y la falta de luz y teléfono les funcionaría unos días, pero no demasiados.

Estos tipos tenían que saber que estaban contra las cuerdas, que el reloj jugaba en su contra y tendrían que hacer algo contra la gente de Trail Stop dentro de poco; contra Cate, porque creían que ella tenía lo que querían. Hubiera preferido no tener que enviarla de vuelta al pueblo sola, pero no podía hacer otra cosa. No podía venir con él, y no podía quedarse en las montañas, porque necesitaba comida y un techo. Al menos, si estaba en Trail Stop, Creed cuidaría de ella.

La noche sería el mejor momento para que esos hombres se movieran. Tenían visores térmicos; sabían contra qué disparaban. Sin embargo, al hacer volar el puente habían cometido un error porque la dificultad de cruzar el riachuelo ahora era la misma para todos. Él había tenido que ir medio kilómetro al norte hasta encontrar un lugar donde poder cruzarlo sin que la corriente lo arrastrara. Y esperar había sido otro error táctico; ahora la gente del pueblo ya se había organizado con las barricadas que él les había enseñado a construir, habían podido moverse por el pueblo y estaban muy enfadados.

Sin embargo, cuando empezaran los tiros, podía pasar cualquier cosa, y Cate seguía ahí abajo.

Cal tenía dos opciones: olvidarse de los tres que hacían guardia, localizar los vehículos, encargarse de los tres que seguramente estaban descansando y pedir ayuda o eliminarlos a los seis, uno a uno, hacer que pareciera que se habían traicionado entre ellos, y luego pedir ayuda. Podía hacerlo; podía llevar a cabo la segunda opción sin ningún problema. De hecho, le gustaba mucho. No quería que ni uno solo de esos cabrones saliera vivo de allí.

Normalmente, era un tipo tranquilo, pero era mejor no cabrearlo. Y ahora estaba realmente cabreado.

Miró el reloj. Los cambios de turnos no serían a horas aleatorias, como a las nueve de la mañana y de la noche; así que los harían a mediodía y medianoche o a las seis de la mañana y de la tarde. Si no veía ningún movimiento a las seis, eso significaba que los tiradores llevaban en posición desde mediodía y que estaban cansados, pero que todavía les quedaban seis horas de guardia. Un buen estratega los habría alternado, relevando un turno a mediodía y medianoche y otro a las seis de la mañana y la tarde, de modo que siempre hubiera alguien fresco, pero la mayoría apostaba por lo simple… y predecible. Así la cabeza no se cansaba tanto.

A las seis de la tarde no oyó nada. No detectó ninguna actividad.

Lástima. Si hubiera llegado un relevo nuevo a las seis, Cal se habría esperado hasta la medianoche, habría dejado que se cansaran y habrían vivido un poco más.

Sigiloso como una serpiente, con movimientos lentos y decididos, Cal siguió subiendo la montaña, por encima de donde había marcado que estarían los tiradores y empezó una meticulosa búsqueda del primer hombre. Cal se había preocupado de camuflarse, con la manta de color verde oscuro encima. Había cortado tiras de la manta y se había cubierto las manos y los dedos, para protegerse del frío y para no dejar huellas. Cortó otra tira y se la ató a la frente, y se colocó pequeñas ramas y hojas encima de la cabeza. Si estaba quieto, el ojo humano desnudo pasaría de largo.

Los minutos pasaron y no vio nada. Empezó a preguntarse si se habría equivocado de posición o si se habrían movido; en este último caso, estaba perdido y podía tener a alguien apuntándolo a la cabeza ahora mismo. Pero su cabeza seguía intacta y continuó con sus sigilosos movimientos mientras buscaba algo, lo que fuera, que delatara la posición del tirador.

A unos tres metros delante de él, a la derecha, vio un destello metálico y luego una pequeña luz verde que enseguida se apagó. Ese estúpido había encendido la esfera del reloj para mirar la hora. «Imbécil.» No llevabas un reloj con la esfera iluminada; llevabas uno con las manecillas iluminadas y la esfera cubierta con una tapa. La perdición estaba en los detalles, y ese pequeño detalle acababa de traicionar al tirador. Por todo lo demás, la posición era buena; el tipo estaba estirado, cosa que aportaba mayor estabilidad a la hora de disparar y las rocas lo cubrían. La cabeza no sobresalía de las piedras y por eso Cal no lo había visto desde abajo.

El tipo estaba totalmente concentrado en mover el visor de un lado a otro del pueblo muy despacio, incluso después de tantas horas. No percibió la presencia de Cal, ni siquiera cuando lo tenía a escasos centímetros. Murió sin saber que la Muerte estaba llamando a su puerta, con la columna vertebral partida a la altura de la segunda vértebra.

Era una maniobra que costaba perfeccionar. Requería pericia, técnica y mucha fuerza. Otro obstáculo para llegar a dominarla era que no había demasiada gente tan estúpida como para dejar que practicaras con ellos. Por eso, se solía practicar sólo en situaciones reales, donde un error podía salir muy caro.

El tipo no se movió y Cal confirmó que estaba muerto, aunque el chasquido de la vértebra fracturada había sido prueba suficiente para él. Cacheó el cuerpo hasta que encontró el cuchillo de caza colgado del cinturón, donde Cal sabía que estaría. Lo sacó de la funda y lo inspeccionó todo lo que pudo en la oscuridad de la noche. Serviría. Se lo metió entre el cinturón y los pantalones y rezó para no clavárselo de forma accidental. Luego, levantó al tipo y lo tiró por las rocas, como si hubiera resbalado. Esas cosas pasaban. Mala suerte.

Cogió el rifle del hombre y se lo colgó del hombro, acercó el ojo al visor térmico y empezó a buscar figuras brillantes en las montañas. ¡Ajá! La siguiente posición estaba a unos cien metros, algo más abajo, para un disparo más plano y exacto. Y más lejos, donde suponía que estaba el puente, localizó otra silueta. Perfecto. Tres, como se imaginaba. Buscó arriba y abajo, para asegurarse de que ya estaban todos. Nada, excepto por algún animal pequeño y un par de reses.

El rifle era muy bonito; en sus manos, era como magia, un equilibrio perfecto. Lamentablemente, tuvo que lanzarlo por las rocas para que acompañara a su dueño. Ahora sí que parecía un accidente, como si el tipo se hubiera levantado a mear, se hubiera resbalado y hubiera caído por las rocas, llevándose consigo el rifle.

En silencio, empezó a acercarse al segundo tirador.

Goss sabía que aquello se iba a pique. Estaba en la tienda jugando a cartas con Teague y su primo Troy Gunnell, pero no tenía la cabeza en el juego y siempre perdía.

Toxtel estaba al borde de un ataque de nervios. Después de decirle al anciano ese lo que querían, no habían vuelto a saber nada más. Ni una palabra. No podías negociar con gente que no quería hablar. Tampoco habían visto ningún movimiento, pero Goss sabía perfectamente que se estaban moviendo detrás de aquellas barricadas que habían construido. Habían conseguido recuperar los cuerpos de los muertos. Teague dijo que o bien se habían empapado en agua congelada o habían conseguido construir una especie de barricada móvil detrás de la cual esconderse, cosa que parecía sacada de una película de guerras medievales, así que Goss se quedó con la explicación más sencilla: agua.

Teague estaba muy orgulloso de sus visores térmicos, y resulta que podían anularse con agua. Genial.

Teague también se estaba poniendo nervioso. Tenía una pinta horrible y se tomaba pastillas de ibuprofeno como si fueran caramelos. Sin embargo, seguía funcionando y, aparte de esa obsesión suya con el tal Creed, lo que decía tenía sentido. Sus tres amigos no parecían notarlo extraño, así que igual todavía estaba acostumbrándose a los efectos de la conmoción. Goss, que había sufrido lo mismo hacía justo una semana, lo entendía perfectamente.

Esta mañana, dos chicos se habían acercado al puente tan alegremente, como si no hubieran visto la señal. Sí, la habían visto pero creían que quizá estaba allí por error. ¿Alguien sabía cuándo lo arreglarían? ¿En un par de días, quizá?

Goss se dijo que eran el tipo de tarados que irían a quejarse airadamente y a gritos ante cualquiera que creyeran que podía arreglar el puente. En cualquier momento, aparecería un camión del servicio de carreteras.

Quizá existía una especie de ley cósmica por la cual todos pensaban lo mismo porque, justo en ese momento, Teague dijo:

—Tu amigo parece a punto de perder los nervios.

Goss se encogió de hombros.

—Está bajo mucha presión. Jamás ha fallado en un trabajo y, además, el jefe y él hace mucho tiempo que trabajan juntos.

—Se ha dejado llevar por el ego.

—Lo sé —él había contribuido a eso alentando a Toxtel siempre que había podido, apoyándolo en las ideas más descabelladas, adoptando el punto de vista más extremo en cada cosa que se le ocurría a Toxtel. Su compañero no era idiota, ni mucho menos, pero se estaba jugando su orgullo y no sabía retirarse a tiempo porque nunca había tenido que hacerlo. Una racha de éxitos ininterrumpida podía llegar a ser un hándicap si duraba demasiado, porque la persona en cuestión perdía la perspectiva.

Y Toxtel la había perdido.

Quizá ya era hora de terminar con aquello y seguir adelante, pensó Goss, animado por aquella idea. Era imposible esconder ese fiasco. Había muerto demasiada gente y se habían provocado demasiados daños. Sólo tenía que asegurarse de que aquello salpicaba a Faulkner y, sinceramente, hacerlo era lo más fácil del mundo.

—Yo me planto —dijo, bostezando, cuando terminaron esa partida—. Creo que iré a hablar con Hugh por si está cansado y quiere que le releve antes.

—Todavía faltan un par de horas para la medianoche. Te quedará un turno muy largo —dijo Teague.

—Ya, bueno, no le digas a Toxtel que he dicho esto, pero yo soy más joven —se levantó y se estiró, cogió el abrigo y se aseguró de llevar guantes y gorro. El tiempo aquí podía cambiar en un abrir y cerrar de ojos. Había pasado de despejado y frío a nublado y cálido, y luego a nublado y frío, después a lluvioso y frío y ahora volvía a estar despejado y frío, y todo esto en unos pocos días. Esta mañana, las montañas habían amanecido nevadas. El invierno se acercaba y él no quería pasarlo en Idaho.

El bueno de Hugh. Iba a echarlo de menos.

Bueno, en realidad no.

Tenía que asegurarse de que aquello salpicaba a Faulkner. Quizá podría esconder una nota en el cuerpo de Hugh donde pusiera: «Yuell Faulkner me pagó para hacer esto». Sí, claro. Tenía que ser algo que la policía encontrara, pero no tan obvio como para que lo descartaran como pista. Implicar a Bandini también estaría bien; garantizaría que tanto los buenos como los malos pondrían precio a la cabeza de Faulkner.

Se puso los guantes y se acercó al Tahoe, abrió la puerta y sacó el móvil de Toxtel de la guantera. Aquí no tenía cobertura, pero no quería llamar a nadie. Lo encendió y grabó el número de Faulkner en la agenda. Sin nombre, sólo un número. Los policías ya seguirían la pista. Apagó el móvil y lo dejó en la guantera, aunque luego se lo pensó mejor, lo cogió y se lo metió en el bolsillo. Luego tuvo otra idea, sonrió, y volvió a dejar el móvil en la guantera. Sí. Eso sería mucho mejor.

El Tahoe estaba lleno de papeles, mapas, listas y planos. Una de las hojas de papel había caído al suelo del coche, alguien la había pisado y estaba sucia. Goss cogió un bolígrafo, escribió el nombre de Bandini en el papel, lo encerró entre signos de interrogación y luego lo tachó para que fuera prácticamente ilegible; prácticamente, pero no imposible. Tiró todos los papeles a la parte de atrás y lanzó el bolígrafo en algún punto entre el asiento del conductor y el volante.

Después, silbando, se dirigió por el oscuro camino hacia donde estaba Toxtel, sentado, haciendo guardia solo mientras esperaba que alguien del otro lado quisiera hablar con él.

Cal se camufló en la sombra de un árbol, confundiéndose con el suelo del bosque. Estaba a un escaso metro y medio del tercer tirador, al que reconoció como Mellor, cuando oyó que alguien se les acercaba… silbando.

Se quedó inmóvil, con la cabeza agachada y los ojos prácticamente cerrados. Se había impregnado la cara con barro para camuflar la piel pálida, porque camuflarse para salir de caza no le costaba, pero si el instinto le decía que tenía que agachar la cabeza y cerrar los ojos, lo hacía. Estaba tan cerca que el brillo de los ojos podría delatarlo.

El segundo tirador estaba en medio de un charco de sangre, con el cuchillo del primero clavado en el cuello. Dos menos; todavía le quedaban cuatro. Tuvo la tentación de eliminar a estos dos al mismo tiempo, pero no lo hizo. Sería demasiado complicado controlar el ruido y el movimiento. Se ceñiría al plan original y los eliminaría de uno en uno.

—Llegas temprano —dijo Mellor, mientras se levantaba de su posición protegida. Llevaba un abrigo muy grueso y, en lugar de rifle, tenía una pistola. Cal meneó la cabeza al ver cómo se estaba exponiendo ese idiota a un posible disparo. Debía de sentirse a salvo en la noche pensando que nadie de Trail Stop podía verlo.

—He pensado que podía relevarte antes —dijo el otro tipo. Cal también lo reconoció. Era Huxley—. Teague y su primo están jugando a cartas en la tienda. Te lo digo por si quieres relajarte antes de acostarte —mientras hablaba, se inclinó, cogió una manta del suelo, la sacudió y empezó a doblarla.

—Yo no juego a cartas —respondió Mellor mientras se volvía hacia las siluetas oscuras de las casas—. ¿Qué le pasa a esa gente? —preguntó, de repente—. ¿Están locos? Yo ya habría intentado saber qué pasa, descubrir qué queremos, algo. Se han escondido y se han encerrado. Nada más.

—Teague dijo que están…

—A la mierda Teague. Si hubiera sabido lo que tenía entre manos, ya tendríamos ese lápiz de memoria y estaríamos en Chicago.

«Un lápiz de memoria.» Así que eso era lo que querían. Cate tenía ordenador; si hubiera encontrado alguna cosa electrónica entre las pertenencias de Layton, la habría reconocido y habría sabido que, seguramente, era lo que querían. Y no lo había encontrado porque no estaba allí. Layton se lo había llevado.

—Pensaba que habías dicho que te lo habían recomendado —Huxley había colocado la manta doblada encima de su brazo derecho. Curiosa forma de sostenerla, con la mano debajo de la manta.

—Llamé a un tipo que conocía —dijo Mellor mientras se volvía—. Confi…

Huxley disparó tres tiros y la manta amortiguó el ruido, de modo que era como si hubiera utilizado silenciador. Mellor retrocedió cuando los dos primeros tiros le impactaron en el pecho, y luego Huxley le dio el disparo de gracia en la frente. Mellor cayó como un saco de grano. Huxley no se molestó en comprobar si estaba muerto, ni siquiera le dedicó otra mirada. Se volvió y se marchó por donde había venido.

Vaya, vaya. ¿Una pelea o alguien tenía otros planes? Con mucho sigilo, Cal lo siguió camuflándose entre las sombras del bosque, integrándose en el paisaje nocturno. A Huxley parecía no importarle hacer ruido; subió por la carretera como si estuviera caminando por una acera de la gran ciudad. Después de una curva, dejó la carretera principal y tomó un camino recién abierto hacia la izquierda. Cal se dijo que los vehículos debían de estar aparcados allí detrás; los arbustos estaban chafados como si algo bastante grande les hubiera pasado por encima.

Había una tienda plantada en un claro del bosque, con cinco vehículos aparcados a su alrededor: cuatro camionetas y un Tahoe. Dentro de la tienda, había una linterna de gas encendida, enfocando a dos hombres que estaban jugando una intensa partida de póquer. Cal pudo ver, a través de la lona abierta, varios sacos de dormir enrollados en el suelo de la tienda.

—¿Qué pasa? ¿A Toxtel le gusta hacer guardia o qué? —dijo un hombre corpulento y con un gran moretón en la cara mientras levantaba la cabeza—. ¿O acaso cree que empezarán a hablar esta noche, como por arte de magia?

—Supongo que es demasiado aplicado —dijo Huxley, que estiró el brazo y empezó a apretar el gatillo. Bien había pensado mucho cómo iba a eliminar a los dos hombres a la vez o bien lo había hecho tantas veces que aquello era casi natural en él. Sus movimientos eran mecánicos: no dudaba, no se alteraba, no mostraba ninguna emoción. Dos disparos al tipo corpulento, y luego dos más al otro, que apenas tuvo tiempo de reaccionar. Después, el cañón volvió al primer hombre, con un movimiento perfectamente controlado y le dio el disparo de gracia. Después se volvió hacia el otro hombre e hizo lo mismo, con frialdad. «Taptap, tapatap, tap, tap.» Casi como si fuera un baile.

Huxley se arrodilló junto al hombre más corpulento, metió los dedos enguantados en el bolsillo correcto de los pantalones y sacó un juego de llaves. Tiró la pistola al suelo entre los dos cuerpos, salió de la tienda y se dirigió hacia una de las camionetas.

Cal lo observó alejarse, con la mirada entrecerrada y pensativa. Podría haberlo eliminado, pero Huxley había hecho el trabajo por él y, al mismo tiempo, lo había librado de cargar con las otras dos muertes, así que dejarlo marcharse parecía lo más lógico. Ya descubriría la policía lo que había pasado. En todo caso, en los planes de Huxley no estaban incluidos sus socios.

Cal entró en la tienda y cogió un juego de llaves del bolsillo del segundo cadáver. Miró la llave y vio que era de un Dodge así que, sin dudarlo, salió de la tienda y se subió al potente Dodge Ram. Estaría en la cabaña de Creed en quince minutos.

Neenah se pasó el día en el hospital junto a Creed mientras le hacían una radiografía de la pierna y evaluaban el trabajo manual de Cal. Cuando el doctor le preguntó quién le había suturado, Creed se limitó a decir que un antiguo amigo que había recibido clases de medicina en los marines. Bastó, porque el médico enseguida asumió que debió de ser otro médico y se quedó tranquilo.

Resulta que tenía una mínima fractura, como si Cal no se lo hubiera dicho ya, y le colocaron un vendaje blando en lugar de uno duro. Tenía que llevarlo durante dos semanas, hasta que volviera al hospital a que le hicieran más radiografías, pero el doctor creía que para entonces la fractura estaría curada. En resumen, todo buenas noticias. Le dieron un par de muletas; el médico le recomendó que las utilizara y que descansara la pierna lo máximo posible y le dijo que, si hacía lo que debía hacer, dentro de dos semanas volvería a caminar utilizando las dos piernas.

Neenah sonrió aliviada cuando escuchó el diagnóstico.

—Tenía miedo de que, cojeando de aquella forma, te hubieras hecho una lesión crónica —le dijo, mientras lo ayudaba a subir al coche que había alquilado. Creed no tenía ni idea de cómo había conseguido uno tan deprisa. Quizá la había ayudado alguien de la oficina del sheriff. Lo había aparcado a la puerta del hospital, para evitar que él caminara más de lo necesario.

—Es la única forma de cojear que sé —respondió él, y ella se echó a reír. Le encantaba su risa, cómo echaba la cabeza hacia atrás y le brillaban los ojos. La tensión y el sufrimiento de los últimos días le habían provocado unas oscuras ojeras y, en ocasiones, Creed había visto el dolor reflejado en su cara pero, por un momento, aquello desapareció. Le gustaría mantenerlo así siempre, alejar cualquier tipo de dolor de ella. Sabía que no podía, sabía que todos los que estaban en Trail Stop tendrían que enfrentarse a lo que había pasado, cada uno a su manera. Él no había salido indemne, pero no se refería a la pierna. A consecuencia de la violencia que les había tocado de cerca, había revivido viejos recuerdos. Ya se había enfrentado a ellos antes y ahora volvería a hacerlo; los recuerdos de todos aquellos hombres que habían ido a la guerra. Los detalles eran distintos, pero los muertos igualmente eran amigos.

La Masacre de Trail Stop, como la describía la prensa amarillista, estaba en todas las noticias. No dejaban de llegar periodistas a la ciudad, lo que provocó una considerable carencia de habitaciones de hotel, porque los habitantes de Trail Stop también estaban allí porque necesitaban dormir en algún sitio.

Al final, todo se calmaría pero, por ahora, la oficina del sheriff estaba tomando declaración a todo el mundo e intentando encontrar camas para tanta gente hasta que la comunidad recuperara la luz y el teléfono, que había quien decía que no sucedería hasta que reconstruyeran el puente. Los puentes no se levantaban de hoy para mañana, ni siquiera los más pequeños. Se decía que quizá no podrían volver a casa para Navidad. Pero Creed tenía más información. Ya había hecho algunas llamadas a gente que conocía a más gente y le habían dicho que la reconstrucción del puente de Trail Stop había pasado a ocupar la primera posición en la lista de proyectos del condado. Por lo tanto, Creed esperaba que el nuevo puente estaría listo dentro de un mes.

A pesar de todo, una vez reconstruido el puente, las cosas en el pueblo seguirían estando destrozadas. La comida en neveras y congeladores se habría estropeado, la lluvia habría entrado por las ventanas rotas y habría causado daños en suelos y paredes, aparte del pequeño asunto de los múltiples agujeros de bala en las paredes, las posesiones dañadas o destrozadas, vehículos irrecuperables… las compañías de seguros estarían ocupadas durante un buen tiempo.

Al menos, la policía parecía apuntar hacia la teoría de que había habido problemas en el bando de los malos y que uno de ellos había traicionado al resto. A menos que Cal dijera lo contrario, aquella era la teoría que Creed defendía en público.

En privado era otra cosa. Había compartido demasiadas misiones con ese escurridizo marine para no reconocer sus acciones. Cal siempre hacía el trabajo. Independientemente del trabajo que fuera, Cal siempre era el elegido de Creed en situaciones mucho más complicadas que aquella. Nunca era el tipo más corpulento, ni el más rápido, ni el más fuerte, pero siempre era el más duro.

—Sonríes como un lobo —le dijo Neenah, que quizá lo dijo para advertirle que podría haber gente mirando.

Aquella comparación lo sorprendió.

—¿Los lobos sonríen?

—En realidad, no. Más bien enseñan los dientes.

Vale, la comparación era válida.

—Estaba pensando en Cal y Cate. Es muy bonito verlos juntos —sólo era una mentira a medias. Estaba pensando en Cal. Pero, qué demonios, era muy bonito cómo Cal había visto a Cate hacía tres años y había decidido quedarse en el pueblo, esperando a que ella se fijara en él y, mientras esperaba, fue estableciendo lazos con sus hijos y colándose en su vida hasta tal punto que ella ya no sabría qué hacer sin él. Típico de Cal. Decidía lo que quería y luego hacía que sucediera. De repente, Creed sintió una inmensa alegría de que Cal no se hubiera enamorado de Neenah, porque entonces habría tenido que matar al mejor amigo que tenía en el mundo.

Creed le indicó a Neenah el camino para llegar a su casa y, por primera vez en su vida, se preguntó si había dejado algún calzoncillo tirado por el suelo. Sabía que no, porque el entrenamiento militar todavía pesaba en su conducta pero, si alguna vez lo hubiera hecho, seguro que sería el día en que Neenah fuera a ver la casa por primera vez.

Se acercó a la puerta y metió la llave en la cerradura, pero entonces vio el cristal que Cal había roto para entrar, sonrió, metió la mano, abrió desde dentro y se apartó para que Neenah entrara.

A Creed le gustaba su casa. Era de estilo rústico, suficientemente pequeña para vivir solo, pero no demasiado pequeña, puesto que tenía dos dormitorios. La cocina era moderna, aunque no la usaba mucho, y los muebles eran los que necesitaba para vivir y dormir. Eran muy sencillos, estaban colocados donde él quería y la cama estaba hecha a medida. Lo que se veía allí era el resultado de sus habilidades, o inclinaciones, domésticas.

Se dio cuenta de que Neenah no tenía dónde vivir. Su casa estaba destrozada y, encima, todavía no podían acceder al pueblo. La oficina del sheriff llevó un helicóptero para que trasladara a los habitantes del pueblo hasta la ciudad, porque consideró que era la forma más segura y rápida.

—Se parece a ti —dijo Neenah con su serena sonrisa—. De verdad. Me gusta.

Creed le acarició la suave piel de la mejilla con un dedo.

—Podrías quedarte aquí conmigo —dijo él, yendo directamente al grano de lo que quería.

—¿Quieres acostarte conmigo?

Creed estuvo a punto de caer porque, de repente, las muletas parecían incontrolables, pero descubrió que era incapaz de mentirle a esa mujer, de mirar esos ojos azules y decir algo que no fuera la verdad absoluta.

—Claro que sí, pero quiero hacerlo vivas donde vivas.

—¿Sabes que fui monja?

¿Cómo podía estar tan tranquila cuando a él el corazón le latía tan deprisa que creía que iba a desmayarse?

—Lo he oído. ¿Eres virgen?

Ella sonrió ligeramente.

—No. ¿Cambia algo?

—Cambia en que ahora estoy mucho más tranquilo. Tengo cincuenta años; no podría soportar esa presión.

—¿No quieres saber por qué ya no soy monja?

Él mordió el anzuelo y se lanzó con una posible respuesta:

—¿Porque te gustaba demasiado el sexo para dejarlo?

Ella soltó una carcajada. Le pareció tan gracioso que, al final, se sentó en el sofá de Creed riendo tanto que acabó llorando. Creed empezó a sospechar que el sexo no le gustaba tanto. Aunque estaba seguro de que podía hacerla cambiar de opinión. Ahora todo iba más despacio y sabía muchas más cosas y, aplicado al sexo, aquello era maravilloso.

—Me hice monja porque tenía miedo de la vida, tenía miedo de vivir —dijo ella, al final—. Y dejé el convento porque me di cuenta de que aquellos eran los motivos equivocados para estar allí.

Él se acomodó junto a ella y dejó las muletas a un lado. Le rodeó los hombros con un brazo y le levantó la barbilla.

—¿Recuerdas dónde lo dejamos cuando el puente explotó y alguien empezó a disparar contra tu casa?

—Vagamente —dijo, con un brillo en los ojos que decía que le estaba tomando el pelo.

—¿Quieres que sigamos desde allí o quieres ir directamente a la cama y hacer el amor?

Neenah se sonrojó y lo miró muy seria.

—La cama.

«Gracias, Señor.»

—Vale, pero primero quiero dejar claras un par de cosas.

Ella asintió, con sus ojos azules clavados en los de él.

—Hace años que estoy enamorado de ti, te quiero y quiero casarme contigo.

Ella se quedó boquiabierta. Palideció, se sonrosó, Creed esperaba que de alegría, y dijo:

—Eso son tres cosas.

Creed se quedó pensativo una décima de segundo y se encogió de hombros antes de agarrarla y sentarla en sus rodillas para besarla.

—En realidad, creo que son partes separadas de una misma cosa.

—¿Sabes qué? Creo que tienes razón —se contoneó contra él y acabó sentada a horcajadas encima de Creed con los brazos alrededor de su cuello mientras se besaban con locura. Al cabo de un rato, Neenah estaba medio desnuda, la cremallera de los pantalones de Creed estaba abierta y ella respiraba de forma agitada contra el pecho sudoroso de él. Tenía la mano dentro de sus pantalones, subiendo y bajando y Creed tenía la espalda tan tiesa que parecía una tabla. La cama era lo último que tenía en la cabeza.

—Será mejor que esté bien —dijo ella con fiereza.

—Te lo aseguro —le prometió él mientras la colocaba en posición.

—Si después de tanto tiempo sin sexo esto resulta ser un petardo, yo...

—Cariño —dijo él muy despacio, expresando su último pensamiento lúcido en los siguientes veinte minutos—. Los marines no tiramos petardos.

—¡Cate! —Sheila salió corriendo de casa, llorando como una magdalena a pesar de que Cate la había llamado hacía dos días, en cuanto había podido tener acceso a un teléfono. Quería hablar con su madre antes de que todo aquello llegara a las noticias, y quería hablar con los niños. Estaban dormidos, pero Cate insistió en que Sheila los despertara para oír sus adormecidos lamentos hasta que supieron que mamá estaba al teléfono.

Con todas las preguntas de la policía que Cal había tenido que responder, no habían podido salir hasta esa mañana. Hasta que restablecieran la luz y reconstruyeran el puente, no podían ir a casa, así que los padres de Cate los invitaron a quedarse con ellos en Seattle hasta que pudieran volver a su casa.

Sheila abrazó a su hija con mucha fuerza, luego la besó, y luego volvió a abrazarla. Su padre salió de casa y también la abrazó con fuerza y, detrás de él, salieron dos pequeños saltarines, gritones y sucios que no acababan de decidirse si gritar «¡Mamá!» o «¡Señor Hawwis!», así que gritaron las dos cosas.

Cal le dio la mano al padre de Cate, luego se arrodilló y los niños se le echaron encima. Después de tres años de lo mismo, Cate ya estaba acostumbrada a que sus hijos la abandonaran por Cal que, a fin de cuentas, les había enseñado palabrotas. ¿Qué madre podía competir con eso? Empezó a reír como una tonta viéndolo atrapado entre dos pares de diminutos brazos mientras los niños le explicaban las novedades de su visita a casa de Mimi. Parecía que Cal se iba a quedar sin aire, porque los niños lo abrazaban con mucha fuerza y entusiasmo.

—Veo que tenía razón —dijo Sheila, mirándolo con satisfacción.

—¿En qué? —consiguió responder Cal.

—En que había algo entre Cate y tú.

—Sí, señora, tenía razón. Llevo tres años detrás de ella.

—Bueno, pues buen trabajo. ¿Pensáis casaros?

—¡Mamá!

—Sí, señora —dijo Cal, sin sonrojarse.

—¿Cuándo?

—¡Mamá, por favor!

—Lo antes posible.

—En ese caso —concluyó Sheila—, dejaré que te quedes aquí con ella. Pero nada de hacer manitas con mi hija bajo mi techo.

El padre de Cate parecía que iba a estallar de risa en cualquier momento. Cal parecía que iba a estallar si los niños no lo soltaban. Y Cate parecía que iba a estallar de indignación.

—Ni se me ocurriría, señora —le aseguró Cal.

—Mentiroso —le dijo ella.

Cal le guiñó el ojo a su futura suegra.

—Sí, señora —respondió, muy decidido, y sonrió.

Un par de semanas después, el hombre que había sido Kennon Goss, y que antes había sido Ryan Ferris, se paseó tranquilamente por un cementerio a las afueras de Chicago. Parecía caminar sin ningún destino en concreto; se detenía a leer algunos nombres y luego seguía.

Pasó frente a una tumba bastante nueva. La lápida era provisional y el nombre inscrito en ella era Yuell Faulkner, con las fechas de su nacimiento y su muerte. El hombre no se detuvo, no pareció prestar ninguna atención especial a la tumba. Siguió y se detuvo frente a la tumba de un niño que había muerto en 1903 y frente a la de un veterano de guerra decorada con dos pequeñas banderas estadounidenses.

Una de las ironías de la vida, pensó el hombre. Esa noche, Faulkner había muerto unas horas antes. El bueno de Hugh Toxtel no tenía que haber muerto; después de todo, su sacrificio involuntario no había sido necesario. El de los demás tampoco, pero poco le importaban Teague y su primo Troy. En cambio, sí que se preguntaba por Billy

Copeland y el chaval joven, Blake; él no los había matado. Entonces, ¿quién había sido?

Al recordar esa noche, a veces creía rememorar una sensación de suave brisa, como si algo o alguien se le hubiera acercado mucho. A veces, el sentido común le decía que sólo había sido una brisa, una brisa de verdad provocada por el movimiento del aire. Sin embargo, eso no explicaba por qué, desde entonces, se había despertado varias veces en plena noche, confuso por una sensación que tenía en sueños de que alguien lo estaba vigilando.

Estaba encantado de ya no estar en Idaho, pero no podía quedarse en Chicago. Tenía que seguir adelante. Quizá iría a algún sitio cálido. Quizá Miami. Había oído en las noticias que se habían producido una serie de violentos asesinatos ahí abajo. El asesino se dedicaba a coleccionar los ojos de sus víctimas.

¿Qué posibilidades había?

www.titania.org

Visite nuestro sitio web y descubra cómo ganar
premios leyendo fabulosas historias.

Además, sin salir de su casa, podrá conocer
las últimas novedades de
Susan King, Jo Beverley o Mary Jo Putney,
entre otras excelentes escritoras.

Escoja, sin compromiso y con tranquilidad,
la historia que más le seduzca
leyendo el primer capítulo de cualquier libro
de Titania.

Vote por su libro preferido y envíe su opinión
para informar a otros lectores.

Y mucho más…